# SÉQUENCES MORTELLES

Michael **CONNELLY**

# SÉQUENCES MORTELLES

Roman traduit de l'anglais (États-Unis)
par Robert Pépin

ÉDITEUR DEPUIS 1836

*Titre original (États-Unis):*
FAIR WARNING

© Hieronymus, Inc., 2020
Première publication: Little, Brown and Company, Hachette Book Group Inc., New York, 2020
Tous droits réservés

*Pour la traduction française:*
© Calmann-Lévy, 2021

*Couverture:* olo.éditions
*Photographie:* Ron Dale / Shutterstock

ISBN 978-2-7021-8271-0

*Pour Tim Marcia, inspecteur.
Un grand merci pour ton travail
au service de la Cité des Anges.*

« Qui n'est pas tout à la fois révulsé et attiré par un acte diabolique ? »

David Goldman, *Our Genes, Our Choices*

# PROLOGUE

Sa voiture lui plaisait bien. C'était la première fois qu'elle montait dans une électrique. Elle n'entendait que le vent tandis qu'ils fonçaient dans la nuit.
— Ce calme ! dit-elle.
Deux mots seulement, et elle les avait bredouillés. Son troisième cosmopolitan lui avait fait quelque chose à la langue.
— Ça vous prend en traître, y a pas à dire, lâcha le conducteur.
Il la regarda et sourit. Mais elle crut qu'il ne la regardait que parce qu'elle avait bafouillé.
Puis il se tourna et lui montra la rue d'un hochement de tête.
— On y est, reprit-il. Il y a un parking ?
— Vous pouvez vous garer derrière ma voiture, répondit-elle. J'ai deux places dans le garage, mais comme elles sont genre... l'une derrière l'autre. En «totem», que ça s'appelle, je crois.
— En tandem ?
— Ah oui, voilà. En tandem.
Elle se mit à rire de son erreur, d'un rire en spirale dont elle fut incapable de sortir. Les cosmos, encore eux. Et les gouttes de la pharmacie qu'elle avait prises avant de monter dans le Uber ce soir-là.

Le type abaissa sa vitre et de l'air froid et sec s'immisça dans le confort de la voiture.

— Vous vous rappelez la combinaison ?

Tina se redressa sur son siège afin de mieux voir autour d'elle et de s'orienter. Elle s'aperçut qu'ils étaient déjà devant le portail du garage de son appartement. Cela lui parut bizarre. Elle ne se rappelait pas lui avoir dit où elle habitait.

— La combinaison ? lui demanda-t-il à nouveau.

Le pavé numérique se trouvait sur le mur, à portée de main par sa fenêtre. Elle s'aperçut que si elle connaissait la combinaison permettant d'ouvrir le portail, elle ne se souvenait plus du nom du type qu'elle avait choisi de ramener chez elle.

— 4, 6, 8, 2, 5, dit-elle.

Elle tenta de ne pas se remettre à rire tandis qu'il entrait les chiffres dans le pavé. Certains mecs détestaient ça.

Une fois dans le garage, elle lui montra l'endroit où se garer derrière sa Mini. Bientôt, ils furent dans l'ascenseur. Elle pressa le bon bouton, puis s'appuya sur lui pour qu'il la retienne. Il lui passa le bras autour de la taille et la redressa.

— Vous avez un surnom ? lui demanda-t-elle.

— Que voulez-vous dire ?

— Oui, comment on vous appelle ? Vous savez bien, pour rigoler.

Il hocha la tête.

— Ben non, faut croire qu'on m'appelle juste par mon prénom, répondit-il.

Aucune aide de ce côté-là. Elle laissa tomber. Elle pourrait retrouver son nom plus tard, la vérité étant qu'elle n'en aurait probablement pas besoin. Parce qu'il n'y aurait pas de plus tard. Il n'y en avait presque jamais.

L'ascenseur s'ouvrit au deuxième étage et elle le précéda dans le couloir. Son appartement se trouvait deux portes plus loin.

La baise fut bonne, mais pas extraordinaire. La seule chose inhabituelle fut qu'il ne la repoussa pas lorsqu'elle exigea qu'il mette une capote. Il avait même apporté la sienne. Bravo à lui, mais elle pensa quand même que ce ne serait que l'affaire d'un soir. Sa quête de la chose indicible qui remplirait le vide en elle continuerait.

Après avoir tiré la chasse sur sa capote, il remonta dans le lit avec elle. Elle espérait une excuse de sa part – il travaillait tôt le lendemain matin, sa femme l'attendait à la maison, n'importe quoi –, mais non : il voulait se pelotonner contre elle. Il se cala brutalement derrière elle de façon qu'elle ait le dos contre sa poitrine. Il s'était rasé, elle sentit les minuscules repousses de ses poils lui piquer le dos.

— Vous savez...

Sa plainte n'alla pas plus loin. Il pivota sur lui-même, dans l'instant elle fut sur le dos, allongée sur lui. Son torse était en papier de verre. Son bras jaillit et se plia en V. Puis de sa main libre, il lui prit le cou dans le V. Serra le bras. Elle sentit sa trachée artère s'affaisser. Plus moyen d'appeler à l'aide. Plus d'air pour produire le moindre son. Elle se débattit, mais elle avait les jambes prises dans les draps et il était trop fort. Il lui serrait le cou comme dans un étau.

Les ténèbres assombrirent peu à peu les bords de sa vision. Il leva la tête et approcha ses lèvres de son oreille.

— On m'appelle l'« Écorcheur », murmura-t-il.

# JACK

# CHAPITRE 1

J'avais intitulé mon papier « Le Roi des arnaqueurs ». En tous les cas, c'était mon titre. Je l'avais mis en manchette, mais étais assez sûr que ce serait changé, parce que j'outrepassais mes limites de journaliste en rendant des articles avec gros titre. Ces derniers, de même que les chapôs, étaient la prérogative du rédacteur en chef et j'entendais déjà Myron Levin me réprimander en ces termes : « Le rédac chef réécrit-il tes ledes ou en reprend-il les sujets pour te poser des questions supplémentaires ? Non, il ne le fait pas. Il reste dans ses clous, ce qui signifie que toi aussi, tu dois rester dans les tiens. »

Vu que le rédac chef était Myron lui-même, il m'aurait été difficile de lui opposer la moindre ligne de défense. Cela étant, je lui avais quand même envoyé mon papier avec ce gros titre parce qu'il était parfait. J'y décrivais le sinistre monde souterrain du recouvrement de créances – soit six cents millions de dollars annuels siphonnés dans des arnaques –, et à Fair Warning, la règle était de mettre un visage sur toutes les fraudes, celui du prédateur ou de la proie, celui de la victime ou de celui qui la brime. Et cette fois, c'était celui du prédateur. Arthur Hathaway, le « Roi des arnaqueurs » était le meilleur des meilleurs. À soixante-deux ans, il avait pratiqué toutes les arnaques possibles et imaginables dans la ville de

Los Angeles – de la vente de faux lingots d'or au montage de faux sites d'aide aux victimes de catastrophes. Pour l'heure, il gérait un racket consistant à convaincre tel ou tel qu'il lui devait des sommes imaginaires, et le forcer à payer. Et il était si habile que de jeunes apprentis fripouilles lui payaient les leçons qu'il donnait le lundi et le mercredi dans un ex-studio de tournage de Van Nuys. Je m'y étais infiltré en me faisant passer pour un de ses étudiants et y avais appris tout ce que je pouvais. L'heure était maintenant venue de dévoiler toute l'affaire et de me servir d'Arthur pour révéler l'existence d'une véritable industrie qui piquait chaque année des millions de dollars à tout le monde, de la petite vieille au compte en banque qui décline au jeune professionnel déjà bien dans le rouge à cause des emprunts qu'il a contractés pour faire ses études supérieures. Tous tombaient sous sa coupe et lui envoyaient leur argent, parce qu'Arthur Hathaway les convainquait de le faire. Et maintenant, il enseignait à onze futurs arnaqueurs et à un journaliste sous couverture l'art et la manière de procéder, moyennant cinquante dollars par tête deux fois par semaine. Il n'était même pas impossible que cette école d'arnaqueurs soit sa plus grande arnaque. Le mec était un vrai roi qui, tel un psychopathe, n'avait pas le moindre remords. Mon article racontait aussi le calvaire des victimes dont il avait nettoyé le compte en banque et ruiné l'existence.

Myron l'avait déjà vendu au *Los Angeles Times* en tant que co-projet, ce qui garantissait qu'on le remarque et que les flics du Los Angeles Police Department y prêtent attention. Le règne d'Arthur Hathaway allait bientôt prendre fin et sa table ronde de jeunes chevaliers faire, à son tour, l'objet de rondes de police.

Je relus une dernière fois mon papier, l'envoyai à Myron et mis en copie William Marchand, l'avocat qui vérifiait gratuitement tout ce que publiait Fair Warning. Nous ne mettions jamais rien en ligne qui ne soit pas juridiquement à toute épreuve. Le site ne comptait que cinq personnes, la journaliste freelance de Washington D.C. comprise. Un seul papier «fautif» nous valant des poursuites ou une amende nous aurait mis hors course et j'aurais été ce que j'avais déjà été par deux fois dans ma carrière : un journaliste avec nulle part où aller.

Je me levai dans mon box pour dire à Myron que mon article était enfin prêt, mais il était dans le sien à parler au téléphone, et en m'approchant, je compris qu'il essayait de lever des fonds. Myron était à la fois fondateur, rédacteur en chef, journaliste et principal collecteur de fonds du journal, et Fair Warning un site Web d'information accessible gratuitement. Il y avait bien un bouton pour les dons au bas de chaque article, et parfois même au début, mais Myron cherchait toujours la grande baleine blanche qui nous sponsoriserait et nous ferait passer de l'état de mendiants à celui de décideurs – au moins pendant un certain temps.

«Nous sommes vraiment les seuls à faire ce que nous faisons... Du journalisme de surveillance sans compromis au service du consommateur, remontrait-il à tous les donateurs potentiels. Allez sur notre site et vous trouverez dans nos archives des tas d'articles qui s'attaquent aux grandes industries qui trichent, y compris celles de l'automobile, des produits pharmaceutiques, du sans-fil et de la cigarette. Et vu la philosophie actuelle de dérégulation et de limitation des contrôles de l'État, il n'y a plus personne pour prendre la défense des petites gens. Écoutez, je comprends que vous pourriez faire des dons qui vous rapporteraient plus de visibilité. Dans les Appalaches, vingt-cinq dollars par mois permettent à un gamin de manger et de s'habiller, oui, je le comprends. Et à le faire, on éprouve de la fierté. Mais faites un don à Fair Warning et vous soutiendrez une équipe de journalistes entièrement dédiés au...»

Ce « pitch », je l'entendais plusieurs fois par jour, qu'il pleuve ou qu'il vente. J'assistais aussi aux salons du dimanche, où Myron et des membres du conseil d'administration parlaient à de gros donateurs potentiels, et après la séance me mêlais à tout le monde afin de mentionner ce sur quoi je travaillais. J'y avais même acquis un certain renom suite à deux best-sellers que j'avais écrits, tout un chacun oubliant de mentionner que je n'avais plus rien publié depuis dix ans. Je savais donc que ce pitch était important, voire vital pour ma propre paie – ce qui ne voulait pas dire que je touchais, même de loin, un salaire décent pour Los Angeles –, mais je l'avais si souvent entendu pendant mes quatre ans de service au journal que je pouvais le réciter en dormant. À l'endroit et à l'envers.

Myron s'arrêta pour écouter son investisseur potentiel, puis il coupa le micro et me regarda.

— C'est bon ? me demanda-t-il.

— Je viens juste de l'envoyer, lui répondis-je. Et j'ai mis Bill en copie.

— OK. Je lis ça ce soir et on en parle demain si j'ai à y redire.

— Non, c'est tout bon. Y a même un superbe titre. T'as plus qu'à rédiger le chapô.

— Vaudrait mieux que tu…

Il remit le micro de façon à pouvoir répondre à une question, je le saluai, me dirigeai vers la porte et m'arrêtai au box d'Emily Atwater pour lui dire au revoir. C'était le seul autre membre de l'équipe présent au bureau à cette heure.

— *Cheers*, me lança-t-elle avec son impeccable accent britannique.

Nous travaillions dans un immeuble d'un étage typique de Studio City. Le rez-de-chaussée accueillait des commerces de bouche et de vente au détail, le premier des boîtes à entrée libre du genre assurances automobiles, manucure/pédicure, yoga et acupuncture. Nous étions l'exception : Fair Warning n'ouvrait pas ses portes à tout le monde, mais nos bureaux n'avaient pas coûté cher – ils se trouvaient au-dessus d'un dispensaire de marijuana dont la clim nous régalait d'odeurs de produits frais vingt-quatre heures sur vingt-quatre et sept jours sur sept. Myron avait acheté les murs avec un gros rabais.

En L, l'esplanade comportait un parking sous-terrain à cinq places numérotées pour les employés du journal et les visiteurs. Le bonus était d'importance, se garer en ville présentant toujours des problèmes. Et pour moi, un parking couvert constituait un avantage encore plus appréciable dans la mesure où, dans notre Californie ensoleillée, j'abaissais rarement la capote de ma Jeep.

J'avais acheté ma Wrangler neuve avec l'avance que j'avais décrochée pour mon dernier livre, le compteur kilométrique de ma voiture me rappelant l'époque lointaine où j'achetais des véhicules neufs et caracolais en tête des listes de best-sellers. J'y jetai un coup d'œil en mettant le contact et constatai que je m'étais éloigné de quelque deux cent soixante mille kilomètres des glorieux sentiers sur lesquels je roulais jadis.

# CHAPITRE 2

J'habitais à Sherman Oaks, dans Woodman Avenue, à côté de l'autoroute 101. De style Cape Cod des années quatre-vingt, l'immeuble comprenait vingt-quatre appartements formant un rectangle autour d'un patio avec piscine et aire de barbecue pour la communauté. Et là encore, avec un parking en sous-sol.

Les trois quarts des résidences de Woodman Avenue portaient des noms tels que « Le Capri », « La Crête des chênes » et autres de même acabit. La mienne n'en avait pas. J'y avais emménagé à peine un an et demi plus tôt, après avoir vendu l'appartement en copropriété que j'avais acheté avec cette même avance sur mon livre. Mes chèques de droits d'auteur ne cessant de diminuer d'année en année, j'étais maintenant en train de réorganiser ma vie dans les limites de ce que me payait le journal. La transition était difficile.

J'attendais que la porte du garage s'ouvre dans l'allée en pente lorsque je remarquai deux types en costume devant l'interphone du portail piéton du complexe. Cinquante-cinq ans environ, le premier était blanc, le second, de type asiatique, ayant une vingtaine d'années de moins. Une petite bouffée de vent ouvrant la veste de l'Asiatique, j'aperçus le badge à sa ceinture.

J'entrai dans le garage en gardant les yeux sur mon rétro. Ils me suivirent et entrèrent derrière moi. Je me rangeai à la place qui m'est assignée et coupai le moteur. J'attrapai mon sac à dos et descendis de voiture, ils étaient déjà derrière ma Jeep et m'attendaient.

— Jack McAvoy ? me lança le plus âgé.

Il avait bien mon nom, mais l'avait écorché.

— McEvoy, c'est bien ça, lui renvoyai-je en corrigeant sa prononciation. Qu'est-ce qu'il y a ?

— Inspecteur Mattson, du LAPD, reprit-il. Je vous présente mon coéquipier, l'inspecteur Sakai. Nous avons besoin de vous poser quelques questions.

Et d'ouvrir sa veste pour me montrer que lui aussi, il avait un badge – et le flingue qui va avec.

— Bien, dis-je. Des questions sur quoi ?

— Pourrions-nous monter chez vous ? Nous installer dans un endroit plus tranquille ?

Il me désigna ce qui l'entourait d'un geste de la main comme s'il y avait des gens partout pour nous écouter alors que le garage était vide.

— Disons que oui, lui répondis-je. Suivez-moi. D'habitude, je prends l'escalier, mais si vous autres, vous voulez l'ascenseur, il est là-bas.

Et je leur indiquai l'autre bout du garage. Ma Jeep était garée au milieu, juste en face de l'escalier conduisant au jardin central.

— Va pour l'escalier, dit Mattson.

Je le pris, les deux inspecteurs sur mes talons. Et tout le long du trajet jusqu'à ma porte, j'essayai de penser en termes de travail. Qu'avais-je donc fait pour attirer l'attention du LAPD ? Si les reporters de Fair Warning étaient libres de suivre les affaires qu'ils voulaient, il y avait une division consensuelle des domaines de travail, et les arnaques criminelles et autres combines malhonnêtes étaient de mon ressort, en plus de mes rapports sur le Web.

Je commençai à me demander si mon article sur Arthur Hathaway n'avait pas télescopé une enquête au pénal sur le maître arnaqueur et si Mattson et Sakai n'allaient pas m'ordonner d'attendre avant de le publier. Mais dès qu'elle me vint, j'écartai cette possibilité. Si tel était le cas, ils seraient passés à mon bureau au lieu de venir chez moi. Et l'affaire aurait probablement démarré sur un coup de fil, pas sur une apparition en personne.

— À quelle unité appartenez-vous ? leur demandai-je en traversant le jardin pour gagner l'appartement n° 7, de l'autre côté de la piscine.

— Centre-ville, répondit Mattson, évasif, tandis que son coéquipier gardait le silence.

— À quelle unité de la criminelle ? insistai-je.

— Vols et Homicides.

Je ne m'intéressais pas particulièrement au LAPD, au contraire d'autrefois. Je savais que ces brigades d'élite travaillaient au quartier général du centre-ville, et que celle des Vols et Homicides en était l'élite de l'élite.

— Et donc, de quoi parlons-nous ? enchaînai-je. D'un vol ou d'un homicide ?

— Entrons donc avant de parler, me renvoya Mattson.

J'arrivai à ma porte. Sa non-réponse semblait faire pencher vers un homicide. J'avais mes clés dans les mains. Avant d'ouvrir ma porte, je me tournai pour regarder les deux hommes debout derrière moi.

— Mon frère a été inspecteur aux Homicides, lançai-je.

— Vraiment ? s'écria Mattson.

— Au LAPD ? me demanda Sakai en parlant pour la première fois.

— Non, répondis-je. À Denver.

— Bravo à lui, dit Mattson. Il a pris sa retraite ?
— Pas exactement. Il a été tué en service.
— Désolé de l'apprendre.

Je hochai la tête et me retournai pour déverrouiller ma porte. Je ne savais pas trop pourquoi j'avais lâché ça sur mon frère. Ce n'était habituellement pas une info que je partageais. Les gens qui m'avaient lu le savaient, mais je n'en parlais pas dans mes conversations ordinaires. Cela s'était passé il y avait bien longtemps, dans ce qui me faisait l'effet d'une autre vie.

J'ouvris la porte et nous entrâmes. J'allumai la lumière. J'habitais un des plus petits appartements de la résidence. Rez-de-chaussée complètement ouvert, avec une salle de séjour qui se muait en petit espace où manger, plus une cuisine seulement séparée par un comptoir équipé d'un évier. Le long du mur de droite, quelques marches conduisaient à un loft, ma chambre à coucher. Il y avait aussi une salle d'eau et une douche au rez-de-chaussée, sous l'escalier. Moins de quatre-vingt-dix mètres carrés en tout. L'endroit était propre et bien rangé, mais uniquement parce que peu meublé et ne comportant pas grand-chose de personnel. J'avais transformé la salle à manger en espace de travail, avec une imprimante en bout de table. Tout était prêt pour que je commence à travailler à mon prochain bouquin – et l'était depuis que j'avais emménagé.

— Joli endroit. Vous êtes ici depuis longtemps ? demanda Mattson.

— Environ un an et demi. Puis-je vous demander de quoi il...

— Pourquoi ne vous installeriez-vous pas sur le canapé ?

Il me montra celui que j'avais positionné pour regarder l'écran plat au-dessus de la cheminée à gaz dont je ne me servais jamais.

Il y avait deux autres fauteuils en face de la table basse, mais comme le canapé, ils étaient usagés et élimés après avoir passé plusieurs décennies dans mes appartements précédents. Mon déclin se reflétait dans mon habitat et mes moyens de locomotion.

Mattson regarda les deux fauteuils, choisit celui qui semblait le plus proche et s'assit. Sakai, stoïque, resta debout.

— Bien, Jack, reprit Mattson, nous travaillons sur un homicide et votre nom est apparu dans notre enquête et c'est pour ça que nous sommes ici. Nous avons...

— Qui a été tué ? demandai-je.

— Une certaine Christina Portrero. Ce nom vous dit-il quelque chose ?

Je le passai à grande vitesse dans tous les circuits de ma mémoire et ne trouvai rien.

— Non, je ne crois pas. Comment mon nom est-il...

— Les trois quarts du temps, on l'appelait Tina. Ça vous aide ?

Encore un passage dans tous mes circuits. Cette fois, il y eut contact. Entendre ce nom en entier dans la bouche de deux inspecteurs des Homicides m'avait troublé et fait sortir de la tête que je l'avais reconnu.

— Oh, attendez, oui, une Tina, j'en ai connu une... Tina Portrero.

— Mais vous venez juste de nous dire que ce nom ne vous disait rien.

— Je sais. C'est juste, vous savez, qu'à tomber du ciel comme ça, ça ne m'a rien dit. Mais oui, nous nous sommes rencontrés une fois, et c'est tout.

Mattson garda le silence. Il se tourna vers son coéquipier et hocha la tête. Sakai se porta en avant et me montra son portable. Sur l'écran, je vis la photo d'une femme aux cheveux noirs et aux yeux encore plus noirs. Peau très bronzée, milieu de la trentaine, mais je savais qu'elle était plus proche de quarante-cinq ans. J'acquiesçai d'un signe de tête.

— C'est elle, oui, dis-je.

— OK, dit Mattson. Comment vous êtes-vous rencontrés ?

— En bas de la rue. Il y a un restaurant, le *Mistral*. Je venais de déménager d'Hollywood, je ne connaissais personne et cherchais à me familiariser avec le voisinage. J'y descendais de temps en temps boire un verre parce que je n'avais pas à m'inquiéter de conduire après. C'est là que je l'ai rencontrée.

— Quand ?

— Je ne pourrais pas vous dire la date exacte, mais je pense que c'est environ six mois après que j'ai emménagé ici. Donc, il y a à peu près un an. Probablement un vendredi soir. C'était en général ce jour-là que j'y descendais.

— Avez-vous eu des rapports sexuels avec elle ?

J'aurais dû m'attendre à cette question, mais elle me prit par surprise.

— Cela ne vous regarde pas, répondis-je. Cela remonte à un an.

— Je dirai donc que c'est un oui, conclut Mattson. Êtes-vous revenus ici ?

Je compris qu'ils en savaient manifestement plus que moi sur les circonstances de l'assassinat de Tina Portrero. Mais leurs questions sur ce qui s'était passé entre nous un an plus tôt leur paraissaient par trop importantes.

— Mais c'est dingue, ça, leur dis-je. J'ai passé une nuit avec elle et c'est resté sans suite. Pourquoi me posez-vous ces questions ?

— Parce que nous enquêtons sur son assassinat, me répondit Mattson. Nous avons besoin de savoir tout ce que nous pouvons sur elle et ses activités. Et peu importe si ça remonte à loin. Et donc, je vous le demande encore une fois : Tina est-elle jamais venue dans cet appartement ?

Je levai les mains en signe de reddition.

— Oui. Il y a un an.

— Y a-t-elle passé la nuit ?
— Non, elle est restée deux ou trois heures et a repris un Uber.

Mattson ne posa pas immédiatement sa question suivante. Il m'étudia un long moment, comme s'il essayait de décider comment procéder.

— Auriez-vous des biens à elle dans cet appartement ?
— Non, protestai-je. De quel genre de biens parlez-vous ?

Il ignora ma question et m'en renvoya une de son cru :
— Où étiez-vous mercredi soir dernier ?
— Vous plaisantez, dites ?
— Non, nous ne plaisantons pas.
— À quelle heure mercredi soir ?
— Disons entre 22 heures et minuit.

Je savais que j'avais assisté au séminaire d'Arthur Hathaway sur l'art et la manière de dépouiller les gens jusque vers 22 heures, soit au début de cette fenêtre de tir. Mais je savais aussi qu'il s'agissait d'un séminaire pour artistes de l'arnaque et qu'il n'avait donc aucune existence réelle. Si ces inspecteurs essayaient de vérifier cette partie-là de mon alibi, ou bien ils n'arriveraient pas à confirmer l'existence de ce séminaire, ou bien ils ne trouveraient jamais quelqu'un pour confirmer que j'y avais assisté parce que ce quelqu'un aurait alors reconnu y avoir lui aussi participé. Et ça, personne n'en avait envie. Surtout après la parution de l'article que je venais de rendre.

— Euh, j'ai été dans ma voiture d'approximativement 22 heures à 22 h 20 et après j'ai été ici.
— Seul ?
— Oui. Écoutez, c'est dingue, ce truc. Je n'ai passé qu'une nuit avec elle il y a un an, et ensuite, ni l'un ni l'autre n'avons gardé le contact. Ç'a été un ça-n'ira-pas-plus-loin pour elle et pour moi. Vous comprenez ?
— Vous en êtes certain ? Pour vous deux ?

— J'en suis certain, oui. Je ne l'ai jamais rappelée, et elle non plus ne m'a jamais rappelé. Et je ne l'ai jamais revue au *Mistral* non plus.
— Comment l'avez-vous pris ?
J'eus un rire gêné.
— Comment j'ai pris quoi ?
— Qu'elle ne vous rappelle pas.
— Avez-vous bien entendu ce que je vous ai dit ? Je ne l'ai pas rappelée et elle non plus. Choix mutuel. Ça n'allait déboucher sur rien.
— Était-elle saoule ce soir-là ?
— Saoule, non. Nous avons pris quelques verres. Et c'est moi qui ai payé la note.
— Et de retour ici ? Encore quelques verres et hop, on monte au loft ? demanda Mattson en me montrant l'étage.
— Non, pas de verres ici, répondis-je.
— Et tout a été consensuel ?
Je me levai. J'en avais assez.
— Écoutez, dis-je, j'ai répondu à vos questions, et vous perdez votre temps.
— Ça, c'est à nous d'en décider, me renvoya-t-il. Nous avons presque fini et j'apprécierais assez que vous vous rasseyiez, monsieur McAvoy.
Il avait à nouveau écorché mon nom, probablement exprès. Je me rassis.
— Je suis journaliste, d'accord ? repris-je. J'ai couvert des histoires de crime... et écrit des livres sur des assassins. Je sais très bien ce que vous êtes en train de faire. Vous essayez de me faire perdre le fil pour que je reconnaisse ceci ou cela. Sauf que ça ne se produira pas parce que je ne sais rien. Bref, pourriez-vous, s'il vous plaît...
— Nous savons qui vous êtes. Vous pensez que nous serions venus ici sans savoir à qui nous avons affaire ? Vous êtes le

mec du Velvet Coffin[1] et sachez donc ceci : j'ai travaillé avec Rodney Fletcher. C'était un ami et ce qui lui est arrivé, c'est que des conneries.

Enfin, on y était : la cause de son agressivité dégouttait de lui comme la sève d'un arbre.

— Le Velvet Coffin a fermé il y a quatre ans, dis-je. En gros, à cause de l'histoire de Fletcher... qui était cent pour cent exacte. Il n'y avait aucun moyen de savoir qu'il ferait ce qu'il a fait. De toute façon, aujourd'hui je travaille ailleurs et écris des articles pour défendre les consommateurs. Je ne bosse plus sur les flics.

— Un bon point pour vous. On pourrait revenir à Tina Portrero ?

— Il n'y a rien à quoi revenir.

— Quel âge avez-vous ?

— Je suis sûr que vous le savez déjà. Quel est le rapport ?

— Vous me paraissez un peu vieux pour elle... Tina, je veux dire.

— C'était une femme séduisante et plus âgée que ce qu'elle prétendait ou l'impression qu'elle donnait. Ce soir-là, elle m'a dit qu'elle avait trente-neuf ans.

— Mais c'est justement ça, non ? Elle était plus âgée que l'impression qu'elle donnait. Et vous, avec votre cinquantaine, aborder une fille qui vous paraissait avoir la trentaine... Un rien louche, si vous me demandez mon avis.

Je me sentis rougir d'embarras et d'indignation.

— Que ce soit bien clair : je ne l'ai pas « abordée » ! m'écriai-je. Elle a pris son cocktail et a longé le bar pour me rejoindre. C'est comme ça que ça a commencé.

— Félicitations, répliqua Mattson, sarcastique. Ça dû vous mettre l'ego au garde à vous. Et donc, revenons à ce mercredi.

1. Le « cercueil en velours ».

D'où veniez-vous pendant ces vingt minutes où vous nous dîtes avoir été dans votre voiture pour rentrer chez vous ?

— D'une réunion de travail.

— Avec des individus auxquels nous pourrions parler et confirmer vos dires si besoin était ?

— S'il le faut. Mais vous êtes en train de...

— Parfait. Et donc, parlez-nous encore de vous et Tina.

Je voyais bien ce qu'il fabriquait. Il sautillait autour de moi avec ses questions afin de me faire perdre l'équilibre. J'avais couvert les flics pendant pratiquement deux décennies pour deux journaux différents et le blog du Velvet Coffin. Que je me contredise une seule fois dans ma façon de raconter l'affaire et ils auraient ce qu'ils voulaient.

— Non. Je vous ai déjà tout dit. Si vous voulez autre chose de moi, il va falloir que vous m'en disiez plus.

Ils gardèrent le silence – apparemment, on décidait s'il fallait accepter le marché ou pas. Je sautai sur la première question qui me vint à l'esprit.

— Comment est-elle morte ?

— On lui a cassé le cou, répondit Mattson.

— Dislocation atlanto-occipitale, précisa Sakai.

— Et ça veut dire quoi ?

— Ça veut dire décapitation interne, dit Mattson. Quelqu'un a fait faire un cent quatre-vingts degrés à son cou. C'est une sale façon de mourir.

Je sentis quelque chose de lourd grandir dans ma poitrine. Je ne savais rien de plus d'elle que ce qui s'était passé cette nuit-là, mais n'arrivai plus à me sortir de la tête l'image, renforcée par la photo que m'avait montrée Sakai, de l'horrible manière dont on l'avait tuée.

— C'est comme dans le film... *L'Exorciste*, renchérit Mattson. Vous vous rappelez ? Quand la tête de la possédée se met à tourner ?

Cela ne m'aida pas.
— Et c'était où ? demandai-je pour essayer de me libérer de ces images.
— C'est le propriétaire qui l'a trouvée dans sa douche, enchaîna Mattson. Son corps couvrant la bonde, l'eau a débordé et il est monté voir. Quand il l'a découverte, l'eau coulait toujours. C'était censé ressembler à une chute après glissade, mais on ne s'est pas laissés avoir. On ne se casse pas le cou en dérapant dans sa douche. Pas comme ça.
J'acquiesçai d'un signe de tête comme si c'était bon à savoir.
— OK, écoutez, dis-je. J'ai rien à voir avec tout ça et je ne peux pas vous aider dans votre enquête. Ce qui fait que si vous n'avez pas d'autres questions, j'aimerais assez…
— Il y a d'autres questions, Jack, me coupa sèchement Mattson. On ne fait que commencer cette enquête.
— Et alors ? Que voulez-vous d'autre ?
— Vous qui êtes journaliste et tout et tout, savez-vous ce qu'est le cyberharcèlement ?
— Vous voulez dire genre les réseaux sociaux où on traque les gens ?
— C'est moi qui pose les questions. Vous, vous êtes censé y répondre.
— Alors, va falloir être plus précis.
— Tina a dit à une amie qu'on la suivait en ligne. Quand cette amie lui a demandé ce que ça voulait dire, Tina lui a répondu qu'un type qu'elle avait rencontré dans un bar en savait plus sur elle qu'il n'aurait dû. Que c'était comme s'il savait déjà tout sur elle quand il a commencé à lui parler.
— Je l'ai rencontrée dans un bar il y a un an de ça. Tout ce truc… Attendez une minute. Comment avez-vous même seulement su qu'il fallait venir me parler ici ?
— Elle avait votre nom. Dans ses contacts. Et elle avait aussi vos bouquins sur sa table de nuit.

Pas moyen de me rappeler si je lui avais parlé de mes livres le soir où je l'avais rencontrée. Mais comme nous avions fini par venir chez moi, c'était assez probable.

— Et c'est à partir de ça que vous vous pointez ici comme si j'étais un suspect ?

— Calmez-vous, Jack. Vous savez très bien comment nous travaillons. C'est une enquête exhaustive que nous menons. Et donc, revenons à ce harcèlement. Ceci pour que ce soit officiel : c'était de vous qu'elle parlait ?

— Non, ce n'était pas de moi. Je ne l'espionnais pas.

— Ça fait plaisir à entendre. Bon et maintenant, la dernière question pour l'instant : seriez-vous prêt à nous donner volontairement un échantillon de salive pour analyse d'ADN ?

La question me fit sursauter. J'hésitai. Je réfléchis aussitôt à la loi et à mes droits et oubliai complètement que je n'avais commis aucun crime et donc que sperme ou fragment de peau sous quelque forme que ce soit, on ne trouverait jamais mon ADN sur une scène de crime du mercredi précédent.

— A-t-elle été violée ? demandai-je. Parce qu'en plus, vous m'accusez de viol ?

— Doucement, Jack. Il n'y a aucun signe de viol, mais disons que... on a de l'ADN du suspect.

Je me rendis compte que mon ADN était le moyen le plus rapide de disparaître de leur écran radar.

— Eh bien, ce n'était pas moi, donc quand voulez-vous me prendre cet échantillon de salive ?

— Maintenant ?

Mattson regarda son coéquipier. Sakai glissa la main dans sa veste et en sortit deux tubes d'une douzaine de centimètres contenant chacun un long coton-tige. Je compris alors que le seul but de leur visite était très vraisemblablement de me prendre mon ADN. Ils avaient celui du tueur. Eux aussi savaient que ce serait le moyen le plus rapide de déterminer si j'étais ou non impliqué dans l'assassinat.

Ça me convenait. Les résultats allaient les décevoir.

— Allons-y, dis-je.

— Bien, dit Mattson. Il y a encore un truc qu'on pourrait faire et qui nous aiderait dans notre enquête...

J'aurais dû le prévoir. On leur ouvre la porte d'un centimètre et ils vous la poussent entièrement.

— Quoi encore ? demandai-je, impatient.

— Ça vous ennuierait d'ôter votre chemise ? Qu'on puisse vérifier vos bras et votre corps ?

— Pourquoi voudriez... ?

Je m'arrêtai. Je savais ce qu'il voulait. Il voulait voir si j'avais des marques d'écorchures ou de blessures suite à une bagarre. L'ADN en question provenait sans doute des ongles de Tina Portrero. Elle s'était battue et avait griffé son assassin.

Je commençai à déboutonner ma chemise.

# CHAPITRE 3

Dès qu'ils furent partis, je sortis mon ordinateur portable de mon sac à dos et cherchai sur le Net le nom Christina Portrero. J'obtins deux résultats, l'un et l'autre sur le site du *Los Angeles Times*. Le premier se réduisait à une mention sur le blog du journal où sont enregistrés tous les assassinats perpétrés dans le pays. Publiée au début de l'affaire, elle ne donnait que peu de détails en dehors du fait que Portrero avait été retrouvée morte dans son appartement lors d'une vérification de la police après qu'elle ne s'était pas pointée à son travail et ne répondait plus ni au téléphone ni sur les réseaux sociaux. Il y avait soupçon d'acte criminel, mais la cause de la mort n'était pas encore établie.

Ce blog, je le suivais religieusement, et m'aperçus que j'avais lu la nouvelle sans même me rendre compte que cette Christina Portrero était la Tina Portrero que j'avais rencontrée un an plus tôt. Je me demandai ce que j'aurais fait si j'avais compris que c'était elle. Aurais-je appelé la police pour lui signaler cette rencontre, le fait qu'à ma connaissance, à au moins une occasion, elle était allée toute seule dans un bar et m'avait emballé pour une nuit sans lendemain ?

La deuxième entrée du *Times* était plus complète et comportait la photo que l'inspecteur Sakai venait de me montrer. Cheveux noirs, yeux noirs, l'air plus jeune qu'elle ne l'était.

J'avais raté l'article parce que je n'avais pas reconnu la photo. D'après le papier, elle était l'assistante personnelle d'un certain Shane Sherzer, un producteur de films. Je trouvai ce détail intéressant parce que lorsque nous nous étions rencontrés un an plus tôt, elle faisait autre chose dans le cinéma : lectrice freelance, elle rédigeait des comptes rendus de scénarios et de livres pour divers producteurs et agents d'Hollywood. Je me rappelai qu'elle m'avait dit lire des choses soumises à ses clients en vue de possibles films ou shows télévisés à développer. Elle en faisait des résumés et comédie, tragédie, jeune adulte, historique, crime et autres, les caractérisait à l'aide d'une grille. Elle terminait chacun de ses rapports par une estimation personnelle du potentiel de l'affaire pour le cinéma. Elle recommandait ainsi ou qu'on laisse carrément tomber ou qu'on la transmette aux échelons supérieurs de la compagnie du client aux fins de nouvelle appréciation. Je me rappelai aussi l'avoir entendue me dire que ce travail exigeait souvent qu'elle se rende dans des sociétés de production sises dans les grands studios de la ville – Paramount, Warner Bros., Universal –, et que c'était très excitant parce que de temps en temps, elle voyait des stars passer d'un bureau à un plateau de tournage ou au restaurant.

L'article du *Times* reproduisait aussi les déclarations d'une certaine Lisa Hill, qui aurait été la meilleure amie de Portrero. Elle avait raconté au journaliste que Tina avait une vie sociale très active et qu'elle s'était récemment remise dans le droit chemin après avoir eu des problèmes d'addiction. Hill n'en révélait pas la nature, car on ne le lui avait même probablement pas demandé. Cela ne semblait pas avoir grand-chose à voir avec l'individu qui avait tué Portrero en lui tordant le cou à cent quatre-vingts degrés.

Aucun de ces deux articles ne mentionnait la cause exacte de la mort. Le second, qui était plus fourni, se contentait de dire qu'elle s'était brisé le cou. Peut-être les rédacteurs du *Times* avaient-ils décidé de ne pas publier d'autres détails, ou alors c'était qu'on ne les leur avait pas donnés. Dans l'un comme dans l'autre papier, tous les renseignements sur ce crime étaient attribués à des «on-dit» de la police. Ni l'inspecteur Mattson ni l'inspecteur Sakai n'étaient mentionnés nommément.

Je dus m'y reprendre à plusieurs fois pour épeler correctement «dislocation atlanto-occipitale» afin de lancer une recherche sur Google. Je trouvai plusieurs résultats, les trois quarts sur des sites médicaux où l'on expliquait que cela se produisait habituellement dans des accidents de voiture avec collision à grande vitesse.

C'était l'article de Wikipédia qui résumait le mieux l'affaire :

> Dislocation atlanto-occipitale (DAO), décapitation orthopédique ou décapitation interne. Ce terme décrit la séparation ligamentaire de la colonne vertébrale de la base du crâne. On peut réchapper d'une telle blessure, mais seuls 30 % des cas n'ont pas pour résultat la mort immédiate. L'étiologie ordinaire pour de pareilles blessures est une décélération soudaine et sévère conduisant à un mécanisme du type coup du lapin.

C'est le mot «mécanisme» qui commença à me hanter dans cette description. Assez fort pour y parvenir, ou en se servant d'un instrument, quelqu'un avait tordu le cou de Tina Portrero. Je me demandai alors s'il y avait des marques sur sa tête ou sur son corps indiquant qu'on s'était servi d'un objet.

Ma recherche sur Google me donna quelques cas de DAO comme cause de la mort. Dont un à Atlanta et un autre à Dallas. Le plus récent s'était produit à Seattle. Tous avaient été reliés à des accidents de voiture, rien ne faisant référence à une DAO qui aurait été la cause de la mort dans une affaire de meurtre.

J'avais besoin de creuser plus profond. À l'époque où je travaillais pour le Velvet Coffin, j'avais un jour eu pour tâche d'écrire un article sur un congrès mondial de légistes. Ils s'étaient réunis dans le centre de Los Angeles et ma direction exigeait un grand papier sur ce dont parlent ces gens-là dans ce genre d'événements. Le rédac-chef qui m'avait donné ce travail voulait des histoires bien sanglantes et que je lui rapporte des exemples de l'humour macabre pratiqué par ceux qui jour après jour ont affaire à la mort et aux cadavres. En rédigeant mon article, je découvris l'existence d'un site Web essentiellement consulté par des légistes se renseignant auprès de leurs collègues lorsqu'ils se retrouvent confrontés à des décès survenus dans des circonstances inhabituelles.

Le site s'intitulait causeofdeath.net[1] et était protégé par un mot de passe, mais parce qu'accessible à des légistes du monde entier, il était mentionné dans des tas de publications distribuées aux membres du congrès. J'avais visité ce site plusieurs fois au fil des ans depuis que j'avais assisté au symposium de L.A., rien que pour fouiller un peu et voir autour de quoi tournaient les discussions du moment. Mais je n'y avais encore jamais posté quoi que ce soit. Je pris soin de formuler mon message de façon à ne pas me faire passer pour un faux légiste, sans vraiment dire que je n'en étais pas un pour autant.

*Salut tout le monde. Nous avons ici à Los Angeles un homicide par dislocation atlanto-occipitale – sexe féminin, quarante-quatre a. Quelqu'un qui aurait déjà eu un homicide par DAO ? Cherche étiologie, marques d'instruments, traces dermato, etc. Toute aide bienvenue. Espère vous voir tous à prochain congrès AssInterLeg. N'y ai plus assisté depuis celui de L.A. Ciao. @Medlegla.*

1. causedelamort.net.

Les abréviations auxquelles j'avais eu recours laissaient entendre que je m'y connaissais – telles que «a» pour «ans» et «DAO» pour «dislocation atlanto-occipitale». Mentionner le congrès de l'Association internationale des légistes ne posait pas de problème dans la mesure où j'y avais assisté. Et cela encouragerait ceux qui liraient mon post à penser que j'étais un des leurs, et en activité. Je savais que cela circonvenait un rien les règles d'éthique, mais je n'agissais pas non plus en tant que journaliste. En tout cas pas encore. Je ne faisais que m'intéresser à la chose. Et les flics n'avaient pas tout à fait dit non plus que j'étais un suspect. Ils étaient venus prendre mon ADN et examiner mes bras et le haut de mon torse. J'avais besoin de renseignements et c'était là un des moyens d'en avoir. Je savais que ce n'était pas joué, mais ça valait le coup d'essayer. J'irais consulter le site deux ou trois jours plus tard pour voir si on m'avait répondu.

Prochaine sur la liste: Lisa Hill. L'article du *Times* la qualifiait d'amie proche de Portrero. Pour elle, je changeai de casquette et passai de suspect potentiel à journaliste. Après avoir fourni en vain tous les efforts de routine pour obtenir son numéro de téléphone, j'essayai de la joindre – à tout le moins la personne que je pensais être elle – en lui envoyant des messages privés sur sa page Facebook, qui semblait inactive, et sur son compte Instagram.

*Bonjour, je suis journaliste et travaille sur un article sur l'affaire Tina Portrero. J'ai vu votre nom dans le papier du* Times *et vous prie d'accepter mes condoléances. J'aimerais m'entretenir avec vous. Seriez-vous disposée à me parler de votre amie?*

Dans chacun de mes messages, j'avais inclus mon nom et mon numéro de portable, mais je savais aussi que Lisa Hill pouvait me joindre par ces réseaux sociaux. Comme pour mon message à l'AssInterLeg, j'allais devoir attendre.

Avant de mettre fin à toutes ces tentatives, je repassai sur le site causeofdeath.net histoire de voir si on avait mordu à mon appât. On ne l'avait pas fait. Je revins alors sur Google et me renseignai sur le harcèlement numérique (ou « cyberharcèlement », comme on appelait ça plus communément). L'essentiel de ce que je trouvai ne collait pas avec ce que Mattson m'avait décrit. Sous le terme de cyberharcèlement, on parlait le plus souvent de victimes suivies par quelqu'un qu'elles connaissaient au minimum vaguement. Et Mattson, lui, avait très précisément déclaré que Tina Portrero s'était plainte à une amie – Lisa Hill, c'était le plus probable – d'avoir le plus aléatoirement du monde rencontré dans un bar un type qui semblait savoir sur elle certaines choses qu'il n'aurait pas dû connaître.

En gardant cela en tête, je me mis en devoir d'apprendre tout ce que je pouvais sur Tina Portrero. Je me rendis vite compte que j'avais peut-être déjà un avantage sur le mystérieux individu qui l'avait alarmée. Je repassais en revue la liste habituelle des applications de réseaux sociaux lorsqu'il me revint à l'esprit que j'étais déjà son ami sur Facebook et un de ses followers sur Instagram. Nous avions échangé ces informations le soir où nous nous étions rencontrés. Ensuite, comme aucun autre rendez-vous n'était sorti de cette soirée, ni elle ni moi ne nous étions plus donné la peine de nous supprimer de nos listes d'amis ou de nous bloquer l'un l'autre. Pure vanité, je devais le reconnaître, tout le monde aimant bien gonfler ces chiffres plutôt que de les réduire.

La page Facebook de Tina n'était pas très active et semblait surtout lui servir à rester en contact avec sa famille. Je me souvins que lors de notre rencontre, elle m'avait dit être originaire de Chicago. Il y avait eu plusieurs posts émanant de personnes avec son patronyme dans le courant de l'année précédente. Rien de plus que des photos et les messages habituels. En plus de vidéos avec chiens et chats reçues ou envoyées par elle.

Je passai à Instagram et découvris qu'elle y était nettement plus active et y postait de nombreuses photos d'elle en train de faire ceci ou cela, seule ou avec des amis. Dont beaucoup avec des légendes indiquant les lieux et l'identité des gens filmés. Je remontai tout cela sur plusieurs mois. Tina s'était rendue à Maui une fois, et deux à Las Vegas. On la voyait avec différentes personnes, de multiples photos la montrant dans des clubs, des bars et à des fêtes privées. De tout cela, il ressortait clairement que son cocktail préféré était le cosmopolitan. Je me rappelai que c'était celui qu'elle tenait dans sa main lorsqu'elle m'avait rejoint au bar du *Mistral* le soir de notre rencontre.

Je dois reconnaître que même si je savais qu'elle était morte, je me sentis jaloux en regardant les photos de son passé récent et en voyant combien elle avait mené une vie pleine et active. La mienne était loin d'être aussi excitante en comparaison, et je sombrai dans de très morbides pensées sur son enterrement à venir où inévitablement ses amis et autres diraient qu'elle avait profité de la vie au maximum. Ce qu'on ne pourrait certainement pas dire de moi.

J'essayai d'oublier ces sentiments d'insuffisance en me rappelant que les réseaux sociaux ne reflètent pas la vie réelle. Qu'on n'y découvre qu'une vie exagérée. Je passai à la suite, le seul post que je trouvai vraiment intéressant étant une photo remontant à quatre mois et la montrant avec une autre femme du même âge qu'elle ou légèrement plus vieille. Elles se serraient dans les bras l'une de l'autre. Et la légende que Tina lui avait donnée était celle-ci : « Enfin retrouvé ma demi-sœur Taylor. C'est de la bombe !! »

De ce seul post, il n'était pas facile de conclure si Taylor était vraiment une demi-sœur avec laquelle elle aurait perdu contact et qu'il aurait donc fallu qu'elle trace, ou si Tina n'avait jamais connu Taylor à l'origine. Mais elles se ressemblaient, c'était indéniable. Elles avaient toutes les deux le même grand front et les mêmes pommettes hautes, yeux et cheveux noirs.

Je cherchai s'il y avait une Taylor Portrero sur Instagram ou Facebook, mais fis chou blanc. Il semblait bien que si Tina et Taylor étaient des demi-sœurs, elles n'avaient pas le même nom de famille.

Mon tour des réseaux sociaux une fois terminé, je passai en mode journaliste total et recourus à divers moteurs de recherche pour y trouver d'autres résultats sur Christina Portrero. Je tombai vite sur les aspects d'elle qu'on ne célébrait pas sur les réseaux. Son casier judiciaire mentionnait une arrestation pour conduite en état d'ivresse et une autre pour possession de substances illicites – à savoir de la MDMA, plus connue sous les noms d'ecstasy ou de Molly, une drogue utilisée comme remontant dans les fêtes. Ces arrestations avaient eu pour résultat deux passages en centre de rééducation sur ordre du tribunal, et une mise à l'épreuve qu'elle avait dû terminer pour que le juge accepte de purger son casier. Ces deux arrestations s'étaient produites plus de cinq ans auparavant.

J'étais encore en ligne à chercher d'autres détails sur elle lorsque mon téléphone sonna, un numéro masqué s'affichant à l'écran.

Je pris l'appel.

— Lisa Hill à l'appareil.

— Ah, génial ! Je vous remercie de m'appeler.

— Vous dites vouloir écrire un article, lança-t-elle. Pour qui ?

— Eh bien, je travaille pour une publication en ligne intitulée Fair Warning. Vous n'en avez peut-être jamais entendu parler, mais nos papiers sont souvent repris par des journaux tels que le *Washington Post* et le *L.A. Times*. Nous avons aussi une option avec NBC News.

Je l'entendis taper sur un clavier et compris qu'elle allait sur notre site. Cela me fit penser qu'elle était astucieuse et ne s'en laissait pas conter. Il y eut un instant de silence pendant lequel je songeai qu'elle devait regarder notre page d'accueil.

— Et vous en faites partie ? finit-elle par me demander.

— Oui, répondis-je. Vous pouvez cliquer sur le lien « notre équipe » dans l'en-tête en noir et cela vous donnera nos profils. Je suis tout en bas. Dernier embauché.

J'entendis son *clic* au moment même où je lui donnais le mode d'emploi. Le silence reprit.

— Quel âge avez-vous ? me demanda-t-elle. Vous avez l'air plus âgé que tout le monde, hormis le propriétaire.

— Vous voulez dire le rédacteur en chef, la corrigeai-je. Eh bien, je travaillais avec lui au *L.A. Times* et je l'ai suivi quand il a monté ce journal.

— Et vous êtes ici, à L.A. ?

— Oui, nous sommes basés à Studio City.

— Je ne comprends pas. Pourquoi un site pour consommateurs s'intéresserait-il au fait que Tina a été assassinée ?

C'était une question à laquelle je m'étais préparé.

— Une partie de mon travail a à voir avec la cybersécurité. J'ai des sources au LAPD et ils savent que je m'intéresse au cyberharcèlement parce que cela fait partie de la sécurité du consommateur. C'est comme ça que j'ai entendu parler de Tina. J'ai parlé aux inspecteurs qui s'occupent de l'affaire, Mattson et Sakai, et ils m'ont appris qu'elle s'était plainte à des amis qu'un type avec qui elle avait eu un rendez-vous ou qu'elle avait rencontré la harcelait en ligne... c'est l'expression dont ils se sont servis.

— Et ils vous ont donné mon nom ? demanda-t-elle.

— Non, jamais ils ne donneraient le nom d'un témoin. Et je...

— Je ne suis pas un témoin. Je n'ai rien vu.

— Désolé, ce n'est pas comme ça que je l'entendais. Du point de vue de l'enquête, les flics considèrent tous les gens auxquels ils parlent comme des témoins. Je sais que vous n'avez aucune connaissance directe de l'affaire. J'ai vu votre nom dans l'article du *Times* et c'est pour ça que j'ai essayé de vous joindre.

J'entendis encore des bruits de clavier avant qu'elle ne réponde. Je me demandai si elle cherchait à en savoir plus sur moi en envoyant un e-mail à Myron qui, lui, était tout en haut de la liste des collaborateurs affichée en première page du site en sa qualité de fondateur et directeur du journal.

— Avez-vous jamais travaillé pour un truc appelé Velvet Coffin ? reprit-elle.

— Oui, avant que je rejoigne Fair Warning. C'était du journalisme d'investigation local.

— On y dit que vous avez fait soixante-trois jours de prison.

— Je protégeais une source. Le gouvernement fédéral la voulait, mais j'ai refusé de donner son nom.

— Qu'est-ce qui s'est passé ?

— Au bout de deux mois, ma source s'est fait volontairement connaître et j'ai été libéré parce que les fédéraux avaient ce qu'ils voulaient.

— Que lui est-il arrivé… ?

— Elle a été virée pour avoir fait fuiter l'info.

— Ah, merde !

— Ouais. Je peux vous poser une question ?

— Oui.

— Simple curiosité : comment le *Times* vous a-t-il trouvée ?

— À un moment donné, j'ai fréquenté un type qui y travaille, à la rubrique des Sports. Il est sur ma page Instagram, a vu la photo que j'ai postée après la mort de Tina et a dit au journaliste qu'il connaissait quelqu'un qui la connaissait.

Il arrive parfois qu'il faille avoir ce genre de coup de chance. J'en avais eu plus d'un dans ma carrière.

— Je comprends, dis-je. Et donc, est-ce que je peux vous demander si… Êtes-vous la personne qui a parlé aux inspecteurs de ce cyberharcèlement ?

— Ils m'avaient demandé de leur dire tout ce qui était inhabituel chez Tina depuis peu et j'ai été incapable de penser à quoi que ce soit hormis au fait qu'une espèce de connard qu'elle avait rencontré dans un bar semblait en savoir trop sur elle, vous voyez ? Ça l'avait fait un peu flipper.

— En savait trop sur elle comment ?

— En fait, elle n'a pas vraiment dit grand-chose. Juste qu'elle avait rencontré ce type dans un bar et que c'était censé être une rencontre fortuite, mais qu'elle avait eu l'impression d'un truc organisé. Genre qu'ils étaient en train de boire des verres quand il lui a dit certaines choses qui lui ont fait comprendre qu'il savait des trucs sur elle et qui elle était et que comme c'était vraiment dégueulasse, elle s'est vite barrée.

J'avais du mal à analyser les divers moments de l'histoire et tentai de la diviser en plusieurs séquences.

— OK bon, dis-je, quel était le nom de l'endroit où ils se sont rencontrés ? demandai-je.

— Je ne sais pas, mais elle aimait bien descendre ici et là dans la Valley, répondit-elle. Du côté de Ventura Boulevard. Elle trouvait que les mecs y étaient moins insistants. Et je crois que ç'avait à voir avec son âge.

— Comment ça ?

— Elle vieillissait. Et dans les clubs d'Hollywood et de West Hollywood, les types sont tous plus jeunes et cherchent des filles plus jeunes.

— OK. Avez-vous dit aux flics qu'elle préférait la Valley ?

— Oui.

J'avais rencontré Tina au bar d'un restaurant de Ventura Boulevard et commençais à comprendre pourquoi Mattson et Sakai s'intéressaient à moi.

— Elle habitait bien près du Strip, non ?
— Oui, répondit-elle. Juste en haut de la côte. Près du vieux restaurant *Spago*.
— Et donc, elle franchissait le col pour passer dans la Valley ?
— Non, jamais. Elle avait eu une amende pour conduite en état d'ivresse et ne prenait plus le volant quand elle sortait. Elle commandait un Uber ou un Lyft.

Je posai que Mattson et Sakai avaient consulté les relevés Uber et Lyft de Tina. Cela avait dû les aider à identifier les bars qu'elle fréquentait et à en savoir plus sur ses autres faits et gestes.

— Bref, pour en revenir à cette histoire de harcèlement, repris-je. Elle est donc allée seule à ce club et a rencontré ce mec, ou alors... cette rencontre avait-elle été arrangée, genre par un site de rencontre ?

— Non, elle avait décidé d'y aller. Elle y était descendue pour se pinter et écouter de la musique, et qui sait ? peut-être rencontrer un mec. Et c'est là qu'elle est, comment dire... tombée sur ce type au bar. De son point de vue à elle, c'était par hasard... ou c'était censé l'être.

Il semblait donc que ce qui s'était passé entre elle et moi n'avait rien d'unique. Tina avait l'habitude de traîner dans des bars pour peut-être y faire des rencontres. Je n'avais aucune idée vieux jeu sur les femmes. Pour moi, elles étaient libres d'aller où bon leur semblait et de faire ce qu'elles voulaient et je n'ai jamais cru non plus que la victime est responsable de ce qui lui arrive. Mais vu son historique de conduite en état d'ivresse et de possession de substances illicites, je voyais maintenant qu'elle prenait des risques. Fréquenter des bars où les hommes sont moins pressants ne suffisait pas, et de loin, à garantir sa sécurité.

— Bon d'accord, enchaînai-je, ils se rencontrent à cet endroit et ils commencent à parler et à boire au bar. Et elle ne l'avait jamais vu ?

— Exactement.
— Et elle vous a dit que ce qu'il lui racontait l'avait fait flipper ?
— Pas précisément. Elle a juste dit : « Il me connaissait. Il me connaissait. » Comme si Dieu sait comment il avait lâché quelque chose qui ne devait absolument rien au hasard.
— A-t-elle dit s'il était déjà là quand elle est arrivée au club ou s'il y est arrivé plus tard ?
— Non, elle ne me l'a pas dit. Un instant, j'ai un autre appel. Ne quittez pas.

Elle n'attendit pas ma réponse. Elle me mit en attente et je songeai à l'incident. Lorsqu'elle reprit la ligne, ton et paroles, tout fut complètement différent. Elle était devenue dure et en colère.

— Espèce de fumier ! me lança-t-elle. Espèce de salopard. Ce mec, c'était vous.
— Quoi ? Mais qu'est-ce que vous...
— C'était l'inspecteur Mattson. Je lui ai envoyé un e-mail. Il m'a dit que vous n'étiez pas du tout en train de rédiger un article et que je devais vous éviter. Vous la connaissiez ! Vous connaissiez Tina et maintenant pour eux, vous êtes un suspect. Espèce de sale con !
— Non, attendez. Je ne suis pas un suspect et je travaille bien sur un article. Oui, j'ai rencontré Tina une fois, mais je ne suis pas le mec du...
— Ne m'approchez surtout pas, bordel !

Et elle raccrocha.

— Merde !

J'avais l'impression d'avoir reçu un coup de poing dans le ventre et j'étais rouge de honte du subterfuge auquel j'avais eu recours. J'avais menti à Lisa Hill et ne savais même pas très bien pourquoi, voire ce que je faisais vraiment. La visite des deux inspecteurs m'avait jeté dans la pire des confusions et je ne savais plus ce qui me motivait. Était-ce ce qui s'était passé entre Christina Portrero et moi, ou cela avait-il à voir avec l'article que j'écrirais peut-être sur l'histoire?

Entre Christina et moi, tout était fini. Ce soir-là, elle avait commandé un taxi et était repartie. Je lui avais demandé un autre rendez-vous avant son départ et elle avait refusé.

— Vous êtes un peu trop vieux jeu pour moi, m'avait-elle lancé.

— Ce qui veut dire…?

— Que ça ne marcherait pas.

— Pourquoi?

— Rien de personnel, mais je ne pense tout simplement pas que vous soyez mon type. Ç'a été une nuit géniale, mais sur le long terme…

— Bon d'accord, alors c'est quoi, votre type?

Tu parles d'une réplique! Elle s'était contentée de sourire et m'avait dit que sa voiture arrivait. Elle avait franchi la porte et je ne l'avais plus jamais revue.

Et maintenant, elle était morte, et je n'arrivais pas à laisser filer. Dieu sait combien ma vie avait changé dès que ces deux inspecteurs m'avaient abordé dans mon garage. J'étais paumé et sentais que tout ce qui m'attendait ne serait qu'ennuis et ténèbres. Mais je sentais aussi que je tenais un sacré article. Une histoire du tonnerre. Mon genre d'histoire à moi.

Quatre ans plus tôt, j'avais tout perdu à cause d'un article. Mon boulot et la femme que j'aimais. J'avais tout foutu en l'air. Je n'avais pas pris soin de ce qui m'était le plus précieux. J'avais fait passer mon ego et mon papier avant tout. J'avais, c'est vrai, nagé en eau trouble. J'avais tué un type et avais moi-même presque été tué. J'avais terminé en taule à cause de mon respect du métier et de ses principes, mais aussi parce que tout au fond de moi, je savais que cette femme se sacrifierait pour me sauver. Et quand tout s'était effondré, je m'étais imposé la peine de tout laisser derrière moi et de prendre une autre direction. Longtemps avant ça, j'avais déclaré que la mort était ma spécialité. Et maintenant, avec Christina Portrero, je savais que ça l'était toujours.

# CHAPITRE 4

Myron m'attendait lorsque j'arrivai au bureau le lendemain matin. La salle de rédaction où nous travaillions était un open-space formé de box réunis ensemble. Du rédacteur en chef au dernier embauché (moi), tout le monde avait droit au même espace de travail. L'éclairage rebondissait sur les carreaux du plafond et redescendait doucement sur nous. Nos ordinateurs de bureau étaient munis de claviers à touches silencieuses. Certains jours, tout y était aussi calme qu'une église un lundi, à moins que quelqu'un ne soit au téléphone et même alors, on pouvait passer dans la salle de réunion à l'arrière pour ne gêner personne. Plus tôt dans ma carrière, j'avais travaillé dans des lieux où rien que la cacophonie des claviers pouvait faire perdre le fil de ce qu'on écrivait.

Équipée d'une fenêtre donnant sur la rédaction, la salle de conférences servait aussi à des interviews surprises et à des réunions d'employés. Ce fut là que Myron m'emmena – et referma la porte derrière nous après y être entré. Nous nous assîmes de part et d'autre de la table ovale. Myron tenait dans sa main une sortie d'imprimante de ce que je pensai être mon papier sur le Roi des arnaqueurs et la posa sur la table. Il était de la vieille école. Il corrigeait tout sur papier au crayon rouge et demandait ensuite à Tally Galvin, notre assistante, d'intégrer les changements dans la version numérique de l'article.

— Et donc, tu n'as pas aimé mon gros titre, lançai-je.

— Non. Le gros titre doit avoir un rapport avec ce que l'article signifie pour le consommateur, pas avec la personnalité… bonne ou mauvaise, tragique ou édifiante… par l'intermédiaire de laquelle on raconte l'histoire, répondit-il. Mais ce n'est pas de ça que je veux te parler.

— Ah… l'article ne t'a pas plu non plus ?

— Non, il est bien. Et même mieux que bien. C'est sans doute un de tes meilleurs papiers. Mais moi, ce dont je veux te parler, c'est d'un e-mail que j'ai reçu hier soir. D'une plainte.

J'eus un rire gêné. D'instinct, je compris de quoi il s'agissait, mais jouai les innocents.

— Une plainte pour quoi ?

— Une femme… Lisa Hill, m'a dit que tu t'étais fait passer pour quelqu'un d'autre en lui parlant d'un meurtre dont tu es, toi, soupçonné par les flics. Bon, normalement, j'aurais effacé cet e-mail ou l'aurais punaisé au mur avec le reste des trucs de cinglés.

Il y avait dans la salle de repos un tableau en liège où l'on affichait les messages les plus fous et bizarres en réponse à nos articles. Souvent, ils émanaient de sociétés et d'individus que nous dénoncions comme dangereux pour le consommateur. Nous appelions ce tableau le « mur de la honte ».

— Sauf que la première chose à quoi j'ai eu droit ce matin est un appel du LAPD confirmant l'e-mail de cette femme, ce qui maintenant nous vaut une seconde plainte, des flics cette fois.

— C'est des conneries, lui renvoyai-je.

— Bon, écoute, mets-moi au jus parce que le flic qui m'a appelé n'était pas très amical.

— Il s'appelait Mattson ?

Il consulta la sortie d'imprimante et certaines des notes manuscrites qu'il y avait portées et acquiesça d'un signe de tête.

— Oui, c'est ça.

— Bon alors, tout ce truc a commencé hier soir quand je suis revenu chez moi après le boulot.

Je me mis en devoir de lui expliquer pas à pas ce qui s'était passé la veille au soir, de l'arrivée de Mattson et Sakai dans mon garage jusqu'à l'appel de Lisa Hill répondant à mes messages et, après avoir tout compris de travers, raccrochant violemment sous l'effet de la colère. Vieille école en toutes circonstances, Myron avait pris des notes pendant mon récit. Lorsque j'en eus fini, il les consulta avant de parler.

— OK, dit-il enfin. Ce que je pige pas, c'est pourquoi tu as cru qu'un article sur un meurtre serait quelque chose qu'on publierait ici.

— Mais tu ne...

— Laisse-moi terminer. Ça me fait penser que tu t'es servi de Fair Warning et de la place parfaitement légale que tu y occupes en qualité de journaliste pour enquêter sur autre chose, à savoir la mort de cette femme que tu connaissais. Tu vois où je veux en venir ? Ça ne me semble pas bien.

— OK, écoute, que Lisa Hill t'ait envoyé un e-mail ou pas, ou que les flics, eux, t'aient appelé ou pas, j'allais passer aujourd'hui pour te dire que ce serait le sujet de mon prochain papier.

— Sauf que ça ne pourra pas l'être : il y aurait conflit d'intérêts.

— Quoi ? Parce que j'ai connu une femme qui s'est fait tuer un an plus tard ?

— Non, parce que les flics s'intéressent officiellement à toi dans cette affaire.

— Mais c'est des conneries ! À reprendre ce que m'a dit Lisa Hill avant de raccrocher et mon analyse des réseaux sociaux de la victime, il est clair qu'elle avait des rendez-vous avec des tas de types. Je ne juge pas, mais tous, moi compris, nous devons « intéresser » les flics. C'est juste qu'ils jettent le filet un peu loin. Ils ont l'ADN trouvé sur la scène de crime parce qu'ils m'ont pris un échantillon de…

— Tu as laissé ça très commodément de côté en me racontant ton histoire.

— Je ne pensais pas que ce soit important parce que ça ne l'est tout simplement pas. L'idée, c'est que je le leur ai donné volontairement parce que je sais qu'une fois qu'ils l'auront analysé, je serai disculpé. Et libre d'écrire cet article.

— Quel article, Jack ? Nous défendons les consommateurs ici, et ça n'a rien à voir avec le blog des meurtres du *L.A. Times*.

— Ce papier ne traitera pas du meurtre. Ce que je veux dire par là, c'est que c'est le cyberharcèlement qui nous intéresse et ça, ça fait bien partie de la défense du consommateur. Tout le monde utilise les réseaux sociaux, cet article montrera combien nous sommes vulnérables aux cyberprédateurs. Combien l'intimité est une chose du passé.

Il hocha la tête.

— Sauf que ça, c'est du réchauffé, dit-il. Tous les canards du pays l'ont fait. C'est pas un article pour nous, et moi, je peux pas te laisser courir après ça. Ce dont on a besoin, c'est de papiers qui parlent de choses nouvelles et qui suscitent la curiosité de tout un tas de gens.

— Je peux te garantir que c'en sera un.

Il hocha de nouveau la tête. Ça commençait à déraper.

— Qu'est-ce que tu pourrais bien apporter de neuf à ce truc ? demanda-t-il.

— Il faudrait que j'y consacre un peu plus de temps avant de pouvoir répondre pleinement à ta question, mais...

— Écoute, tu es un grand journaliste et tu as un bon historique dans ce genre d'affaires. Mais ce n'est pas ce qu'on fait ici, Jack. On a un certain nombre d'objectifs à tenir dans nos reportages.

Je voyais bien qu'il était extrêmement mal à l'aise parce que nous étions entre pairs. Ce n'était pas à un gamin à peine sorti de l'école de journalisme qu'il faisait la leçon.

— Nous avons une base et des followers, poursuivit-il. Nos lecteurs viennent sur notre site pour y trouver ce que nous disons être notre mission : de la surveillance sans concessions.

— Tu me dis donc que ce sont nos lecteurs et soutiens financiers qui décident du sujet de nos enquêtes ?

— Ah non, pas de ça ! Je n'ai pas mentionné nos donateurs et tu sais que ce n'est pas vrai. Nous sommes complètement indépendants.

— Je n'essaie pas de déclencher la bagarre. Mais on ne s'engage pas dans ces affaires en sachant quelle en sera la fin. Les meilleurs reportages partent d'une question. On part de qui est entré par effraction dans le quartier général du parti démocrate pour arriver à qui a tué mon frère. Est-ce le cyberharcèlement qui a fini par tuer Christina Portrero ? C'est ça, ma question. Et si la réponse est oui, ça rentre bien dans le cadre de nos publications.

Myron consulta ses notes avant de répondre.

— C'est un sacré « si », finit-il par me renvoyer.

— Je sais. Mais ça ne veut pas dire qu'il ne faut pas essayer de répondre à la question.

— Ça ne me plaît toujours pas que tu sois dans cette histoire jusqu'au cou. Les flics t'ont quand même pris ton ADN, bon sang !

— Non, c'est moi qui le leur ai donné. Volontairement. Parce que tu crois que si j'avais eu quoi que ce soit à voir avec ce truc, je leur aurais dit : « Bien sûr, les mecs, prenez-moi mon ADN. J'ai pas besoin d'un avocat. J'ai pas besoin de réfléchir. » Non, Myron, je ne l'aurais pas fait. Et je ne l'ai pas fait. Je serai mis hors de cause, mais si nous attendons les résultats du labo de la police, nous perdrons et l'article et notre élan.

Myron gardait les yeux baissés sur ses notes. Je compris que ça se jouait à peu.

— Écoute, laisse-moi y travailler encore quelques jours, repris-je. Ou bien je trouve quelque chose ou bien je ne trouve rien et si je ne trouve rien, je reviens bosser sur tout ce que tu voudras me filer. Les berceaux qui tuent, les sièges bébés dangereux... Je te fais toute la ligne protections pour bébé, si tu veux.

— Te fous pas de ça. Ces mises en garde sur les articles pour bébé nous valent plus de lecteurs que presque tout le reste de ce que nous faisons.

— Je sais. Parce que les bébés, faut les protéger.

— Bon d'accord, c'est quoi la suite... à condition que je te laisse continuer un peu ?

Je sentis que j'avais remporté la bataille : il allait lâcher.

— Ses parents, répondis-je. Je veux savoir ce qu'elle leur a raconté sur ce harcèlement. Elle a aussi posté quelque chose sur Instagram pour dire qu'elle avait retrouvé sa demi-sœur. Je ne sais pas ce que ça signifie et je veux le savoir.

— Où sont ses parents ? demanda-t-il.

— Je n'en suis pas encore sûr. Elle m'a dit être originaire de Chicago.

— Pas question que tu ailles à Chicago. On n'a pas le fric pour...

— Je sais. Je ne te demande pas de m'y envoyer. Il y a un truc qui s'appelle le téléphone, Myron. Ce que je te demande, c'est du temps. Pas de claquer du fric.

Avant qu'il ait eu le temps de répondre, Tally Galvin passa la tête par la porte.

— Myron, dit-elle. Les flics sont là.

Je me renversai en arrière et jetai un coup d'œil à la rédaction à travers la vitre. J'y vis Mattson et Sakai devant le bureau de Tally à l'accueil.

— Eh bien, envoyez-les-moi, lança-t-il.

Tally alla chercher les deux inspecteurs tandis que Myron me regardait de l'autre côté de la table.

— Tu me laisses gérer, murmura-t-il. Tu ne dis pas un mot.

Avant que je puisse protester, la porte s'ouvrit sur Mattson et Sakai.

— Inspecteurs, leur lança Myron, je me présente : Myron Levin, fondateur et rédacteur en chef du Fair Warning. Je pense avoir parlé à l'un de vous deux ce matin.

— Oui, à moi, répondit Mattson. Je m'appelle Mattson, et voici l'inspecteur Sakai.

— Asseyez-vous. Que pouvons-nous faire pour vous ?

Sakai se mit en devoir d'écarter une des chaises de la table.

— Nous n'aurons pas besoin de nous asseoir, lui asséna Mattson.

Sakai se figea, une main toujours sur la chaise.

— Ce dont nous avons besoin, c'est que vous arrêtiez, enchaîna Mattson. Nous enquêtons sur un meurtre et la dernière chose dont nous avons besoin, c'est deux reporters à la noix qui nous foutent la merde en fouillant à droite et à gauche. Bref, vous arrêtez.

— Deux reporters « à la noix », inspecteur ? répéta Myron. Et ça veut dire quoi ?

— Ça veut dire que vous n'êtes même pas de vrais journalistes et que vous avez ce mec qui cavale partout, cause aux témoins, les intimide... Et de me montrer du doigt. « Ce mec », c'était moi.

— Des conneries tout ça, lui renvoyai-je. Tout ce que je... Myron tendit la main pour m'arrêter.

— Inspecteur, dit-il, mon reporter travaillait sur une affaire. Et pour ce qui est de votre opinion comme quoi nous ne serions que des tout ce que vous voudrez « à la noix », sachez que nous sommes des membres parfaitement reconnus et légitimes des médias et que nous jouissons donc de toutes les libertés de la presse. Et que nous ne nous laisserons pas intimider alors que nous poursuivons un travail parfaitement justifié.

Je fus ébahi par le calme et les fortes paroles de Myron. Cinq minutes plus tôt, il mettait en doute mes motivations et l'article que je voulais écrire, et maintenant, nous avions resserré les rangs et ne lâchions plus rien. C'était la raison même qui m'avait poussé à travailler pour lui.

— Peut-être, mais vous n'aurez pas un gros article si votre reporter finit en prison, insista Mattson. Et ça vous fera passer pour des quoi aux yeux de vos frères journalistes ?

— Vous êtes en train de me dire que si nous continuons notre travail d'enquête, vous allez emprisonner notre reporter ? demanda Myron.

— Je vous dis qu'il pourrait vite passer du statut de reporter à celui de suspect n° 1 et qu'à ce moment-là, la liberté de la presse n'aura plus guère d'importance, n'est-ce pas ?

— Inspecteur, arrêtez mon journaliste, et je vous garantis que cela suscitera un très grand intérêt dans les médias. Ça fera du bruit dans tout le pays. Et ça en fera encore plus lorsque vous serez contraints de le relâcher et de reconnaître publiquement que vous et vos collègues avez monté un dossier bidon contre un reporter parce que vous aviez peur qu'il trouve les réponses que vous, vous aurez été incapables d'apporter à cette affaire.

Mattson parut hésiter à répondre. Il finit néanmoins par reprendre la parole en me regardant droit dans les yeux maintenant qu'il avait vu que Myron était intraitable. Il parla, mais avec des mots nettement moins mordants.

— Je vous demande, et pour la dernière fois, de vous tenir à l'écart de cette affaire, dit-il. Laissez Lisa Hill tranquille et ne vous mêlez plus de tout ça.

— Vous n'avez donc toujours rien, c'est ça? lui lançai-je.

Je m'attendais à ce que Myron lève à nouveau la main pour me faire taire, mais cette fois il n'en fit rien. Il se contenta de regarder intensément Mattson en attendant sa réponse.

— J'ai ton ADN, mon gars! lâcha celui-ci. Et il vaudrait mieux que les résultats soient bons.

— Ça confirme donc ce que je pensais, lui renvoyai-je. Vous n'avez rien et vous perdez votre temps à essayer d'intimider les gens pour qu'ils ne s'en rendent pas compte.

Mattson ricana comme si je n'étais qu'un idiot qui ne sait pas de quoi il parle. Puis il tendit la main et donna une tape sur le bras de Sakai.

— Allez, dit-il, on y va.

Il se retourna et conduisit son collègue dehors. Myron et moi les regardâmes traverser la salle de rédaction en roulant les mécaniques pour gagner la porte. Je me sentais bien. Soutenu et protégé. Ce n'était pas une bonne époque pour être journaliste. On était arrivés à l'ère des fake news et des journalistes qualifiés d'ennemis du peuple par le pouvoir. Les journaux fermaient à droite et à gauche et d'après certains, l'industrie était maintenant prise dans une spirale mortelle. En attendant, il y avait de plus en plus de reportages non vérifiés et de sites médiatiques biaisés, la ligne de séparation entre journalisme impartial et partisan ne cessant de s'amenuiser. Mais dans la façon dont Myron avait géré Mattson, j'avais vu un retour à l'époque où la presse n'avait pas peur et, parce que sans préjugés, ne pouvait être intimidée. Soudain, je me sentis au bon endroit pour la première fois depuis bien longtemps. Myron Levin devait lever des fonds et faire marcher le site Web. Telles étaient ses priorités et il ne pouvait plus être journaliste autant qu'il l'aurait voulu. Mais lorsqu'il avait mis cette casquette, il s'était montré aussi implacable que n'importe lequel de ceux que j'avais connus. Une histoire célèbre courait sur lui à l'époque où il tenait la rubrique défense des consommateurs au *Los Angeles Times*. Cela s'était passé avant qu'il ne soit racheté, quitte le journal et se serve de l'argent pour financer Fair Warning. Dans les milieux du reportage, on ne se sent jamais aussi bien que lorsqu'on débusque un voyou, rédige l'article qui braque les projecteurs sur lui et met fin à ses opérations. Les trois quarts du temps, le charlatan crie son innocence et réclame des dommages et intérêts. Il veut des millions, puis sans faire de bruit, il quitte la ville pour reprendre ses activités ailleurs. La légende voulait donc qu'après celui de Northridge en 1994, Myron ait démasqué un escroc qui avait monté une arnaque aux réparations des dégâts causés par les tremblements de terre. Une fois mis en cause en première page du *Times*, l'arnaqueur avait hurlé qu'il était innocent et attaqué le journal en diffamation pour dix millions de dollars. Dans les documents présentés à la cour, il avait déclaré que l'article de Myron lui avait valu tant d'humiliations et causé tant d'angoisse que ces réparations ne seraient rien comparées aux dommages infligés à sa réputation et à sa santé. À l'entendre, le papier de Myron lui avait occasionné des saignements du rectum. Il n'en avait pas fallu plus pour faire de Myron une légende du journalisme. Il avait écrit un article qui avait censément fait saigner quelqu'un du trou du cul. Jamais aucun reporter ne pourrait surpasser ça quel que soit le nombre de millions pour lequel on allait le traîner devant les tribunaux.

— Merci, Myron, dis-je. Tu as couvert mes arrières.

— Évidemment. Et maintenant file trouver ce qu'il te faut.

J'acquiesçai d'un signe de tête tandis que tous les deux, nous regardions les inspecteurs franchir la porte de sortie.

— Et vaudrait mieux que tu fasses gaffe, ajouta-t-il. Ces deux connards ne t'aiment pas beaucoup.

— Je sais, répondis-je.

## CHAPITRE 5

Avec l'approbation de mon patron et rédacteur en chef, j'étais enfin chargé de l'article. Et j'eus de la chance en y allant de mon premier acte officiel. Je repris les réseaux sociaux de Tina Portrero, me servis de ses tags sur Facebook pour identifier sa mère et la contactai par l'intermédiaire de sa propre page Facebook. Si Regina Portrero me rendait la pareille de chez elle à Chicago, je pensais que nous pourrions convenir d'un rendez-vous téléphonique. C'est ce qu'il y a de moins dangereux avec les gens en deuil – j'ai toujours une cicatrice au visage après avoir un jour posé la mauvaise question à une femme qui pleurait la brutale disparition de son fiancé. Cela étant, nuances de la conversation, expressions et émotions, bien des choses peuvent se perdre ou être manquées dans un coup de fil.

Mais ce fut là que la chance me sourit. Je lui avais envoyé mon message privé à peine une heure avant lorsqu'elle me contacta et m'informa qu'elle était à Los Angeles, où elle effectuait les démarches nécessaires au rapatriement du corps de sa fille. Elle était descendue au *London West Hollywood Hotel* et prévoyait de quitter la ville dès le lendemain matin, quand le cadavre de Tina se trouverait dans la soute de l'avion. Elle m'invita à passer la voir pour parler de sa fille.

Je ne pouvais pas résister à une invitation pareille, surtout maintenant que je savais que Mattson et Sakai ne se priveraient pas de la mettre en garde contre moi. Je lui répondis que je serais à la réception de son hôtel dans une heure. J'en informai Myron, filai dans ma Jeep, pris le Coldwater Canyon par le sud, franchis le col des Santa Monica Mountains et redescendis dans Beverly Hills. Après quoi, j'enfilai Sunset Boulevard direction est pour rejoindre le Strip. Le *London West Hollywood Hotel* se trouvait juste au milieu.

Regina Portrero était de petite taille et avait dans les soixante-cinq ans, ce qui laissait entendre qu'elle avait eu Tina tôt. La ressemblance avec sa fille se remarquait le plus dans ses yeux marron foncé et ses cheveux noirs. Elle me retrouva à l'entrée, un demi-bloc au sud de Sunset dans San Vicente Boulevard. C'était le quartier même de Tina, qui n'avait vécu qu'à quelques rues de là.

Nous nous installâmes dans un salon probablement réservé aux clients attendant que leurs chambres soient prêtes. Pour l'heure néanmoins, il n'y avait personne et nous pûmes nous isoler. Je sortis mon carnet et le posai sur ma cuisse de façon à y prendre des notes sans que ce soit trop manifeste.

— Pourquoi vous intéressez-vous à Tina ? me demanda-t-elle.

Cette première question me désarçonna parce qu'elle ne l'avait pas posée lors de notre premier contact. Et maintenant, elle voulait savoir ce que je fabriquais et je me rendais compte que si je répondais pleinement et sans tricher, l'interview s'arrêterait probablement avant même d'avoir commencé.

— D'abord, je tiens à vous faire part de mes condoléances, lui répondis-je. J'ai du mal à imaginer ce que vous endurez et je suis vraiment désolé d'être un pareil intrus. Mais ce que m'a dit la police sur cette affaire change beaucoup de choses et fait que ce qui est arrivé à Tina devrait sans doute être connu du grand public.

— Je ne comprends pas. C'est de ce qui est arrivé à son cou que vous me parlez ?

— Oh, non ! Je fus mortifié que ma réponse maladroite à sa première question lui ait rappelé l'horrible manière dont sa fille avait été tuée. En bien des façons, j'aurais préféré qu'elle m'expédie une gifle en travers de la figure et que le diamant de sa bague de fiançailles me déchire la peau et m'y laisse une deuxième cicatrice.

— Euh, euh..., bégayai-je. Ce que je voulais dire, c'est que... les policiers m'ont dit qu'elle a peut-être été victime de cyberharcèlement et pour ce que j'en sais maintenant, il n'y a aucune preuve que les...

— Ils ne m'ont pas dit ça. Ils m'ont seulement informée qu'ils n'avaient aucune piste.

— C'est que... je ne veux pas parler à leur place et peut-être est-ce qu'ils ne veulent rien vous dire avant d'être sûrs. Mais d'après ce que je comprends, votre fille aurait confié à des amies... comme Lisa Hill... qu'elle se sentait suivie. Et honnêtement, c'est cet aspect-là qui m'intéresse. Parce que ça touche aux consommateurs... à l'intimité des gens... et s'il y a... un problème, alors c'est sur ça que je vais écrire.

— Comment a-t-elle été suivie ? Tout ça, pour moi, c'est du nouveau.

Je savais être en danger. Je lui donnais des renseignements qu'elle ignorait et la première chose qu'elle allait faire après mon départ serait d'appeler Mattson pour en discuter. Alors celui-ci saurait que je poursuivais toujours, et activement, mon enquête, ce qui à son tour amènerait Regina à découvrir que mon intérêt de journaliste pour sa fille était compromis par le fait que je l'avais connue brièvement, mais de façon intime. Ce qui voulait dire que c'était la seule fois que je pourrais parler à Regina, car ensuite elle se retournerait contre moi de la même manière que Lisa Hill.

— Je ne sais pas exactement comment elle a été suivie, lui répondis-je. C'est seulement ce que m'a dit la police. J'ai parlé avec son amie Lisa et celle-ci m'a affirmé que Tina aurait apparemment été abordée par un type dans un bar, mais qu'elle avait alors eu l'impression qu'en fait, il l'attendait. Que ce n'était donc pas une rencontre fortuite.

— Je lui avais dit de ne pas traîner dans les bars. Mais elle ne pouvait pas s'en empêcher... même après ses arrestations et sa cure de désintoxication.

La réponse était incongrue. Je lui parlais de Tina qui se sentait suivie et elle, elle se fixait sur les problèmes de drogue et d'alcool de sa fille.

— Je ne dis pas que ceci aurait un lien avec cela, enchaînai-je. Et je ne pense pas que les flics soient encore au courant. Mais je sais que votre fille a été effectivement arrêtée plusieurs fois et a subi une cure de désintoxication. C'est ce que vous voulez me dire en me parlant de ses virées dans les bars ?

— Elle n'arrêtait pas de sortir, de rencontrer des inconnus... Et cela avait commencé dès le lycée. Son père lui avait même dit que ça pourrait se terminer comme ça... Il l'avait avertie... mais elle ne l'écoutait pas. Elle ne semblait pas s'en soucier. Dès le début, elle a été folle des garçons.

Elle donnait l'impression de regarder dans le vague en parlant. Ce « folle des garçons » paraissait bien innocent, mais il était clair qu'elle se souvenait de sa fille déjà jeune femme. Et ce souvenir désagréable lui causait peine et rancœur.

— Tina s'est-elle jamais mariée ? demandai-je.

— Non. Elle disait ne pas vouloir être tenue en laisse par un seul homme. Mon mari lui répondait en plaisantant qu'elle lui avait fait économiser un paquet de fric en ne le faisant pas. Mais c'était notre seule enfant et j'ai toujours regretté de ne pas avoir pu lui organiser son mariage. Ça ne s'est jamais produit. Elle cherchait toujours quelque chose que, pensait-elle, aucun homme ne pourrait lui donner... Ce que c'était, je ne l'ai jamais su.

Je me rappelai le post que j'avais découvert sur les réseaux sociaux de Tina.

— Sur Instagram, j'ai vu qu'elle disait avoir retrouvé sa sœur, lui dis-je. Sa demi-sœur. Mais... ce n'est pas votre fille ? Son visage changeant du tout au tout, je sus que j'avais touché quelque chose de pénible dans sa vie.

— Je ne veux pas parler de ça, dit-elle.

— Je m'excuse. J'ai dit quelque chose de mal ? Que s'est-il passé ?

— Tous ces gens qui se passionnent pour ces trucs ! D'où ils viennent. S'ils sont suédois ou indiens... Ils ne savent pas avec quoi ils jouent. C'est comme cette intimité dont vous parliez. Il y a des secrets qui doivent le rester.

— Et cette demi-sœur en était un ?

— Un jour, Tina envoie son ADN pour analyse et la première chose qu'elle fait après, c'est nous annoncer qu'elle a une demi-sœur là-bas à Naperville. Elle... Je ne devrais pas vous dire tout ça.

— Vous pouvez me le dire de manière officieuse. Ça ne figurera jamais dans mon article, mais si ça m'aide à comprendre votre fille et ce qui l'intéressait, ça pourrait être important. Savez-vous pourquoi elle a envoyé son ADN pour analyse ? Cherchait-elle à...

— Qui sait ? C'est ce qu'on fait aujourd'hui, non ? C'est rapide, et pas cher. Elle avait des amies qui le faisaient... pour trouver leurs ancêtres.

Je n'avais jamais soumis mon ADN à aucun de ces sites d'analyse génétique, mais je connaissais des gens qui l'avaient fait et savais donc en gros comment ça marchait. Votre ADN passait par une banque de données génétiques qui vous renvoyait des correspondances avec d'autres clients du site, pourcentages d'ADN partagés inclus. Plus ceux-ci étaient élevés, plus les liens étaient proches... Cela allait du cousin éloigné au frère ou à la sœur.

— Elle a trouvé sa demi-sœur. J'ai vu leur photo. Naperville... C'est près de Chicago, n'est-ce pas ?

Il fallait que je continue à la faire parler de quelque chose dont elle ne voulait pas discuter. Une question facile entraînant une réponse facile, les mots continuèrent de couler.

— Oui, répondit-elle. C'est là que j'ai grandi. Et que je suis allée au lycée.

Elle marqua une pause, me regarda, et je compris qu'elle avait besoin que je raconte l'histoire. Il m'a toujours émerveillé de voir les gens s'ouvrir ainsi. Je n'étais qu'un inconnu, mais ils savaient que j'étais journaliste, soit quelqu'un qui consigne les histoires. J'ai souvent découvert en couvrant des tragédies que les individus laissés derrière veulent vous parler du fond de leur deuil afin de dresser une image de l'être cher qui a disparu – les femmes plus que les hommes. C'est comme si elles avaient un sens du devoir à accomplir envers celui ou celle qui n'est plus. Et parfois, elles n'ont besoin que d'une pichenette pour démarrer.

— Vous avez eu un enfant, dis-je.

Elle acquiesça d'un signe de tête.

— Et Tina ne l'a jamais su.

— Personne ne l'a su. C'était une fille. Je l'ai abandonnée. J'étais trop jeune. Et plus tard, j'ai rencontré mon mari et nous avons fondé une famille. Tina. Et alors elle a grandi et a envoyé son ADN à un de ces trucs. Et l'autre aussi l'avait fait. La fille. Elle savait qu'elle était adoptée et elle cherchait ses parents. Elles se sont rencontrées par le site d'analyses et ça a détruit notre famille.

— Le père de Tina ne savait pas...

— Je ne le lui avais pas dit tout de suite et après, c'était trop tard. C'était censé être mon secret. Mais le monde change et maintenant l'ADN peut tout déverrouiller et les secrets ne sont plus des secrets.

J'ai eu jadis un rédac-chef du nom de Foley qui disait que parfois, la meilleure question est celle qu'on ne pose pas. J'attendis. Je ne me sentais pas obligé de poser la suivante.

— Mon mari m'a quittée, reprit-elle. Pas parce que j'avais eu un enfant. Non, parce que je ne le lui avais pas dit. Il m'a dit que notre mariage était fondé sur un mensonge. Ça remonte à quatre mois. Christina n'était pas au courant. Son père et moi étions tombés d'accord pour ne pas lui infliger cette culpabilité. Elle s'en serait voulu.

Regina tenait beaucoup de mouchoirs en papier dans ses mains, elle s'en servit pour s'essuyer les yeux et le nez.

— Tina est remontée à Chicago pour rencontrer sa demi-sœur, enchaînai-je en espérant susciter d'autres révélations de cette femme brisée.

— Elle était si gentille! s'écria-t-elle. Elle voulait nous réunir. Elle trouvait que ç'aurait été bien. Elle ne savait pas ce qui se passait entre son père et moi. Mais je lui ai dit non, que je ne pouvais pas voir la fille. Pas tout de suite. Et ça l'a mise très en colère contre moi.

Elle hocha la tête et reprit :

— C'est drôle, la vie. Tout est bon, tout est bien. On croit que ses secrets sont à l'abri. Puis il arrive quelque chose et tout fout le camp. Tout change.

Ce ne serait qu'un détail dans mon article, mais je lui demandai à quel site d'analyse génétique Christina avait envoyé son ADN.

— GT23, répondit-elle. Je m'en souviens parce que ça ne coûtait que vingt-trois dollars. Tout ce chagrin pour seulement vingt-trois dollars!

J'avais entendu parler de cette GT23. C'était une des start-up récemment entrées sur le marché des tests et analyses d'ADN.

Elle essayait de prendre le contrôle d'une industrie qui valait des milliards de dollars en baissant ses prix de manière drastique. Sa campagne de publicité promettait des analyses accessibles aux masses. Son slogan était : « Pour un ADN abordable ! » Le vingt-trois de son intitulé se référait aussi bien aux vingt-trois paires de chromosomes du génome humain qu'au prix de base de son kit : résultats ADN complets et ascendants pour vingt-trois dollars.

C'est alors que Regina se mit à pleurer à chaudes larmes. Son tas de mouchoirs commençait à tomber en morceaux. Je lui promis de lui en rapporter d'autres, me levai et cherchai des toilettes.

Quelque chose me disait que si l'arrivée de la demi-sœur dans la vie de Tina avait son importance, ce n'était pas cette partie de l'histoire qui conduisait au cyberharcèlement. Ce n'était qu'un rayon dans la roue de son existence, mais il avait amené de profonds changements chez ses proches. Cela étant, le harcèlement ne pouvait venir que d'autre chose et pour moi, cela avait à voir avec son style de vie.

Je trouvai les toilettes, ouvris un réceptacle en acier contenant une boîte de mouchoirs en papier et rapportai le tout au salon dans l'entrée.

Regina avait disparu.

Je regardai autour de moi, elle n'était visible nulle part. Je jetai un coup d'œil au canapé où elle avait pris place, il n'y avait plus ni sac à main ni tas de mouchoirs en papier.

— Désolée, j'ai dû aller aux toilettes.

Je me retournai, c'était elle. Elle reprit sa place sur le canapé. Elle donnait l'impression de s'être nettoyé la figure. Je posai ma boîte de mouchoirs à côté d'elle et regagnai la chaise sur laquelle je m'étais assis à sa gauche.

— Je suis désolé de vous faire revivre tout ça, repris-je. Je ne savais pas que vous poser cette question ferait remonter ces choses si difficiles.

— Non, ça va, dit-elle. D'une certaine façon, c'est même assez thérapeutique. D'en parler, de tout sortir, de... Vous voyez ?
— Peut-être. Oui, je pense.
Je voulais qu'on parte dans une autre direction.
— Et donc, enchaînai-je, Tina vous a-t-elle jamais parlé des hommes avec lesquels elle sortait ?
— Non. Elle savait ce que je pensais de ça et de son style de vie. Et puis, qu'est-ce que je pouvais dire ? J'avais rencontré mon mari dans un club de blues du South Side de Chicago. Et je n'avais que vingt ans.
— Savez-vous si elle prenait des rendez-vous en ligne, enfin... ce genre de choses ?
— Je dirais que oui, mais je n'en sais rien. Les policiers m'ont posé la même question et je leur ai répondu qu'elle ne me disait rien de précis sur sa vie ici. J'étais au courant pour son arrestation et sa cure de désintoxication... parce qu'elle avait eu besoin d'argent, mais c'est tout. La seule chose que je n'arrêtais pas de lui dire était que j'aurais aimé qu'elle revienne à la maison pour qu'on soit ensemble. Je le lui disais chaque fois qu'on se parlait.
Je hochai la tête et transcrivis ces derniers mots.
— Et maintenant, c'est trop tard, ajouta-t-elle.
Elle se remit à pleurer et je notai aussi cette dernière phrase.
J'aurais dû mettre fin à l'interview à ce moment-là et ne pas la pousser plus loin. Mais je savais que dès qu'elle le reverrait, Mattson lui dirait de m'éviter. C'était maintenant ou jamais et il fallait que je m'en accommode.
— Êtes-vous allée à son appartement ? demandai-je.
— Non. La police me dit qu'il est sous scellés parce que c'est une scène de crime.
Moi aussi, j'espérais pouvoir y jeter un coup d'œil.
— Les flics vous ont-ils dit quand vous pourriez y entrer pour reprendre ses affaires ?

— Pas encore. Pour ça, il faudra que je revienne. Peut-être après l'enterrement.
— Où habitait-elle exactement ?
— Savez-vous où se trouvait le magasin *Tower Records* ?
— Oui, en face de la librairie.
— Elle habitait juste au-dessus. Dans les Sunset Place Apartments.

Elle sortit un autre mouchoir de la boîte et se tamponna les yeux.

— Joli endroit, dit-elle.

J'acquiesçai d'un signe de tête.

— Elle était belle et gentille, reprit-elle. Pourquoi quelqu'un a-t-il éprouvé le besoin de la tuer ?

Elle enfouit sa tête dans ses mains et ses sanglots dans ses mouchoirs. Je l'observai, rien de plus. Elle avait posé une question que seule peut poser une mère et à laquelle seul peut répondre l'assassin. Mais c'était beau et je me rappelai de la noter plus tard. Pour l'instant, je me contentai de lui montrer ma sympathie en hochant la tête.

# CHAPITRE 6

Je retournai au bureau avant l'heure du déjeuner. Chacun dans son box, tout le monde était en train de manger des sandwichs de l'*Art's Deli*. Les trois quarts du temps, nous commandions des plats à livrer, mais personne n'avait pensé à m'envoyer un texto pour savoir ce que je voulais. Aucun problème – à ce moment-là, je n'avais pas besoin de nourriture. Le dynamisme de l'histoire m'alimentait. J'en étais au stade où je savais tenir quelque chose, mais ne pouvais ni dire exactement de quoi il s'agissait ni ce que je devrais faire après. Je commençai par ouvrir un fichier Word dans mon ordinateur portable et y transcrivis les notes manuscrites que j'avais prises pendant l'interview de Regina Portrero. J'étais à la moitié de ce processus lorsque je compris mon problème. La prochaine étape consistait à retourner voir Lisa Hill pour lui poser d'autres questions sur Tina et sur l'individu qui la suivait, mais Lisa Hill, elle, pensait que j'étais non seulement une ordure, mais surtout un suspect dans l'assassinat de son amie.

Je remis ma transcription à plus tard et vérifiai mon téléphone pour voir si elle m'avait déjà bloqué sur Instagram. Ce n'était pas le cas, mais je n'y vis qu'un oubli de sa part et savais qu'elle le ferait dès qu'elle vérifierait ses followers et se rappellerait ma supercherie.

Je passai la demi-heure suivante à lui préparer un message privé qui, je l'espérais, me donnerait une deuxième chance.

*Lisa, je m'excuse. J'aurais dû être honnête avec vous, mais les flics se trompent sur mon compte et le savent. Ils ne veulent tout simplement pas que vous parliez à un journaliste. Il serait gênant que je trouve le vrai coupable avant eux. J'aimais beaucoup Tina. J'aurais voulu qu'elle accepte de me revoir. Mais ça s'est arrêté là. Je vais trouver le type qui la suivait et lui a fait du mal. J'ai besoin de votre aide. Je vous en prie, rappelez-moi, que je puisse m'expliquer mieux et vous dire ce que je sais et que les flics ignorent. Merci.*

Je lui donnai mon numéro de téléphone à la fin du message et le lui envoyai en espérant que tout aille bien, mais en sachant que ce n'était pas gagné et que je ne pouvais tout simplement pas attendre qu'elle change d'opinion sur moi. Puis je passai sur le site des causes de la mort, où j'avais posté ma demande de renseignements sur la dislocation atlanto-occipitale. Et c'est là que ma chance et l'affaire changèrent du tout au tout. Il y avait déjà cinq messages qui m'attendaient.

Le premier avait été posté à 7 heures du matin, heure de Los Angeles, mais à 10 heures en Floride – d'où la réponse m'arrivait, envoyée du Bureau du légiste du comté de Broward. Un pathologiste du nom de Frank Garcia m'y parlait d'une affaire de DAO survenue l'année précédente et classée homicide.

*Enquête homicide en cours. Femme, 32 ans, arrivée chez nous pour accident voiture fatal avec décapitation DAO comme CDM, mais enquêteur AC déclare impact pas suffisant. Scène crime trafiquée. Blessures AC post-mortem. Nom victime : Mallory Yates. O/E Ray Gonzalez FLDP.*

Je parvins à déchiffrer l'essentiel des abréviations. «CDM» voulait dire cause de la mort et «AC» accident de la circulation, O/E signifiant officier enquêteur. Je pensai que FLDP était le sigle du Florida Police Department jusqu'à ce que, en allant sur Google, je découvre qu'il s'agissait de la police de Fort Lauderdale, comté de Broward.

Le message suivant me venait de Dallas et, semblable au premier, disait que la victime était une femme d'un âge voisin : Jamie Flynn, 34 ans, était morte dans ce qui semblait être un accident de voiture, une DAO étant listée comme cause du décès. On n'avait pas conclu à l'homicide, seulement à une mort douteuse. Tous les résultats toxicologiques de Jamie Flynn étant négatifs, on n'avait aucune explication claire à donner au fait qu'elle avait quitté la route et percuté un arbre dans un fossé. La mort de cette femme était survenue dix mois plus tôt et l'affaire était toujours ouverte à cause de ces circonstances suspectes.

Le troisième message était un suivi de Frank Garcia du bureau du légiste du comté de Broward.

*Vérifié avec Gonzalez du FLPD. Affaire toujours ouverte, ni suspects ni pistes pour le moment.*

Le quatrième message posté parlait d'un autre cas survenu trois mois plus tôt. Celui-là m'était envoyé par Brian Schmidt, un enquêteur du bureau du coroner du comté de Santa Barbara.

*Charlotte Taggart, 22 a, tombée d'une falaise d'Hendry's Beach, retrouvée morte le lendemain matin. DAO et autres blessures, dues accident. TA .09 et chute survenue à 03.00 en pleine nuit.*

Je savais que « TA » signifiait taux d'alcoolémie et que la limite autorisée pour la conduite était de 0,08 % en Californie, ce qui voulait dire que Taggart était au moins légèrement ivre lorsqu'elle était tombée de la falaise en pleine nuit, sa chute étant la cause de sa mort.

Le cinquième message était le plus récent. C'était aussi le plus court et il me glaça.

*Qui êtes-vous ?*

Il n'avait été posté que vingt minutes plus tôt par le Dr Adhira Larkspar qui, je le savais, était la patronne des légistes du comté de Los Angeles. Cela signifiait que je courais le risque d'être découvert. Lorsque personne ne se porterait volontaire pour s'identifier auprès d'elle, Larkspar pourrait vérifier s'il y avait effectivement eu un cas récent de DAO dans le service, recherche qui la conduirait inévitablement à contacter Mattson et Sakai, ce qui tout aussi inévitablement les conduirait, eux, à conclure que c'était moi qui avais le premier posté un message sur le forum de discussion.

J'essayai d'écarter la perspective d'une autre visite des inspecteurs et de me concentrer sur les infos que j'avais sous le nez. Soit trois cas de DAO dans les dix-huit mois précédents, avec Tina Portrero en guise de quatrième. Les victimes étaient toutes des femmes entre vingt-deux et quarante-quatre ans. Pour l'heure, dans deux de ces cas, on avait conclu à l'homicide, le troisième restant douteux et le dernier – le plus récent avant Portrero – étant classé « accidentel ».

Les victimes étaient toutes des femmes, mais je n'en savais pas assez en matière de physiologie humaine pour être certain que cela soit significatif. Les hommes étant en général plus grands et musclés qu'elles, il se pouvait que les DAO arrivent plus souvent aux femmes dont le corps est plus fragile.

Il se pouvait aussi qu'elles soient suivies et deviennent plus fréquemment la proie de prédateurs que les hommes.

Mais j'allais devoir en savoir plus sur le profil de ces quatre femmes si je voulais arriver à un jugement fondé à partir des renseignements que j'avais. Je décidai de reprendre tout à l'envers et de m'attaquer d'abord au dernier cas. En me servant de moteurs de recherche ordinaires, je ne trouvai pas grand-chose sur Charlotte Taggart en dehors de la notice nécrologique passée moyennant finances dans l'*East Bay Times* et du livre d'or en ligne où la famille et les amis avaient pu laisser des commentaires sur la chère disparue.

D'après la notice, Charlotte Taggart avait grandi à Berkeley et fait ses études supérieures à l'université de Californie, campus de Santa Barbara. Elle était en dernière année lorsqu'elle avait disparu. Elle avait été inhumée au cimetière de Sunset View de Berkeley. Elle laissait derrière elle son père et sa mère, deux frères plus jeunes et nombre de parents proches et éloignés qu'elle avait découverts l'année précédente.

C'est la fin de cette dernière ligne qui attira mon attention. Charlotte Taggart avait découvert de nouveaux parents la dernière année de sa vie. Elle les avait donc probablement retrouvés par l'intermédiaire d'une société spécialisée dans la recherche des lignées familiales. J'en déduisis qu'elle avait dû lui soumettre son ADN, exactement comme l'avait fait Christina Portrero.

Cette connexion ne signifiait pas forcément grand-chose – des millions de gens faisaient ce qu'avaient fait ces deux jeunes femmes. Cela n'avait rien d'inhabituel et à ce moment-là, cela me fit l'effet d'une coïncidence.

Je jetai un coup d'œil au livre d'or et découvris qu'il débordait de messages de condoléances et d'amitiés, sincères mais de pure routine, nombre d'entre eux adressés directement à Charlotte comme si elle allait les lire dans l'au-delà.

Après avoir inclus ce que je savais de la vie et de la mort de Charlotte Taggart dans mon dossier, je passai à l'affaire de Dallas, où l'on qualifiait la mort de Jamie Flynn de suspecte parce que rien n'expliquait pourquoi elle était rentrée dans un arbre après être sortie de la route.

Cette fois, je trouvai un court article sur sa mort publié dans le *Fort Worth Star-Telegram*. Jamie sortait d'une grande famille à la tête d'une affaire de sellerie et de fabrication de bottes très connue à Fort Worth. Elle avait été assistante d'un professeur de la Southern Methodist University de Dallas alors qu'elle travaillait à son doctorat de psychologie. Elle habitait dans un ranch de Fort Worth appartenant à ses parents et faisait les allers-retours parce qu'elle aimait être près de ses chevaux. Son but était d'ouvrir un cabinet de soins avec la pratique du cheval comme thérapie. L'article contenait une interview où son père racontait avec regret que sa fille avait lutté contre la dépression et l'alcoolisme avant de remettre de l'ordre dans sa vie et de reprendre ses études. Il donnait l'impression d'être fier qu'elle n'ait pas rechuté et que les analyses de sang effectuées à l'autopsie aient été bonnes.

L'article citait aussi un enquêteur spécialiste des accidents de voiture du Dallas Police Department, Todd Whitney. Celui-ci déclarait ne pas vouloir clore l'affaire avant d'être convaincu que la mort de Jamie Flynn était bien due à un accident.

« Une jeune femme en bonne santé et avec beaucoup d'atouts ne quitte tout bonnement pas la route pour se jeter dans un fossé et se briser le cou, faisait-il remarquer. Il se peut que ce soit un accident. Elle aurait pu voir un cerf ou autre chose et avoir braqué violemment. Mais il n'y a ni marques de dérapage sur la chaussée ni pistes d'animaux dans les environs. J'aimerais pouvoir dire à ses parents que j'ai toutes les réponses, mais je ne les ai pas. Pas encore. »

Je remarquai que rien dans ce papier ne disait que Jamie Flynn aurait pu quitter la route délibérément afin de maquiller un suicide en accident. Ce n'est pas quelque chose de rare. Mais si on l'avait envisagé, on ne le rapportait pas publiquement. Le suicide est tellement stigmatisé que les trois quarts des journaux l'évitent comme la peste. Ce n'est que lorsque des personnalités se suppriment que leur suicide fait l'objet d'un article.

Je lâchai, pour l'instant, l'affaire Jamie Flynn. Je voulais garder mon élan. J'étais certain de toucher à quelque chose et ne voulais pas prendre du retard.

# CHAPITRE 7

La dernière affaire que j'examinai était la première mentionnée sur le forum de causesofdeath.net. Elle y avait été postée avec un court résumé de l'incident. La mort de Mallory Yates, trente-deux ans, à Fort Lauderdale, n'était toujours pas résolue, mais traitée comme un homicide parce que, comme dans celle de Dallas, il y avait des incongruités dans ce prétendu accident de la route qui lui avait ôté la vie. Les niveaux d'histamine dans certaines de ses blessures laissaient entendre qu'elles avaient été infligées post-mortem et que l'accident était une mise en scène. Je délaissai le post et ne trouvai aucune annonce de funérailles ou article de journal sur l'affaire. Une recherche plus approfondie me fit découvrir une page Facebook accessible au public et transformée en livre d'or pour Yates. On y trouvait des dizaines de messages postés par des amis et la famille dans les seize mois qui avaient suivi sa mort. Je les passai rapidement en revue, et y récoltai des éléments de sa vie et des mises à jour de l'affaire.

J'appris que Mallory avait grandi à Fort Lauderdale, fréquenté des écoles catholiques et commencé à travailler dans l'affaire familiale de location de bateaux sise dans la marina de Bahia Mar. Il semblait qu'elle n'ait pas fait d'études supérieures après le lycée et que, comme Jamie Flynn de Fort Worth, elle ait vécu seule dans un logis dont son père était propriétaire. Sa mère était décédée. Plusieurs posts étaient des condoléances adressées à son père qui avait perdu et sa femme et sa fille en l'espace de deux ans.

Un autre message posté trois semaines après la mort de Mallory attira mon attention et fit que mon examen un rien désinvolte de cette page Facebook s'arrêta net. Un certain Ed Yeagers y exprimait sa sympathie pour celle qu'il identifiait comme sa cousine germaine, et disait sa tristesse qu'elle ait disparu alors même qu'ils venaient à peine de se découvrir. «Je commençais juste à te connaître, disait-il, et je regrette qu'on n'ait pas eu plus de temps. Il est profondément triste de découvrir un parent et de le perdre dans le même mois.»

Ce sentiment aurait très bien pu figurer dans la notice nécrologique de Charlotte Taggart. À notre époque, trouver des parents signifiait généralement qu'on avait procédé à une analyse d'ADN. Certaines sociétés travaillaient dans l'étude généalogique en se servant de données en ligne pour retrouver des liens familiaux, mais l'ADN était le chemin le plus court. Je fus alors convaincu qu'aussi bien Charlotte Taggart que Mallory Yates avaient recherché ces liens par le biais d'une analyse d'ADN. Tout comme Christina Portrero. La coïncidence s'étendait à trois de ces femmes et pouvait les inclure toutes les quatre.

Je passai les vingt minutes suivantes à collecter les adresses de réseaux sociaux des parents et amis de Mallory Yates et de Charlotte Taggart. Je leur envoyai à tous le même message pour leur demander si leurs chères disparues avaient soumis leur ADN à des sociétés d'analyse et, si c'était le cas, lesquelles. Je n'avais même pas fini de le faire lorsque je reçus un e-mail d'Ed Yeagers.

*L'ai trouvée par GT23. Six semaines seulement avant qu'elle ne meure et n'ai donc jamais eu la chance de la rencontrer en personne. Me faisait l'impression d'être une fille vraiment sympa. Quel dommage!*

Mon adrénaline monta en flèche. J'avais deux cas confirmés avec cause rare de la mort et soumission d'ADN à la GT23. Je repris vite l'article sur Jamie Flynn paru dans le journal de Fort Worth et notai le nom de son père et de l'affaire de bottes, ceintures et produits équestres tels que selles et rênes qu'il gérait. J'allai vérifier sur Google, y trouvai un numéro de téléphone pour le siège de sa société et l'appelai. Une femme me répondant, je lui demandai qu'elle me passe Walter Flynn.

— Puis-je vous demander le sujet de votre appel ?
— Sa fille Jamie, répondis-je.

Personne n'aime causer plus de chagrin à quelqu'un qui souffre déjà. Je savais que c'était ce que je ferais en donnant ce coup de fil, mais je savais aussi que si mon instinct ne me trompait pas, je pourrais peut-être l'atténuer avec des réponses.

Un homme reprit la communication après un bref instant.

— Walt Flynn, que puis-je faire pour vous ?

Il avait l'accent traînant du Texan qui ne rigole pas, et cela devait remonter à des générations entières. Dans ma tête, je vis le Marlboro Man à cheval, avec un Stetson blanc sur la tête et un froncement de sourcils comme taillé à la serpe. Je choisis mes mots avec soin – je ne voulais pas qu'il me congédie ou se mette en colère.

— Monsieur Flynn, je suis désolé de vous déranger, mais je suis journaliste à Los Angeles et travaille sur un article concernant plusieurs décès de femmes inexpliqués.

Et j'attendis. L'appât avait été lancé. Ou bien il y mordrait ou bien il me raccrocherait au nez.

— Et cela a à voir avec ma fille ?
— Oui, monsieur, ça se pourrait.

Je ne remplis pas le silence qui s'ensuivit et commençai à entendre un bruit de fond, comme de l'eau qui coule.

— Je vous écoute, reprit-il.

— Monsieur, je ne veux pas vous causer plus de chagrin que vous n'en avez déjà et vous prie d'accepter mes condoléances pour la mort de votre fille, mais... puis-je vous parler franchement ?

— Je n'ai pas raccroché.

— Et bien sûr officieusement ?

— Ce ne serait pas ce que je suis en train de vous dire ?

— Non parce que je ne voudrais pas que vous tourniez les talons et alliez partager cette conversation avec quiconque hormis votre épouse. Cela vous convient-il ?

— Pour l'instant, oui.

— Bien, alors je vais tout vous dire, monsieur. J'étudie... Excusez-moi, mais la connexion est mauvaise ? J'entends quelque chose...

— Il pleut. Je suis passé dehors pour être tranquille. Je mettrai en mode silencieux quand vous parlerez.

Plus un bruit sur la ligne.

— Euh, bon, c'est parfait, repris-je. Et donc, j'étudie quatre décès de femmes entre vingt-deux et quarante-quatre ans dans tout le pays. Cela s'est passé dans les dix-huit derniers mois et il a été confirmé que la cause de leur mort est une dislocation atlanto-occipitale, une DAO dans le jargon médical. Deux de ces morts, une ici et l'autre en Floride, ont été classées homicides. Une troisième serait accidentelle, mais j'ai mes doutes. Et la quatrième, celle de votre fille, est officiellement considérée comme suspecte.

Il remit le haut-parleur et j'entendis la pluie avant qu'il ne prenne la parole.

— Et vous me dites qu'il y a un lien entre ces quatre décès ?

J'entendis l'incrédulité monter dans sa voix. J'allais le perdre très rapidement si je ne changeais pas de discours.

— Je n'en suis pas certain. Je cherche des points communs dans toutes ces affaires et entre ces femmes. Cela m'aiderait beaucoup si je pouvais vous poser quelques questions. C'est pour cela que je vous appelle.

Il commença par ne pas réagir. Je crus entendre les grondements sourds d'un orage en guise de ligne de basse pour la pluie. Il finit par répondre :

— Posez vos questions.

— Bien. Avant sa mort, Jamie a-t-elle envoyé son ADN à un labo d'analyses génétiques pour en savoir plus sur sa santé ou ses ancêtres ?

Il était repassé en mode muet. Je n'eus que du silence pour toute réponse. Au bout d'un moment, je me demandai s'il n'avait pas raccroché.

— Monsieur Flynn ?

La pluie revint.

— Je suis toujours là. La réponse est qu'elle commençait à se lancer dans ce genre de trucs. Mais pour ce que j'en sais, elle n'avait reçu aucune réponse. Elle m'a dit que dans un de ses cours de fac tout le monde s'y était mis. Mais quel est le lien avec sa mort ?

— Je ne le sais pas encore. Savez-vous par hasard à quelle société votre fille a envoyé son ADN ?

— Dans sa promo, certains étudiants sont des boursiers et n'ont pas beaucoup d'argent. Ils se sont adressés à la moins chère. Celle qui ne demande que vingt-trois dollars pour le test.

— La GT23 ?

— C'est ça. Et ça veut dire quoi ?

Je n'entendis presque pas sa question tellement mon sang battait fort dans mes oreilles. Je tenais une troisième confirmation. Combien pouvait-il y avoir de chances que ces trois femmes victimes du même genre de mort aient envoyé leur ADN à la GT23 ?

— Je ne sais pas encore vraiment ce que ça veut dire, monsieur Flynn.

Je devais veiller à ce qu'il ne s'excite pas comme moi sur ce lien entre ces affaires. Je n'avais aucune envie qu'il file voir les Texas Rangers ou le FBI avec mon article.

— Les autorités sont-elles au courant ? reprit-il.
— C'est que pour l'instant, il n'y a rien à savoir, me hâtai-je de répondre. Quand et si je découvre un lien solide entre ces affaires, j'irai les voir.
— Et ces trucs d'ADN sur lesquels vous venez de me poser des questions... C'est ça, le lien ?
— Je l'ignore. Ce n'est toujours pas confirmé. Et je n'en sais pas assez pour aller m'en ouvrir aux autorités. C'est juste un des aspects de l'affaire que j'explore.

Je fermai les yeux et écoutai la pluie. Je savais qu'on en arriverait là. Sa fille était morte et il n'avait ni réponses ni explications.

— Je comprends ce que vous ressentez, monsieur Flynn, repris-je. Mais nous devons attendre avant de...
— Comment pourriez-vous comprendre ? me renvoya-t-il. Vous avez une fille ? Et on vous l'a enlevée ?

Soudain, un souvenir me revint. Une main me frappait au visage et moi, je me détournais pour éviter le coup. Et le diamant m'écorchait la joue.

— Vous avez raison, monsieur. Je n'aurais pas dû vous dire ça. Je n'ai aucune idée de votre chagrin. Il me faut juste un peu plus de temps pour aller au bout de cette affaire. Je vous promets de rester en contact et de vous tenir au courant. Si je trouve quelque chose de solide, vous serez la première personne que j'appellerai. Et après, nous irons voir la police, le FBI, tout le monde. Vous sentez-vous de le faire ? Pouvez-vous me laisser ce temps ?

— De combien de temps parlons-nous ?
— Je n'en sais rien. Je ne peux pas... nous ne pouvons pas aller voir le FBI ou autre tant que nous n'aurons pas quelque

chose de probant. On ne crie pas au feu s'il n'y en a pas. Vous voyez ce que je veux dire ?
— Combien de temps ? répéta-t-il.
— Disons une semaine.
— Et vous me rappellerez ?
— Je vous rappellerai, oui. Je vous le promets.

Nous échangeâmes nos numéros de portable et il dut me redemander mon nom, qu'il n'avait pas entendu la première fois. Puis nous raccrochâmes, Flynn me jurant de ne rien faire avant d'avoir de mes nouvelles au bout d'une semaine.

Mon téléphone sonna dès que j'eus raccroché. C'était une certaine Kinsey Russell qui m'appelait. Elle faisait partie des gens qui avaient posté des messages dans le livre d'or en ligne de Charlotte Taggart. Je l'avais trouvée sur Instagram et lui avais envoyé un message.

— Quel genre d'article écrivez-vous ? me demanda-t-elle.
— À dire vrai, je n'en sais trop rien pour l'instant. Je sais que la mort de votre amie Charlotte a été déclarée accidentelle, mais comme il y a trois autres morts semblables qui, elles, ne l'ont pas été... C'est sur ces trois décès que j'écris et je voulais juste vérifier pour Charlotte et m'assurer que rien n'a été oublié.
— Pour moi, c'est un meurtre. Je l'ai dit dès le début.
— Pourquoi ?
— Parce que jamais elle ne se serait rendue sur ces falaises en pleine nuit. Et certainement pas toute seule. Mais les flics ne cherchent pas la vérité. Pour eux et pour la fac, un accident vaut mieux qu'un assassinat.

J'ignorais presque tout de qui était vraiment cette Kinsey Russell. Je savais juste qu'elle avait écrit un des messages adressés directement à son amie décédée.

— D'où connaissiez-vous Charlotte ? lui demandai-je.
— De la fac. On suivait des cours ensemble.
— C'est donc arrivé pendant disons... une fête ?

— Oui, avec des étudiants.

— Pourquoi passez-vous de sa disparition lors de cette fête à un assassinat aux falaises ?

— Parce que je sais qu'elle n'y serait jamais allée seule. Et même qu'elle n'y serait jamais allée tout court. Elle avait le vertige. Elle n'arrêtait pas de parler de tous les ponts qu'il y a à l'endroit où elle a grandi, et de nous dire qu'elle avait même peur de traverser le Bay Bridge ou le Golden Gate en voiture. Elle n'allait presque jamais à San Francisco à cause de ça.

Pour moi, ce n'était pas assez convaincant pour affirmer que sa mort était un meurtre.

— Eh bien... je vais chercher, lui dis-je. J'ai déjà commencé. Est-ce que je peux vous poser encore quelques questions ?

— Bien sûr. Je veux vous aider autant que je pourrais parce que ça ne va pas, tout ça. Je suis sûre qu'il s'est passé quelque chose là-bas.

— La notice nécrologique publiée dans le journal de Berkeley mentionne qu'elle laisse derrière elle son père, sa mère et plusieurs parents éloignés découverts l'année dernière. Savez-vous ce que veut dire ce passage sur ces parents éloignés ?

— Oui, elle avait fait le truc de l'ADN. On l'avait fait toutes les deux, sauf qu'elle, elle marchait à fond là-dedans et qu'elle avait tracé ses ascendants jusqu'en Irlande et en Suède.

— Vous avez donc fait ça toutes les deux. À quelle société vous êtes-vous adressées ?

— À une boîte qui s'appelait GT23. Elle n'est pas aussi connue que les grosses, mais c'est meilleur marché.

On y était. Quatre sur quatre. Quatre morts par DAO, quatre victimes qui avaient soumis leur ADN à la GT23 pour analyse. Il y avait forcément un lien.

Je lui posai encore quelques questions de suivi, mais n'écoutai pas ses réponses. J'étais déjà en train de passer à autre chose. J'avais pris de l'élan. J'avais envie de lâcher le téléphone pour me mettre tout de suite au travail. Je finis par la remercier de son aide, l'assurai de rester en contact et mis fin à l'appel.

Je relevai la tête après avoir reposé l'appareil et m'aperçus que Myron Levin me regardait par-dessus la demi-cloison de mon box. Il tenait un mug de café orné du logo du journal. Le *A* de Fair Warning était un triangle rouge frappé par un éclair, et c'était toute la force de cet éclair que j'éprouvais alors.

— Tu as entendu tout ça ?
— Une partie seulement. T'as quelque chose ?
— Oui, et c'est du lourd. Enfin, je pense.
— On va dans la salle de conférences ? suggéra-t-il en la montrant avec sa tasse.
— Pas tout de suite, lui répondis-je. Faut que je passe encore quelques coups de fil, peut-être aussi que j'aille voir quelqu'un et après, oui, je serai prêt à te raconter. Et ça te plaira.
— D'accord, dit-il. Je serai prêt quand tu le seras.

# CHAPITRE 8

Je sortis tout ce que je pus trouver sur la GT23 et m'immergeai dans le business de l'analyse d'ADN. L'article le plus informatif fut un profil de la société paru en 2019 dans le *Stanford Magazine* au moment où, après deux ans d'existence, la GT23 avait décidé d'entrer en bourse et rendu ainsi extrêmement riches ses cinq fondateurs. C'était un rejeton d'une société plus ancienne, la Geno Type 23, fondée deux décennies plus tôt par un groupe de professeurs de chimie de l'université qui avaient réuni leurs fonds et ouvert un laboratoire assez sûr pour offrir ses services à des agences des forces de l'ordre trop petites pour assurer le financement de labos capables de mener des analyses d'ADN dans des affaires criminelles. Cette première société avait immédiatement connu le succès et grandi jusqu'à avoir plus de cinquante techniciens accrédités auprès des tribunaux et pouvant témoigner dans des procès au pénal dans tout l'Ouest des États-Unis. Jusqu'à ce que l'ADN devienne la panacée. Dans le monde entier, on y avait alors eu recours pour résoudre des crimes récents et anciens, et parfois exonérer des individus accusés et condamnés à tort. Au fur et à mesure que de plus en plus de services de police et d'agences des forces de l'ordre se mettaient au niveau technologique adéquat et ouvraient leurs propres labos d'analyse ADN ou en finançaient localement, la Geno Type 23 s'était retrouvée avec de moins en moins de clients et avait dû licencier du personnel.

Elle était sur le déclin lorsque le nouveau domaine de l'analyse sociale était apparu dans le champ de l'ADN suite à l'achèvement du projet de séquençage du génome humain. Des millions de gens s'étaient lancés dans des recherches sur leur passé, côté santé et côté ancêtres. Les fondateurs avaient alors réadapté leurs équipements et fondé la GT23, spécialisée dans les analyses d'ADN bon marché. Mais il y avait un hic à ces prix peu élevés. Là où les pionniers d'envergure demandaient à leurs clients de donner anonymement leur ADN aux fins de recherche, la GT23 n'offrait pas ce choix. Le coût abordable de l'analyse avait dû être compensé en rendant les échantillons et les données collectés disponibles – toujours anonymement – aux infrastructures de recherche et aux firmes de biotechnique prêtes à les acheter.

Ces changements n'avaient pas été sans controverses, mais c'était le secteur tout entier qui baignait dans les inquiétudes sur la sécurité et la préservation de la vie privée des gens. Les fondateurs de la GT23 s'étaient débrouillés de ces problèmes en expliquant de manière basique que dans les faits, leur soumettre son ADN équivalait à le leur donner aux fins de recherche, puis ils étaient passés sur le marché. Et le marché avait réagi. Tellement, même, qu'à peine un peu plus d'un an après, les fondateurs décidaient de se déclarer en bourse. Ils avaient fait eux-mêmes sonner la cloche du New York Stock Exchange lorsque s'étaient ouvertes les premières transactions boursières – ironiquement, mais peut-être aussi par pure coïncidence à raison de vingt-trois dollars l'action. Et ils étaient devenus riches du jour au lendemain.

Je tombai ensuite sur un article plus récent paru dans le *Scientific American* et intitulé : « Qui achète l'ADN de la

GT23 ? » Il ne s'agissait que d'un encart à une étude plus approfondie portant sur les préoccupations éthiques et la protection de la vie privée dans le monde en roue libre de l'analyse ADN. L'auteur avait trouvé une source à l'intérieur même de la société et obtenu la liste des universités et infrastructures de recherche biotechnique qui achetaient des données ADN à la GT23. Cela allait de laboratoires de l'université de Cambridge à un biologiste du MIT en passant par un petit labo de recherche privé d'Irvine, Californie. L'article faisait apparaître que l'ADN des participants aux activités de la GT23 – on ne parlait pas de « clients » – était utilisé dans des études dévoilant la génétique de toute une série de maux et de maladies, dont l'alcoolisme, l'obésité, l'insomnie, la maladie de Parkinson, l'asthme et bien d'autres encore.

La diversité des études auxquelles servaient les données de la GT23, et le bien qui pouvait en sortir – sans même parler des profits potentiels pour les universités, les firmes pharmaceutiques et toutes celles impliquées dans la fabrication de produits de bien-être –, donnaient le vertige. L'article mentionnait en particulier une étude menée à l'université de Californie, campus de Los Angeles, sur la satiété et les racines génétiques de l'obésité. Une société de produits cosmétiques utilisait les données des « participants » de la GT23 pour étudier le vieillissement et l'apparition des rides. Une compagnie pharmaceutique cherchait à savoir pourquoi certaines personnes produisent plus de cérumen que d'autres, cependant que le laboratoire d'Irvine, lui, se concentrait sur les liens entre les gènes et les conduites à risques telles que l'addiction au tabac, à la drogue, au sexe, voire à la vitesse en voiture. Toutes ces études avaient pour but de comprendre les causes des maladies humaines et de développer des médicaments et des thérapies comportementales susceptibles de les traiter ou soigner.

Tout cela semblait bien et tout y était profitable – au moins pour les fondateurs de la GT23.

Cela dit, le grand article accolé à l'encart jetait bien des ombres sur toutes ces bonnes nouvelles. On y découvrait qu'appliquer la réglementation propre à une entreprise d'analyse génétique d'une valeur de un milliard de dollars était du devoir de la Food and Drug Administration qui, jusqu'à il y avait peu, avait fait l'impasse sur ces responsabilités. Pour preuve, ce rapport récent du National Human Genome Research Institute qui disait :

> *Jusqu'à il y a quelques années, la FDA a choisi de s'en tenir à une « application discrète » de la réglementation à la grande majorité des tests génétiques. La FDA peut user de cette discrétion lorsqu'elle est en droit de les réguler, mais choisit de n'en rien faire.*

L'article rapportait ensuite que ce n'était que maintenant que la FDA étudiait la formulation de règles à présenter un jour au Congrès pour adoption. Ce ne serait qu'à ce moment-là que leur application pourrait commencer.

> *Vu la croissance rapide des tests génomiques en vente directe aux consommateurs et son inquiétude grandissante face à la menace que ces tests non régulés font peser sur la santé publique, la FDA est en train de changer d'approche. À cette fin, elle a mis en place un guide des façons dont elle entend les réguler. Ce « guide » se différencie des lois et réglementations en ce qu'il ne représente que les « pensées actuelles » de la FDA sur le sujet et ne lie ni la FDA ni les parties qu'elle régule.*

J'en restai abasourdi. Le rapport concluait qu'il n'y avait pratiquement ni surveillance ni réglementation gouvernementale du domaine florissant de l'analyse génétique. Les autorités avaient pris beaucoup de retard.

J'imprimai l'article pour Myron, puis je passai sur le site de la GT23 pour voir si elle reconnaissait en quelque manière que ce soit que les services qu'elle fournissait et la sécurité qu'elle promettait étaient garantis par l'État. Je ne trouvai rien de tel. Mais je tombai sur une page où l'on exposait comment les chercheurs pouvaient faire pour demander des données et des échantillons biologiques rendus anonymes ainsi que les domaines d'étude de la société :

*Le cancer*
*La nutrition*
*Les comportements sociaux*
*Les conduites à risques*
*L'addiction*
*L'insomnie*
*L'autisme*
*Les troubles mentaux (bipolarité, schizophrénie et les désordres schizo-affectifs)*

Sur le site, ceux qui recevaient ces données et ces échantillons biologiques avaient droit au titre de « collaborateurs ». Tout cela était présenté sous la forme d'un pitch enthousiaste du genre « rendons-le-monde-meilleur » qui, j'en fus certain, avait été travaillé pour apaiser les craintes de tout participant potentiel à l'idée de confier anonymement son ADN au grand inconnu du stockage et de l'analyse génétiques.

Dans une autre partie du site, on trouvait une déclaration de quatre pages sur la protection des données personnelles et le consentement éclairé décrivant les limites de l'anonymat garanti à l'individu soumettant son ADN pour analyse via le kit de la GT23. Du tout petit caractère assommant, mais je lus le texte de bout en bout. La société promettait aux participants de multiples niveaux de garantie dans la gestion de leur ADN et obligeait tous les collaborateurs à être au même niveau de protection physique et technique de ces données. Aucun échantillon biologique ne devait être transmis à un collaborateur s'il y était attaché une quelconque identification du participant.

La déclaration d'accord spécifiait clairement que le faible coût à régler par le participant pour son analyse ADN avec correspondances et conclusions médicales était financé par les sociétés et les laboratoires qui achetaient ces données dépersonnalisées. À proprement parler, le participant acceptait de répondre aux requêtes de collaborateurs canalisées par la GT23 afin de maintenir le niveau d'anonymat. Ces requêtes pouvaient aller de la demande de renseignements supplémentaires sur certaines habitudes personnelles du participant à des études plus générales dans tel ou tel domaine particulier, en passant par l'obligation de fournir plus d'échantillons d'ADN. C'était alors au participant de décider s'il voulait ou ne voulait pas y répondre. La participation directe avec tel ou tel collaborateur n'était pas requise.

Au bout de trois pages décrivant les promesses de la société et les mesures de sécurité qu'elle s'imposait, la dernière précisait :

*Nous ne pouvons pas garantir qu'il n'y aura jamais de violations de cet accord.*

Telle était la phrase qui ouvrait le dernier paragraphe où étaient listés des scénarios catastrophes « hautement improbables ». Cela allait de la violation de l'accord de sécurité par un collaborateur au vol ou à la destruction d'ADN pendant le transit au laboratoire sponsorisé par les collaborateurs. Il y avait une ligne dans ce paragraphe de décharge de responsabilité que je dus lire et relire plusieurs fois pour la comprendre :

> *Il n'est pas impossible, mais improbable, qu'une troisième partie puisse vous identifier si elle parvient à croiser vos données génétiques avec d'autres renseignements dont elle disposerait par d'autres moyens.*

Je copiai tout cela et l'insérai en haut d'un document de notes. Sous lequel je portai la mention : WTF[1].
J'avais maintenant ma première question de suivi. Avant de m'y mettre, je cliquai sur un onglet du menu intitulé « application du règlement ». J'y appris que la GT23 coopérait avec le FBI et d'autres agences des forces de l'ordre en usant de ses données génétiques lors d'enquêtes au pénal. Le sujet était devenu très sensible depuis quelques années dans la mesure où la police avait recours à des fournisseurs génétiques pour résoudre des affaires au moyen du traçage d'ADN familial. Fait des plus notables, en Californie, le tueur du Golden Gate[2] avait été capturé plusieurs décennies après une débauche de meurtres et de viols le jour où, l'ADN d'un kit de viol ayant été téléchargé sur le site de la GEDmatch, les enquêteurs avaient découvert des correspondances avec plusieurs parents du tueur présumé. Un arbre généalogique familial avait alors été établi et il n'avait pas fallu longtemps pour qu'un suspect soit identifié, puis confirmé grâce à des analyses d'ADN plus poussées. Bien d'autres meurtres de moindre importance avaient eux aussi été résolus de la même manière et la GT23 ne se cachait

---

1. Soit *What the fuck ?* « C'est quoi ce bordel ? »
2. Tueur en série des années 70 et 80.

pas de coopérer avec les forces de l'ordre quand on le lui demandait.

J'en avais maintenant fini avec mon examen du site Internet de la GT23, et j'avais une question sur ma page de notes. Je n'étais toujours pas très sûr de savoir ni ce que je tenais ni ce que je faisais. Le lien entre les décès des quatre jeunes femmes était évident. Elles avaient en commun leur sexe, la cause de leur mort et leur « participation » aux activités de la GT23. Mais cette dernière devait compter des millions de participants et il n'était donc pas certain que cela constitue un dénominateur commun valide.

Je me redressai et jetai un coup d'œil par-dessus la paroi de mon box. Je ne vis que le haut du crâne de Myron dans le sien. Je songeai à aller le voir pour lui dire que le temps était venu de discuter, mais renonçai vite à cette idée. Je n'avais guère envie d'aller voir mon rédac-chef et patron pour lui dire que je ne savais pas quoi faire avec ce que j'avais trouvé. Un rédac-chef veut des certitudes. Il veut qu'on lui soumette un plan qui conduira à un article. Un papier qui attirera l'attention sur Fair Warning et ce que nous y faisons.

Je repoussai ma décision en cherchant sur Google un moyen de contacter la GT23 et appelai son siège social à Palo Alto. Je demandai qu'on me passe les Relations publiques et me retrouvai bientôt en train de parler à un spécialiste du nom de Mark Bolender.

— Je travaille pour un site d'information des consommateurs intitulé Fair Warning et j'écris un papier sur la protection de leurs données dans le domaine de l'analyse d'ADN, lui dis-je.

Il ne répondit pas tout de suite, mais je l'entendis taper sur un clavier.

— Ça y est, dit-il enfin. Je suis en train de regarder votre site en ce moment même. Je n'en avais pas connaissance.

— Nous travaillons d'habitude en partenariat avec des médias plus connus tels que le *L.A. Times*, le *Washington Post*, la NBC, etc.
— Qui est votre partenaire sur cet article ?
— Il n'y en a pas pour l'instant. J'en suis aux travaux préliminaires et...
— On fait sa pelote, hein ?
L'expression remontait à loin dans la presse. Elle m'apprit que Bolender était un ancien journaliste passé à l'ennemi. Il gérait les médias plutôt que d'en être.
— Il n'y a qu'un reporter qui dirait ça, lui fis-je remarquer. Où avez-vous bossé ?
— Oh, à droite et à gauche. Mon dernier job a été au Merc il y a douze ans de ça. J'y étais journaliste technique quand j'ai été débauché et suis venu ici.
Le *San Jose Mercury News* était un excellent journal. S'il y avait été journaliste technique au pays même de la technique, ce n'était pas, je le sus tout de suite, à un nul des relations publiques que j'avais affaire. J'allais devoir veiller à ce qu'il ne devine pas ce que je fabriquais vraiment et ne trouve pas le moyen de me bloquer.
— Et donc, que puis-je faire pour vous et Fair Warning ? reprit-il.
— Eh bien, pour le moment j'ai surtout besoin d'infos générales sur la sécurité, répondis-je. Je suis allé sur le site de la GT23, y ai lu qu'il y en a plusieurs niveaux dans la gestion des données génétiques des participants et espérais que vous pourriez m'expliquer tout ça.
— J'aimerais beaucoup, Jack. Mais vous m'interrogez sur des questions de propriété dont nous ne parlons pas. Qu'il vous suffise de savoir que toute personne qui soumet un échantillon génétique à la GT23 peut compter sur le plus haut niveau de

sécurité de l'industrie. Et cela va bien au-delà des exigences de l'État.

Il me servait une réponse toute faite et je savais qu'« aller bien au-delà des exigences de l'État » quand il n'y en avait justement aucune ne signifiait rien. Mais je n'avais pas envie de lui sauter dessus et de me positionner en adversaire aussi tôt dans la conversation. Au lieu de ça, je notai ses mots dans mon dossier parce que j'allais en avoir besoin pour mon papier – s'il y en avait jamais un à publier.

— D'accord, je comprends, enchaînai-je. Mais sur votre site, vous dites très clairement que vous ne pouvez pas garantir qu'il n'y ait jamais de violations de ces protections. Comment conciliez-vous ça avec ce que vous venez de me dire ?

— Ce qu'il y a sur le site, c'est juste ce que les avocats nous disent d'y mettre, me répondit-il, une légère irritation aiguisant sa voix. Vu que dans la vie rien n'est garanti à cent pour cent, nous ne pouvons pas ne pas faire état de cette mise en garde. Mais comme je vous l'ai dit, nos mesures de sécurité sont absolument sans égales. Avez-vous d'autres questions ?

— Oui, un instant.

Et je finis de taper sa réponse.

— Euh, pourriez-vous m'expliquer ce que veut dire cette phrase trouvée sur votre site : « Il n'est pas impossible, mais improbable, qu'une troisième partie puisse vous identifier si elle parvient à croiser vos données génétiques avec d'autres renseignements dont elle disposerait par d'autres moyens. »

— Cela veut dire très exactement ce que cela veut dire, répondit-il. C'est possible, mais improbable. Encore une fois, c'est du jargon juridique. Nous sommes contraints de mentionner ça dans notre formulaire d'accord.

— Pourriez-vous développer, s'il vous plaît ? Par exemple, que signifie : « avec d'autres renseignements dont elle disposerait par d'autres moyens » ?

— Ça pourrait signifier des tas de choses, mais nous n'irons pas plus loin que ce que dit cette décharge de responsabilités, Jack.
— Y a-t-il jamais eu de violation des données d'un de vos participants ?
Il marqua une pause. Et assez longue pour que je me méfie de sa réponse.
— Bien sûr que non, dit-il enfin. S'il y en avait eu une, elle aurait été signalée à la Food and Drug Administration, soit l'agence fédérale qui régule l'industrie. Vous pouvez vérifier auprès d'eux et vous verrez qu'il n'y a aucun rapport là-dessus parce que ça ne s'est jamais produit.
— OK.
Et je continuai de taper.
— Vous allez mettre ça dans un article ? voulut-il savoir.
— Je n'en suis pas certain. Comme vous dites, je n'en suis encore qu'à « faire ma pelote ». Nous verrons.
— Et vous parlez aux autres sociétés ? 23andMe, AncestryDNA ?
— Je vais le faire, oui.
— Eh bien, j'apprécierais beaucoup que vous reveniez vers moi si vous décidez de publier un papier. J'aimerais y revoir ce que j'ai dit afin d'être certain que vous avez bien rapporté mes propos.
— Euh… C'est que vous ne m'avez pas formulé cette demande au début de ce coup de fil, Mark, et ce n'est pas quelque chose que je fais d'habitude.
— Sauf qu'au début de ce coup de fil, je ne savais pas de quoi il traiterait. Maintenant, je m'inquiète d'être cité avec exactitude et dans le contexte.
— Vous n'avez aucune crainte à avoir. Je fais ce métier depuis longtemps et je n'invente pas mes citations, pas plus que je ne les utilise hors contexte.

— Je pense donc que notre conversation est terminée.

— Écoutez, Mark, je ne vois pas très bien pourquoi vous êtes en colère. Vous avez été journaliste, aujourd'hui vous avez affaire à des journalistes, vous savez donc comment ça marche. Ce n'est pas à la fin d'une interview qu'on en pose les règles. Qu'est-ce qui vous dérange ?

— Eh bien, je viens de lire votre bio et maintenant je vois qui vous êtes.

— Je vous l'avais dit.

— Oui, mais vous ne m'avez pas parlé des livres que vous avez écrits sur ces tueurs.

— Ce sont de vieux, très vieux articles qui n'ont rien à voir avec...

— Vos deux livres traitent de la manière dont les progrès technologiques sont utilisés par des criminels. Le Poète ? L'Épouvantail ? Ce ne seraient pas des tueurs en série si horribles qu'ils ont eu droit à des surnoms dans les médias ? Ce qui fait que je ne crois vraiment pas que vous m'ayez appelé pour écrire un papier rassurant sur notre sécurité. Il y a autre chose.

Il n'avait pas tort, mais pas raison non plus. Je ne savais toujours pas ce que j'avais, mais ses réponses évasives ne faisaient que me persuader encore plus qu'il y avait peut-être quelque chose de louche dans tout ça.

— Non, il n'y a rien d'autre, repris-je. Je cherche simplement à en savoir plus sur la sécurité de l'ADN soumis à votre société. Mais tenez, voilà ce que je vais faire pour vous : si vous voulez que je vous relise ce que vous m'avez dit, je le fais et vous verrez que j'ai noté exactement vos paroles.

Il s'ensuivit un silence, le ton sec avec lequel il me répondit ensuite m'indiquant que l'entretien était terminé... à moins que je ne trouve quelque chose pour qu'il se poursuive.

— Et donc, si nous en avons fini..., dit-il.

— Non, j'aimerais vous poser deux ou trois questions de plus. J'ai vu avec quelle rapidité la GT23 est devenue un des premiers fournisseurs d'analyses d'ADN et...
— C'est vrai. Votre question ?
— Eh bien, votre entreprise effectue-t-elle toujours elle-même tout le travail de laboratoire ou bien est-elle devenue si grosse qu'elle sous-traite ?
— Euh... je crois qu'il y a effectivement du travail sous-traité à d'autres labos. Je sais que votre dernière question sera de savoir s'ils observent les mêmes règles de sécurité et de protection des données que nous et la réponse sera oui, absolument. Mêmes critères de bout en bout. Bien au-delà des exigences de l'État. Il n'y a donc aucun sujet d'article là-dedans et il faut que je vous laisse.
— Dernière question. Vous déclarez que la société et ses contractants vont au-delà des exigences de la réglementation fédérale, et que vous rapporteriez toutes les violations de cette protection, etc. Mais êtes-vous conscient qu'en réalité, comme il n'y a ni exigences ni réglementation fédérale, tout rapport que vous feriez sur ces questions ne serait qu'en interne ?
— Je, euh... Jack, je crois que vous n'avez pas été informé correctement. C'est la FDA qui régule les analyses d'ADN.
— Exact, c'est bien du ressort de la FDA, mais elle a choisi, jusqu'à maintenant en tout cas, de ne rien réguler. Ce qui fait que lorsque vous dites que la GT23 va au-delà des...
— Je crois vous avoir dit que nous en avions terminé, Jack. Bonjour chez vous.

Il raccrocha et je fis de même. Je fermai le poing et le fis rebondir sans bruit sur mon bureau tel un marteau. La façon dont j'avais descendu Bolender en flammes en lui renvoyant ses propres paroles mise à part, je sentais monter comme une lame de fond. Bolender avait toutes les raisons d'être inquiet. Au-delà des efforts à déployer pour protéger la réputation de la société qui l'employait, il devait savoir que le plus gros secret de l'industrie entière courait le risque d'être éventé. Les tests génétiques étaient une industrie qui se régulait elle-même, l'État ne la supervisant que très peu, voire pas du tout.

Et ça, ça valait un article.

# CHAPITRE 9

J'imprimai toutes les notes que j'avais prises au fil de mes recherches et entretiens. Après avoir récupéré les pages à l'imprimante, je quittai le bureau en passant devant Myron qui faisait son pitch à un autre donateur potentiel au téléphone. Pure aubaine : je n'allais pas avoir à lui expliquer ni ce que je faisais ni où je me rendais. Je franchis la porte sans l'entendre m'appeler.

Il me fallut trois quarts d'heure pour me rendre en centre-ville et trouver où me garer. Je savais que je risquais de perdre deux heures de mon temps en ne lui téléphonant pas à l'avance, mais je savais aussi qu'en le faisant, je courais celui de trouver Rachel Walling fort commodément hors de son bureau lorsque j'y arriverais.

Celui-ci était installé dans les vieux bâtiments de l'élégante Mercantile Bank, au croisement de 4th Street et de Main Street. Son classement au patrimoine historique lui avait garanti de conserver une façade qui ressemblait toujours à celle d'une banque. Mais l'intérieur jadis grandiose avait subi des rénovations et été découpé en bureaux privés et espaces de création loués essentiellement à des avocats, des lobbyistes et autres individus ayant à voir avec le Civic Center[1] voisin. Rachel y disposait d'un grand bureau et d'un secrétaire.

1. Ensemble des services municipaux.

La porte portait l'inscription *RAW Data Services*[1] – RAW comme Rachel Ann Walling. Son secrétaire s'appelait Thomas Rivette. Assis à son bureau, il fixait l'écran de son ordinateur. Il gérait une grande partie du travail ayant trait aux enquêtes sur les antécédents constituant l'essentiel de l'affaire.

— Hé, Jack! me lança-t-il. Je ne m'attendais pas à vous voir aujourd'hui!

— Moi non plus, lui renvoyai-je. Rachel est là?

— Oui. Laissez-moi voir si elle est libre. Elle pourrait avoir des dossiers de clients ouverts devant elle.

Il s'empara du téléphone de bureau et l'appela dans la pièce deux mètres derrière lui.

— Rachel? Jack McEvoy est ici.

Je remarquai qu'il m'avait appelé par mon nom entier. Je me demandai aussitôt s'il y avait un autre Jack dans la vie de Rachel et si Thomas devait donc être précis sur l'identité de celui qui attendait de la voir.

Il raccrocha et me décocha un sourire.

— Tout est OK. Vous pouvez passer derrière.

— Merci, Thomas.

Je fis le tour de son bureau et franchis la porte au milieu du mur derrière lui. Rachel jouissait d'une longue salle rectangulaire agrémentée à l'avant d'un espace où s'asseoir et d'un grand bureau en forme de L avec d'imposants moniteurs de chaque côté, de façon qu'elle puisse travailler sur plusieurs affaires en même temps à l'aide d'ordinateurs distincts avec adresses IP différentes.

Elle détourna son regard d'un de ces écrans et m'observa tandis que j'entrais et fermais la porte derrière moi. Cela faisait au moins un an que je ne l'avais pas vue et encore, cela n'avait été qu'à la soirée portes ouvertes absolument bondée organisée

---

1. Soit Service des données «brutes».

dans ces bureaux mêmes lorsqu'elle avait annoncé que la RAW Data Services était maintenant opérationnelle. Entre-temps, il y avait bien eu des textos et des e-mails sporadiques, mais là, en lui souriant, je me rendis compte que je ne m'étais pas retrouvé seul avec elle deux ans durant.
— Jack, dit-elle. Rien de plus. Pas : « Qu'est-ce que tu fais ici ? » Ni non plus : « Tu ne peux pas te pointer ici quand tu en as envie », ou encore : « Il faut que tu prennes rendez-vous avant de venir. »
— Rachel.
Je m'approchai de son bureau.
— Tu as une minute ? lui demandai-je.
— Bien sûr. Assieds-toi. Comment vas-tu, Jack ?
J'aurais voulu passer derrière son bureau et la sortir de son fauteuil pour l'enlacer. Elle avait toujours ce pouvoir sur moi et j'avais envie de le faire chaque fois que je la voyais. Peu importait le temps qui nous avait séparés.
— Ça va, répondis-je en m'asseyant. Rien de neuf, tu sais bien. Et toi ? Comment vont les affaires ?
— Bien. Vraiment bien. Plus personne n'a confiance en personne. Et ça, c'est bon pour le business. Nous avons plus de travail que nous pouvons gérer.
— « Nous » ?
— Oui, Thomas et moi. J'en ai fait un associé. Il le méritait.
Je hochai la tête à défaut de retrouver ma voix. Dix ans plus tôt, Rachel et moi avions partagé le rêve de travailler ensemble comme enquêteurs privés. Nous avions remis à plus tard parce qu'elle voulait attendre d'avoir droit à toute sa retraite du FBI. Elle avait donc continué de travailler pour le Bureau pendant que moi, je bossais pour le Velvet Coffin. Puis l'affaire Rodney Fletcher était arrivée et j'avais fait passer mon enquête avant ce que nous avions et projetions. Rachel avait encore deux ans à tirer lorsque le Bureau l'avait virée et

notre relation s'était brisée. Maintenant, elle effectuait des recherches d'antécédents et des enquêtes privées. Et moi, j'écrivais des articles sans pitié pour défendre les consommateurs.

Ce n'était pas comme ça que ça devait se passer.

Enfin je retrouvai ma voix.

— Tu vas mettre son nom sur la porte ?

— Je ne pense pas. On a déjà trouvé le nom de RAW Data et ça marche, donc... Qu'est-ce qui t'amène ?

— Eh bien, je me disais que je pourrais peut-être faire travailler tes méninges et avoir tes conseils sur une affaire.

— Mettons-nous là-bas.

Elle me montra l'aire d'attente et nous nous y rendîmes, moi pour m'asseoir sur le canapé, elle pour prendre le fauteuil de l'autre côté de la table basse devant moi. Au mur derrière elle étaient accrochées des photos de son passage au FBI. Je savais que ça faisait vendre.

— Alors, lança-t-elle quand nous nous fûmes assis.

— Je tiens quelque chose, dis-je. Enfin je crois, et je voulais t'en parler, histoire de voir s'il y a des trucs qui te sautent aux yeux.

Aussi vite que je pus, je lui racontai l'histoire du meurtre de Tina Portrero, lui expliquai le lien avec les trois autres assassinats de femmes dans tout le pays et l'espèce de dégringolade dans le terrier du lapin blanc où cela m'avait conduit. Je pris les sorties d'imprimante dans ma poche revolver et lui lus des passages sur le consentement éclairé de la GT23 et certaines paroles prononcées par Bolender et la mère de Tina.

— J'ai l'impression de tenir quelque chose, répétai-je. Mais je ne vois pas où aller maintenant.

— Première question, lança-t-elle. Y a-t-il la moindre indication que le LAPD suivrait les mêmes pistes ? Les flics savent-ils ce que tu sais ?

— Je n'en ai aucune idée, mais je doute qu'ils aient découvert les trois autres affaires.

— Comment es-tu tombé sur tout ça ? Ça ne ressemble guère au nouveau Jack... Le défenseur des consommateurs.

J'avais bien à propos laissé de côté le fait que les flics du LAPD étaient venus me voir parce que j'avais passé une nuit avec Tina Portrero l'année précédente. Maintenant, il n'y avait pas moyen d'éviter le sujet.

— Eh bien, disons que j'ai connu Tina Portrero... brièvement... et que c'est pour ça qu'ils sont venus.

— Tu veux dire que pour eux, tu es un suspect ?

— Non, plutôt quelqu'un qui les intéresse, mais ce sera vite éclairci. Je leur ai donné mon ADN et ça me disculpera.

— Sauf que là, tu as un gros conflit d'intérêts. Et ton rédacchef te laisse continuer ?

— Même chose. Dès que mon ADN me disculpera, il n'y aura plus de conflit d'intérêts. Oui, j'ai connu Tina, mais je ne vois pas en quoi ça m'interdirait d'écrire sur cette affaire. Ç'a déjà été fait. J'ai écrit sur mon frère et avant ça, j'avais connu une directrice municipale adjointe qui s'était fait assassiner. Et j'ai écrit dessus.

— Oui, mais est-ce que tu l'as baisée, elle aussi ?

C'était dur, mais cela m'amena à comprendre que Rachel avait également un conflit d'intérêts avec moi dès que j'étais dans le tableau. La décision que nous avions prise de nous séparer était mutuelle, mais je ne pense pas que ni l'un ni l'autre nous en étions remis, voire le ferions jamais.

— Non, je n'ai pas baisé la directrice municipale adjointe, répondis-je. Pour moi, elle n'était qu'une source.

Dès que j'eus prononcé ces mots, je compris que j'avais commis une erreur. Rachel et moi avions une relation secrète qui avait éclaté au grand jour quand elle avait révélé qu'elle était ma source dans la série d'articles sur les méfaits de Rodney Fletcher.

— Je te demande pardon, m'empressai-je d'ajouter. Je ne voulais pas…

— Pas de problème, Jack. Beaucoup d'eau a coulé sous les ponts et je pense que tu as raison pour ce truc d'ADN. Il y a quelque chose là-dessous et à ta place, je continuerais.

— Oui, mais comment ?

— Tu dis qu'il s'agit d'une industrie qui se régule elle-même. Tu te rappelles le jour où il est apparu qu'en gros, Boeing s'autorégulait et ne rendait de comptes qu'à elle-même quand ses avions s'écrasaient ? Tu pourrais tenir quelque chose d'aussi énorme que ça. Je me moque de qui il s'agit… de l'État, de la bureaucratie, d'un business. Quand il n'y a pas de règles, la corruption prend comme la rouille. C'est ça, ton angle d'attaque. Il faut que tu trouves si la GT23 ou n'importe quelle autre de ces sociétés a déjà violé ses engagements. Si c'est le cas, *game over*.

— Plus facile à dire qu'à faire.

— Il faut que tu te demandes où ces boîtes sont vulnérables. Le passage que tu m'as lu, « Nous ne pouvons pas garantir qu'il n'y aura jamais de violations de cet accord », est important. Si ces sociétés ne peuvent pas le garantir, c'est qu'elles savent quelque chose. Trouve les failles. N'attends pas que ce soit le PR de la GT23 qui te les indique.

Je comprenais ce qu'elle me disait, mais je regardais les choses de l'extérieur. Et les faiblesses de n'importe quel système sont toujours cachées au regard extérieur.

— Je sais. Mais la GT23 est une véritable forteresse.

— C'est pas toi qui m'aurais dit qu'il n'y a pas de forteresses pour un bon journaliste ? Il y a toujours un moyen d'entrer, Jack. Par un ancien employé, ou un employé actuel avec des griefs. Qui a été viré ? Qui a été maltraité ? La concurrence, les collègues jaloux… Il y a toujours un moyen d'entrer.

— OK, d'accord, je vais vérifier tout ça…

— Et ces « collaborateurs »... Ça aussi, c'est une faille. Regarde un peu ce que fait la GT23. Elle transmet des données... Elle les vend ! C'est là que ces sociétés en perdent le contrôle. Elles ne les contrôlent plus physiquement et ne contrôlent pas non plus ce qui en est fait. Elles font ce qu'il faut sur l'application de recherche et espèrent que ce sont bien ces recherches qui sont effectivement menées. Mais est-ce qu'elles vérifient que c'est bien le cas ? C'est ça, la direction à prendre, Jack. Que dit la mère ?
— Quoi ?
— La mère de la victime. Tu m'as lu ce qu'elle t'avait raconté. Elle t'a dit que Tina ne s'était jamais mariée, qu'elle refusait d'être enchaînée à un seul homme, qu'elle avait toujours été « folle des garçons ». C'est quoi, tout ça ? Jolie façon de dire qu'elle couchait à droite et à gauche. Dans la société actuelle, chez une femme, c'est considéré comme un problème de comportement, non ?

Je voyais tous ses instincts de profileuse se mettre en place. J'avais peut-être eu des mobiles cachés pour aller la voir, mais maintenant elle se servait de tout son savoir-faire pour donner une direction à mon enquête – et c'était superbe.

— Euh... oui, j'imagine, répondis-je.
— Profil classique. Un bonhomme qui baise avec de multiples partenaires ? Pas de problème. Mais une femme ? Elle est « facile ». C'est une pute. Eh bien, est-ce génétique ?

Je hochai la tête et me rappelai quelque chose.

— L'addiction au sexe, dis-je. Il y a au moins un des collaborateurs de la GT23 qui étudie les conduites à risques et leur origine génétique. J'ai vu ça dans un rapport. Il pourrait y en avoir d'autres.

Elle pointa le doigt vers moi.

— Eh bien voilà ! s'exclama-t-elle. L'addiction au sexe. Qui en étudie l'origine génétique ?

— Wouah ! dis-je.

— Si seulement on avait eu cet outil quand je travaillais pour le Bureau ! Ç'aurait été une grosse partie et de la victimologie et du profilage de suspects.

Elle avait dit ça avec nostalgie, en se remémorant tout le boulot qu'elle avait effectué pour le FBI. Je voyais que ce que je lui avais apporté l'excitait, mais lui rappelait aussi ce que jadis elle avait eu et fait. Je me sentis presque mal en pensant aux raisons qui m'avaient poussé à venir.

— Euh, tout ça est fantastique, Rachel ! C'est du lourd. Tu m'as donné beaucoup d'angles d'attaque.

— Seulement des choses qu'un journaliste aguerri comme toi savait déjà.

Je la regardai. Au temps pour mes raisons de venir ! Elle m'avait percé à jour comme autrefois elle perçait à jour les tueurs et déchiffrait les scènes de crime.

Je hochai la tête.

— C'est que... c'est exactement ça, repris-je. Tu m'as lu comme à livre ouvert. Et c'est ça que je cherchais en venant. Je me disais que tu voudrais peut-être t'y frotter, peut-être même dresser les profils du tueur et des victimes. J'ai beaucoup d'éléments sur les victimes et pour le tueur, j'ai des dates, des lieux, comment il a mis les choses en scène et... J'ai beaucoup, beaucoup de choses.

Elle hocha la tête avant même que je finisse ma phrase.

— J'ai trop de trucs en route, dit-elle. Cette semaine, nous étudions le passé des candidats au Bureau de planification du corridor de Mulholland pour la municipalité, sans compter le retard habituel que j'ai pris pour nos clients réguliers.

— Bah, tout ça paie les factures, dis-je.

— En plus... Je n'ai vraiment pas envie de reprendre ce chemin. C'est du passé, tout ça, Jack.

— Mais tu étais sacrément douée, Rachel !

— C'est vrai. Mais faire ça comme ça... Ça me rappellera probablement trop ce passé. Ça m'a pris longtemps, mais j'ai réussi à oublier.

Je la regardai et tentai moi aussi de la percer à jour. Mais elle avait toujours été difficile à déchiffrer. Je me retrouvai à devoir la croire sur parole, mais me demandai quand même si ce passé auquel elle ne voulait pas retourner n'avait pas plus à voir avec moi qu'avec le travail qu'elle avait laissé tomber.

— OK, dis-je. Je vais donc te laisser te remettre au boulot.

Je me levai, et elle aussi. La table basse nous séparant, je me penchai au-dessus pour tenter de la serrer maladroitement dans mes bras.

— Merci, Rachel, dis-je.

— Tu reviens quand tu veux, Jack.

Je quittai son bureau et vérifiai mon portable en descendant Main Street pour regagner le parking où j'avais laissé ma Jeep. Je l'avais mis en mode silencieux avant d'aller voir Rachel et m'aperçus que j'avais raté deux appels, tous les deux d'inconnus, et eu deux messages.

Le premier émanait de Lisa Hill.

— Arrêtez de me harceler.

Court et simple, suivi du bruit du téléphone qu'on raccroche. Ce message me permit de déduire, et sans me tromper, de qui émanait le second avant même que je ne l'écoute. L'inspecteur Mattson s'y montrait plus loquace que Hill.

— McEvoy, si vous voulez que je vous colle une accusation de harcèlement sur le dos, vous n'avez qu'à continuer d'ennuyer Lisa Hill. Laissez. La. Tranquille.

J'effaçai les deux messages, le visage rouge d'indignation et d'humiliation tout à la fois. Je ne faisais que mon travail, et cela m'agaçait de constater qu'aussi bien Hill que Mattson voyaient les choses autrement. Pour eux, j'étais une espèce d'intrus.

Cela me rendit encore plus décidé à découvrir ce qui était arrivé à Tina Portrero et aux trois autres femmes. Rachel m'avait dit ne pas vouloir s'aventurer dans le passé. Moi, je le voulais. Pour la première fois depuis longtemps, je tenais une histoire qui m'échauffait les sangs et me donnait un élan addictif. Qu'est-ce que c'était bien de retrouver cette sensation !

# CHAPITRE 10

Le journal n'avait pas le budget pour les beautés du moteur de recherche juridique LexisNexis. Mais William Marchand, le juriste du conseil d'administration qui relisait tous les articles de Fair Warning pour y repérer des chausse-trappes du droit, y était abonné et, entre autres services qu'il nous rendait gratuitement, il nous en laissait l'usage. Le bureau où il travaillait pour l'essentiel de ses clients payants se trouvait dans Victory Boulevard, près du Civic Center de Van Nuys et des tribunaux où il les représentait le plus souvent. J'y fis mon premier arrêt après avoir quitté le centre-ville.

Marchand était parti au tribunal, mais son assistante, Sacha Nelson, était là et m'autorisa à m'asseoir à côté d'elle devant son ordinateur tandis qu'elle y effectuait une recherche afin de voir si la GT23 ou sa maison mère avait fait l'objet de poursuites. Je découvris une plainte en cours à son endroit, et une autre qui elle aussi avait été portée contre elle, puis rejetée suite à un accord entre les parties.

L'affaire en cours était une plainte pour résiliation abusive de contrat déposée par un certain Jason Hwang. Les causes de ces poursuites telles qu'elles étaient résumées dans la première page du document faisaient apparaître que Hwang était un spécialiste de la réglementation qui s'était fait virer lorsqu'un autre employé avait déclaré avoir été peloté par lui dans la salle de repos. Hwang niait l'accusation et affirmait, lui, avoir été licencié sans le bénéfice d'une enquête interne en bonne et due forme. La plainte précisait que l'accusation de harcèlement sexuel était inventée de toutes pièces et avait servi de levier pour se débarrasser de lui parce qu'il avait exigé que la société respecte strictement les protocoles en vigueur dans les tests et recherches en ADN. Il y était aussi indiqué que la victime présumée de ce contact physique non désiré avait, elle, été promue au poste de Hwang dès après que celui-ci avait été licencié, indice on ne peut plus clair que cette résiliation de contrat était illégale.

Ce qui me sauta aux yeux dans cette affaire fut que Hwang ne travaillait pas directement pour la GT23 à son laboratoire de Palo Alto. Techniquement parlant, il était employé par la Woodland Bio, un laboratoire indépendant situé dans Woodland Hills à Los Angeles. Dans l'énoncé des poursuites, Woodland Bio était qualifié de sous-traitant de la GT23, son laboratoire gérant une partie du trop-plein de tests génétiques de la société mère. Hwang traînait la GT23 en justice parce qu'elle avait le dernier mot en matière de gestion du personnel et aussi parce que c'était là que se trouvait le fric. Hwang demandait un million deux cent mille dollars de dommages et intérêts au motif que sa réputation ayant été détruite dans toute l'industrie suite à cette fausse accusation, plus aucune autre société ne voulait l'embaucher.

Je demandai à Sacha de m'imprimer ces documents, dont la page de notifications comprenant les nom et contact de l'avocat de Hwang qui travaillait comme associé dans un cabinet du centre-ville de L.A. Sacha avait senti mon excitation.

— Des trucs bien ? me demanda-t-elle.

— Peut-être, répondis-je. Si le plaignant ou son avocat acceptent de me parler, ça pourrait mener à quelque chose.

— On sort l'autre affaire ?

— Oui, pourquoi pas ?

Je restai assis sur ma chaise à roulettes tandis qu'elle tapait sur son clavier. Âgée d'une quarantaine d'années, elle travaillait pour Marchand depuis longtemps et quelques conversations antérieures m'avaient appris qu'elle suivait des cours du soir en droit. Elle était séduisante d'une manière studieuse et décidée – joli visage, yeux cachés derrière des lunettes, jamais de rouge à lèvres ou indice quelconque qu'elle aurait passé beaucoup de temps devant une glace pour se maquiller. Ni bagues ni boucles d'oreilles, et elle avait l'habitude inconsciente de ramener ses courts cheveux auburn derrière ses oreilles en fixant son écran d'ordinateur.

Il s'avéra que la GenoType 23 avait été fondée par six anciens étudiants de Stanford pour répondre à la demande croissante d'analyses d'ADN de la part des forces de l'ordre. Mais Jenson Fitzgerald avait été vite racheté par les cinq autres associés. Lorsque, bien des années plus tard, la GT23 avait vu le jour, il avait engagé des poursuites contre elle au motif qu'on lui en devait une part compte tenu de son ancienne position de fondateur de la société mère. La première réponse à ces poursuites avait été que Fitzgerald n'avait droit à aucun des bénéfices générés par la nouvelle société vu que ces deux entreprises étaient des entités distinctes. Cela dit, le dossier de LexisNexis se terminait sur une notification de cessation des poursuites, ce qui voulait dire que les deux parties avaient trouvé un accord mettant fin au litige. Les détails de cet accord demeuraient confidentiels.

Je demandai à Sacha de m'imprimer tous les documents disponibles, même si, en fait, je n'y voyais pas grand intérêt en termes de suivi de cette affaire. Pour moi, celle de Hwang pouvait être nettement plus prometteuse.

Après avoir déterminé qu'il n'y avait aucun autre recours en justice contre la société, je demandai à Sacha d'entrer un par un les noms des cinq autres fondateurs dans le moteur de recherche de façon à voir si des poursuites avaient été intentées par ou contre eux. Elle ne trouva qu'une procédure de divorce entreprise contre un certain Charles Breyer par son épouse Anita. Le mariage de vingt-quatre années avait alors pris fin, la femme accusant Breyer d'actes de cruauté intolérables et le qualifiant de «serial coureur de jupons». Elle avait mis fin à ces poursuites suite à un accord lui garantissant le paiement d'une somme forfaitaire de deux millions de dollars, en plus de la maison qu'ils avaient partagée à Palo Alto et qui, elle, valait trois millions deux cent mille dollars.

— Encore un couple heureux et plein d'amour, dit Sacha. J'imprime?

— Oui, vous feriez aussi bien, répondis-je. Je vous trouve bien cynique.

— Le fric, me renvoya-t-elle. C'est la cause de tous les problèmes. Le mec devient riche, se prend pour le roi du monde et se conduit en conséquence.

— Expérience personnelle?

— Non, mais on voit ça souvent quand on travaille dans un cabinet d'avocats.

— Vous parlez des affaires…

— Oui, certainement pas du patron.

Elle se leva et gagna l'imprimante où l'attendaient toutes les pages que j'avais demandées. Elle les remit toutes d'aplomb et les rassembla avec un trombone avant de me les tendre. Je me levai et m'éloignai de derrière son bureau.

— Et ces études de droit? lançai-je.

— Tout va bien. Deux années terminées, encore une à finir.

— Vous pensez continuer à travailler avec Billy, ou voler de vos propres ailes?

— J'espère ne pas bouger d'ici, pour travailler avec vous et Fair Warning et nos autres clients.

— Cool ! lui renvoyai-je en hochant la tête. Eh bien... comme toujours, merci de votre aide. Remerciez aussi Bill de ma part. Vous deux prenez vraiment bien soin de nous.

— On est heureux de le faire, dit-elle. Bonne chance pour l'article !

Je rentrai au bureau et découvris que Myron Levin s'était enfermé dans la salle de réunion. Par la vitre, je vis qu'il parlait à un homme et à une femme, mais comme ils n'avaient pas l'air d'être des flics, je supposai que cela n'avait rien à voir avec mon activité. J'aperçus Emily Atwater dans son box, attirai son attention et lui montrai la salle de réunion du doigt.

— Des donateurs, souffla-t-elle.

J'acquiesçai d'un signe de tête, m'installai dans mon box et entamai mes recherches sur Jason Hwang. Pas de numéro de téléphone, rien sur les réseaux sociaux. Pas de compte Facebook, Twitter ou Instagram. Je me levai et rejoignis Emily. Je savais qu'au contraire de moi, elle était sur LinkedIn, le site de réseautage professionnel.

— Je cherche un type, dis-je. Tu pourrais regarder vite fait sur LinkedIn ?

— Laisse-moi finir cette phrase.

Elle continua de taper sur son clavier. Je jetai un coup d'œil à Myron par la vitre et vis que la femme rédigeait un chèque.

— On dirait que cette semaine, on sera payés, dis-je à Emily.

Elle cessa de taper et regarda la fenêtre de la salle de réunion.

— Elle écrit un chèque, expliquai-je.

— À six chiffres, j'espère !

Je savais que le plus gros soutien financier du journal provenait d'individus privés et de fondations familiales. Parfois, il y avait aussi des dons de fondations du journalisme avec participation « un dollar pour un dollar » de la municipalité.

— Bon alors, c'est quoi le nom ? me demanda-t-elle.

— Jason Hwang, répondis-je, et je le lui épelai.

Elle tapa sur son clavier. Elle avait l'habitude de se pencher en avant en le faisant, comme si elle plongeait tête la première dans ce qu'elle écrivait. Avec ses yeux d'un bleu poudreux, sa peau pâle et ses cheveux d'un blond presque blanc, elle semblait n'être qu'à un doigt génétique de l'albinisme. Elle était aussi très grande – et pas seulement pour une femme –, avec son mètre quatre-vingts pieds nus. Elle tenait à renforcer cette caractéristique particulière en portant des hauts talons. En plus de quoi, correspondante de guerre, puis accréditée à New York et à Washington D.C. avant de rallier la Californie et de finir par atterrir à Fair Warning, c'était une sacrée bonne journaliste. Ses deux affectations séparées en Afghanistan avaient fait d'elle une femme dure et imperturbable, toutes qualités excellentes pour un journaliste.

— Qui est-ce ? voulut-elle savoir.

— Un type qui travaillait dans un laboratoire en sous-traitance pour la société sur laquelle j'enquête, répondis-je. Il s'est fait virer et poursuit la boîte.

— La GT23 ?

— Comment le sais-tu ?

— Par Myron. Il m'a dit que tu pourrais avoir besoin de mon aide sur ce coup-là.

— Faut juste que je retrouve ce bonhomme.

Elle acquiesça.

— Eh bien, j'en ai déjà quatre, reprit-elle.

Je me rappelai les précisions apportées dans le mémorandum des poursuites.

— Il habite à L.A. Et il a une maîtrise en sciences de la vie de UCLA.

Elle examina les pedigrees des quatre Jason Hwang, et chaque fois elle hocha la tête en disant « Non ».

— Le dernier et... c'est foutu. Aucun d'eux ne vit à Los Angeles.

— Bon, eh bien... merci d'avoir cherché.
— Tu pourrais essayer avec LexisNexis.
— Je l'ai déjà fait.

Je regagnai mon bureau. Bien sûr, je n'avais pas entré mon Hwang dans ce moteur de recherche comme j'aurais dû. J'appelai vite le cabinet d'avocats et demandai tout bas à Sacha Nelson de le faire pour moi. Je l'entendis taper sur son clavier.

— Hmm, me dit-elle. Il n'y a que les poursuites qui remontent. Désolée.

— Pas grave. J'ai deux ou trois autres astuces dans ma manche.

Je raccrochai et repris mes recherches. Je pouvais tout simplement appeler l'avocat qui avait lancé les poursuites au nom de Hwang, mais j'espérais pouvoir parler à ce dernier sans avoir son avocat assis sur son épaule à essayer de contrôler le flux des infos. Cela dit, l'avocat fut utile dans la mesure où il avait intégré les références et l'expérience de Hwang dans la plainte – en particulier que c'était en 2012 que son client avait obtenu son diplôme de UCLA avant d'être embauché par la Woodland Bio. J'en déduisis que Hwang était un tout jeune homme – au début de la trentaine très probablement. Il avait démarré comme technicien de labo avant d'être promu au poste de spécialiste de la réglementation un an à peine avant d'être viré.

J'effectuai une recherche dans les organismes professionnels spécialisés dans l'ADN et tombai sur la National Society of Professional Geneticists. Sur son site Web, je découvris une page intitulée « Trouver un labo » que je pris pour un registre d'offres d'emploi. Dans ses poursuites toujours en vigueur, Hwang déclarait être devenu un paria dans l'industrie suite aux accusations portées contre lui. Et à l'ère de #MeToo, une simple accusation suffisait à mettre fin à une carrière. Je me dis alors qu'il y avait une chance que Hwang ait posté son CV et ses contacts en essayant d'être embauché ailleurs. Il se pouvait même que son avocat le lui ait conseillé afin de démontrer qu'il était bien dans l'incapacité de retrouver du travail dans ce domaine.

Les CV étant rangés par ordre alphabétique, je trouvai rapidement le sien – le dernier dans la liste des H. Jackpot ! L'entrée comprenait ses adresses e-mail et postale ainsi que son numéro de téléphone. La partie sur son expérience professionnelle faisait apparaître les responsabilités liées à son poste de spécialiste du contrôle qualité de la GT23 et les liens entre cette société et les agences de régulation surveillant les divers aspects de l'analyse d'ADN. Les plus importantes étaient la Food and Drug Administration, le Department of Health and Human Services et la Federal Trade Commission[1]. Je remarquai que Hwang faisait aussi état de certaines références. La plupart émanaient de soutiens personnels ou universitaires, l'une d'elles provenant pourtant d'un certain Gordon Webster, qualifié d'enquêteur auprès de la Federal Trade Commission. Je notai son nom en me disant qu'il pourrait être utile de l'interroger.

Je notai les contacts de Hwang. C'était parti et je conservais mon élan. Si l'adresse postale était bien la sienne, il habitait de l'autre côté de la colline, à West Hollywood. Je vérifiai l'heure et me rendis compte qu'en quittant le bureau tout de suite, je pourrais probablement passer par Laurel Canyon Boulevard avant qu'il ne soit engorgé par la circulation des heures de pointe.

Je glissai un carnet de notes tout neuf et des piles pour mon enregistreur dans mon sac à dos et gagnai la porte.

---

1. Soit le département de la Santé et des services à la personne, la FTC gérant les pratiques commerciales et l'application des lois antitrust.

# CHAPITRE 11

Je mis presque une heure à parcourir l'espèce de serpent à deux voies de Laurel Canyon Boulevard. Je réappris une autre leçon de choses sur Los Angeles : il n'y a pas d'heure de pointe dans cette ville parce que c'est tout le temps l'heure de pointe.

L'adresse portée dans le CV de Jason Hwang correspondait à un édifice de Willoughby Avenue sis dans un quartier de maisons de prix entourées de haies imposantes. Cela semblait trop beau pour un biologiste sans emploi au tout début de la trentaine. Je me garai, passai sous une arche aménagée dans une haie de deux mètres d'épaisseur et frappai à la porte bleu vert d'un cube à deux étages. Puis, après avoir frappé, je sonnai, alors que je n'aurais dû faire que l'un ou l'autre. Mais suite à mon coup de sonnette, j'entendis des aboiements à l'intérieur, bruit qui fut lui-même rapidement interrompu par les cris d'un homme appelant son chien par son nom : Tipsy.

La porte s'ouvrit et je découvris un type avec un caniche miniature sous le bras. L'animal était aussi blanc que la maison. L'homme, lui, était asiatique et très petit. Pas simplement courtaud, non : petit en toutes ses dimensions.

— Bonjour, je cherche Jason Hwang, lançai-je.

— Qui êtes-vous ? me renvoya-t-il. Pourquoi le cherchez-vous ?

— Je suis journaliste. Je travaille sur un article sur la GT23 et aimerais en parler avec lui.

— Quel genre d'article ?

— Vous êtes Jason Hwang ? Parce que c'est à lui que je le dirai.

— Oui, je suis Jason Hwang. C'est quoi, cet article ?

— Je préférerais vous en parler ailleurs qu'ici. Y a-t-il un endroit où nous pourrions aller nous asseoir pour discuter ? À l'intérieur ou pas loin dans les environs ?

C'était un tuyau que m'avait donné Foley alors que je me lançais dans la profession : on ne fait jamais d'interview sur un pas-de-porte, l'interviewé pouvant toujours vous la claquer au nez s'il n'apprécie pas les questions qu'on lui pose.

— Vous avez une carte professionnelle ou une pièce d'identité ?

— Bien sûr.

Je sortis une carte de visite de mon portefeuille et la lui tendis. Je lui montrai aussi un coupe-file que le shérif m'avait octroyé six ans plus tôt, à l'époque où je tenais la chronique des faits divers pour le Velvet Coffin.

Hwang examina les deux pièces, mais ne dit rien du fait que mon coupe-file remontait à 2013 ou que l'individu représenté sur la photo avait l'air nettement plus jeune que moi.

— OK, dit-il en me rendant ma carte de visite. Vous pouvez entrer.

Il s'écarta pour me laisser passer.

— Merci.

Il me précéda dans l'entrée, jusqu'à une salle de séjour décorée de meubles blanc et bleu. Puis il me montra le canapé tandis qu'il s'installait dans un fauteuil rembourré de même couleur. Il portait un pantalon blanc et une chemise de golf vert écume de mer. Il se fondait parfaitement dans le décor et je ne pensai pas que c'était un hasard.

— Vous vivez seul ? lui demandai-je.

— Non, répondit-il.

Mais il ne m'offrit pas plus de détails.

— Eh bien, comme je vous l'ai dit à la porte, j'écris un article sur la GT23 et je suis tombé sur vos poursuites judiciaires. Elles sont toujours en cours, n'est-ce pas ?

— Toujours, oui… mais nous n'avons pas encore de date pour le procès. Cela dit, je ne peux pas vous en parler vu que l'affaire est toujours pendante.

— En fait, ce n'est pas sur ça que je travaille. Puis-je vous poser quelques questions si je jure de ne rien vous demander sur vos poursuites ?

— Non, impossible. Mon avocat m'a dit que je ne pouvais parler à personne quand l'autre journaliste m'a appelé. Je le voulais, mais il me l'a interdit.

Je fus soudain saisi par la plus grande crainte dans la profession : celle de se voir piquer son scoop. Un autre reporter suivait donc la même piste que moi ?

— Qui est ce journaliste ?

— Je ne m'en souviens plus. Mais mon avocat lui a dit non.

— Bon. Et c'est récent ? Ou me parlez-vous du moment où vous avez entamé vos poursuites ?

— Oui, c'est ça, quand je les ai lancées.

J'éprouvai une vague de soulagement : ces poursuites avaient été lancées presque un an plus tôt. Il s'agissait donc probablement de l'appel de routine d'un reporter – sans doute du *L.A. Times* – qui en avait remarqué la notification au rôle des causes du tribunal et voulait avoir des commentaires.

— Et si on parlait à titre officieux ? lui suggérai-je. Je ne vous cite pas et je ne mentionne pas votre nom.

— Je ne sais pas, dit-il. Ça me semble quand même risqué. Je ne vous connais pas et vous voudriez que j'aie confiance en vous ?

C'était là un tango que j'avais dansé bien des fois auparavant. On me disait souvent ne pas pouvoir ou vouloir parler. L'astuce était de jouer sur la colère des gens et de leur donner un exutoire sûr. Alors, tout le monde parlait.

— Tout ce que je peux vous promettre, c'est de protéger votre identité, dis-je. C'est ma propre crédibilité qui est en jeu. Je grille une source et plus aucune autre ne me fera confiance. J'ai déjà passé soixante-trois jours en prison pour avoir refusé de donner le nom d'une source.

Il eut l'air horrifié. Mentionner cette expérience marchait souvent avec les gens qui hésitaient à me parler.

— Que s'est-il passé ?

— Le juge a fini par me relâcher. Il savait que je ne lui donnerais jamais le nom.

Tout cela était vrai, mais j'avais omis un détail sur ma source, Rachel Walling : elle s'était identifiée de son propre chef. Après quoi, il n'y avait plus eu aucune raison de me punir pour outrage à la cour et le juge m'avait libéré.

— Le problème, c'est que si je parle, on saura que ça vient de moi, me renvoya-t-il. On lira votre article et on dira : « De qui d'autre cela pourrait-il bien venir ? »

— Vos renseignements ne porteront que sur votre passé et je n'enregistrerai rien. Je ne prendrai même pas de notes. J'essaie seulement de comprendre comment tout cela fonctionne.

Il marqua une pause, puis il prit sa décision.

— Posez vos questions et si elles ne me plaisent pas, je n'y répondrai pas.

— Je comprends.

Je n'avais pas vraiment réfléchi à la manière de m'expliquer s'il acceptait de me parler... officiellement ou officieusement. Et maintenant, on y était. Comme un bon inspecteur de police, je ne voulais pas donner tout ce que je savais à celui que j'allais interviewer. Je ne le connaissais pas et ne savais pas à qui il risquait de parler. Il hésitait à me faire confiance, mais moi aussi, je devais faire attention.

— Permettez que je commence par vous expliquer qui je suis et ce que je fais, lui lançai-je. Je travaille pour un site d'information appelé Fair Warning. J'y écris des articles pour défendre le consommateur. Vous savez bien, pour aider les petites gens. Et on m'a demandé de me renseigner sur la sécurité des données personnelles et du matériel biologique dans le domaine de l'analyse génétique.

Il ricana aussitôt.

— La sécurité? Quelle sécurité?

J'eus envie de noter cette repartie en y voyant d'instinct la première citation de mon article. C'était provoquant et intriguerait tout de suite le lecteur. Mais je ne pouvais pas : j'avais passé un marché.

— On dirait que la sécurité de la GT23 ne vous a pas beaucoup impressionné, repris-je.

La question était délibérément ouverte et il pouvait s'y engouffrer s'il le voulait.

— Pas au labo, dit-il. Je le tenais comme il faut. Nous suivions tous les protocoles et ça, je le prouverai au procès. C'est ce qui se passait ensuite.

— Ensuite? le poussai-je.

— Oui, quand ils filaient les données. Ils voulaient de l'argent et se moquaient bien de savoir où ça partait du moment qu'ils étaient payés.

— Quand vous dites «ils», c'est bien de la GT23 que vous parlez?

— Oui, bien sûr. Ils étaient passés en bourse et avaient besoin de fric pour soutenir l'action. Du coup, ils s'offraient à tout le monde et ont abaissé leurs critères.

— Donnez-moi un exemple.

— Il y en a dix fois trop. On expédiait de l'ADN dans le monde entier. Par milliers d'échantillons. La boîte avait besoin de fric et on ne refusait personne du moment que le labo était enregistré à la FDA ou l'équivalent dans les autres pays.

— Ils avaient donc besoin d'être légaux, non ? Ce n'était pas comme si un mec se pointait en disant : « J'ai besoin d'ADN », si ? Je ne comprends pas votre inquiétude.

— C'est le Far West aujourd'hui. Il y a des dizaines et des dizaines de directions possibles dans la recherche génétique. On n'en est véritablement qu'aux débuts. Et nous... la société, je veux dire... ne contrôlons pas ce qui arrive côté matériel bio, ni non plus la façon dont il est utilisé dès qu'il passe la porte. C'est le problème de la FDA, pas le nôtre... c'était ça, l'attitude générale. Et que je vous dise : la FDA ne foutait absolument rien.

— OK, ça, je comprends et je ne vous dis pas que c'est bien, mais... et la sécurité due au fait que tout cela était anonyme ? Non parce que si vous donniez bien de l'ADN aux chercheurs, vous ne leur donniez pas l'identité des participants, si ?

— Bien sûr que non, mais ce n'est pas ça l'important. Vous pensez au présent. Mais, et l'avenir ? Cette science est très jeune. On n'avait même pas tout le génome il y a seulement vingt ans. Et on découvre de nouveaux trucs tous les jours. D'où la question : ce qui est anonyme aujourd'hui le sera-t-il encore dans vingt ans ? Dans dix ? Et les noms des utilisateurs avec leurs mots de passe n'auront-ils plus aucune

importance ? Et si votre ADN à vous est votre identifiant et que vous l'avez déjà donné ?
Il leva la main et me montra le plafond du doigt.
— Même les militaires, reprit-il. Savez-vous que cette année, le Pentagone a ordonné à l'armée de ne pas faire d'analyses par kit à cause des problèmes de sécurité que ça pose ?
Je n'avais rien lu de tel, mais je compris sa remarque.
— Et vous mettiez la GT23 en garde ?
— Bien sûr que oui, me répondit-il. Et tous les jours, mais j'étais le seul à le faire.
— J'ai lu le texte de vos poursuites.
— Je ne peux pas en parler. Même officieusement. Mon avocat...
— Je ne vous le demande pas. Mais on y lit que l'employé qui a porté plainte contre vous... David Shanley... vous a piégé pour vous prendre votre poste et qu'il n'y a jamais eu d'enquête de la société.
— Mensonges et rien d'autre !
— Je sais. Et je comprends. Mais le mobile ? Vous ne pensez pas que ç'aurait pu être pour vous obliger à la fermer sur... sur le manque de contrôles ou la crainte de ne pas savoir où allait l'ADN ?
— Tout ce que je sais, c'est que Shanley a eu mon job. Ce mec ment sur mon compte et a droit à mon putain de job !
— Ç'aurait pu être sa récompense pour vous avoir fait virer de la société. Ils avaient peur que vous soyez un lanceur d'alerte.
— Mon avocat a exigé que les documents soient produits au procès. Les e-mails. Si c'est dedans, on le trouvera.
— Revenons à ce que vous disiez de l'ADN vendu par la GT23. Vous rappelez-vous un labo ou une société de biotechnique à laquelle elle aurait vendu des échantillons ?

— Il y en avait tellement qu'il est impossible de s'en souvenir. On préparait des bio-packs quasiment tous les jours.
— Qui était le plus gros acheteur ? Vous vous en souvenez ?
— Pas vraiment. Et si vous me disiez ce que vous cherchez ?
Je le regardai longuement. J'étais celui qui cherche les faits et les infos, et j'étais censé les garder pour moi et ne pas les partager avant que l'heure soit venue d'en faire état dans un article. Mais je sentais que Hwang en savait plus qu'il ne le disait, même s'il ne s'en rendait pas compte. Je sentis que j'allais devoir violer mon propre règlement intérieur et lâcher du lest pour en avoir plus.
— Bon d'accord, lançai-je, je vais vous dire pourquoi je suis vraiment ici.
— Je vous en prie.
— La semaine dernière, une jeune femme a été assassinée à Los Angeles... On lui a brisé le cou. Je me suis intéressé à l'affaire et j'ai découvert que trois autres femmes avaient été tuées en Californie, au Texas et en Floride exactement de la même façon.
— Je ne comprends pas. Quel rapport y a-t-il avec...
— Peut-être aucun. Peut-être tout cela n'est-il que pure coïncidence. Mais ces quatre femmes étaient des « participantes » aux activités de la GT23. Elles ne se connaissaient pas, mais elles lui avaient toutes envoyé leur ADN. Quatre femmes tuées de la même façon, quatre « participantes ». Pour moi, ça va plus loin que la simple coïncidence et c'est pour ça que je suis ici.
Il garda le silence. Il semblait envisager les possibilités inhérentes à ce que je lui disais.
— Et il y a plus, repris-je. Je n'ai pas encore beaucoup travaillé sur la question, mais il se pourrait bien qu'elles aient quelque chose d'autre en commun.
— Qui serait... ?

— Des conduites addictives. La victime de Los Angeles avait été soignée pour alcoolisme et usage de stupéfiants. C'était une fêtarde... Elle fréquentait des tas de clubs et rencontrait des hommes dans des bars.

— Le « *dirty four*[1] ».

— Pardon ?

— Le *dirty four*. C'est comme ça que certains généticiens appellent le gène DRD4.

— Pourquoi ?

— Parce qu'il a été identifié comme ayant un lien avec les comportements à risques et addictifs, y compris au sexe.

— C'est dans le génome féminin ?

— Masculin et féminin.

— Prenons le cas d'une femme qui va souvent toute seule dans les bars pour y emballer des coups d'un soir... vous diriez que c'est parce qu'elle a le gène DRD4 ?

— Ça se peut. Mais cette science en est encore à ses premiers balbutiements et chaque individu est différent. Je ne pense pas qu'on puisse en dire plus sans risque.

— Y a-t-il, à ce que vous en savez, des collaborateurs de la GT23 qui étudient ce *dirty four* ?

— C'est possible et pour moi, c'est ça qui ne va pas. On peut vendre de l'ADN pour un but précis, mais qui pourrait empêcher quiconque de s'en servir pour autre chose ? Et qu'est-ce qui empêcherait quelqu'un de le revendre à un tiers ?

— J'ai lu quelque chose sur la GT23. On y dressait la liste des endroits où part l'ADN. Il y est mentionné une étude sur l'addiction et les conduites à risques menée par un laboratoire d'Irvine.

— Oui, l'Orange Nano.

— C'est le nom du labo ?

1. Le « sale 4 ».

— Oui. Et c'est un gros acheteur.
— Qui en est le directeur ?
— Un certain William Orton, un chercheur en biologie.
— Et ça fait partie de UC-Irvine[1] ?
— Non, le financement est privé. Probablement une grosse société pharmaceutique. C'est que, voyez-vous, la GT23 a toujours préféré vendre aux laboratoires privés plutôt qu'aux universités. Les labos privés paient plus et il n'y a aucune trace publique de la transaction.
— Avez-vous eu affaire à cet Orton ?
— Plusieurs fois par téléphone. Mais c'est tout.
— Pour quelle raison lui téléphoniez-vous ?
— Parce qu'il m'appelait pour me poser des questions sur les bio-packs. Vous savez bien, pour vérifier s'ils avaient été envoyés ou si on pouvait augmenter la commande.
— Et il vous a passé des commandes plus d'une fois ?
— Bien sûr. Des tas de fois.
— Comme disons... toutes les semaines ? Ou...
— Non, comme une fois par mois, voire moins.
— Et ces commandes portaient sur quelles quantités ?
— Chaque bio-pack contenait cent échantillons.
— Pourquoi avait-il besoin d'en commander sans arrêt ?
— Pour des recherches en cours. Ils le faisaient tous.
— Orton vous a-t-il jamais parlé des siennes ?
— Parfois.
— Pour vous en dire... ?
— Pas grand-chose. Seulement que son domaine de recherche était l'addiction sous toutes ses formes. À l'alcool, à la drogue, au sexe. Il voulait en isoler les gènes et développer des thérapies. C'est comme ça que j'ai appris l'existence du *dirty four*. Par lui.

---

1. Université de Californie, campus d'Irvine.

— S'est-il servi de l'expression « *dirty four* » ?
— Oui.
— Quelqu'un s'en était-il servi avec vous avant ?
— Pas que je me rappelle.
— Vous êtes-vous jamais rendu à cette Orange Nano ?
— Jamais, non. Mes seuls contacts ont été par téléphone et e-mails.

J'acquiesçai d'un signe de tête. Je savais déjà que j'allais descendre à Irvine rendre une petite visite à ce labo.

# CHAPITRE 12

Je décidai que ce ne serait pas user au mieux de mon temps que de me jeter dans le flot de voitures attendant de franchir le col pour rejoindre la Valley en empruntant une des autoroutes ou routes de montagne toujours engorgées. À cette heure de la journée, l'affaire pouvait prendre jusqu'à une heure et demie. Une des choses qui rendaient la Cité des Anges aussi belle était aussi ce qui la rendait la plus pénible. Les Santa Monica Mountains coupent la ville en deux et laissent la San Fernando Valley – où j'habitais et travaillais – au nord, et le reste de la cité, y compris Hollywood et le West Side, au sud. Il y a deux autoroutes qui franchissent directement le col et plusieurs routes à deux voies qui le font en zigzaguant. À chacun de choisir, mais à 17 heures un jour de semaine, on n'avance pas. Je ralliai le *Cofax Coffee* et m'installai à une table, devant un cappuccino et mon ordinateur portable, et sous une forêt de figurines à tête branlante et autres bibelots des Dodgers.

Je commençai par envoyer un e-mail à Myron Levin pour lui résumer brièvement mon entretien avec Jason Hwang et lui signaler la piste d'Orange Nano que j'en avais tirée. Puis j'ouvris un fichier, tentai d'y noter tout ce que Hwang m'avait dit, et de produire, de mémoire, un rapport détaillé de l'interview.

J'en étais à la moitié de mon deuxième cappuccino lorsque je reçus un appel de Myron.

— Où es-tu ? me demanda-t-il.

— De l'autre côté de la colline. Dans une cafète de Fairfax Avenue où je prends des notes en attendant la fin des embouteillages.

— Il est 18 heures. Quand penses-tu rentrer ?

— J'ai presque fini et juste après, je me jette dans le flot.

— Et donc, on dit 19 heures au plus tard ?

— Avant, j'espère.

— Bon, je t'attendrai. Je veux qu'on parle de cette histoire.

— Tu veux qu'on en parle tout de suite ? Tu as reçu mon e-mail ? Je viens d'avoir un entretien absolument fabuleux.

— Oui, je l'ai reçu, mais parlons-en dès que tu arrives.

— OK. Je vais essayer de passer par Nichols Canyon. J'aurai peut-être de la chance.

— On se voit aussi vite que possible.

L'appel terminé, je me demandai pourquoi Myron voulait tellement me parler en face-à-face. Je songeai qu'il n'était peut-être pas aussi convaincu que moi qu'on tenait quelque chose. Il n'avait fait aucun commentaire sur mon e-mail, comme si j'allais devoir lui refaire le pitch en entier.

Passer par Nichols Canyon est plein de charme. La circulation fut des plus fluides dans les collines au-dessus d'Hollywood, jusqu'à l'inévitable bouchon de Mulholland Drive. Mais une fois passé ce goulot d'étranglement, je n'eus à nouveau aucun problème pour redescendre dans la Valley. Il était 18 h 40 quand j'entrai dans mon bureau – un véritable exploit.

Myron était dans la salle de conférences avec Emily Atwater. Je posai mon sac à dos sur mon bureau et lui fis signe par la fenêtre. Étant donné que j'arrivais plus tôt que prévu, il devait être en comité de rédaction avec elle. Mais il me fit signe de venir et n'indiqua en rien qu'Emily devait nous laisser lorsque j'entrai.

— Jack, dit-il, je voulais qu'Emily soit là pour nous donner un coup de main.

Je le regardai longuement avant de répondre. La manœuvre était habile. Il avait gardé Emily avec lui pour qu'il me soit plus délicat de repousser ce qu'il voulait. Cela étant, je ne pouvais tout simplement pas accepter cet empiétement sans protester.

— Comment ça ? lui renvoyai-je. Parce que je pense maîtriser la situation.

— Cet angle d'attaque de l'Orange Nano que tu mentionnes dans ton e-mail semble prometteur. J'ignore si tu sais tout du passé d'Emily, mais il se trouve qu'elle a couvert les facs pour l'Orange County Register avant de venir à Fair Warning. Elle a toujours des contacts dans le comté et ça serait peut-être bien que vous vous associiez sur ce coup-là.

— Que nous nous « associions » ? Mais c'est mon sujet !

— Bien sûr que oui, mais il y a des moments où ça devient si énorme qu'on a besoin de plus de mains... expérimentées, s'entend. Comme je viens de te le dire, elle connaît des gens là-bas. Et en plus, tu dois aussi gérer le problème avec les flics.

— Quel problème ?

— Pour ce que j'en sais, tu es toujours sur la liste des individus qui les intéressent. Leur as-tu reparlé récemment ? Ont-ils analysé ton ADN ?

— Je ne leur ai pas parlé aujourd'hui, mais ça n'est pas un problème. Dès qu'ils auront les résultats, je ne serai plus sur leur liste. Et j'avais prévu de rejoindre l'Orange Nano dès demain matin.

— Ça me semble bien, mais justement : je n'ai pas envie que tu y ailles sans préparation. As-tu vérifié le passé du labo et des gens qui y travaillent ?

— Pas encore, mais ce sera fait. C'est pour ça que je suis revenu ici... pour effectuer des recherches.

— Eh bien, parle avec Emily. Elle a déjà bossé dessus et peut-être qu'à vous deux, vous arriverez à monter un plan d'action.

Je gardai le silence et me contentai de baisser la tête et de fixer la table. Je savais que je ne pourrais pas le faire changer d'avis, et aussi... mais à regret... qu'il avait peut-être raison. Deux reporters valaient mieux qu'un. En plus de quoi, qu'il ait la moitié de son équipe sur l'histoire l'obligerait à s'y investir davantage.

— OK, reprit-il. Je vous laisse vous y mettre. Tenez-moi au courant.

Il se leva, quitta la salle et referma derrière lui. Avant même que je puisse le faire, Emily prit la parole.

— Je suis désolée, Jack, dit-elle. Je ne lui ai pas demandé d'en être. C'est lui qui m'y a mise.

— T'inquiète pas pour ça. Je ne t'accuse pas. Je pensais seulement avoir tout en main, tu vois ?

— Oui. Mais pendant qu'on t'attendait, j'ai fait quelques recherches préliminaires sur William Orton, le type qui dirige l'Orange Nano.

— Et... ?

— Je pense qu'il y a quelque chose. Il a quitté UC-Irvine pour créer l'Orange Nano.

— Et donc... ?

— Et donc, on ne lâche tout simplement pas un poste de prof titulaire à UC où, en plus, on a un labo entier à sa disposition et un nombre illimité de doctorants à ses ordres. On peut démarrer une boîte ou un labo à côté, mais on reste ancré à la fac. Et on y garde son affectation parce qu'il n'y a rien de mieux. C'est plus facile pour obtenir des subventions, pour se faire connaître professionnellement, pour tout, quoi.

— Il s'est donc passé quelque chose.
— Voilà. Il s'est passé quelque chose. Et on va trouver de quoi il s'agit.
— Comment ?
— Je vais travailler l'angle UCI... j'y ai encore quelques sources... et toi, tu fais ce que t'as dit : tu bosses l'angle Orange Nano. Je n'ai aucune envie de te marcher sur les pieds, mais je pense quand même pouvoir t'aider.
— D'accord.
— Parfait.
— Et voilà comment je crois qu'on devrait travailler...
Pendant la demi-heure qui suivit, je partageai tout ce que je savais avec elle tant sur la mort des quatre femmes que sur la GT23. Emily me posa beaucoup de questions et ensemble, nous bâtîmes un plan d'action : on allait prendre l'affaire sous deux angles d'attaque. De réticent que j'étais à l'idée de travailler avec elle, j'en vins à m'en réjouir. Elle n'avait pas autant d'expérience que moi, mais elle était impressionnante et, je le savais, avait probablement découvert les plus grosses affaires qu'avait mises en lumière le journal ces deux ou trois dernières années. Ce soir-là, je quittai le bureau en pensant que Myron avait pris une bonne décision en nous mettant ensemble.

Il était 20 heures lorsque je retrouvai ma Jeep et rentrai chez moi. Après m'être rangé dans le garage, je gagnai la porte d'entrée de l'immeuble d'appartements pour vérifier mon courrier. Cela faisait une semaine que je ne l'avais pas fait et j'y allai surtout pour vider ma boîte de tous les prospectus qui s'y étaient accumulés.

Le syndic avait mis une poubelle à côté de la rangée de boîtes aux lettres afin que ces prospectus puissent vite être transférés vers leur destination finale. Je passais les miens en revue et les jetais les uns après les autres dans le récipient lorsque j'entendis des pas dans mon dos et une voix que je reconnus aussitôt.

— Monsieur McEvoy ! Exactement la personne que nous cherchions !

Mattson et Sakai, Mattson recommençant à écorcher mon nom. Il tenait un document à la main et me le tendit en s'approchant dans la lumière déclinante.

— Qu'est-ce que c'est ?

— Un mandat. Signé, scellé et émis tout comme il faut par le Bureau du City Attorney. Vous êtes en état d'arrestation.

— Quoi ? En état d'arrestation pour quoi ?

— À mon avis, en vertu des termes de l'alinéa 148 du Code pénal de Californie. Entrave à officier de police dans l'exercice de ses fonctions. Et cet officier est probablement moi en ma qualité d'inspecteur enquêtant sur le meurtre de Christina Portrero. Nous vous avions dit de laisser tomber, McEvoy, mais non... vous n'avez pas cessé de harceler nos témoins et de mentir comme un arracheur de dents.

— Qu'est-ce que vous racontez ? Je n'ai entravé ni vous ni personne. Je suis journaliste et je travaille sur un sujet qui...

— Non, vous êtes un individu qui nous intéresse et je vous avais dit de laisser tomber. Vous ne l'avez pas fait et maintenant vous êtes baisé. Les mains sur le mur, là.

— C'est complètement fou. Vous allez mettre votre service dans un embarras pas possible, vous le savez, non ? Vous n'auriez donc jamais entendu parler d'un truc qui s'appelle « liberté de la presse » ?

— Ça, vous le direz au juge. Et maintenant, on se tourne et on met les mains là-haut. Je vais vous fouiller pour voir si vous êtes armé.

— Putain, Mattson, ça n'a aucun sens. Ça ne serait pas parce que vous n'avez toujours rien trouvé sur l'assassinat de Portrero et que vous aimeriez une petite diversion ?

Il garda le silence. Je m'exécutai et m'approchai du mur pour ne pas ajouter résistance à agent à l'accusation bidon déjà portée contre moi. Mattson me fouilla rapidement, vida mes poches et passa mon portable, mon portefeuille et mes clés à Sakai. Je tournai juste assez la tête pour regarder brièvement ce dernier et non, il n'avait pas l'air d'être tout à fait à l'aise dans cette histoire.

— Inspecteur Sakai, avez-vous essayé de le dissuader? lui demandai-je. C'est une erreur et vous tomberez avec lui quand ça va péter.

— Il vaudrait mieux que vous vous taisiez, me renvoya-t-il.

— Je n'ai aucune intention de me taire! m'exclamai-je. C'est le monde entier qui va entendre parler de ce truc. Vous déconnez!

Mattson me décolla les mains du mur l'une après l'autre pour me menotter dans le dos. Puis il me conduisit à leur voiture garée le long du trottoir.

J'allais être mis sur la banquette arrière lorsque je vis une voisine remonter le trottoir avec son chien en laisse et assister sans rien dire à mon humiliation tandis que son clebs me glapissait aux fesses. Je me détournai, Mattson posa sa main sur ma tête et me poussa à l'arrière du véhicule.

HAMMOND

## CHAPITRE 13

Installé à son poste, Hammond étalait de la nitrocellulose sur une plaque de gel qu'il venait de retirer de l'appareil. Il sentit sa montre vibrer contre l'intérieur de son poignet. Il savait que c'était un des signaux. Il venait de recevoir une alerte. Mais ce qu'il faisait ne pouvait pas être interrompu. Il continua son travail, épongea le gel avec des serviettes en papier afin de s'assurer que la pression exercée soit uniforme sur l'ensemble de la plaque. Lorsqu'il eut fini, il sut qu'il pouvait s'arrêter un instant, consulta sa montre et lut le texto.

*Salut, Hammer[1], on se prend une bière ?*

Le SMS émanait d'un relais cellulaire portant le nom de code de Max. Max n'existait évidemment pas, mais tout individu voyant le message apparaître sur sa montre, même portée à l'intérieur du poignet, ne se douterait de rien même si ce message arrivait à 3 h 14 du matin, heure à laquelle tous les bars étaient fermés.

Hammond gagna sa paillasse et sortit son ordinateur de son sac à dos. Il jeta un coup d'œil à tous les autres postes du labo

1. Soit « Le Marteau ». Jeu de mots entre Hammond et Hammer.

et constata que personne ne l'observait. Seuls trois autres techniciens étaient de service de nuit et nombre de postes vides les séparaient. Question de budget. Le temps d'attente pour les kits de viol et certaines affaires d'homicides non résolus était toujours de plusieurs mois alors qu'il n'aurait pas dû dépasser la semaine, voire la journée, mais les grands argentiers municipaux avaient restreint le nombre de techniciens au troisième service de labo. Hammond s'attendait à retravailler de jour dans pas longtemps.

Il ouvrit son ordinateur et se servit de son pouce pour l'initialiser. Puis il enclencha le logiciel de surveillance et fit apparaître la notification. Il découvrit qu'un des inspecteurs qu'il suivait venait d'arrêter quelqu'un et de le mettre en prison. C'était la rédaction de son rapport d'arrestation qui avait déclenché le texto. Roger Vogel, l'associé de Hammond, avait piraté le système informatique du LAPD pour y installer tout un système d'alertes. Il avait un savoir-faire de génie.

Hammond jeta un nouveau coup d'œil aux autres techniciens, regarda encore une fois son écran et ouvrit le rapport rédigé par l'inspecteur David Mattson. Celui-ci venait de procéder à l'arrestation d'un certain Jack McEvoy et l'avait bouclé à la prison de la division de Van Nuys. Hammond lut les détails de l'affaire et glissa la main dans son sac à dos pour y prendre son téléphone rangé dans une poche à fermeture Éclair – celui à utiliser en cas d'urgence.

Il l'alluma et, en attendant qu'il s'initialise, il referma le rapport d'arrestation et ouvrit la page d'accès public au réseau des prisons municipales. Il y entra le nom de Jack McEvoy et ne tarda pas à découvrir sa trombine : le bonhomme avait l'air en colère et plein de défi face à l'appareil photo. Il avait une cicatrice en haut de la joue gauche. Un rien de chirurgie esthétique aurait pu l'en débarrasser, mais le dénommé McEvoy avait préféré la garder. Hammond se dit que le journaliste pouvait y voir une espèce de badge d'honneur.

Le téléphone était prêt, Hammond appela le seul numéro enregistré dans sa mémoire, Vogel lui répondant d'une voix pleine de sommeil.

— Vaudrait mieux que ce soit du bon, dit-il.
— J'ai l'impression qu'on a un problème.
— Quoi ?
— Mattson vient d'arrêter quelqu'un ce soir.
— C'est pas un problème, ça. C'est plutôt bien.
— Non, pas pour le meurtre. C'est un journaliste. Il l'a arrêté pour entrave à l'enquête.
— Et c'est pour ça que tu me réveilles ?
— Ça veut dire que le type est peut-être au courant.
— Comment ça se pourrait ? Les flics n'ont même pas encore...
— Une intuition... T'appelles ça comme tu veux.

Hammond regarda encore une fois la photo de l'identité judiciaire. En colère et déterminé. Ce McEvoy savait quelque chose.

— Je pense qu'il va falloir le surveiller, dit-il.
— Bon d'accord, tu fais comme tu veux, répliqua Vogel. Envoie-moi les détails que je voie ce qu'on a. Ça s'est passé quand ?
— Ils l'ont mis en taule hier soir. J'ai eu une alerte par ton logiciel.
— Content que ç'ait marché. Tu sais que ça pourrait être un truc génial pour nous ?
— Comment ça ?
— Je ne sais pas encore. De deux ou trois façons possibles. Laisse-moi bosser la question. On se retrouve demain dans la matinée. À la lumière du jour ?
— Peux pas.
— Espèce de putain de vampire ! Tu dormiras plus tard.
— Non, je suis de tribunal à la première heure. Je témoigne.

— Dans quelle affaire ? Je pourrais peut-être venir te voir.
— Une affaire non résolue. Un type qui a tué une fille y a trente ans de ça. Il a gardé le couteau et s'est dit qu'il suffirait de le nettoyer.
— Con, ce mec. Où ça ?
— Dans les collines. Il l'a balancée d'un belvédère de Mulholland.
— Non... Où est-ce que tu témoignes ?
— Oh...

Hammond se rendit brusquement compte qu'il ne le savait pas lui-même.

— Quitte pas.

Il fouilla dans son sac à dos et en sortit la convocation.

— Au tribunal du centre-ville. Chambre 108, juge Riley. Il faut que j'y sois à 9 heures pour passer en premier.
— OK, peut-être que je t'y retrouverai. En attendant, je m'occupe de ce journaliste. Il travaille au *Times* ?
— C'est pas dit dans le compte rendu d'arrestation. Ça dit seulement «occupation : journaliste» et dans le résumé, qu'il «entrave l'enquête en harcelant les témoins et n'a pas révélé qu'il connaissait la victime».
— Putain de Dieu, Hammond, t'avais oublié de me dire le plus important ! Il connaissait la victime ?
— C'est ce que ça dit. Dans le compte rendu.
— OK, je m'en occupe. Peut-être que je te verrai au tribunal.
— D'accord.

Vogel raccrocha. Hammond éteignit son portable et le remit dans son sac à dos. Et resta là, debout, à réfléchir.

— Hammer ?

Il pivota sur ses talons et découvrit Cassandra Nash. Sa patronne. Elle était sortie de son bureau sans qu'il s'en aperçoive.

— Euh, oui... Qu'est-ce qu'il y a ?
— Où en êtes-vous de ce lot ? On dirait que vous êtes là à ne rien faire.
— Oh non ! Euh, je prenais juste une seconde de... J'en suis au séchage et j'y donnais juste une minute avant de démarrer l'hybridation.
— Parfait. Vous aurez donc terminé avant la fin de votre service ?
— Bien sûr. Absolument.
— Et vous êtes de tribunal demain matin, c'est ça ?
— Oui, et pour ça aussi, je suis prêt.
— Bon. Alors je vous laisse.
— Vous avez des nouvelles du prochain déploiement ?
— Pour ce que j'en sais, on est toujours de troisième quart. Je vous dirai ce que je sais dès que je le saurai.

Il acquiesça d'un signe de tête et la regarda aller superviser les autres techniciens. Il la détestait. Pas parce que c'était sa patronne. Non, parce qu'elle était hautaine et fausse. Elle dépensait son fric en sacs à main et chaussures de marque. Elle parlait des grands restaurants où elle allait faire des dégustations avec son nullard de mari. Dans sa tête, Hammond l'appelait Cassandra « Cash », parce que pour lui elle n'était motivée que par le fric et les biens matériels, comme toutes les femmes. *Qu'elles aillent se faire foutre*, pensa-t-il en la regardant parler à un autre technicien.

Il revint au gel qu'il préparait.

# CHAPITRE 14

À 9 heures du matin, Hammond s'assit sur le banc en marbre du couloir du neuvième étage du Criminal Courts Building. On lui avait dit d'y attendre le moment de témoigner. Il avait posé ses notes, les graphiques de l'affaire et un gobelet de café noir à côté de lui sur le banc. Le café était ignoble. Rien à voir avec le « spécial designer » auquel il était habitué. Il en avait besoin après s'être payé huit heures de service de nuit, mais il avait du mal à avaler le breuvage sans douceur qui, il le craignait, lui occasionnerait peut-être de redoutables maux de ventre quand il serait dans le box des témoins. Il arrêta d'en boire.

À 9 h 20, Kleber, l'inspecteur principal dans l'affaire, sortit à moitié du prétoire et lui fit signe de venir.

— Désolé, mais ils ont dû examiner une requête avant de faire entrer les jurés, expliqua-t-il. Mais maintenant, on est prêts.

— Moi aussi, dit Hammond.

Il avait témoigné tellement de fois que c'était devenu de la routine. Tout, hormis la satisfaction d'être le « Hammer ». Ses témoignages scellaient toujours la sentence, et du box des témoins, il avait le meilleur angle de vue sur le « moment » – la seconde où même l'accusé était convaincu par son témoignage et où tout espoir mourait dans ses yeux.

Il se posta devant la barre des témoins, leva la main et prêta serment. Puis il épela ses nom et prénom – Marshall Hammond –, monta les marches et s'assit entre le juge Vincent Riley et les jurés. Il les regarda et sourit : il était prêt pour la première question.

Le procureur s'appelait Gaines Walsh. Parce qu'il gérait nombre d'affaires non résolues du LAPD, Hammond avait souvent témoigné devant lui. Il connaissait pratiquement chacune de ses questions avant qu'il ne les lui pose, mais faisait invariablement comme si toutes étaient nouvelles. Frêle de constitution – il n'avait jamais fait de sport dans sa jeunesse –, Hammond avait un bouc très professoral et des favoris roux qui contrastaient fortement avec ses cheveux brun foncé. Et après presque un an de service de nuit, la peau blanche comme du papier. Les taquineries de Vogel au téléphone étaient on ne peut plus justes : il avait bel et bien l'air d'un vampire pris dans la lumière du jour.

— Monsieur Hammond, pouvez-vous expliquer au jury comment vous gagnez votre vie ? lui demanda Walsh.

— Je suis technicien en analyse ADN, répondit-il. Je travaille au laboratoire de biomédecine légale du Los Angeles Police Department sis à l'université de Cal-Sate, campus de Los Angeles.

— Depuis combien de temps occupez-vous ce poste ?

— Depuis vingt et un mois avec le LAPD. Avant, j'ai travaillé huit ans au laboratoire de biomédecine légale des services du shérif du comté d'Orange.

— Pouvez-vous expliquer à ces messieurs et dames du jury la nature de votre travail au laboratoire du LAPD ?

— Mes responsabilités incluent la gestion des cas de médecine légale exigeant des analyses d'ADN, la rédaction de rapports fondés sur les conclusions de ces analyses et les témoignages que je produis sur ces conclusions par-devant les tribunaux.

— Pouvez-vous nous dire quelques mots sur vos études dans les domaines de la génétique et de l'ADN ?

— Oui, j'ai une licence de biochimie de l'université de Californie du Sud et une maîtrise dans les sciences de la vie avec spécialisation génétique de UC-Irvine.

Walsh y alla d'un sourire faux, comme il le faisait toujours à ce moment du procès.

— Les « sciences de la vie », répéta-t-il. N'est-ce pas ce que nous autres vieillards appelions jadis la pure et simple « biologie » ?

Hammond lui renvoya un sourire tout aussi faux comme lui aussi le faisait à tous les procès.

— Oui, c'est bien ça, répondit-il.

— Pouvez-vous nous dire, en des termes profanes, ce qu'est l'ADN et ce qu'il fait ?

— Je peux essayer. ADN est l'abréviation d'acide désoxyribonucléique. C'est une molécule composée de deux brins qui s'enroulent l'un autour de l'autre, formant ainsi une double hélice qui contient le code génétique de toute chose vivante. Par code, j'entends les instructions données pour le développement de cet organisme. Chez les êtres humains, l'ADN contient toutes nos infos héréditaires, ce qui détermine donc tout ce qui nous constitue, de la couleur de nos yeux au fonctionnement de notre cerveau. Chez tous les êtres humains, quatre-vingt-dix-neuf pour cent de l'ADN est identique. C'est ce dernier un pour cent avec ses myriades de combinatoires possibles qui rend chacun d'entre nous complètement unique.

Il avait donné sa réponse à la manière d'un prof de biologie du lycée, en parlant lentement et récitant ces infos sur le ton d'un respect mêlé de crainte et d'admiration. Walsh passa à la suite et lui fit décrire rapidement les points essentiels de sa tâche dans cette affaire. Cette partie-là était tellement routinière que Hammond eut tout le loisir de passer en auto-pilote et de jeter quelques coups d'œil à l'accusé. C'était la première fois qu'il le voyait en personne. Robert Earl Dykes, un plombier de cinquante-neuf ans, était depuis longtemps soupçonné d'avoir assassiné son ex-fiancée, Wilma Fournette, en 1990, en la poignardant à mort avant de jeter son corps dans un à-pic de Mulholland Drive. Enfin, il se retrouvait devant la justice.

Il avait pris place à la table de la défense habillé d'un costume que lui avait donné son avocat et qui ne lui allait pas. Il avait un bloc-notes grand format posé devant lui au cas où il lui serait venu une question de génie à passer à son défenseur assis à côté de lui. Mais Hammond voyait bien qu'il n'y avait rien écrit. Aucune question de lui ou de son avocat ne pourrait annuler les dégâts que lui, Hammond, allait leur infliger. « Le Marteau », c'était lui, et il allait frapper.

— Ceci est-il le couteau que vous avez examiné pour l'analyse de sang et d'ADN ? demanda Walsh en tenant devant lui une poche en plastique transparent contenant un cran d'arrêt ouvert.

— Oui, c'est bien lui.

— Pouvez-vous nous dire comment il vous est arrivé ?

— Oui. Il était aux scellés avec les pièces à conviction de l'affaire depuis la première enquête qui remonte à 1990. C'est l'inspecteur Kleber qui a rouvert le dossier et me l'a apporté.

— Pourquoi à vous ?

— J'aurais dû dire qu'il me l'a apporté à l'unité des analyses d'ADN et que c'est à moi qu'il a été assigné suite à une rotation dans le service.

— Qu'avez-vous fait ?

— J'ai ouvert le paquet, j'ai examiné le couteau visuellement pour y chercher du sang, puis je l'ai placé sous une loupe. Le couteau semblait propre, mais j'ai tout de suite vu qu'il y avait un mécanisme à ressort dans le manche et j'ai donc demandé à un expert de la marque de venir me le démonter au labo.

— Et cet expert s'appelait...?
— Gerald Lattis.
— Et c'est lui qui vous l'a ouvert?
— Il l'a désassemblé et j'ai examiné le mécanisme sous une loupe de laboratoire. J'ai alors vu ce que j'ai pris pour une minuscule quantité de sang sur le ressort et j'ai entamé le protocole d'extraction de l'ADN.

Walsh lui fit décrire toutes les étapes du processus. C'était l'assommante partie technique où le danger est que l'attention des jurés ne s'égare. Walsh voulait qu'ils s'intéressent de très près à ce qui y avait été découvert et le bombarda de questions courtes et rapides exigeant des réponses tout aussi courtes et rapides.

La provenance du couteau avait déjà dû être attestée par Kleber. Il avait été confisqué à Dykes lors de son interrogatoire. Les premiers inspecteurs l'avaient fait examiner par un laboratoire usant d'un matériel et de méthodes archaïques et s'étaient entendu dire qu'il était propre. Lorsqu'il avait décidé de rouvrir l'affaire sur l'insistance de la sœur de la victime, Kleber avait jeté un second coup d'œil à l'arme et l'avait apportée au labo d'ADN.

Enfin, Walsh arriva au moment où Hammond fit part de ses conclusions, à savoir que l'ADN extrait de l'infime quantité de sang trouvée sur le ressort du cran d'arrêt correspondait bien à celui de la victime, Wilma Fournette.

— Le profil d'ADN développé à partir du matériel retrouvé sur le couteau correspond à celui du sang de la victime obtenu lors de l'autopsie, déclara Hammond.

— De quelle importance est cette correspondance? lui demanda Walsh.

— Elle est unique parce qu'absolument parfaite.

— Pouvez-vous dire aux jurés s'il y a des statistiques associées à cette correspondance parfaite?

— Oui. Nous générons des statistiques fondées sur la population du monde entier afin de la quantifier. Dans cette affaire, la victime était afro-américaine. Et dans la base des données afro-américaines, la fréquence de ce profil d'ADN est de un sur treize quadrillions d'individus non apparentés.
— Quand vous dites «treize quadrillions», de combien de zéros parlez-vous ?
— De treize suivi de quinze zéros.
— Y a-t-il un moyen simple d'expliquer la signification de cette fréquence ?
— Oui. La population actuelle de la planète Terre étant en gros de sept milliards d'individus, ces treize quadrillions l'éclipsent de manière significative. Ils nous disent qu'il n'y a actuellement personne d'autre au monde, y compris ces cent dernières années, qui aurait pu avoir cet ADN. Dans cette affaire, seule la victime le possède. Seule Wilma Fournette.

Hammond jeta un coup d'œil en coin à Dykes. L'assassin ne bougeait pas et, les yeux baissés sur la table, se concentrait sur la page vierge du bloc-notes posé devant lui. Le moment était arrivé. Le marteau s'était abattu et Dykes savait que la partie était finie.

Hammond était satisfait du rôle qu'il avait joué dans le jeu juridique. C'était lui, le témoin vedette. Mais il souffrait aussi de voir un homme de plus tomber pour ce qu'il ne pensait pas être un bien grand crime. Il ne doutait pas que Dykes ait fait ce qu'il avait eu à faire et que son ex-fiancée avait, elle, eu ce qui lui pendait au nez.

Il devait encore rester là pour le contre-interrogatoire, mais tout comme l'avocat de la défense, il savait qu'il était inattaquable. La science de l'ADN ne mentait pas. Et le marteau, c'était la science.

Il jeta un coup d'œil dans les rangées du public et y vit une femme en pleurs. C'était la sœur de Wilma Fournette qui avait poussé Kleber à rouvrir le procès presque trois décennies plus tard. Hammond était maintenant son héros. Son superman. Avec un S comme Science sur la poitrine, il avait terrassé le scélérat. Dommage, les larmes de cette femme ne le touchaient pas. Il n'éprouvait aucune sympathie à son égard et se moquait bien de sa douleur interminable. Pour lui, les femmes méritaient tout ce qu'on leur infligeait.

Puis, deux rangs derrière la femme, il aperçut Vogel. Il s'était glissé dans le prétoire sans qu'on le remarque. Alors il se rappela que le plus grand scélérat était quelque part dans la nature. L'Écorcheur. Et que tout ce pour quoi il avait travaillé avec Vogel était maintenant en danger.

# CHAPITRE 15

Vogel attendait dans le couloir. Hammond, qui avait fini de répondre aux questions faiblardes que lui avait posées l'avocat de la défense, venait d'être remercié par le juge. Vogel avait le même âge que lui, mais pas du tout le même comportement. Hammond, c'était le savant, le chapeau blanc, et Vogel le hacker, le chapeau noir. Vogel n'avait que des jeans et des T-shirts dans sa penderie. Et rien n'y avait changé depuis l'époque où Hammond et lui étaient colocs à la fac.

— Ça, c'était envoyé, le Marteau ! lui lança Vogel. Le mec est fichu !

— Pas si fort, l'avertit Hammond. Qu'est-ce que tu fais ici ?

— Je voulais te voir botter des culs au prétoire.

— Des conneries, oui.

— OK, viens avec moi.

— Où ?

— On ne va même pas avoir à sortir du bâtiment.

Hammond suivit Vogel dans le couloir jusqu'aux ascenseurs. Vogel appuya sur le bouton descente et se tourna vers lui.

— Il est là, dit-il.

— Qui ça ?

— Le type... Le journaliste.

— McEvoy ? Comment ça : « Il est là » ?

— Il va être inculpé. J'espère qu'on n'a pas raté ça.

Ils sortirent de l'ascenseur au troisième et entrèrent dans la grande salle des mises en accusation où présidait le juge Adam Crower. Ils s'assirent sur les bancs bondés réservés au public. Hammond n'avait encore jamais vu cette partie-là du système où il jouait un rôle. Debout ou assis, plusieurs avocats attendaient que leur client soit appelé. Dans un box en bois et verre, les détenus étaient amenés par groupes de huit afin de conférer avec leurs avocats par d'étroites fenêtres, ou avec le juge quand leur affaire était appelée. Sorte de chaos organisé, l'endroit n'était pas de ceux où l'on a envie de se trouver à moins de ne pas avoir le choix ou d'être payé pour y travailler.

— Qu'est-ce qu'on fait? murmura Hammond.

— On va voir si McEvoy a été inculpé, lui chuchota Vogel en retour.

— Comment le saura-t-on?

— T'as juste à regarder les mecs qu'ils amènent. Peut-être qu'on le verra.

— Bon d'accord, mais ça sert à quoi? Je ne comprends pas pourquoi on cherche ce mec.

— Parce qu'on pourrait avoir besoin de lui.

— Comment?

— Comme tu le sais, l'inspecteur Mattson a rempli son rapport sur l'affaire et l'a enregistré dans les archives en ligne. J'y ai jeté un coup d'œil et tu avais raison, le mec connaissait la victime, Portrero. Les flics l'ont interrogé et il leur a filé son ADN sans qu'ils le lui demandent pour prouver qu'il n'est pas coupable.

— Et alors? insista Hammond.

— Et alors, cet ADN est quelque part dans ton labo. Et tu sais ce qu'il faut faire.

— Mais qu'est-ce que tu racontes?

Hammond se rendit compte qu'il avait parlé trop fort. Des gens assis sur les bancs devant eux se retournèrent pour les regarder. Ce que suggérait Vogel dépassait tout ce qu'ils avaient même seulement envisagé auparavant.

— Et d'un, chuchota-t-il, si on ne m'assigne pas cet ADN, je ne peux même pas m'en approcher... Les procédures sont différentes de celles du comté d'Orange. Et de deux, nous savons toi et moi que ce n'est pas l'Écorcheur. Et je ne piégerais jamais un innocent.

— Oh allez! Ça ne serait pas exactement ce que tu as fait dans le comté d'Orange? répliqua Vogel tout bas.

— Quoi? Mais c'était complètement différent! J'ai empêché un type d'aller en prison pour ce qui n'était même pas un crime. Je ne l'y ai pas envoyé. Et là, c'est de meurtre qu'on parle!

— C'était un crime aux yeux de la loi.

— T'as jamais entendu dire qu'il vaut mieux laisser filer cent coupables que de faire souffrir un seul innocent? Benjamin Franklin, bordel!

— Oui, bon, comme tu voudras. Tout ce que je te dis, c'est comment on pourrait se servir de ce type pour gagner du temps. Du temps pour trouver l'Écorcheur.

— Et faire quoi après? Lui dire: «T'inquiète pas, j'ai trafiqué l'ADN»? Ça peut peut-être marcher pour toi, mais pas pour moi. Il faut qu'on arrête tout. Tout. Et tout de suite.

— Non, pas tout de suite. On doit retrouver ce mec.

La peur qui montait dans la poitrine de Hammond était maintenant au maximum. Il savait que c'étaient sa haine et sa cupidité qui l'avaient amené là. Que c'était un cauchemar dont il ne voyait aucun moyen de sortir.

— Hé, murmura Vogel, je crois que c'est lui.

D'un coup de menton, il lui indiqua subrepticement le box à l'avant de la salle. Une nouvelle file de détenus venait d'y être amenée par les adjoints judiciaires. Hammond songea que le troisième ressemblait au type dont il avait vu la trombine la veille au soir. Oui, il ressemblait bien au journaliste Jack McEvoy. Et il avait l'air fatigué et à bout après sa nuit en prison.

# JACK

# CHAPITRE 16

Point d'entrée toujours bondé du système pénal, le prétoire était un endroit où tous ceux qu'avait avalés la machine judiciaire se tenaient pour la première fois devant un juge qui allait leur lire les charges retenues contre eux. Après quoi, la date de leur comparution serait fixée, premier pas dans le long et tortueux sentier à travers le marécage qui les laisserait au minimum éviscérés et en sang, sinon reconnus coupables et incarcérés.

Je vis Bill Marchand se lever de son siège dans la première rangée le long de la rambarde du prétoire et venir vers moi. Je n'avais pas fermé l'œil de la nuit et tous les muscles de mon corps semblaient avoir mal après les heures que j'avais passées crispé comme un poing et apeuré dans la grande salle commune où s'entassent les détenus. J'avais déjà fait de la prison et je savais que le danger pouvait venir de tous les côtés. Dans cet endroit, les hommes se sentent trahis par la vie et le monde, et cela les rend désespérés et dangereux, prêts à attaquer tout individu qui leur paraît vulnérable.

Lorsque Marchand arriva au guichet par lequel nous pouvions nous parler, en guise d'ouverture je lui lançai les quatre mots les plus urgents pour moi :
— Sors-moi de là!

Il acquiesça d'un signe de tête.

— C'est l'idée, répondit-il. J'ai déjà parlé au procureur et lui ai décrit le nid de frelons dans lequel ses inspecteurs ont flanqué un coup de pied, et elle a décidé d'y aller *nolle prosequi* sur ce coup-là. On va te sortir d'ici dans deux ou trois heures maximum.

— Elle va juste laisser tomber les charges ?

— En fait, c'est à l'attorney de la ville qu'on a affaire vu qu'il s'agit d'un délit. Et comme ils n'ont rien sur quoi s'appuyer… Tu faisais ton boulot sous l'entière protection du premier amendement à la Constitution. Myron est là et prêt à en découdre. J'ai donc dit au procureur : « Vous inculpez mon journaliste et le type là-bas va tenir une conférence de presse devant le tribunal dans moins d'une heure. » Et elle ne sera pas du genre à plaire à son bureau.

— Où est Myron ?

Je scrutai les rangées pleines de monde de la galerie réservée au public. Je ne le trouvai pas, mais un mouvement ayant attiré mon attention, je crus voir un type se baisser derrière quelqu'un d'autre comme s'il voulait ramasser quelque chose par terre. Quand il se releva, il me regarda, puis se réinstalla à sa place. Il perdait ses cheveux et portait des lunettes. Ce n'était pas Myron.

— Il est dans le coin, répondit Marchand.

C'est à ce moment-là que j'entendis le juge Crower appeler mon affaire. Marchand se tourna vers lui et s'identifia comme conseil pour la défense. Une femme se leva à la table pleine de monde de l'accusation et, Jocelyn Rose de son nom, annonça être attorney adjoint de la ville.

— Monsieur le juge, lança-t-elle, nous vous demandons d'abandonner les charges contre l'accusé.

— Vous êtes sûre ? lui demanda Crower.

— Oui, monsieur le juge.

— Très bien. Affaire classée sans suites. Monsieur McEvoy, vous êtes libre de vos mouvements.

Sauf que je ne l'étais pas. Je ne le serais qu'après avoir attendu deux heures que le car me ramène à la prison du comté, où l'on me rendrait mes biens et me ferait signer les papiers de sortie. La matinée était fichue, en plus du petit déjeuner j'avais loupé le déjeuner à la prison, et je n'avais aucun moyen de rentrer chez moi.

Mais lorsqu'enfin je franchis le portail de la prison, je tombai sur Myron Levin qui m'attendait.

— Je suis désolé, Myron, lui dis-je. Tu es là depuis longtemps ?

— Pas de problème. J'avais mon portable. Ça va ?

— Maintenant, oui.

— Tu as faim ? Ou tu veux rentrer chez toi ?

— Les deux. Mais je crève de faim !

— Allons manger.

— Merci d'être venu, Myron.

Pour arriver plus vite à la nourriture, nous nous contentâmes de descendre à Chinatown et commandâmes des po'boy[1] au *Little Jewel*. Puis nous prîmes une table et attendîmes qu'on nous les prépare.

— Bon alors, qu'est-ce que tu vas faire ? demandai-je.

— Pour quoi ? me renvoya-t-il.

— Pour cette violation flagrante du premier amendement à la Constitution. Mattson ne peut pas s'en tirer comme ça. De toute façon, tu devrais tenir une conférence de presse. Je te parie que le *Times* va y aller à fond. Le *New York Times*, s'entend.

— C'est pas aussi simple que ça.

---

1. Ou sandwich « pauv' garçon » originaire de la Louisiane à base de baguette et de bœuf rôti ou de fruits de mer.

— C'est tout ce qu'il y a de plus simple. Je tenais un truc et ça ne lui plaisait pas. Et donc, il m'arrête pour un motif bidon. Ce n'est pas seulement le premier amendement qu'il viole, c'est aussi le quatrième[1]. Ils n'avaient aucun motif raisonnable de me mettre en détention. Je faisais mon travail.

— Tout ça, je le sais, mais ils ont laissé tomber les charges et tu peux reprendre ton boulot. Ni mal ni préjudice.

— Quoi ? Avec la nuit que j'ai passée en taule tassé dans un coin et les yeux sans arrêt ouverts ?

— Mais il n'est rien arrivé. Tu vas bien.

— Non, je ne vais pas bien, Myron. Essaie donc voir un jour !

— Écoute, je suis désolé de ce qui t'est arrivé, mais je pense qu'on devrait passer à autre chose, ne pas envenimer la situation et revenir à notre sujet. À ce propos... je viens de recevoir un texto d'Emily. Elle dit avoir reçu des trucs intéressants de UC-Irvine.

Je regardai longuement Myron assis en face de moi et tentai de lire dans ses pensées.

— Ne fais pas dévier la conversation, lui lançai-je. Qu'est-ce qui se passe vraiment ? C'est les donateurs ?

— Non, Jack. Je te l'ai déjà dit : les donateurs n'ont rien à voir avec ça. Je ne les laisserai pas plus nous dicter ce que nous faisons et les sujets que nous couvrons que les géants du tabac ou de l'automobile.

— Alors pourquoi on se tourne les pouces ? Ce Mattson a besoin qu'on lui passe les fesses aux charbons ardents.

— Bon, d'accord, si tu veux savoir la vérité... je pense que si on fout la merde dans cette histoire, ça pourrait nous revenir en pleine figure.

---

1. Le premier protège la liberté de la presse et le quatrième interdit toute perquisition, saisie et arrestation sans motifs sérieux.

— Pourquoi donc ?
— À cause de toi. Et de moi. Jusqu'à plus ample informé, les flics te trouvent toujours suspect. Et moi, je suis le rédac-chef qui ne t'a pas retiré le sujet quand j'aurais dû. Si on part en guerre, tout ça va ressortir et ça n'aura pas l'air génial, Jack.

Je me renversai en arrière et hochai la tête en une protestation silencieuse. Je savais qu'il avait raison. Peut-être Mattson s'était-il senti libre de faire ce qu'il avait fait parce que nous étions compromis.

— Merde, dis-je.

Alors Myron fut appelé parce que c'était lui qui avait payé le repas. Il se leva et alla chercher nos sandwichs. Quand il revint, j'avais trop faim pour continuer à parler du problème. Il fallait que je mange. Je massacrai la moitié de mon po'boy avant de dire un mot de plus. La faim n'ajoutant plus à ma colère, je découvris que le désir que j'avais eu de me lancer dans une bataille constitutionnelle avec le LAPD avait beaucoup décliné.

— C'est juste que j'ai l'impression que c'est à ça qu'on en est réduits, repris-je. Aux fakes news, à être les ennemis du peuple et à un président qui annule des abonnements au *Washington Post* et au *New York Times*. Et à un LAPD qui n'hésite pas à jeter un journaliste en prison. Quand allons-nous commencer à résister ?

— C'est que... ça pourrait ne pas être le bon moment, répliqua-t-il. Si nous décidons de nous battre, il faudra le faire quand nous serons à cent pour cent irréprochables, pour qu'il n'y ait pas de retour de bâton de la police ou des politiques qui adorent voir les journalistes jetés en prison.

Je hochai la tête et laissai tomber. Je ne pouvais pas l'emporter et la vérité était bien que j'avais plus envie de reprendre mon affaire que d'attaquer le LAPD.

— OK, merde, tiens. Qu'est-ce qu'a trouvé Emily ?

— Elle ne l'a pas dit. Elle a juste dit tenir de bons trucs et qu'elle revenait au bureau. Et moi, je pense qu'on ferait bien de l'y retrouver dès qu'on aura fini ici.

— Tu pourrais me déposer à l'appartement d'abord ? C'est là que j'ai ma voiture et je veux prendre une douche avant de faire quoi que ce soit d'autre.

— D'accord.

Mon portable, mon portefeuille et mes clés m'avaient été confisqués lors de mon incarcération et lorsqu'ils m'avaient été rendus à ma libération, je les avais enfournés dans mes poches à toute vitesse parce que je voulais sortir de là aussi vite que possible. Il devint vite évident que j'aurais dû regarder plus attentivement mon porte-clés lorsque Myron m'avait déposé devant mon immeuble de Woodman Avenue. La clé du portail d'entrée y était bien, ainsi que celles de ma Jeep, d'un casier de rangement dans le garage et d'un antivol de moto. Mais celle de mon appartement manquait à l'appel.

Ce ne fut qu'après avoir arraché le concierge à son petit somme d'après-déjeuner et lui avoir emprunté son double que je pus entrer chez moi. Une fois à l'intérieur, je trouvai une copie du mandat de perquisition posé sur le comptoir de la cuisine. Pendant que j'étais dans une cellule la veille au soir, Mattson et Sakai avaient fouillé mon appartement. Ils avaient très probablement invoqué mon affaire bidon d'entrave à la justice comme motif raisonnable à leur perquisition. Je compris alors que c'était sans doute leur but depuis le début. Ils savaient que leur accusation serait rejetée, mais s'en étaient servis pour qu'un juge les autorise à entrer chez moi.

Ma colère flamba à nouveau et encore une fois je considérai que leurs actes étaient une violation caractérisée de mes droits. Je sortis mon portable, appelai la division des Vols et Homicides du LAPD et demandai après Mattson.

— Inspecteur Mattson, que puis-je faire pour vous ?

— Mattson, vaudrait mieux que je ne résolve pas cette affaire avant vous, sans quoi moi, je vous ferai ressembler au gros tas de merde que vous êtes.

— McEvoy ? J'ai appris qu'on vous avait relâché. Pourquoi êtes-vous donc si en colère ?

— Je sais ce que vous avez fait. Vous m'avez coffré pour pouvoir fouiller mon appart parce que vous avez tellement la tête dans le cul sur ce coup-là que vous vouliez voir ce que moi, j'avais.

Je regardai le reçu du mandat de perquisition et vis qu'il n'y était fait état d'aucun article saisi.

— Je veux que vous me rendiez ma clé et tout ce que vous avez pris.

— Nous n'avons rien pris. Et j'ai votre clé ici même. Vous pouvez passer la récupérer à n'importe quelle heure, vous serez le bienvenu.

Brusquement, je me figeai. Je ne savais plus très bien où était mon ordinateur portable. Mattson l'avait-il pris ? Je passai rapidement en revue ce que j'avais fait la veille au soir et me rappelai avoir laissé mon sac à dos dans la Jeep quand j'avais décidé d'aller voir si j'avais du courrier dans ma boîte. C'était là que Mattson et Sakai m'avaient intercepté.

Je m'emparai du reçu de la perquise et vérifiai vite si elle avait aussi été autorisée pour mon véhicule. Mon ordinateur était protégé par un mot de passe et mon empreinte digitale, mais je songeai que Mattson n'aurait eu aucun mal à passer à l'unité des cybercrimes et demander à quelqu'un de le pirater. S'il l'avait fait, Mattson devait avoir tout ce que j'avais et savoir tout ce que je savais de l'enquête.

Le mandat ne concernait que mon appartement. Dans les quelque trente secondes suivantes, j'allais savoir s'il y en avait un second qui m'attendait dans la Jeep.

— Toujours là, McEvoy ?

Je ne me donnai pas la peine de répondre. Je raccrochai et me dirigeai vers la porte. Descendis les marches en béton conduisant au parking que je traversai au pas de course pour gagner ma Jeep.

Mon sac à dos était sur le siège passager comme je me rappelais l'y avoir posé la veille. Je revins à l'appartement avec et en déversai le contenu sur le comptoir de la cuisine. L'ordinateur y était et il semblait bien que Mattson n'y avait pas eu accès, ni non plus à mes notes sur l'affaire. Le reste de ce qui se trouvait dans le sac paraissait ne pas avoir été touché non plus.

Le soulagement que j'éprouvai en constatant que ni mon travail ni mes e-mails n'avaient été violés par la police m'arriva avec une vague d'épuisement due sans aucun doute à la nuit sans sommeil que j'avais passée en prison. Je décidai de m'allonger sur le canapé et de m'octroyer une demi-heure de sommeil avant de retourner au bureau pour y retrouver Myron et Emily. Je mis une alarme et m'endormis en quelques minutes, ma dernière pensée allant aux hommes avec lesquels j'avais été amené au tribunal ce matin-là, tous étant maintenant probablement de retour en un lieu où ne faire que fermer les yeux vous rend vulnérable.

## CHAPITRE 17

Je me réveillai complètement désorienté. J'avais été tiré d'un profond sommeil par le bruit d'un souffleur de feuilles dehors. Je consultai mon portable pour savoir l'heure, mais il était à plat après avoir passé la nuit dans des scellés de prison au lieu de se recharger. Je ne doutai pas d'avoir dépassé les trente minutes de sommeil que je m'étais allouées. Je ne portais pas de montre et regardais habituellement l'heure sur mon portable. Je me levai, me traînai jusqu'à ma kitchenette en trébuchant et vis qu'il était 16 h 17 à l'horloge du four. J'avais sombré pendant plus de deux heures.

Je dus brancher mon portable et attendre qu'il se recharge assez pour que l'écran s'allume. Alors, j'envoyai un texto à Myron et à Emily pour leur expliquer mon retard. Et leur demandai s'il était trop tard pour que je les rejoigne. La réponse fut immédiate :

*Viens!*

Vingt minutes plus tard, nous nous retrouvions.

Le texto qu'Emily avait envoyé à Myron un peu plus tôt était exact : elle avait trouvé de bons trucs sur William Orton à UC-Irvine. Nous passâmes dans la salle de conférences et elle nous dit ce qu'elle avait appris.

— Première chose, rien de tout cela n'est officiel. Si nous voulons nous en servir, nous aurons besoin de vérifications indépendantes... et je pense qu'il doit y avoir de quoi à la police d'Anaheim, à condition d'y avoir une source.
— Jusqu'où ta source d' UC-Irvine est-elle fiable? demanda Myron.
— C'est la doyenne adjointe, répondit Emily. Mais il y a quatre ans, quand tout ça est arrivé, elle était l'assistante de coordination du Titre IX. Tu sais ce que c'est, Jack?
— Oui. C'est le protocole anti violences et harcèlement sexuels pour tous les établissements d'enseignement qui reçoivent des fonds fédéraux.
— Exact. Et donc, ma source m'a dit officieusement, et après des recherches approfondies sur son passé, que William Orton était soupçonné d'abus sexuels en série, mais qu'on n'en a jamais eu la preuve. Les victimes ont été intimidées et les témoins se sont rétractés. Il n'y a jamais eu de dossier solide contre lui jusqu'à l'affaire Jane Doe.
— «Jane Doe[1]»? répétai-je.
— Elle était étudiante... en licence de biologie... et suivait les cours d'Orton. Elle l'a accusé de l'avoir droguée et violée après une rencontre fortuite dans un bar d'Anaheim. Elle est revenue à elle complètement nue dans une chambre de motel, la dernière chose qu'elle se rappelait étant le verre qu'elle avait pris avec lui.
— Quel fumier! s'exclama Myron.
— Quel criminel, tu veux dire! lui renvoya Emily.
— Oui, ça aussi. Qu'est-ce qui s'est passé? Elle a changé d'avis?
— Pas du tout. Elle était costaud. Et futée. Elle a appelé les flics, ils lui ont apporté un kit de viol et lui ont fait une prise

---

1. Jane Doe est le terme policier désignant une inconnue.

de sang. Orton s'était servi d'une capote, mais ils ont récupéré de la salive sur les aréoles de la fille. Ils ont commencé à bâtir un solide dossier contre lui. Les résultats de l'analyse de toxicologie de Jane ont fait apparaître la présence de flunitrazépam, plus connu sous le nom de Rohypnol, la drogue du viol. Les flics avaient un témoin solide en la personne de la victime et ils allaient déclencher l'affaire. Ils n'attendaient plus que les résultats de l'analyse d'ADN.

— Que s'est-il passé ?

— L'analyse a été effectuée au labo du shérif du comté d'Orange, répondit-elle. Et le prélèvement de salive est revenu comme ne correspondant pas à celui d'Orton.

— Tu rigoles ! se récria Myron.

— J'aimerais bien. Ça a tué l'affaire. Ça a jeté le doute sur son histoire parce qu'après un interrogatoire plus poussé, elle avait déclaré ne pas avoir couché avec un autre homme les six jours suivants. Un enquêteur du bureau du district attorney a alors retrouvé un certain nombre de partenaires que Jane Doe avait fréquentés, le résultat étant que le district attorney a laissé tomber. Pas question de toucher à ça sans un lien direct avec l'ADN.

Je repensai à ce que Jason Hwang m'avait dit sur le gène DRD4. Le district attorney du comté d'Orange avait débouté Jane Doe parce qu'elle avait supposément des mœurs légères et n'était donc pas suffisamment crédible pour étayer l'accusation lors d'un procès.

— Tu dis qu'il se serait agi d'une rencontre fortuite, lançai-je à Emily. En sait-on plus sur ce point ? Comment cela a-t-il été déterminé ?

— Je n'ai pas posé la question. Ils ont seulement dit que c'était « au hasard », tu vois ? Qu'ils se sont croisés dans un bar.

— La salive correspondait-elle à celle de quelqu'un d'autre ?

— Donneur inconnu. D'après une rumeur qui a couru à l'époque, Orton, qui était chercheur en ADN, aurait Dieu sait comment trafiqué le sien pour empêcher la correspondance.

— Ça fait un peu science-fiction, dit Myron.

— C'est vrai, répondit-elle. D'après ma source, ils ont refait le test au labo du shérif et encore une fois le résultat a été négatif.

— Des falsifications? voulut savoir Myron.

— Ç'a été évoqué, mais les services du shérif s'en sont tenus aux résultats du labo. Pour moi, un problème d'intégrité des preuves risquait de remettre en question toute condamnation reposant sur les analyses pratiquées par le labo et ils n'étaient pas prêts à prendre ce chemin.

— Et Orton s'est retrouvé libre, dis-je.

— Jusqu'à un certain point, me renvoya-t-elle. Il n'y a pas eu de procès au pénal, mais Jane Doe ne démordant pas de son histoire, même en dépit de l'analyse d'ADN, ça a fait assez de fumée pour que l'université attaque Orton en justice pour violation du règlement intérieur. Rien de pénal là-dedans. L'université avait seulement besoin de protéger d'autres étudiantes et a donc négocié son départ sans faire de bruit. Il a gardé sa pension et un grand manteau de silence s'est abattu sur toute l'affaire.

— Et qu'est-il arrivé à Jane Doe? demandai-je.

— Ça, je ne sais pas, répondit Emily. J'ai demandé à ma source qui elle avait comme contact à la police d'Anaheim, mais elle ne se souvenait que d'une chose: l'inspecteur qui avait géré tout ça avait un nom parfait pour ses fonctions: Dig[1].

— Nom ou prénom?

---

1. Soit «Je creuse» ou «je comprends» avec tous les sous-entendus possibles.

— Elle m'a dit prénom. Comme elle m'a parlé d'un Latino, je me dis qu'il avait sans doute pour prénom Digoberto ou quelque chose d'approchant. Ça ne devrait pas être très difficile à trouver.

J'acquiesçai d'un signe de tête.

— Bref, reprit Myron, Orton prend la porte de UC-Irvine et monte sa boutique à deux pas de là comme si de rien n'était. Il s'en tire donc à l'aise.

— Oui. Mais comme me l'a indiqué ma source, le souci principal était de le virer de la fac.

— Et la rumeur selon laquelle il aurait trafiqué son ADN ? demandai-je. Est-ce seulement possible ?

— J'ai fait quelques recherches là-dessus en attendant que tu arrives. Les technologies d'édition génomique progressent tous les jours, mais pas encore au point de pouvoir modifier tout son code ADN... et certainement pas il y a quatre ans de ça quand ça s'est produit. Ce qui s'est passé dans l'affaire Jane Doe est toujours un mystère. D'après ma source, elle avait un avocat prêt à poursuivre Orton et l'université en justice. Son cabinet a procédé à sa propre analyse de l'échantillon et obtenu le même résultat. Aucune poursuite n'a été entamée.

Nous gardâmes tous les trois le silence un instant avant que Myron ne reprenne la parole.

— Et donc, c'est quoi la suite ? demanda-t-il.

C'était mon sujet et je voulais le protéger, mais je devais reconnaître qu'Emily Atwater avait fait beaucoup avancer les choses.

— Eh bien, un truc qu'il va falloir ne pas oublier est que si William Orton est louche, les recherches de Jack ne le touchent en rien... pour l'instant, fit-elle remarquer. Cela exige d'autres enquêtes, mais commençons par voir où nous en sommes. Les quatre victimes que nous connaissons étaient toutes des « participantes » au programme de la GT23. Il est possible, mais toujours pas prouvé, que leur ADN ait été vendu au labo d'Orton pour ses recherches. Ajoutons qu'Orton semble être un prédateur sexuel et tout ça devient fort intéressant. Mais nous n'avons rien de concret qui relie tous ces points.

— Exactement, constata Myron. Et je me demande jusqu'où on peut continuer sans un lien plus solide.

Il me regarda, ce que je pris pour un bon signe. C'était toujours mon sujet et il voulait m'entendre.

— Je pense que ça fait partie du filet qu'on lance, dis-je. Nous ne savons pas ce qui va remonter. Pour moi, il faut essayer de s'introduire dans l'Orange Nano et de parler à Orton. D'avoir une idée du bonhomme par contact direct. Je ne sais pas comment y arriver, mais je ne pense pas qu'il soit bon de l'appeler en disant qu'on cherche à en savoir plus sur l'assassinat de quatre femmes. Il faut trouver un autre moyen.

— Justement, j'y pensais, reprit Emily. Toujours en attendant Jack, j'ai cherché tout ce qu'on pouvait trouver sur lui et je suis tombée sur son nom dans un rapport annuel de la Rexford Corporation. Il fait partie du conseil d'administration.

— Qu'est-ce que fabrique la Rexford ? demandai-je.

— Essentiellement des produits pour les cheveux d'hommes, répondit-elle. Spécialité : l'alopécie... la chute des cheveux. C'est de plus en plus important chez les deux sexes et d'ici cinq ans, cette industrie devrait peser dans les quatre milliards de dollars.

— Orton essaie de soigner ce truc.

— C'est ce que je pense, moi aussi, dit-elle. S'il découvre ou crée une thérapie génique qui y parvienne ou même seulement ralentisse ses effets, pensez un peu à ce que ça pourrait rapporter ! Il est au conseil d'administration de la Rexford parce qu'elle finance ses recherches et c'est par là qu'on pourrait entrer dans la place.

— On cherche du côté chute des cheveux ? demandai-je.

— On suit la piste du fric. Ce sont des milliards qui sont dépensés chaque année pour ça, mais il n'y a toujours pas de traitement… pour l'instant. Nous attaquons donc sous l'angle de la défense du consommateur. Combien de ces traitements sont sans valeur et où en est-on côté thérapie génique ? On flatte l'ego du bonhomme en lui disant que d'après ce qu'on sait, s'il y a quelqu'un qui va faire une découverte capitale, c'est lui.

Le plan était bon, seulement gâché par mon regret de ne pas avoir été le premier à y penser. Je gardai le silence et Myron me regarda.

— Qu'est-ce que t'en penses, Jack ?

— C'est que… je ne sais rien de ces recherches sur l'alopécie, répondis-je. Jason Hwang m'a dit qu'Orton travaillait sur les addictions et les conduites à risques. Devenir chauve n'a rien à voir avec ça… pour ce que j'en sais.

— C'est comme ça que bossent ces chercheurs, fit remarquer Emily. Un géant de la pharmacie leur donne de quoi se spécialiser dans un secteur précis et c'est ce qui finance leurs autres recherches… Celles qui leur tiennent vraiment à cœur. La Rexford paie la recherche qu'elle veut, mais finance celle que veut Orton.

J'acquiesçai d'un signe de tête.

— Alors oui, je pense que c'est une bonne idée, dis-je. C'est comme ça qu'on va entrer dans la place. Et il vaut peut-être mieux commencer par la Rexford. On demande à leurs types des relations publiques de nous organiser ça, du coup Orton a plus de mal à dire non… surtout s'il a des trucs pas nets sur le feu.

— Bonne idée, dit Emily. Je…

— Je les appelle demain matin à la première heure, l'interrompis-je. Pour essayer d'arranger ça.

— Dis-leur que vous serez deux pour l'interview, lança Myron.

— Que veux-tu dire ?
— Je veux que vous y alliez tous les deux.
— Je devrais pouvoir m'en débrouiller.
— J'en suis sûr. Mais je tiens à ce que vous y alliez tous les deux pour des raisons de sécurité. Emily, prends le Canon pour faire les photos.
— Mais je ne suis pas photographe ! protesta-t-elle.
— Prends l'appareil, c'est tout.
— Et la police d'Anaheim ? Tu veux aussi qu'on y aille ensemble ?
— Je pensais y passer demain, dis-je. Pour trouver l'inspecteur Dig.

Emily garda le silence. Je m'attendais à ce qu'elle proteste en faisant valoir que c'était elle qui avait découvert la piste, mais elle n'en fit rien.

— Bon, parfait, tu y vas, Jack, dit Myron. Mais écoute : je ne veux pas de concurrence entre vous. Travaillez ensemble. J'ai mis la moitié de mon équipe sur cette affaire. On ne peut pas perdre de temps. Cherchez s'il y a quelque chose et s'il n'y a rien, dégagez et passez à un autre sujet.

— Compris, dit Emily.
— D'accord, dis-je.

La réunion prenant fin, nous regagnâmes nos postes de travail. La première chose que je fis fut d'appeler la police d'Anaheim pour en savoir un peu plus sur Dig. Cela s'avéra facile. Je demandai qu'on me passe le bureau des inspecteurs et lançai à la femme qui me répondit :

— Puis-je parler à Dig ?
— Je suis désolée, mais l'inspecteur Ruiz est parti pour la journée. Puis-je prendre un message ?
— Non, ça ira. Est-ce qu'il sera là demain ?
— Oui, mais il sera au tribunal toute la journée. Voulez-vous laisser un message ?

— Non. Je pense aller le voir au tribunal. C'est bien pour l'affaire de viol ?
Supposition éclairée fondée sur le fait que Ruiz travaillait sur l'affaire Jane Doe/Orton.
— Oui, le procès Isaiah Gamble. Puis-je dire qui l'a appelé ?
— Non, ça ira. Je le verrai là-bas demain. Merci.

Après avoir raccroché, j'ouvris le site Web du bureau du district attorney du comté d'Orange et lançai une recherche sur Isaiah Gamble. Cela me donna un aperçu de l'affaire – enlèvement et viol – et le numéro de la chambre du tribunal de Santa Ana. J'étais prêt pour y aller le lendemain matin.

Je portais ces renseignements dans un carnet de notes lorsque je fus interrompu par un texto de Rachel Walling :

*Tu veux boire un verre ce soir ?*

C'était inattendu. Je débarque sans prévenir après plus d'un an et le lendemain, elle a envie de boire un coup avec moi ? Je ne mis pas longtemps à répondre :

*Bien sûr. Où ? À quelle heure ?*

J'attendis, mais n'eus pas de réponse immédiate. Je commençai à ranger mes affaires et enfournai dans mon sac à dos tout ce dont je pourrais avoir besoin dans le comté d'Orange le lendemain. J'étais sur le point de me lever pour partir lorsque je reçus la réponse de Rachel.

*Je suis dans la Valley. On peut se retrouver maintenant ou plus tard. Que dirais-tu de l'endroit où tu as rencontré Christina ? J'ai envie de le voir.*

Je fixai l'écran de mon portable. Je savais que c'était du *Mistral* qu'elle parlait. Ça me semblait un peu bizarre, mais peut-être y aurait-il plus qu'un simple verre après ce rendez-vous. Peut-être avait-elle changé d'avis sur ma proposition. Je lui renvoyai un texto avec le nom et l'adresse et l'informai que je me mettais en route.

Je passai par le box d'Emily Atwater en partant. Elle leva les yeux de son écran.

— J'ai localisé Dig, l'informai-je. Il s'appelle Ruiz. Il sera au tribunal demain pour une autre affaire.

— C'est parfait, dit-elle. Tu devrais pouvoir le joindre là-bas.

— Oui, c'est ce que je me suis dit. Et je m'excuse si je t'ai donné l'impression d'être un sale con.

— Mais non, tu n'es pas un sale con. C'était ton sujet. Je comprends.

J'acquiesçai.

— Merci, lui renvoyai-je. Et donc, si tu veux aller voir Ruiz avec moi, pas de problème. Parce que ça, c'était ta piste.

— Non, en fait, ça m'ira très bien de rester ici. Je me disais que pendant que tu feras ça, je pourrais voir ce qu'il y a à tirer du côté des fédéraux. En commençant par la FDA.

— Ils ne font rien là-dessus, lui dis-je. Ils en sont toujours à la phase «et si on appliquait le règlement».

— Oui, mais ça, il faudrait qu'on l'ait officiellement, qu'on leur demande pourquoi, et quand ça va changer. L'État est très en retard et c'est un point important dans cette histoire.

— Exact.

— Et donc, je fais ça et toi, tu rejoins le comté d'Orange.

— Je vais essayer d'organiser quelque chose avec Orton en passant par les relations publiques de la Rexford. Je te tiens au courant.

Elle sourit. Dieu sait pourquoi, cela me fit penser que j'étais toujours un sale con.

— Et donc, c'est bon ? lui demandai-je.
— Bien sûr, répondit-elle. Voyons où on en sera demain.

J'acquiesçai et me tournais pour partir lorsqu'elle ajouta :

— Moi, jamais je ne m'excuserais d'avoir cherché à protéger mon sujet, Jack. (Je me retournai.) Tu as remarqué quelque chose et tu as attaqué, reprit-elle. Tu as tous les droits de garder ça.

— D'accord.
— À demain, Jack.

# CHAPITRE 18

Rachel était déjà au *Mistral*, et son verre de martini à moitié vide, lorsque j'y arrivai. Elle ne m'avait pas vu entrer, je restai en retrait et la regardai quelques instants. Elle avait la tête baissée et lisait un document. Elle tendit la main vers le pied de son verre sans regarder, puis en but une petite gorgée. Mes relations avec elle couvraient presque vingt-cinq années et brûlantes et froides, intenses et distantes, intimes et strictement professionnelles, avaient fini par me briser le cœur. Dès le début, elle avait laissé un trou dans mon cœur qui jamais ne pourrait cicatriser. Je pouvais passer des années entières sans la voir, mais jamais je n'arrivais à ne pas penser à elle. À l'endroit où elle était, à ce qu'elle faisait et qui elle fréquentait.

Je savais que dès que j'avais décidé d'aller la voir la veille, je m'étais payé un énième round d'espoirs et de douleurs. Mais il y a des gens comme ça, des gens dont le destin est de jouer encore et encore la même musique comme un disque rayé.

L'instant fut gâté quand la barmaid me vit debout près de la porte et appela sa version de mon nom.

— Jacques, mais qu'est-ce que vous faites ? me demanda-t-elle. Entrez, entrez.

Elle, dont j'ignorais le nom de famille, parlait avec un accent français. Elle me connaissait comme pilier de l'établissement, mais donnait toujours un petit tour français à mon prénom. Il n'empêche : c'était assez reconnaissable pour que Rachel lève la tête et me voie. Alors, mon instant de rêverie et d'espoir prit fin.

Je gagnai le bar et m'assis à côté d'elle.

— Ça fait longtemps que tu es là ? demandai-je.

— Non, je viens d'arriver.

La barmaid longea le bar pour venir prendre ma commande.

— Comme d'habitude, Jacques ?

— Bien sûr, répondis-je.

Elle remonta le long du comptoir jusqu'à la bouteille de Ketel One et commença à me préparer mon drink.

— Comme d'habi-tioude, Jacques ? me chuchota Rachel, moqueuse. Tu sais que cet accent est faux, hein ?

— Elle est actrice, Rachel. Et c'est un bar français.

— Y a qu'à Los Angeles...

— Ou peut-être à Paris. Bon alors, qu'est-ce qui t'a fait franchir la colline pour redescendre dans la Valley ?

— J'essaie d'accrocher un nouveau client et on a eu droit à tout le cirque.

— Enquête d'antécédents ?

— C'est ça qui nous fait bouffer.

— Et donc tu y vas, tu leur montres tes anciennes références au FBI, tu leur dis ce que tu peux faire et ils te filent le boulot ?

— C'est un peu simpliste mais, oui, c'est comme ça que ça marche.

La barmaid m'apporta mon martini et le posa sur un petit napperon à cocktail.

— Voilà, dit-elle.

— Merci, lui renvoyai-je.

Assez avisée pour nous laisser de l'espace, Elle repartit à l'autre bout du comptoir.

— Et c'est ta copine ? La barmaid avec le faux accent français ?

— J'habite à deux rues d'ici à peine. Je peux rentrer à pied si ça tourne mal.
— Ou si tu as de la chance. Vaut mieux les ramener à la maison avant qu'elles changent d'avis, pas vrai ?
— Le coup est bas et je regrette de t'avoir dit ça hier. C'est la seule et unique fois que ça m'est arrivé ici.
— Ben tiens !
— Non, c'est vrai. Mais tu ne serais pas en train de devenir jalouse ?
— Ce jour-là, je...

Nous arrêtâmes de parler quelques instants et j'eus l'impression qu'aussi bien elle que moi, nous nous repassions des souvenirs de notre histoire pleine de trous. Il me semblait que c'était toujours moi qui merdais. Une fois, pendant l'enquête sur le Poète, quand mes propres insécurités m'avaient fait douter d'elle au point de détruire notre relation et la dernière, quand j'avais fait passer mon travail avant elle et l'avait mise dans une position impossible.

Et maintenant, nous en étions réduits à nous rencontrer dans un bar et à y échanger des mièvreries.

— Je dois dire qu'il y a un truc qui me rend jalouse, dit-elle.
— Quoi ? Qu'aujourd'hui j'habite dans la Valley ?

Je n'arrivais toujours pas à me libérer de ce genre de remarques. Bon sang !

— Non, que tu sois sur une affaire. Une vraie.
— Qu'est-ce que tu racontes ? Tu as un business à toi toute seule !
— Qui à quatre-vingt-dix pour cent consiste à rester assise devant un ordinateur pour y faire des recherches d'antécédents. Je n'ai pas travaillé sur une vraie affaire depuis... Je ne me sers pas de mes talents, Jack. Et quand on ne s'en sert pas, on les perd. Ta visite hier m'a rappelé tout ce que je ne fais plus.

— Je suis désolé. Je sais que tout est ma faute. Ton badge et le reste. J'ai tout foutu en l'air pour un article. Qu'est-ce que je pouvais être aveugle ! Je m'excuse, Rachel.
— Jack, je ne suis pas venue ici pour obtenir tes excuses. Le passé, c'est le passé.
— Et donc... ?
— Je ne sais pas. C'est juste que...
Elle ne finit pas sa phrase, mais je compris qu'on ne se contenterait pas d'un petit verre et ciao. Je levai deux doigts à l'intention de Elle à l'autre bout du bar : Deux autres !
— As-tu fait quelque chose de ce dont nous avons parlé hier ?
— Oui. Et j'ai trouvé des trucs vraiment intéressants, et j'aurais continué aujourd'hui si je n'avais pas passé toute ma nuit en prison.
— Quoi ? Pourquoi ?
— Parce que le type du LAPD qui est sur l'affaire a la trouille. La trouille que j'aie de l'avance. Ce qui fait que hier soir, il m'a serré sur une accusation bidon d'entrave à enquête et que j'ai dormi en taule à la Metro et passé la moitié de ma journée au tribunal et à faire des allers-retours en car de la prison.
Je terminai mon cocktail juste au moment où Elle m'en apportait un autre.
— *Je vous en prie*, dit-elle.
— *Merci*, lui renvoyai-je.
— *Gracias*[1], lâcha Rachel.
Elle s'éloigna.
— Hé, mais on a oublié ! m'exclamai-je.
Et je levai mon verre.
— À la théorie de la balle unique ? demandai-je.
C'était peut-être pousser un peu trop loin, mais Rachel ne se déroba pas. Elle leva son verre et fit oui de la tête. Cela faisait

---

1. En français et en espagnol dans le texte.

référence à quelque chose qu'elle m'avait dit bien des années auparavant : que pour elle, tout le monde avait quelqu'un qui pouvait lui transpercer le cœur comme une balle. Tout le monde n'avait pas la chance de rencontrer ce quelqu'un, et ce n'était pas non plus tout le monde qui pouvait garder ce quelqu'un quand il ou elle le ou la rencontrait.

Pour moi, il n'y avait jamais eu le moindre doute : ce quelqu'un, c'était elle. Son prénom était gravé sur la balle qui m'avait transpercé le cœur.

Nous trinquâmes. Mais Rachel passa à la suite avant qu'il ne puisse en être dit davantage sur le sujet.

— Tu as été inculpé ? demanda-t-elle.

— L'attorney adjoint de la ville a laissé tomber les charges dès qu'elle a vu de quoi il retournait. C'est juste une autre forme de harcèlement à une époque où les journalistes sont perçus comme plus bas que de la racaille par certains. Ces flics se croient tout permis.

— Tu penses vraiment être en avance sur eux dans cette affaire ?

— Oui. As-tu changé d'avis pour...

— Qu'est-ce que tu as trouvé ?

Je passai les vingt minutes suivantes à lui expliquer Jason Hwang, William Orton et comment mon associée, Emily Atwater, avait fait avancer les choses grâce à une source qu'elle avait à UC-Irvine. Rachel posa plusieurs questions et y alla de quelques conseils ici et là. Il était clair que pour elle, je tenais quelque chose qui tombait pile dans son champ d'action. Elle avait jadis traqué des tueurs en série avec le FBI et maintenant, elle faisait des recherches d'antécédents sur des demandeurs d'emploi. Nous descendîmes une autre tournée de martinis et lorsque la conversation s'arrêta, il fallut prendre une décision.

— Tu laisses juste ta voiture ici ? me demanda-t-elle.

— Les voituriers me connaissent. Si je rentre à la maison à pied parce que j'en ai bu un de trop, ils me rendent mes clés. J'ai plus qu'à revenir le lendemain matin pour reprendre ma voiture.

— C'est que... moi non plus, je ne devrais pas conduire.

— Tu peux m'accompagner jusque chez moi et on pourra revenir prendre ta voiture quand tu seras prête à conduire.

Ça y était. Une invitation à la noix. Elle m'accorda un demi-sourire.

— Et si c'est pas avant demain matin ?

— Trois martinis... Je pense que ça prendra au moins ce temps-là.

Je réglai la note avec une American Express platinum. Elle le vit.

— Tu touches encore des droits d'auteur, Jack ?

— Un peu, oui. Moins chaque année, mais le livre n'est toujours pas épuisé.

— J'ai entendu dire que chaque fois qu'ils attrapent un tueur en série, il a un exemplaire du *Poète* quelque part chez lui. C'est aussi un bouquin populaire dans toutes les prisons où je suis passée.

— C'est bon à savoir. J'aurais peut-être dû organiser une signature à la Metro hier soir.

Elle rit fort et je sus qu'elle avait exagéré côté martinis. Elle avait en général tout bien trop sous contrôle pour rire aussi fort.

— Allons-y avant de tourner de l'œil tous les deux, dis-je.

Nous descendîmes de nos tabourets et nous dirigeâmes vers la porte, l'alcool continuant de lui délier la langue tandis que nous parcourions nos deux blocs à pied.

— Je veux juste que tu saches que la femme de ménage est en vacances depuis à peu près un an, dis-je.

Elle rit encore.

— Je n'en attendais pas moins, dit-elle. Je n'ai pas oublié certains de tes apparts. C'est du célibataire plutôt lourd.

— Oui, ben, faut croire que certains trucs ne changent pas.

— Je veux en être, dit-elle.

Je fis quelques pas mal assurés avant de répondre. Je me demandais si c'était de notre relation ou de mon affaire qu'elle parlait. Elle rendit les choses on ne peut plus claires sans que je lui pose la question.

— Je gagne des tonnes de fric, mais je ne... je ne fais rien, dit-elle. Autrefois, j'avais... J'avais du savoir-faire, Jack. Maintenant...

— C'est pour ça que je suis venu te voir hier. Je pensais que tu...

— Tu sais ce que j'ai fait aujourd'hui ? J'ai fait une présentation pour une société qui fabrique des meubles en plastique. Ils veulent être certains de ne pas embaucher des clandestins, viennent me voir et devine quoi ? Je leur prendrai leur fric s'ils veulent me le filer.

— Eh bien mais, c'est ça, les affaires, Rachel. Tu le savais quand tu...

— Jack, je veux faire quelque chose. Je veux aider. Et je peux t'aider dans ton histoire.

— Euh... oui, je me disais que tu voudrais peut-être profiler ce mec, enfin... celui qui fait ça. Et aussi les victimes. On a besoin de...

— Non, je veux plus. Je veux en être à fond. Comme pour l'Épouvantail.

Je hochai la tête. Nous y avions travaillé main dans la main.

— C'est-à-dire que... c'est un peu différent. Tu étais agent à l'époque, et j'ai déjà une associée qui...

— Oui, mais moi, je peux vraiment t'aider. J'ai toujours des contacts au niveau fédéral. Je peux obtenir des trucs. Trouver des choses que tu ne pourrais jamais...

— Comme quoi ?
— Je ne sais pas encore. Faudrait que je voie, mais je connais toujours des gens dans toutes les agences du maintien de l'ordre parce que j'ai travaillé avec eux.

Je hochai la tête à nouveau. Nous étions devant mon immeuble. Je n'arrivais pas à savoir jusqu'où c'était l'alcool qui parlait, mais elle semblait me dire tout cela du fond du cœur. Je tripotai les clés pour ouvrir le portail.

— Entrons nous asseoir, dis-je. On pourra en parler davantage.

— Je n'ai plus envie de parler ce soir, Jack, dit-elle.

# CHAPITRE 19

Je n'étais jamais allé au tribunal de Santa Ana, pas plus que je n'avais pris le volant pour descendre de la Valley de San Fernando jusqu'au comté d'Orange un matin de semaine. Je démarrai à 7 heures pour être sûr d'y arriver avant 9 heures. Cela après avoir remonté deux fois la rue à pied pour récupérer ma Jeep et après, la BMW de Rachel. Que j'avais ensuite garée devant mon immeuble, à l'endroit même où Mattson et Sakai m'avaient arrêté. J'avais déposé sa clé sur la table à côté du lit où elle dormait. Avec deux Advil et un mot où je lui demandais de m'appeler quand elle ouvrirait l'œil.

Elle trouverait peut-être dérangeant de se réveiller dans un appartement vide, mais je voulais joindre l'inspecteur Digoberto Ruiz avant le début de l'audience.

Tous ces plans impeccables! Après des bouchons tant sur la 101 que sur la 5, j'entrai dans le parking du tribunal pénal de Santa Ana à 9 h 20. Le procès d'Isaiah Gamble avait déjà commencé. Je me glissai dans la dernière rangée réservée au public et regardai. J'avais de la chance. Il ne me fallut que quelques minutes pour comprendre que l'homme qui témoignait à la barre n'était autre que l'inspecteur Ruiz en personne.

La galerie était vide à l'exception d'une femme assise dans la première rangée, du côté accusation de la salle. Il semblait bien que l'affaire n'ait attiré ni l'attention des médias ni celle de la population locale. Le procureur était une femme debout devant un lutrin placé entre les tables de l'accusation et de la défense, le jury se trouvant à sa droite : douze jurés et deux remplaçants, toujours réveillés et prêtant encore attention aux débats à cette heure de la journée.

Isaiah Gamble, l'accusé, était assis à une table à côté d'une autre femme. Cela faisait partie, je le savais, du petit jeu du prédateur sexuel que d'aller au procès défendu par une avocate. Cela oblige les jurés à se poser cette question : si ce type a vraiment fait ce qu'on dit, une femme accepterait-elle de le défendre ?

Ruiz donnait l'impression d'être proche de la retraite. Il avait une frange de cheveux gris qui faisait le tour de son crâne dégarni et un regard constamment triste. Il en avait trop vu dans ce boulot et ne faisait que rapporter un énième épisode de tout cela.

— J'ai trouvé la victime à l'hôpital, dit-il. On soignait ses blessures et des éléments de preuve étaient en train d'être collectés.

— A-t-elle été en mesure de vous fournir d'autres preuves ou renseignements ? lui demanda l'accusation.

— Oui, elle se souvenait d'une plaque d'immatriculation qui se trouvait dans le coffre avec elle.

— Cette plaque n'était pas sur la voiture ?

— Non, elle en avait été ôtée.

— Pour quelle raison ?

— Probablement pour que le suspect évite d'être identifié s'il y avait un témoin de l'enlèvement.

L'avocate de la défense éleva une objection au motif que ce n'était qu'une hypothèse. Le juge arrêta que Ruiz avait plus qu'assez d'expérience dans les affaires de viol pour formuler l'opinion qu'il venait d'exprimer et accepta que sa réponse soit versée aux minutes de l'audience. Cela encouragea l'accusatrice à pousser plus loin :

— Parce que vous avez déjà vu ça dans une affaire ? demanda-t-elle. Qu'on enlève la plaque d'immatriculation pour...

— Oui, répondit-il.

— Pour l'inspecteur expérimenté que vous êtes, qu'est-ce que cela indique ?

— Cela m'indique qu'il y avait préméditation. Que le suspect avait un plan et qu'il s'est mis en chasse.

— « En chasse » ? répéta-t-elle.

— Qu'il s'est mis à chercher une victime. Une proie.

— Revenons à cette femme dans le coffre... N'y faisait-il pas trop noir pour qu'elle voie cette plaque ?

— C'était sombre, mais chaque fois que le kidnappeur appuyait sur les freins, les feux arrière du véhicule illuminaient l'intérieur du coffre et lui permettaient de la voir. C'est comme ça qu'elle a pu mémoriser le numéro.

— Et qu'avez-vous fait de ce renseignement ?

— J'ai entré la plaque dans l'ordinateur et j'ai eu le nom du propriétaire de la voiture.

— Qui était ?

— Isaiah Gamble.

— L'accusé.

— Oui.

— Qu'avez-vous fait ensuite, inspecteur Ruiz ?

— J'ai sorti la photo de son permis de conduire et l'ai placée dans un *six-pack* que j'ai montré à la victime.

— S'il vous plaît, dites aux jurés ce qu'est un *six-pack*.

— C'est un tapissage de photos. J'en ai rassemblé six, celle d'Isaiah Gamble et cinq autres d'individus de la même couleur de peau, de la même corpulence et avec le même genre de teint et de cheveux. J'ai ensuite montré tout ça à la victime en lui demandant si elle y reconnaissait l'individu qui l'avait enlevée et violée.

— Et a-t-elle identifié l'un de ces hommes dans ce tapissage ?
— Sans aucune hésitation elle a montré la photo d'Isaiah Gamble comme étant celle de l'homme qui l'avait enlevée, violée et battue.
— Lui avez-vous demandé de signer son nom sous la photo de l'homme qu'elle avait identifié ?
— Oui, je le lui ai demandé.
— Et vous avez ce *six-pack* ici avec vous ?
— Oui.
L'accusation suivit la procédure nécessaire à son introduction comme pièce à conviction de l'État et le juge l'accepta.

Vingt minutes plus tard, Ruiz terminait son témoignage, le juge décidant alors de mettre l'audience en pause du matin avant que la défense ne passe à l'examen en contre. Les jurés et les deux parties devaient réintégrer le prétoire un quart d'heure plus tard.

J'observai Ruiz avec attention afin de savoir s'il allait quitter la salle pour se rendre aux toilettes ou boire un café, mais il commença par rester assis dans le box des témoins pour parler à l'huissier. Puis celle-ci reçut un coup de téléphone et se détourna. Une minute plus tard, Ruiz se leva et l'informa qu'il allait aux toilettes et serait de retour dans une minute.

Je le regardai franchir la porte, le suivis et lui laissai une minute d'avance avant d'entrer dans les toilettes à mon tour. Il était en train de se laver les mains. Je me posai deux lavabos plus loin et fis comme lui. Nous nous vîmes dans la glace et nous saluâmes.

— Ça doit faire du bien, lui lançai-je.
— Je vous demande pardon ?
— D'envoyer un prédateur sexuel sous les verrous pour un bon bout de temps.
Il me regarda d'un air interrogatif.
— J'étais dans la salle et je vous ai vu témoigner, expliquai-je.

— Oh, dit-il. Vous n'êtes pas juré, dites? Parce que je ne peux pas avoir le moindre contact avec...
— Non, je ne suis pas juré. Je suis journaliste, en fait. À Los Angeles.
— Sur cette affaire?
— Non, pas celle-là. Sur une autre dont vous vous êtes occupé. Je m'appelle Jack McEvoy.

Je jetai à la poubelle la serviette en papier avec laquelle je m'étais essuyé et lui tendis la main. Il la prit avec hésitation. Je me demandai si c'était à cause de ce que je venais de lui dire ou à cause de l'embarras qu'il y a à serrer la main d'un inconnu dans des toilettes.

— Quelle affaire? voulut-il savoir.
— Faut croire que dans celle-là, le type s'en est tiré, répondis-je. William Orton.

J'observai son visage pour y déceler une réaction et crus y voir monter un rien de colère avant qu'il ne devienne de marbre.

— Comment êtes-vous au courant de ça?
— Par des sources. Je sais ce qu'il a fait à UC-I. Vous ne l'avez pas mis en prison, mais vous avez au moins réussi à l'éloigner des étudiantes.
— Écoutez, je ne peux pas vous parler de ça. Il faut que je retourne en salle d'audience tout de suite.
— Vous ne pouvez pas ou vous ne voulez pas?

Il ouvrait la porte lorsqu'il se retourna vers moi.

— Vous écrivez un article sur Orton? demanda-t-il.
— Oui. Que vous me parliez ou pas. Je préférerais que ce soit après que nous en aurons parlé et que vous aurez pu m'expliquer pourquoi il n'a jamais été inculpé.
— Que pensez-vous savoir de lui ou de cette affaire?
— Je sais que c'est probablement toujours un prédateur sexuel. Cela vous suffit-il?

— Il faut que j'y aille. Si vous êtes toujours là quand j'aurai fini, peut-être pourrons-nous en reparler.
— Je...
Il avait disparu et la porte se referma lentement.

De retour au prétoire, je regardai l'avocate de la défense interroger Ruiz en contre, mais elle ne marqua aucun point que j'aurais pu compter en sa faveur, et commit une grosse erreur en lui posant une question qui lui permit de déclarer que l'ADN collecté à l'hôpital après l'enlèvement et le viol correspondait bien à celui de son client. Cela serait évidemment sorti de toute façon – peut-être même cela s'était-il déjà produit suite à l'interrogatoire précédent d'un témoin de l'accusation –, mais la défense n'a jamais intérêt à citer la pièce à conviction clé de l'État contre son client.

Après vingt autres minutes de questions qui ne donnèrent pas grand-chose de solide à la cause de son client, elle renonça et l'inspecteur fut remercié pour son témoignage.

Je quittai la salle et allai m'asseoir sur un banc dans le couloir. Si Ruiz décidait de me parler, il passerait par là. Mais lorsqu'il le fit, ce ne fut que pour appeler le témoin suivant qui attendait un peu plus loin. Je l'entendis lui donner du Mme le docteur Sloan et l'informer que c'était son tour. Il la fit entrer dans l'arène et au moment où il lui ouvrait la porte, il se tourna vers moi et me fit un petit signe de la tête. J'en déduisis qu'il reviendrait me voir.

Dix minutes de plus s'écoulèrent avant qu'il ne ressorte de la salle et ne vienne s'asseoir à côté de moi.
— Je devrais être à l'intérieur, dit-il. Le procureur ne connaît pas l'affaire aussi bien que moi.
— Ce médecin... C'est l'experte en ADN? lui demandai-je.
— Non, c'est elle qui dirige le centre de traitement des viols à l'hôpital. Et c'est elle qui a collecté les preuves. L'expert en ADN passera après elle.

— Combien de temps va durer le procès ?
— On finit demain matin et ensuite, ce sera à la défense de jouer… mais elle n'a pas l'air d'avoir grand-chose.
— Si c'était une cause aussi évidemment perdue, pourquoi l'accusé n'a-t-il pas plaidé coupable pour obtenir un arrangement ?
— Parce qu'à des mecs comme ça, on ne donne pas d'arrangements. Pourquoi êtes-vous ici ?
— Je travaille sur un sujet qui m'a conduit à Orton. Nous avons découvert l'affaire d'UC-Irvine et nous nous sommes demandé pourquoi ça s'était terminé en queue de poisson.
— La réponse courte est que l'ADN ne correspondait pas. On avait l'identité de la victime, la corroboration du témoin côté faits vérifiables, mais l'ADN nous a fauché l'herbe sous le pied. Le district attorney a laissé tomber. En quoi Orton est-il lié à ce sur quoi vous travaillez ?

Je voyais bien ce qu'il faisait. Il voulait un échange de bons procédés. Il allait me donner des infos pour que je lui en donne à mon tour. Sauf que jusque-là, il ne m'avait rien dit que je ne connaisse déjà.

— Je travaille sur le meurtre d'une femme, répondis-je. Aucun lien direct avec Orton dans ce cas, mais je pense que son ADN a transité par son labo.
— Quoi ? À UC-Irvine ?
— Non, ça, c'est après son départ. À son labo actuel, l'Orange Nano.
— Je ne vois pas le lien.
— Ma victime a été tuée par un prédateur sexuel. Et d'après ce que j'ai appris sur lui, Orton en est un.
— Je ne peux pas l'affirmer. Nous ne l'avons jamais inculpé de crime.
— Mais vous le vouliez. C'est l'ADN qui vous a empêchés de pousser plus loin.

— Et avec de bonnes raisons ! L'ADN, ça marche dans les deux sens. Ça condamne et ça acquitte.

Je sortis mon carnet de notes pour y transcrire cette remarque. Ça lui flanqua la trouille.

— Vous ne pouvez pas vous servir de quoi que ce soit que je vous dirai. Je ne veux pas qu'il me poursuive en justice. Il n'y a pas eu d'affaire parce que l'ADN l'avait blanchi.

— Mais vous aviez le récit de la victime.

— Aucune importance. L'ADN a foutu le bordel dans l'affaire. L'a rendue indéfendable. Nous n'avons pas poussé plus loin, fin de l'histoire. Cet arti... Vous travaillez pour le *Times* de L.A. ?

— Non, pour un site qui s'associe au *Times* à l'occasion. Avez-vous été surpris quand l'ADN vous est revenu et que vous avez appris qu'il ne correspondait pas à celui de William Orton ?

— Officieusement : sacrément. Officiellement : sans commentaire.

Je posai mon carnet sur le banc de façon qu'il n'y voie plus une menace.

— Des hypothèses sur cet ADN et sa provenance ? lui demandai-je.

— Non, aucune, répondit-il. Tout ce que je sais, c'est que ça nous a tué notre dossier. Que notre victime soit crédible ou pas n'avait plus aucune importance. Qu'elle ait l'ADN d'un autre type sur le corps nous a flingués.

— Et s'il y avait eu falsification ?

— Je ne vois pas où ç'aurait pu se produire. J'avais pris l'échantillon d'Orton sur ordre de la cour et l'avais donné au labo. Vous m'accuseriez de quelque chose ?

— Pas du tout. C'était juste une question. Parce qu'il y a aussi le second échantillon d'Orton auquel ç'a été comparé. Y a-t-il jamais eu une enquête en interne là-dessus ?

— Rien de plus que de refaire le test et d'obtenir le même résultat. Ce sujet est très sensible. Vous savez ce que ferait un avocat de la défense avec quelque chose comme ça dans cette chambre ? Nous croulerions sous les appels de toute condamnation sortant de ce labo.

J'acquiesçai. Tout s'était résumé à aller y voir, mais pas de trop près.

— Comment la victime l'a-t-elle pris quand vous lui avez annoncé la nouvelle ?

— Elle a été encore plus surprise que moi, ça, je peux vous le dire ! Elle a insisté et insiste toujours qu'il n'y a jamais eu d'autre bonhomme. Seulement Orton.

— Et vous lui avez parlé, à lui ? Interrogé, je veux dire. Disons, quand vous lui avez pris son échantillon ?

— Pas vraiment. On a commencé, mais il a tout de suite demandé un avocat et ç'a été terminé. Vous savez que vous avez raison sur ce point. Ce que vous avez dit.

— Qu'est-ce que j'ai dit ?

— Que c'est le seul qui s'en soit tiré. Parce que ce fils de pute en est un, de violeur. Je le sais. Et l'ADN n'y change rien. Et ça aussi, c'est officieux.

Il se leva.

— Faut que j'y retourne, dit-il.

— Encore deux petites questions.

Il me fit signe de les poser et je me levai à mon tour.

— Qui était l'avocat de Jane Doe ?

— Hervé Gaspar... C'est moi qui le lui avais recommandé.

— Et le vrai nom de cette Jane Doe anonyme ?

— Ça, vous devriez pouvoir l'obtenir par votre source à l'université.

— Bon d'accord, et le rapport d'analyse du labo ? Où je peux le trouver ?

— Vous ne pouvez pas. Tout a été détruit quand ça n'est pas allé au procès. Le rapport du labo, les archives, tout. Son arrestation a même été ôtée de son casier sur ordre du tribunal après demande de l'avocat.

— Ah, merde !

— Vous l'avez dit.

Il se tourna vers la porte de la salle d'audience, fit quelques pas, mais s'arrêta et revint vers moi.

— Vous avez une carte de visite ou quelque chose ? Au cas où ?

— Bien sûr.

J'ouvris une fermeture Éclair de mon sac, en sortis une carte de visite professionnelle et la lui tendis.

— Vous pouvez m'appeler à n'importe quelle heure, lui précisai-je. Et bonne chance sur ce coup-là.

— Merci. Mais pour celui-là, y a pas besoin d'avoir de la chance. Il va tomber.

Je le regardai regagner la salle pour s'occuper de son affaire.

# CHAPITRE 20

Je rallumai mon téléphone portable après avoir quitté le tribunal et reçus un message de Randall Sachs, le patron des relations publiques de la Rexford Corporation. En profitant des deux heures de différence avec Indianapolis, je l'avais appelé en descendant à Santa Ana. C'était tôt le matin pour moi, mais lui avait déjà bien entamé sa journée. Je l'avais informé que j'avais besoin de me rendre à l'Orange Nano afin d'y interviewer William Orton. Et je lui avais fait clairement comprendre que s'il refusait ma requête et m'interdisait de parler à un membre du conseil d'administration et chercheur de renom, je me demanderais ce qu'on cachait à la Rexford, une société maintenant sur le marché. J'avais précisé que je serais dans les environs plus tard dans la journée et aimerais beaucoup visiter les lieux à ce moment-là.

Le message disait que ma photographe et moi avions obtenu une interview avec Orton de 14 heures à 15 heures maximum. Je rappelai Sachs aussitôt pour confirmation, il me donna le nom de la personne que je devrais demander à mon arrivée et me rappela que l'entretien ne durerait pas plus d'une heure. Il laissait entendre qu'Orton était opposé à cette interview mais que lui, Sachs, avait réussi à lui en faire comprendre l'intérêt.

— Notre société est pour la transparence, m'assura-t-il. Je le remerciai, raccrochai et appelai immédiatement Emily Atwater.

— Quand peux-tu venir ici au plus vite ? lui demandai-je. On a rendez-vous avec Orton à 14 heures.

— Je pars tout de suite et devrais arriver assez tôt pour qu'on puisse se faire un fil conducteur.

— OK, parfait. N'oublie pas l'appareil photo. Tu es la photographe et moi, l'intervieweur.

— Ne me prends pas pour une conne. Je sais ce que je suis censée faire.

— Je te demande pardon. As-tu tiré quelque chose des fédéraux ?

— J'ai du bon côté Federal Trade Commission. Je t'en parle dès que j'arrive.

— Hé mais, qui c'est qui me prend pour un con maintenant, hein ?

— *Touché !* Je me mets en route.

Elle raccrocha.

J'avais du temps à tuer, j'allai déjeuner tôt au *Taco Maria* de Costa Mesa. Je réfléchis à la meilleure façon d'approcher Orton en mangeant des tacos à l'*arrachera*. Je savais que ce pouvait être la seule et unique audience que j'aurais avec lui. Emily et moi serions-nous capables de nous en tenir à l'histoire que nous avions racontée aux relations publiques de Rexford, ou faudrait-il en arriver à la confrontation ?

En me fondant sur ce que j'avais entendu de la bouche de l'inspecteur Ruiz, j'étais assez sûr qu'Orton ne plierait pas dans un face-à-face. Il était vraisemblable qu'une approche directe ne nous vaille que la porte. Il n'empêche : il serait peut-être utile de voir sa réaction et même la façon dont il se défendrait contre les accusations portées à son endroit alors qu'il était professeur à UC-Irvine. Ou ce qu'il dirait si nous lui demandions de nous confirmer que l'ADN des quatre femmes mortes au cœur de nos recherches avait bien atterri au labo de l'Orange Nano.

Les tacos étaient excellents et je les terminai une heure et demie avant notre rendez-vous avec Orton.

Je traversais le parking lorsque mon téléphone vibra. C'était Rachel.

— Tu viens juste de te lever ? demandai-je.

— Non, je suis au boulot, merci bien, me renvoya-t-elle.

— C'est que… je pensais que tu appellerais plus tôt. Tu as vu mon mot ?

— Oui, je l'ai vu. Je voulais seulement partir au travail et commencer ma journée. Tu es là-bas, dans le comté d'Orange ?

— Oui. J'ai parlé avec l'inspecteur qui s'est occupé de l'affaire Orton.

— Que t'a-t-il dit ?

— Pas grand-chose, mais j'ai eu l'impression qu'il voulait parler. Il m'a demandé ma carte de visite professionnelle et ça, ça n'arrive pas souvent. Bref, nous verrons.

— Bon, et maintenant ?

— J'ai rendez-vous avec Orton à 14 heures. C'est son sponsor qui m'a arrangé ça.

— Dommage que je ne puisse pas y être. J'aurais pu te lire le bonhomme.

— C'est que… l'autre journaliste descend, elle aussi. Trois personnes feraient beaucoup et je ne sais pas trop comment je pourrais expliquer…

— C'était juste pour dire, Jack. Je sais que ce n'est pas mon affaire.

— Mais tu pourrais toujours me faire ça d'occase ce soir.

— Au *Mistral* ?

— Ou alors, je franchis la colline pour te rejoindre chez toi ?

— Non, j'aime bien le *Mistral*. J'y serai. Après le boulot.

— Bien. À tout à l'heure.

Je montai dans ma voiture et y restai longtemps assis à réfléchir. Que les impressions et sensations de la nuit précédente aient été obscurcies par l'alcool n'empêchait pas qu'elles aient été merveilleuses. J'étais de nouveau avec Rachel et il n'y avait rien de mieux au monde. Mais c'était toujours un mélange d'amour et de douleur. Amour et douleur. Avec elle, jamais l'un n'allait sans l'autre et je devais me préparer de nouveau à ce cycle. J'étais maintenant en haut de la vague, mais notre passé et les lois de la physique étaient clairs. Ce qui monte finit toujours par redescendre.

J'entrai l'adresse du labo dans mon application GPS et passai et repassai plusieurs fois devant l'Orange Nano avant de me garer dans MacArthur Boulevard et de me servir de mon portable pour chercher et appeler le cabinet d'Hervé Gaspar, l'avocat qui avait représenté Jane Doe. Je m'identifiai et l'informai que, journaliste, j'avais besoin de parler à son avocat pour un article qui paraîtrait avant la fin de la journée. Tous les avocats ou presque adorent voir leur nom dans les médias. Ça leur fait de la publicité gratuite. Comme je m'y attendais, je fus transféré sur son portable et compris que je le surprenais en train de déjeuner dans un restaurant.

— Hervé Gaspar à l'appareil, dit-il. Que puis-je faire pour vous ?

— Je m'appelle Jack McEvoy. Je suis journaliste et travaille pour le Fair Warning de L.A.

— C'est quoi, Fair Warning ?

— Bonne question. C'est un site de défense du consommateur. Nous travaillons pour les petites gens.

— Jamais entendu parler.

— Pas de problème. Beaucoup en ont entendu parler, surtout les charlatans que nous y dénonçons régulièrement.

— Et le rapport avec moi ?

Je décidai d'arrêter de faire monter la sauce.

— Maître Gaspar, on dirait que vous êtes en train de manger et je vais aller droit au but.
— *Taco Maria*. Vous y êtes déjà allé ?
— Oui, il y a à peu près vingt minutes de ça.
— Vraiment ?
— Vraiment. Bon et maintenant, j'ai un rendez-vous avec William Orton à 14 heures. Que lui demanderiez-vous si vous étiez à ma place ?
S'ensuivit un long silence avant qu'il ne réponde :
— Je lui demanderais combien d'existences il a détruites.
Vous êtes donc au courant pour Orton ?
— Je suis au courant de l'affaire de votre cliente.
— Comment en avez-vous eu vent ?
— Par mes sources. Que pouvez-vous me dire ?
— Rien. Affaire réglée et tout le monde a signé les résultats de l'ADN.
Accord de non-divulgation, la croix des journalistes.
— Je pensais qu'il n'y avait pas eu de poursuites, lui renvoyai-je.
— Il n'y en a pas eu parce que nous sommes parvenus à un accord.
— Dont vous ne pouvez pas donner les détails.
— Voilà.
— Y a-t-il un endroit où cet accord aurait été enregistré ?
— Non.
— Pouvez-vous me donner le nom de votre cliente ?
— Pas sans sa permission. Mais elle ne pourra pas vous parler, elle non plus.
— Je sais, mais pouvez-vous quand même lui demander ?
— Je peux, mais je sais que sa réponse sera non. Je peux vous joindre à ce numéro ?
— Oui, c'est mon portable. Écoutez, je ne cherche pas à divulguer son identité. C'est seulement que ça pourrait m'aider

de le savoir. Je vais interroger Orton aujourd'hui même. Et ça ne va pas me faciliter les choses pour l'attaquer si je ne connais même pas le nom de sa victime.

— Je comprends et je lui demanderai.

— Merci. Pour en revenir à ma première question... vous m'avez répondu que vous lui demanderiez combien d'existences il a détruites. Vous pensez qu'il y en aurait d'autres que celle de votre cliente ?

— Disons ça comme ça : l'affaire dont je me suis occupé n'avait rien d'une aberration. Et ça, c'est officieux. Je ne peux absolument pas parler de lui ou de cette affaire.

— Eh bien, puisque nous sommes dans l'officieux, qu'avez-vous pensé des résultats de l'analyse d'ADN ? L'inspecteur Ruiz m'a confié que ça l'avait profondément choqué.

— Parce que vous avez parlé avec Ruiz ? Oui, ç'a été un putain de choc !

— Comment Orton a-t-il réussi ce coup-là ?

— Dès que vous le saurez, appelez-moi.

— Avez-vous essayé de le savoir ?

— Évidemment, mais je ne suis arrivé à rien.

— Y a-t-il eu falsification ?

— Qui sait ?

— Peut-on changer son ADN ?

Il se mit à rire.

— Elle est bien bonne, celle-là !

— Sauf que je ne plaisantais pas.

— Eh bien, disons que si Orton inventait une façon de changer son ADN, il serait le plus riche fumier de toute la Californie parce qu'il y aurait foule pour lui offrir des ponts d'or pour avoir ça. En commençant par le tueur du Golden Gate et en descendant jusqu'au plus bas de l'échelle.

— Dernière question, lui lançai-je. L'ADN que vous et votre client avez contresigné couvre-t-il les pièces de votre

enquête ou est-ce que je pourrais jeter un coup d'œil à ce qu'il y a dans vos dossiers ?
Il rit à nouveau.
— Vous aurez au moins essayé !
— C'est ce que je me disais. Maître Gaspar, j'apprécierais quand même que vous donniez mon nom et mon numéro de téléphone à votre cliente. Elle pourra me parler en toute confiance. Ça, c'est une promesse.
— Je le lui dirai. Mais je l'avertirai aussi qu'elle risquerait de violer l'accord qu'elle a passé si jamais elle le faisait.
— Je comprends.
Je raccrochai et restai encore une fois assis dans ma voiture à réfléchir. Jusqu'à maintenant, ma petite descente au comté d'Orange ne m'avait rien rapporté qui fasse avancer les choses ni permis d'établir le moindre lien entre les quatre victimes sur lesquelles je faisais mine d'enquêter et William Orton ou l'Orange Nano.
Mon portable vibra, c'était Emily.
— Je viens juste de quitter la 405. Où es-tu ?
Je lui indiquai le chemin à suivre pour rejoindre l'endroit où je m'étais garé, elle m'informa qu'elle y serait dans cinq minutes. Je reçus un texto avant même qu'elle arrive. Code de région 714, soit le comté d'Orange.

*Jessica Kelley*

Je me dis que ce nom me venait de Gaspar et qu'il s'était servi d'un jetable pour qu'on ne puisse pas remonter jusqu'à lui. Cela me suggéra bien des choses. Et d'un, qu'Orton l'inquiétait assez pour qu'il brise l'accord de non-divulgation, et deux, qu'il avait procédé de façon à se protéger. Cela me dit aussi que c'était un avocat qui n'hésitait pas à se servir d'un jetable et que ça pourrait être utile plus tard.

Je lui textai un grand merci et ajoutai que je resterais en contact. Aucune réponse ne me revint. J'ajoutai le numéro à mon répertoire et lui assignai le nom de Gorge profonde. J'étais devenu journaliste à cause de Woodward et Bernstein, les deux grands du *Washington Post* qui avaient fait tomber un président des États-Unis avec l'aide d'une source confidentielle à laquelle ils avaient donné ce surnom.

Je vis Emily se garer le long du trottoir devant moi. Elle avait un petit SUV Jaguar bien plus mignon que ma Jeep. Je descendis de cette dernière avec mon sac à dos et m'assis à la place du mort dans sa voiture. Je vérifiai mon portable, on avait encore du temps à tuer.

— Bon alors, commençai-je, parle-moi des fédéraux.

— J'ai discuté avec un type avec qui j'avais travaillé sur d'autres histoires, répondit-elle. Il est à l'application des règlements de la Federal Trade Commission qui a dirigé la surveillance de l'industrie de l'ADN jusqu'au moment où, celle-ci devenant trop importante, la FTC a passé la main à la FDA.

— Qui en gros ne fait rien.

— Exactement. Sauf que mon type peut toujours consulter la base de données et le registre des licences.

— Et… ?

— Et en gros, ces labos d'ADN doivent avoir une licence, mais comme tu le sais, il n'y a ni surveillance ni application des règles après ça. Cela dit, la FDA doit accepter toutes les plaintes qu'elle reçoit et mon bonhomme m'a dit qu'Orton avait été signalé.

— C'est officiel ?

— Oui, mais pas pour attribution.

— D'où sort ce signalement ?

— Il n'a pas pu le savoir, mais je pense que ça vient d'UC-Irvine pour ce qui s'y est passé.

Cela me parut fort probable.

— Bien, dis-je. Autre chose ?
— Oui, une. La licence accordée à l'Orange Nano contient un amendement qui l'autorise à partager ses données dépersonnalisées avec d'autres établissements de recherche licenciés. Les données qu'elle reçoit de la GT23 peuvent donc passer par ce labo et l'Orange Nano avant de partir ailleurs.
— Il n'y a pas d'autorisations nécessaires à ces transactions ?
— Pas pour l'instant. Ça devrait apparemment faire partie des règles et règlements que la FDA prend tout son temps à établir.
— Il faut qu'on arrive à trouver à qui ils donnent de l'ADN, repris-je. On pourra le demander à Orton quand on le verra, mais je doute que ça nous mène quelque part.
— On le verra bien assez tôt. Et ce Jason Hwang, l'ex-employé mécontent du navire amiral ? Peut-être qu'il sait des choses dont il pourrait nous faire bénéficier.
— Peut-être. Mais il ne serait qu'assez éloigné de ces transactions. C'était à l'Orange Nano qu'il envoyait de l'ADN. Il n'avait aucun contrôle et probablement aucune connaissance de l'endroit où cet ADN partait ensuite. Et ton type à la FTC ?
— Je vais essayer, mais la Federal Trade Commission s'est lavé les mains de toute l'industrie de l'ADN quand la Food and Drug Administration l'a remplacée. Tout ce qu'il pourra nous trouver sera vieux d'au moins deux ans, sinon plus.
— Bon, mais ça vaut le coup d'essayer.
— Je l'appelle après. Qu'est-ce que t'a donné le flic qui a enquêté sur l'affaire d'UC-Irvine ? demanda-t-elle.
— Je lui ai parlé au tribunal et ensuite, j'ai appelé l'avocat qui représentait la victime.
— Jane Doe.
— En fait, elle s'appelle Jessica Kelley.
— Qui t'a donné ça ?
— Gaspar, je crois. L'avocat.

Je lui fis part du texto que j'avais reçu.

— C'est bon, ça, dit-elle. Si elle est toujours dans le coin, on pourra la trouver.

— Elle a signé un accord de non-divulgation, et ça pourrait être une impasse. Mais avoir son nom nous aidera avec Orton si l'affaire fait surface dans la conversation.

— Oh, mais elle le fera ! On est prêts ?

— On est prêts.

# CHAPITRE 21

L'Orange Nano se trouvait dans une zone industrielle en retrait de MacArthur Boulevard et pas très loin de UC-Irvine. En béton préfabriqué, le bâtiment était de plain-pied et ne comportait ni fenêtres ni panneau permettant de l'identifier. La porte d'entrée donnait sur une petite réception où nous tombâmes sur Edna Fortunato, l'employée que les relations publiques de Rexford nous avaient dit de contacter pour voir William Orton.

Elle nous conduisit dans un bureau où attendaient deux personnes, la première assise derrière un grand bureau et la seconde à sa gauche. Rien que de très élémentaire dans cette pièce : un bureau encombré de dossiers et de paperasse, des diplômes encadrés sur un mur, des étagères pleines de livres de recherche médicale le long d'un autre, plus et enfin dans un coin, une sculpture de deux mètres de haut représentant très abstraitement une double hélice en cuivre poli.

L'homme assis derrière le bureau était manifestement Orton. La cinquantaine, grand et fluet. Il se leva et tendit facilement le bras par-dessus son bureau pour nous serrer la main. Même s'il cherchait clairement une cure pour la calvitie, il avait une belle tignasse de cheveux bruns remontés en arrière et fixés avec beaucoup de produit. Ses sourcils broussailleux et en bataille lui donnaient l'air de curiosité propre aux chercheurs. Il portait la blouse blanche de rigueur – avec son nom brodé au-dessus de sa poche de poitrine –, et une tenue d'hôpital vert pâle.

L'autre homme était un vrai mystère. Vêtu d'un costume impeccable, il resta assis. Orton nous donna vite la clé de l'énigme.

— Je suis le docteur Orton, dit-il. Et je vous présente mon avocat, Giles Barnett.

— Nous interrompons quelque chose que vous auriez besoin de terminer ? m'enquis-je.

— Non, j'ai demandé à Giles de se joindre à nous.

— Et pourquoi donc ? Il ne s'agit que d'une interview d'ordre général.

Il était d'une nervosité que j'avais déjà vue chez les gens peu habitués à traiter directement avec les médias. Et il avait en plus le fardeau de s'inquiéter de son renvoi de UC-I. Il semblait bien qu'il ait fait venir son avocat pour s'assurer que notre entretien n'aille pas dériver dans les secteurs où Emily et moi avions tout à fait l'intention de l'emmener.

— Je me dois de vous faire savoir d'entrée de jeu que je ne voulais pas de cette intrusion, commença-t-il. Je dépends de la Rexford Corporation pour sponsoriser mes travaux et me soumets donc à ses requêtes. Et celle-ci en est une. Mais comme je vous l'ai dit, je n'apprécie pas et suis plus à l'aise avec mon avocat ici présent.

Je jetai un coup d'œil à Emily. Il était clair que nous avions travaillé pour rien en préparant cet entretien. Le plan consistant à pousser lentement Orton vers une discussion portant sur ses ennuis passés serait immédiatement mis en échec par son avocat. Giles avait le col serré et le corps épais de l'arrière de football américain. En regardant Emily, j'avais essayé de lire si elle pensait que nous devrions abandonner le navire ou pousser plus loin. Elle parla avant même que je puisse le savoir.

— On pourrait commencer par le labo? lança-t-elle à l'adresse d'Orton. On aimerait avoir des photos de vous dans votre élément. On pourrait commencer par régler ça avant de passer à l'interview.

Elle suivait le plan : avoir d'abord des photos, parce que l'interview allait virer à la confrontation, et il n'est pas facile de photographier quoi que ce soit après qu'on vous a donné l'ordre de vider les lieux.

— Vous ne pouvez pas y entrer, répondit Orton. Il y a danger de contamination et le protocole est strict. Cela dit, le couloir a des fenêtres d'où on peut voir. Vous pourrez y prendre vos photos.

— Ça marche, dit-elle.

— Quel labo? demanda-t-il.

— Euh... c'est à vous de nous le dire. Quels labos avez-vous?

— Nous en avons un pour l'extraction. Nous avons aussi un RPC et un autre pour les analyses.

— Un «RPC»? répétai-je.

— Oui, pour la Réaction de polymérisation en chaîne. C'est là que les échantillons sont amplifiés. Nous sommes en mesure de faire des millions de copies d'une seule molécule d'ADN en à peine quelques heures.

— Ça me plaît bien, ça, reprit Emily. On fait quelques clichés de vous en plein travail?

— Très bien, répondit-il.

Il se leva et nous fit signe de franchir la porte pour passer dans un couloir conduisant au plus profond du bâtiment. Emily resta en arrière afin qu'Orton soit quelques pas devant nous. La blouse du professeur flottait derrière lui comme une cape, elle en prit des photos en avançant.

Je marchai à côté de Barnett et lui demandai une carte de visite professionnelle. Il glissa la main dans la poche de poitrine de sa veste de costume et m'en tendit une en relief. J'y jetai un coup d'œil avant de l'empocher.

— Je sais ce que vous allez demander, dit-il. Pourquoi donc le docteur Orton a-t-il besoin d'un défenseur au pénal ? La réponse est que c'est seulement une de mes spécialités. Je gère tout l'aspect juridique de son travail. C'est pour ça que je suis ici.

— Pigé, dis-je.

Nous prîmes un couloir de douze mètres de long flanqué de grandes fenêtres de chaque côté. Orton s'arrêta aux premières.

— Là-bas sur ma gauche, vous avez le RPC, dit-il. Et à droite, le labo d'analyse de RTC.

— De « RTC » ?

— Oui. L'analyse de répétition en tandem court permet d'évaluer les locus spécifiques. C'est là que nous chassons. Que nous cherchons les points communs dans les attributs identitaires, héréditaires et comportementaux.

— Comme la calvitie ? lui demandai-je.

— Cela en fait certainement partie. C'est un de nos quatre grands domaines d'étude.

Par la fenêtre, il nous montra une machine qui ressemblait à un lave-vaisselle de comptoir équipé d'un râtelier bourré de dizaines de tubes à essai.

— D'où vous vient l'ADN pour ces études ?

— Nous l'achetons, évidemment, répondit-il.

— À qui ? Parce que vous devez en avoir besoin de beaucoup.

— Essentiellement à une société appelée GT23. Je suis sûr que vous en avez entendu parler.

Je hochai la tête, sortis un carnet de notes de ma poche revolver et y transcrivis sa phrase. Pendant que je le faisais, Emily, elle, continuait de jouer son rôle de photographe.

— Docteur Orton, dit-elle, je sais qu'on ne peut pas entrer dans le labo, mais vous, vous ne pourriez pas y entrer et disons… interagir avec ce que vous y voyez de façon que je puisse prendre quelques clichés ?

Orton se tourna vers Barnett pour avoir son accord, et celui-ci le lui donna.

— Je peux faire ça, oui, dit-il.

— Eh mais, je ne vois personne dans ces labos, enchaîna-t-elle. Vous n'avez pas d'assistants pour vous aider dans vos recherches ?

— Bien sûr que si, répondit Orton, de l'irritation dans la voix. Mais ces personnes ont préféré ne pas être photographiées et nous leur avons accordé une heure de repos.

— Quarante minutes déjà, fit obligeamment remarquer Barnett.

Orton sortit une clé pour ouvrir la porte du labo. Il entra dans un sas où un ventilateur d'évacuation se prit à rugir, puis mourut. Toujours avec sa clé, il déverrouilla ensuite la deuxième porte.

Emily s'approcha de la vitre et le suivit dans son viseur, Barnett en profitant pour s'approcher de moi.

— Que faites-vous ici ? me demanda-t-il.

— Pardon ?

— Je veux savoir ce qui se cache derrière ce cinéma.

— J'écris un article sur l'ADN et la façon dont il est utilisé et protégé. Et aussi sur les pionniers dans cette science.

— Ça, c'est des conneries. Que cherchez-vous vraiment ?

— Écoutez, je ne suis pas venu ici pour vous parler. Si le Dr Orton veut m'accuser de quelque chose, qu'il le fasse. Appelez-le et nous en parlerons tous.

— Pas tant que je ne saurai pas…

Avant qu'il puisse finir sa phrase, il fut interrompu par le rugissement du ventilo dans le sas. Nous nous retournâmes tous les deux et vîmes Orton en sortir. Il y avait de l'inquiétude sur son visage comme s'il avait ou entendu notre confrontation ou vu notre vive discussion par la fenêtre du labo.

— Il y a un problème ? demanda-t-il.

— Oui, répondis-je avant que Barnett ait le temps de le faire. Votre avocat ne veut pas que nous vous interviewions.

— Pas avant que je sache sur quoi portera vraiment cette interview, lança Barnett.

Dans l'instant, je sus que notre plan de subtile montée au clash était passé par la fenêtre. C'était maintenant ou jamais.

— Je veux savoir pour Jessica Kelley, lançai-je. Je veux savoir comment vous avez trafiqué l'ADN.

Orton me dévisagea.

— Qui vous a donné ce nom ? exigea de savoir Barnett.

— Une source que je ne trahirai pas, répliquai-je.

— Je veux que vous partiez, tous les deux, dit Orton. Tout de suite !

Il avait la voix si étranglée de colère que je me demandai s'il n'allait pas sauter sur Emily. Je me glissai entre eux et tentai de sauver une situation désespérée. Par-dessus l'épaule de Barnett, je vis Orton nous montrer la porte par laquelle nous étions arrivés de son bureau.

— Sor-tez-d'ici ! cria-t-il, sa voix montant avec chaque syllabe. Sor-tez !

Je savais qu'il ne répondrait pas à mes questions, mais je voulais que ce soit officiel.

— Comment avez-vous fait ça ? lui demandai-je. Avec l'ADN de qui ?

Il ne répondit pas. Il garda la main levée pour nous montrer la porte, tandis que Barnett commençait à me pousser dans cette direction.

— Mais qu'est-ce qui se trame vraiment ici ? hurlai-je. Parlez-moi du *dirty four*, docteur Orton !

Barnett me poussa plus fort et je me cognai contre la porte. Mais je vis que l'impact de ma question frappait Orton encore plus fort. Il avait bien entendu l'expression de « *dirty four* » et l'espace d'un instant je vis s'effilocher sa colère de façade. Et derrière... était-ce de l'inquiétude qui se marquait ? De la peur ? De l'angoisse ? En tout cas, il y avait quelque chose.

Barnett me poussa dans le couloir et je dus me mettre à courir pour ne pas perdre l'équilibre.

— Jack ! s'écria Emily.

— Ne me touchez pas, bordel ! lançai-je à Barnett.

— Alors sortez d'ici, me renvoya-t-il.

Je sentis la main d'Emily sur mon bras tandis qu'elle passait devant moi.

— Allez, Jack, dit-elle. Faut y aller.

— Vous l'avez entendue, ajouta Barnett. C'est l'heure de dégager.

Je suivis Emily dans la direction d'où nous étions venus, l'avocat sur nos talons pour être sûr que nous ne nous arrêtions pas.

— Et je peux vous dire quelque chose tout de suite, enchaîna-t-il. Si vous écrivez un seul mot sur le Dr Orton ou imprimez une seule photographie de lui, nous vous poursuivrons vous et votre site Web jusqu'à ce que faillite s'ensuive. Me comprenez-vous bien ? Vous serez entre nos mains.

Vingt secondes plus tard, nous montions dans la voiture d'Emily et en claquions les portières, Barnett nous observant debout dans l'entrée principale du bâtiment. Je le vis baisser les yeux sur la plaque d'immatriculation avant de la Jaguar. Dès que nous fûmes à l'intérieur, il disparut.

— Putain de Dieu, Jack ! lâcha Emily.

Ses mains tremblaient lorsqu'elle appuya sur le bouton du démarreur.

— Je sais, je sais, dis-je. J'ai merdé.

— C'est pas de ça que je parle. Tu n'as pas merdé du tout parce qu'ils savaient parfaitement pourquoi nous venions. Nous n'aurions jamais rien tiré de cette interview. Ils avaient viré tout le monde avant de nous faire leur cirque. Ils essayaient de nous soutirer des renseignements, pas de nous en donner.

— Eh bien, nous, nous en avons tiré quelque chose. Tu as vu sa tête quand j'ai mentionné le *dirty four* ?

— Non, j'étais trop occupée à essayer de ne pas me faire jeter contre un mur.

— Je peux te dire que ça a fait mouche. Pour moi, ça lui a foutu la trouille qu'on soit au courant.

— Sauf que qu'est-ce qu'on en sait vraiment ?

Je hochai la tête. La question était bonne. Mais j'en avais une autre.

— Comment savaient-ils pourquoi nous étions là ? J'avais arrangé le coup avec les relations publiques de la Rexford.

— Par quelqu'un à qui nous avons parlé.

Elle sortit de la zone industrielle et se dirigea vers ma Jeep.

— Non, dis-je. Pas possible. Les deux types à qui j'ai parlé aujourd'hui, l'inspecteur et l'avocat, détestent Orton. Et l'un d'eux m'a donné le nom de la victime. On ne fait pas ça pour tourner les talons et aller raconter à Orton pourquoi on arrive.

— Peut-être, mais ils savaient, insista-t-elle.

— Et ton mec de la Federal Trade Commission ?

— Je ne sais pas. Je ne le vois pas faire ça. Et je ne lui ai rien dit de notre venue ici.

— Peut-être s'est-il contenté de les tuyauter en leur disant qu'il y avait un journaliste qui fourrait son nez partout. Du coup, Orton reçoit pour instruction d'Indianapolis de me laisser entrer. Il appelle son chien de garde d'avocat et nous attend.

— Si c'est lui, je le saurai. Et je lui passerai les fesses au bûcher.

La tension se changea en soulagement maintenant que nous étions dans la voiture et de plus en plus loin de l'Orange Nano. Je me mis à rire sans le vouloir.

— Complètement cinglé, ce truc ! m'exclamai-je. Pendant un moment, j'ai cru que l'avocat allait s'en prendre à toi.

Emily hocha la tête et sourit, cette même tension la quittant.

— Je l'ai bien cru, moi aussi, dit-elle. C'est gentil à toi de t'être mis entre nous, Jack.

— Ç'aurait été vraiment moche si tu t'étais fait attaquer à cause de quelque chose que je disais.

Une voiture de la patrouille de police d'Irvine nous doubla à toute allure, tous gyrophares allumés mais sans la sirène.

— Tu crois que c'est pour nous ? me demanda Emily.

— Qui sait ? répondis-je. Peut-être.

## CHAPITRE 22

Myron Levin fronça les sourcils et nous informa qu'il allait devoir nous retirer notre sujet.
— Quoi ? m'écriai-je. Mais pourquoi ?
Nous avions pris place dans la salle de conférences – nous à savoir : Emily, Myron et moi – après nos deux longs retours séparés à Los Angeles. Nous venions juste de passer une demi-heure à reprendre tout ce qui s'était passé dans le comté d'Orange.
— Parce qu'en fait, ce n'est pas un sujet, répondit-il. Et je ne peux pas me payer le luxe de vous voir cavaler aussi longtemps après quelque chose sans le moindre résultat.
— Des résultats, on en aura, lui promis-je.
— Pas après ce qui est arrivé aujourd'hui, dit-il. Orton et son avocat s'étaient préparés à votre visite et vous ont fermé tout le boulevard. Parce que... où aller après ça ?
— On continue de pousser. Ces quatre morts sont liées, je le sais. Tu aurais dû voir la tête d'Orton quand j'ai dit «*dirty four*». Il y a quelque chose. On a juste besoin d'un peu plus de temps pour reconstituer le puzzle.
— Écoutez, je sais qu'il y a de la fumée et qu'il n'y a pas de fumée sans feu. Là tout de suite, on ne voit pas au travers et n'arrête pas d'enfiler des impasses. Je vous ai laissé y aller tous

les deux, mais maintenant j'ai besoin que vous repreniez le boulot dans vos domaines et que vous me donniez des articles. De toute façon, je n'ai jamais été vraiment convaincu que c'était un sujet pour Fair Warning.

— Bien sûr que c'en est un ! insistai-je. Ce gars a quelque chose à voir avec ces morts. Je le sais, je le sens. Et nous avons l'obligation de…

— Nous sommes les obligés de nos clients et notre mission est de… de défendre le consommateur par nos articles. Vous pouvez toujours aller voir les flics avec vos soupçons et ce que vous avez trouvé jusqu'à maintenant et ça devrait régler toutes les autres obligations que vous pensez avoir.

— Ils ne nous croiront pas, lui remontrai-je. Ils croient que c'est moi.

— Ils ne le croiront plus quand ils auront les résultats de ton analyse d'ADN. Va leur parler à ce moment-là. En attendant, filez à vos postes, revoyez la liste de vos sujets et retrouvons-nous demain matin pour séquencer tout ça.

— Putain ! m'exclamai-je. Et si Emily reprenait son boulot pendant que moi, je continue de bosser sur Orton ? Tu n'aurais plus que la moitié des équipes là-dessus.

— Jolie façon de me jeter aux chiens, connard ! me lança Emily.

J'écartai les mains.

— C'est mon sujet à moi, dis-je. C'est quoi, l'alternative ? Tu continues à bosser sur Orton pendant que je reviens à mes sujets ? Non, il n'en est pas question.

— Et pas question non plus de suivre ton plan. Vous retournez tous les deux à vos sujets. J'en veux la liste demain matin. Et maintenant, il faut que j'aille passer des coups de fil.

Il se leva, quitta la salle de conférences et nous laissa, Emily et moi, nous regarder en chiens de faïence.

— C'était vraiment pas cool, dit-elle.

— Je sais. Mais je pense qu'on n'est plus très loin du but.
— Non, c'est pas cool que tu m'aies jeté aux chiens. C'est moi qui ai permis qu'on continue alors que toi, tu as tout merdé avec l'avocat.
— Écoute, je veux bien reconnaître que j'ai déconné avec l'avocat et Orton, mais tu as dit toi-même qu'on n'allait nulle part. Et c'est probablement ton contact à la FTC qui l'a rencardé. Mais ce truc où ce serait toi qui fais qu'on peut continuer, c'est des conneries. On avait tous les deux des coups à jouer et on avançait.
— Comme tu voudras. Et comme ça n'a plus d'importance, désormais...
Elle se leva et quitta la salle à son tour.
— Merde, tiens, dis-je.
Je réfléchis à des trucs pendant quelques instants, puis je sortis mon portable et rédigeai un message pour le contact que j'avais qualifié de Gorge profonde.

*Je ne suis pas très sûr de savoir qui vous êtes, mais si vous avez quoi que ce soit d'autre qui puisse m'aider, c'est le moment. On vient juste de me retirer le sujet pour manque de résultats. L'interview d'Orton n'a rien donné. Il m'attendait et s'était préparé. En fait, je n'ai plus rien et j'ai besoin de votre aide. Je sais qu'il se passe des saloperies là-bas et que la clé, c'est Orton. S'il vous plaît, répondez.*

Je le relus deux fois et me demandai si je ne donnais pas l'impression de pleurnicher. Pour finir, j'effaçai la dernière phrase et l'envoyai. Puis je me levai et regagnai mon box en passant devant celui d'Emily. J'avais honte de ce que j'avais dit et de la façon dont ça s'était terminé entre nous dans la salle de conférences.

Arrivé à mon bureau, j'ouvris mon ordinateur et parcourus quelques-uns des dossiers sur lesquels je travaillais avant que Mattson et Sakai se pointent pour la première fois à mon appartement. En haut de la liste, je retrouvai « Le Roi des Arnaqueurs » que j'avais déjà écrit et donné à Myron, mais pas encore posté parce que je n'avais pas eu le temps de lui parler des corrections qu'il y avait apportées. Ce serait donc ma première priorité. Ensuite, je jetai un coup d'œil à ma liste de sujets à venir, mais rien ne m'excita après la traque chargée d'adrénaline dans laquelle je m'étais lancé.

Je consultai alors mon dossier « à suivre ». Il contenait des articles déjà postés, mais sur lesquels, je le savais, je devais revenir afin de voir si quelque chose de nouveau était survenu – à savoir si les sociétés et les agences d'État avaient résolu les problèmes sur lesquels j'avais braqué mon projecteur. Bien que tous les journalistes de Fair Warning puissent s'attaquer à n'importe quel sujet qui les intéressait et ce, dans tous les domaines, sans que ç'ait été formulé officiellement, j'avais, moi, été affecté à la surveillance de l'industrie automobile. J'avais déjà posté plusieurs articles sur le problème des accélérations soudaines, des puces de contrôle électronique défectueuses, des réservoirs d'essence dangereux et des pièces détachées non conformes, tout cela aussi bien lors d'assemblages sous-traités que chez des manufacturiers étrangers hors réglementation. Les États-Unis étaient une société fondée sur l'automobile et ces articles avaient frappé fort et attiré beaucoup l'attention. Ils avaient été repris dans plusieurs journaux et j'avais dû mettre une veste et une cravate pour passer aussi bien au Today Show qu'à CNN, Fox News et plusieurs chaînes de télé locales de Los Angeles, Detroit et Boston – Fair Warning ayant chaque fois droit à tout le mérite. En règle générale, il suffisait d'écrire quelque chose de négatif sur un fabricant de voitures japonaises pour décrocher une télé à Detroit.

Je savais pouvoir reprendre n'importe lequel de ces articles et très probablement me faire un joli rappel du genre « rien n'a changé ». Cela pourrait plaire à Myron et m'aider à me sortir de mon histoire d'ADN.

Dans un de mes tiroirs de bureau, j'avais un dossier papier contenant toute la documentation et tous les contacts que j'avais recueillis en travaillant sur l'industrie automobile. Je le ressortis et le glissai dans mon sac à dos pour me rafraîchir les idées en prenant mon café du matin.

Mais là, j'avais fini ma journée et ne pouvais tout simplement pas passer de mes recherches inachevées sur Christina Portrero et William Orton à quelque chose de complètement différent et qui ne m'inspirait pas. J'avais besoin de temps et j'allais le prendre.

Mais j'étais toujours agacé par la façon dont les choses avaient tourné avec Emily. Je refermai mon sac à dos, me levai et rejoignis son box.

— Hé, dis-je.

— Hé quoi ? me renvoya-t-elle sèchement.

— Je me suis mal conduit tout à l'heure. Je n'aurais pas dû te jeter aux chiens, d'accord ? S'il y a du nouveau, on est tous les deux sur le coup. Je viens d'envoyer un texto à ma source Gorge profonde et lui ai dit que notre enquête était en panne et que c'était le moment de nous aider. Nous verrons. J'ai dû lui donner l'impression d'être un trou du cul de pleurnichard.

— Y a des chances, me confirma-t-elle.

Mais elle leva la tête et me sourit après l'avoir dit. Je lui renvoyai son sourire.

— Eh bien, merci d'être aussi patiente avec mes défauts.

— À ton service... Et donc... (Elle tourna son écran pour que je puisse voir.) Regarde un peu ce que je viens de recevoir.

Sur son écran s'était affiché quelque chose qui ressemblait à un document frappé du sceau de la Federal Trade Commission.

— Qu'est-ce que c'est ? lui demandai-je.
— J'ai envoyé un e-mail à mon type de la Commission pour lui demander s'il avait averti Orton, répondit-elle. Et je lui ai dit que si c'était vrai, ç'avait failli me tuer.
— Et... ?
— Et il a nié. Il m'a même appelée pour me le dire. Et après, il m'a envoyé ça en signe de bonne foi. C'est la dernière liste déclarée à la FTC des labos auxquels l'Orange Nano a distribué de l'ADN. Elle est vieille de presque trois ans, mais ça vaudrait peut-être la peine d'y jeter un coup d'œil, enfin... si on a toujours le sujet.

Parce qu'il s'agissait de la photographie d'un document, les caractères étaient petits et difficiles à lire sous cet angle.

— Quelque chose qui sauterait tout de suite aux yeux ?
— Pas vraiment, non, répondit-elle. Il n'y a que cinq sociétés et toutes étaient déjà recensées à la FTC. Il faudrait que je sorte leurs profils pour avoir leurs noms, sièges et autres infos.
— Et tu vas faire ça quand ?
— Vite.

Par-dessus le haut de sa cloison, elle coula un regard dans la direction du bureau de Myron. On ne voyait que le sommet de son crâne, mais l'arc de ses écouteurs lui couvrait les cheveux. Il était au téléphone, la voie était libre. Emily se corrigea.

— Maintenant, précisa-t-elle.
— Je peux t'aider ? J'allais partir, mais je peux rester.
— Non, ce serait trop évident. Va-t'en. Je ferai ça de chez moi. Et je t'appellerai s'il y a quelque chose.

J'hésitai avant de filer. Que la balle soit dans son camp ne me plaisait pas. Elle lut dans mes pensées.

— Je t'appellerai, d'accord ? répéta-t-elle. Et toi, tu m'appelles si Gorge profonde respecte sa parole.
— Marché conclu.

# CHAPITRE 23

J'arrivai tôt au *Mistral* et attrapai le tabouret même sur lequel je m'étais assis la veille au soir. Je posai mon sac sur celui d'à côté afin de le garder pour Rachel et, après un échange de bonsoirs avec Elle, je commandai une Stella : j'avais décidé de lever le pied sur l'octane pour la soirée. Je posai mon téléphone sur le comptoir et m'aperçus que je venais de recevoir plusieurs textos de Gorge profonde. Je les ouvris et trouvai deux fichiers joints, le premier intitulé « ADN » et le second « Transcription ».

J'ouvris le premier et vis que ma source secrète m'avait envoyé les photos d'un document. Je compris vite qu'il s'agissait du rapport vieux de quatre ans de l'analyse d'ADN effectuée par le labo de médecine légale des services du shérif du comté d'Orange où il avait été déclaré qu'il n'y avait pas de concordance entre l'échantillon d'ADN de William Orton et celui collecté sur la personne de Jessica Kelley. Je l'examinai et me rendis compte que j'allais avoir besoin d'un généticien pour m'expliquer ce que signifiaient le diagramme, les pourcentages et les abréviations qui s'y trouvaient. Mais les conclusions étaient claires : l'échantillon de salive relevé sur les aréoles de la victime après l'agression ne provenait pas de William Orton.

Le fichier joint au second texto était la transcription d'un très bref interrogatoire d'Orton mené par l'inspecteur Digoberto

Ruiz. Long de cinq pages, le document contenait encore une fois les photos d'un tirage de procès-verbal papier.

Je transférai les deux pièces sur ma boîte e-mail, puis sortis mon ordinateur de façon à pouvoir les télécharger et les lire sur un écran plus grand. Le *Mistral* n'offrant pas le Wi-Fi à ses clients, je dus me servir de mon portable en guise de connexion hotspot. En attendant que tout cela s'initialise et se connecte, je repensai à l'expéditeur de ces textos. C'était à Ruiz que j'avais demandé les conclusions de l'analyse d'ADN, pas à l'avocat Hervé Gaspar. Je changeai d'opinion sur l'identité possible de Gorge profonde et songeai que c'était peut-être l'inspecteur. Gaspar pouvait bien évidemment avoir eu et ces conclusions et la transcription de l'interrogatoire pour préparer son dossier de poursuites à l'endroit d'Orton, mais que ces fichiers joints soient des photos de documents me remit dans la direction de Ruiz. M'envoyer des photos au lieu de scans ou de documents réels lui offrait une protection supplémentaire contre le fait d'être identifié comme étant ma source si jamais il faisait l'objet d'une enquête en interne : les scanners et les photocopieuses de bureau gardent des traces numériques de leur utilisation.

Mes conclusions furent encore plus embrouillées lorsque j'arrivai enfin à ouvrir la transcription de l'interrogatoire. Je remarquai que le document avait été plusieurs fois légèrement modifié et, dans le contexte de l'affaire, je fus à même de déterminer que le nom de la victime avait été effacé. Ce qui était d'autant plus troublant que Gorge profonde me l'avait déjà donné. L'avait-il oublié ?

Je mis la question de côté et commençai à lire le compte rendu d'interrogatoire, soit, en gros, cinq pages où Orton niait tout en bloc. Non, il n'avait pas agressé la victime, non, il ne la connaissait pas en dehors du seul cours qu'il lui avait donné et non, il ne la fréquentait pas. Lorsque Ruiz lui avait demandé de lui raconter la soirée en détail, Orton avait demandé un avocat et s'était complètement fermé. Et c'était là que se terminait la transcription.

J'éteignis mon ordinateur, le rangeai et pensai à ce que je venais de lire. En plus des modifications, je me rappelai les réponses d'Orton surlignées en jaune. Je voulais poursuivre ma conversation numérique avec Gorge profonde et pris ce prétexte pour lui renvoyer un texto lui demandant la raison de ces surlignages. Sa réponse fut rapide, mais m'indiqua qu'il ne trouvait pas autant d'intérêt à cette conversation que moi.

*Faits vérifiables*

Rien d'autre, mais cela suffit à me convaincre encore plus que ma source était bien l'inspecteur Ruiz. L'expression « faits vérifiables » était typique d'un inspecteur de police. L'interrogatoire d'une personne soupçonnée de crime est chorégraphié de façon à obtenir des réponses qui peuvent être confirmées ou contestées par des témoins, des enregistrements vidéo, des triangulations de téléphones cellulaires, des systèmes de navigation GPS et d'autres moyens. Cet interrogatoire-là n'avait rien de différent et quelqu'un – vraisemblablement Ruiz – avait surligné les choses dites par Orton que l'on pouvait prouver ou contester.

Parce que je n'avais évidemment pas eu accès aux rapports de suivi sur ces faits vérifiables, cette transcription ne fit que m'intriguer davantage. J'en voulais plus. Ruiz avait-il prouvé ou invalidé les déclarations d'Orton prétendant s'être trouvé tout à fait ailleurs le soir où Jessica Kelley avait été violée ? Avait-il prouvé ou invalidé celle où il prétendait être la victime d'une campagne de dénigrement montée par un autre professeur d'UC-I qui lui en voulait suite à une bagarre de titularisation ?

J'allais rédiger un autre texto à Gorge profonde pour lui demander d'autres renseignements lorsque Rachel se glissa sur le tabouret à côté de moi, mais pas celui que je lui avais gardé avec mon sac à dos.

— Qu'est-ce que c'est ? me demanda-t-elle en guise de salutation.

— Je n'arrête pas de recevoir des textos de quelqu'un que je crois être le flic chargé de l'affaire Orton, répondis-je. Je lui ai parlé aujourd'hui et il a refusé de me dire quoi que ce soit. Mais c'est là que j'ai commencé à avoir des tuyaux. Dont cette transcription du bref interrogatoire d'Orton qu'il a mené avant que celui-ci n'exige la présence d'un avocat. Orton a tout nié, mais il a dit quelques petites choses qui pourraient être vérifiées. J'allais lui envoyer un texto pour lui demander s'il l'avait fait.

— Une transcription ? Cela ressemble plus à un avocat.

— Eh bien, oui, c'est possible parce que j'ai aussi parlé avec celui de la victime. Il m'a informé que ni lui ni sa cliente ne pouvaient me parler à cause d'un accord de non-divulgation. Mais je crois quand même que c'est le flic. Il m'a aussi donné les conclusions de l'analyse d'ADN qui ont exonéré Orton. Je ne vois pas très bien qui pourrait avoir ça en dehors de Ruiz.

— Le procureur qui a laissé tomber les a probablement eues lui aussi. Et il ou elle a très bien pu les passer à l'avocat de la victime.

— Exact. Je pourrais peut-être demander tout bêtement à Gorge profonde qui il est.

— « Gorge profonde » ? Mignon, ça.

Je me détournai de mon téléphone pour la regarder.

— À ce propos… bonjour ! lui lançai-je.

— Bonjour, me renvoya-t-elle.

Engager cette réunion en discutant de ma source avait éclipsé le fait que nous avions passé la nuit ensemble… et le referions cette nuit-là si nos intentions ne changeaient pas. Je me penchai et l'embrassai sur la joue. Elle accepta mon baiser et ne donna aucune indication qu'il y aurait eu la moindre perturbation dans la Force.

— Bon alors, tu étais encore une fois de ce côté de la montagne ou tu as dû te farcir le col? demandai-je.

— De ce côté. Je concluais l'affaire d'hier. J'avais organisé ça pour pouvoir te retrouver.

— Félicitations! Ou alors...

— Je sais que j'ai beaucoup pleurniché hier soir, dit-elle. Je commençais à être saoule. Et ce n'est pas la seule chose de mal que j'aie dite.

Il y avait donc bien une perturbation dans la Force.

— Vraiment? Du genre quoi d'autre?

Il lui fut épargné de me répondre tout de suite par l'apparition d'Elle, la barmaid faussement française.

— *Bonsoir*[1], lança-t-elle. Désirez-vous une boisson?

— Ketel One Martini sans glace, répondit Rachel. *S'il vous plaît*.

— *Bien sûr*. Tout de suite.

— Elle a un accent ignoble.

— Tu l'as déjà dit hier, lui fis-je remarquer. Prête à soigner le mal par le mal?

— Pourquoi pas? J'ai signé un autre client. Je peux fêter ça.

— Et donc, qu'est-ce que t'as dit d'autre de mal hier?

— Oh, rien. Oublie.

— Non, je veux savoir.

— Ce n'est pas ce que je voulais dire. Surtout ne va pas t'imaginer des trucs.

La nuit précédente, cette femme m'avait murmuré quatre mots dans l'obscurité de la chambre et mon monde en avait été bouleversé: «Je t'aime toujours.» Et sans la moindre hésitation,

---

1. En français dans le texte.

je les lui avais retournés. Et maintenant, je devais me demander si elle essayait de les reprendre ?

La barmaid s'approcha et posa le martini de Rachel sur un napperon. Le verre était plein à ras bord et elle l'avait placé trop loin sur le comptoir pour que Rachel puisse se pencher et en boire un peu avant de le lever. Seule une main qui ne tremble pas aurait pu ne pas renverser du liquide en le déplaçant. La barmaid battit en retraite et me décocha un clin d'œil que Rachel ne vit pas. Un homme s'installa sur un tabouret au milieu du bar et Elle s'approcha aussitôt de lui avec son mauvais accent.

L'écran de mon téléphone s'alluma. C'était Emily Atwater qui m'appelait.

— Vaudrait mieux que je prenne ça, dis-je à Rachel.

— Bien sûr, me répondit-elle. C'est ta petite copine ?

— Non, ma collègue.

— Prends l'appel.

D'un seul mouvement régulier, elle leva son verre, le porta à ses lèvres par-dessus le comptoir et but. Je ne vis aucune goutte en tomber.

— Je sors pour mieux entendre.

— Je ne bouge pas.

J'attrapai mon téléphone sur le comptoir et décrochai.

— Une seconde, Emily, lui lançai-je.

Je sortis un carnet de notes de mon sac à dos, traversai le bar et passai dehors, où la musique ne pourrait pas interférer avec notre conversation.

— OK, repris-je. Tu as quelque chose ?

— Peut-être.

— Dis-moi.

— Bon alors, tu te rappelles que tout ce qu'a la Federal Trade Commission remonte à plus de deux ans ? À avant le jour où la Food and Drug Administration a repris les commandes ?

— Oui.
— Et donc, avant ce transfert à la FDA, on a une trace de l'Orange Nano vendant de l'ADN et des échantillons biologiques à cinq autres labos. Trois de ces ventes semblant être des transactions uniques et les deux autres ayant été faites à des clients réguliers, je crois qu'on peut supposer que ce petit commerce continue.
— OK. Qui sont ces clients réguliers ?
— Première chose, pour moi, il faut être clair. C'est l'Orange Nano qui a effectué ces transactions, pas Orton en particulier. Oui, c'est son labo, mais il a des employés et ce sont eux qui ont mené ces transactions. Je n'ai vu le nom d'Orton sur aucun des documents que j'ai examinés.
— Bien. Mais... as-tu remarqué quelque chose de douteux ?
— De « douteux » ? Pas vraiment. Je dirais plutôt « curieux ». Ces deux clients réguliers ne sont pas loin d'ici... Le premier est à Los Angeles et le second à Ventura. Les autres étaient nettement plus loin.
— Quel est celui qui te semble le plus curieux ?
— Le labo de Los Angeles. (J'entendis des frottements de papier.) Il y a trois choses qui m'ont intriguée, répondit-elle. J'ai commencé par le chercher sur Google Maps et ce n'est pas une adresse commerciale. C'est une résidence. À Glendale, en fait. Pour moi, ce type a un labo genre dans son garage.
— C'est effectivement un peu bizarre. Quoi d'autre ?
— L'affaire est enregistrée à la FTC sous l'intitulé Dodger DNA Services et je pense que le propriétaire est un technicien ADN qui travaille avec le labo de médecine légale du LAPD. Je suis allé voir sur Google et son nom est monté à l'écran avec un article de première page du *L.A. Times* relatant un procès pour meurtre où il a témoigné et affirmé avoir trouvé une correspondance entre de l'ADN recueilli sur une arme et celui de l'accusé.

— Bref, c'est quoi son job d'appoint ?
— La déclaration de mission enregistrée auprès de la FTC nous dit... (Encore des bruits de papier. J'attendis.) Ah, voilà : Applications de tests ADN dans des affaires criminelles. C'est tout.
— Bon, ça, ça n'a rien de douteux, lui fis-je remarquer. C'est comme ça qu'il gagne sa vie. Il essaie probablement d'inventer un outil qui lui facilitera le boulot et fera de lui un millionnaire.
— Peut-être. Mais attends mon troisième chef de curiosité.
— Et ce serait... ?
— Qu'il n'a acheté que de l'ADN féminin à l'Orange Nano.
— Oui, bon. Et comment s'appelle ce type ?
— Marshall Hammond.
— Laisse-moi écrire ça.
J'épelai ce nom tout haut en l'écrivant, mon téléphone niché au creux de mon cou. Emily confirma.
— Faudrait avoir ses antécédents, dis-je.
— J'ai essayé, mais rien n'est sorti et je me disais que tu pourrais peut-être mettre à contribution quelques-unes de tes sources au LAPD, histoire de se faire une idée du bonhomme.
— OK, pas de problème. Je vais passer des coups de fil. Tu es toujours au bureau ?
— Non, je suis rentrée chez moi. J'ai pas envie que Myron voie ces machins-là sur mon bureau.
— Bien vu.
— Et toi, t'as eu des renseignements de Gorge profonde ?
— Oui. Il m'a texté la transcription d'un interrogatoire d'Orton et des résultats de l'analyse d'ADN qui l'a exonéré. Je crois que Gorge profonde, c'est l'inspecteur Ruiz.
— J'aimerais bien lire cette transcription, dit-elle.
— Je t'envoie ça dès qu'on a fini.
— Où es-tu ?
— Je bois un coup avec une amie.

— OK, on se retrouve demain.
— Essayons encore de convaincre Myron avec tout ça. On pourra peut-être grignoter deux ou trois jours de plus.
— J'en suis.
— OK, à demain.

Je réintégrai le bar et vis que Rachel avait fini son verre. Je remontai sur mon tabouret.

— T'en reprends un autre ? lui demandai-je.
— Non, ce soir, je veux avoir les idées claires. Finis le tien et on va chez toi.
— T'es sûre ? Et pour le dîner ?
— On pourra se faire livrer des trucs.

# L'ÉCORCHEUR

## CHAPITRE 24

Il attendit qu'il fasse noir. Il adorait le silence de la Tesla. La voiture lui ressemblait. Elle allait vite et furtivement. Personne ne l'entendait venir. Il se gara le long du trottoir à une rue de la maison de Capistrano Avenue, descendit du véhicule et en referma la portière derrière lui sans faire de bruit. Puis il abaissa le capuchon du casque noir en nylon par-dessus sa tête. Il portait déjà un masque en plastique transparent qui lui déformait le visage afin de mieux se protéger de toute identification si jamais une caméra de surveillance locale le filmait. Tout le monde avait des caméras à détection de mouvement depuis peu. Cela ne lui facilitait pas la tâche.

Il descendit la rue en veillant à rester dans l'ombre et à éviter tous les ronds de lumière des réverbères. Il avait un petit sac marin noir qu'il gardait près de son corps, sous son bras. Il finit par examiner le jardin latéral de la maison cible et pénétra dans celui de derrière par un portail resté ouvert.

La maison était plongée dans le noir, mais la piscine ovale, elle, était éclairée – très probablement par un minuteur – et projetait des chatoiements de lumière à l'intérieur par toute une rangée de portes en verre coulissantes. Il n'y avait pas de rideaux. Il vérifia chacune des portes et les trouva toutes fermées à clé. Il appliqua une petite barre à mine sortie de son sac à la base de celle du milieu afin de la soulever et de la dégager de son rail conducteur. Il la souleva soigneusement et la posa sur le sol du patio. Seul un petit déclic se fit entendre. Il resta immobile accroupi à côté de la porte et attendit de voir si sa manœuvre allait déclencher une alarme ou alerter quelqu'un. Aucune lumière ne s'alluma. Personne ne vint vérifier la salle de séjour. Il se releva, ouvrit la porte en la faisant glisser sur le sol rugueux en béton et entra.

Il n'y avait personne. Une fouille pièce par pièce de toute la maison lui permit de découvrir qu'il y avait trois chambres où personne ne dormait. Se dire que peut-être il avait quand même réveillé quelqu'un en déboîtant la porte en verre et que ce quelqu'un était allé se cacher quelque part lui fit repartir dans toute la maison pour y effectuer une recherche plus approfondie, mais qui encore une fois ne lui fit rencontrer personne, en train de se cacher ou autre.

Cela dit, cette deuxième expédition le conduisit au garage qu'on avait converti, il le découvrit alors, en laboratoire. Il comprit que ce sur quoi il venait de tomber n'était autre que le labo de renfort pour l'étude du Dirty4. Il se mit en devoir d'examiner les équipements et les carnets de notes laissés sur une paillasse, ainsi qu'un emploi du temps et les données affichées sur deux tableaux blancs accrochés à un mur.

Il y avait aussi un ordinateur de bureau. Il appuya sur la barre d'espacement et découvrit que l'appareil était protégé par une empreinte de pouce.

Il plongea la main dans son sac marin et en sortit le rouleau d'adhésif transparent qu'il gardait au milieu de ses outils et attaches en plastique. Puis il quitta le garage, traversa un salon télé et arriva dans un boudoir – les toilettes les plus proches du labo. Il alluma la lumière et coupa deux bandes d'adhésif de huit centimètres de long. Il en déposa une, face collante en l'air, sur le bord de l'évier puis, très soigneusement et légèrement, il appuya l'autre sur le haut de la poignée en plastique de la chasse d'eau. Après quoi, il la releva et la regarda en oblique. Il venait de relever une empreinte. Et comprit aussitôt qu'elle était assez grande pour être celle d'un pouce.

Il posa la bande d'adhésif sur l'autre et enferma ainsi l'empreinte entre les deux. Puis il retourna au labo et s'assit devant l'ordinateur. Ôta un de ses gants en caoutchouc et enveloppa les bandes d'adhésif contenant l'empreinte autour de son pouce. L'appuya sur le capteur et l'écran s'alluma. Il était dans la place.

Il remit son gant et commença à parcourir les dossiers de l'ordinateur. Il n'avait aucune idée de l'endroit où se trouvait le propriétaire, mais il y avait tout ce qu'il fallait dans le système pour l'analyser et essayer de comprendre. Il travailla pendant des heures entières et ne mit fin à sa tâche qu'après l'aurore, lorsqu'il entendit une voiture se garer dans l'allée de l'autre côté de la porte du garage.

Il fut en alerte, mais ne se donna pas la peine de se cacher. Il se prépara rapidement à affronter le propriétaire, éteignit toutes les lumières du labo et attendit.

Bientôt, il entendit des bruits de pas dans la maison, puis le cliquetis d'un jeu de clés qu'on jetait sur une table ou un comptoir. Il s'en fit la remarque et songea qu'il pourrait avoir besoin de ces clés et de la voiture garée devant. Il détestait l'idée de se séparer de la Tesla, mais il ne pourrait peut-être pas prendre le risque de revenir dans le quartier en plein jour. Il n'avait pas prévu d'être toujours dans cette maison après l'aurore et maintenant fuir au plus vite était peut-être ce qu'il y avait de mieux à faire.

Les plafonniers du labo s'allumèrent et un homme fit cinq pas dans la pièce avant de s'arrêter net lorsqu'il vit l'intrus assis devant la paillasse.

— Vous êtes qui, bordel ? lança-t-il. Qu'est-ce que vous voulez ?

L'homme assis le montra du doigt.

— Vous êtes bien celui qui se fait appeler « le Marteau », n'est-ce pas ?

— Écoutez-moi bien, lui renvoya Hammond. Je travaille pour le LAPD et je ne sais pas comment vous êtes entré ici, mais vaudrait mieux dégager, et tout de suite. (Il sortit un téléphone portable de sa poche.) J'appelle la police.

— Vous le faites et ils sauront tout sur votre petit boulot clandestin qui consiste à vendre des données de femmes sur le *dark web*, lui renvoya l'intrus. Des données très particulières, s'entend. C'est ça que vous voulez ?

Hammond remit son portable dans sa poche.

— Qui êtes-vous ? demanda-t-il à nouveau.

— Vous m'avez envoyé un e-mail. Assez archaïque comme moyen de communication, ça. Mais vous me mettiez en garde contre un journaliste de Fair Warning. Jack McEvoy ?

Hammond commença à pâlir en comprenant la situation.

— L'Écorcheur, c'est vous, dit-il.

— Oui, et faut qu'on cause. Allez vous asseoir dans le fauteuil là-bas.

Il lui montra celui qu'il lui avait préparé. C'était un fauteuil en bois qu'il avait pris à un bout de table dans la cuisine. Il l'avait choisi parce qu'il était muni d'accoudoirs auxquels il avait attaché des liens en plastique, tous à très grande boucle.

Hammond ne bougea pas.

— Je vous en prie, insista l'intrus. Je ne vous le redemanderai pas.

Hammond hésita, puis il gagna le fauteuil et s'y assit.

— Glissez vos mains dans les boucles en plastique et tirez sur les languettes pour les serrer fort autour de vos poignets.

— Il n'en est pas question. Vous voulez parler, parlons... Je suis de votre côté sur ce coup-là. Nous vous avons envoyé cet e-mail pour vous alerter. Vous prévenir. Mais non, je ne vais pas me saucissonner dans ma propre maison.

L'Écorcheur sourit de cette résistance qu'on lui opposait et parla sur un ton suggérant que Hammond l'agaçait un peu.

— Si, vous allez le faire ou je vous rejoins et vous brise le cou comme une brindille.

Hammond le regarda, cligna une fois des paupières et commença à passer sa main gauche dans la boucle du fauteuil.

— Et maintenant, on serre.

Hammond referma la boucle autour de son poignet sans même qu'on lui demande de serrer fort.

— L'autre, à présent.

Hammond passa sa main droite dans la boucle.

— Comment voulez-vous que je serre ça alors que je peux même pas l'atteindre ?

— Penchez-vous en avant et servez-vous de vos dents.

Hammond fit ce qu'on lui demandait et leva les yeux sur son ravisseur.

— Bon, et maintenant quoi ? lança-t-il.

— Pensez-vous que je vous attacherais si je voulais vous faire du mal ?

— Je ne sais pas ce que vous feriez.

— Réfléchissez. Si j'avais voulu m'en prendre à vous, ç'aurait déjà été fait. Alors que maintenant, on peut parler à notre aise.

— Comme si j'étais à mon aise, moi !

— Eh bien, moi, je le suis. Et donc, on peut parler.

— De quoi ?

— De votre e-mail sur ce journaliste... Comment avez-vous su que c'était à moi qu'il fallait l'envoyer ?

— Eh bien, vous voyez, c'est ça, le truc. C'est exactement pour ça que vous n'avez pas à vous inquiéter de moi. Je ne sais pas qui vous êtes. On n'a que l'adresse e-mail dont vous vous êtes servi quand vous avez rejoint le site. C'est tout. Aucun moyen de savoir qui vous êtes, et donc ce...

Il poussa des bras contre les attaches en plastique.

— Ce... ce n'est absolument pas nécessaire. Non, vraiment. Et je ne plaisante pas.

L'Écorcheur le dévisagea longuement, puis se leva et rejoignit une imprimante posée sur une table dans le coin. Il y prit une pile de documents dans le bac de sortie. Il n'avait pas arrêté d'imprimer tout ce qui avait suscité son intérêt dans l'ordinateur.

Il regagna son siège et posa la pile sur ses genoux.

— La question n'est pas là, reprit-il sans lever les yeux de ses documents. Comment en êtes-vous venu à m'envoyer un e-mail?

— C'est que... vous avez été le seul à télécharger celles qui sont mortes.

— Sur Dirty4.

— Oui, sur le site.

— C'est ça, le problème. Votre site garantit un anonymat complet, et maintenant vous dites m'avoir identifié par mes interactions sur le site. C'est décevant.

— Non, attendez: nous ne vous avons pas identifié. C'est ce que je suis en train de vous expliquer. Même que là, je ne pourrais pas dire qui vous êtes si ma vie en dépendait. Nous cherchions toute personne ayant téléchargé des détails sur ces quatre putes qui se sont fait tuer. Et il n'y avait qu'un seul client. Vous. Nous vous avons donc envoyé cet e-mail en toute bonne foi. Pour vous avertir que vous avez un journaliste aux fesses. C'est tout.

L'Écorcheur hocha la tête comme s'il acceptait l'explication. Il avait remarqué que Hammond devenait de plus en plus agité au fur et à mesure qu'augmentait sa peur et ça, c'était un problème parce que ses poignets allaient frotter contre les attaches en plastique et que ça laisserait des traces.

— Quelque chose m'intrigue, reprit-il sur le ton de la conversation.

— Quoi ?

— Ce que vous faites est superbe. Mais... comment êtes-vous parvenu à prendre les échantillons DRD4 et à les relier aux identités de chacune de ces femmes ? Je comprends à peu près tout le reste sauf ça... et c'est ce qu'il y a de plus beau dans toute l'affaire.

Hammond hocha la tête : il était d'accord.

— Écoutez, c'est déposé, mais je vais vous le dire. Nous possédons toute la base de données de la GT23, et ils ne le savent pas. Nous sommes entrés dedans. Accès illimité.

— Comment ?

— En fait, nous avons encrypté un échantillon d'ADN à l'aide d'un virus de type cheval de Troie et l'avons envoyé comme tout le monde. Une fois à l'intérieur, l'échantillon a été réduit en code et s'est activé, ce qui nous a permis d'être dans leur unité centrale. Accès complet à leurs données par une *backdoor*. Je suis un acheteur de deuxième niveau de leur ADN. Je l'achète, j'isole les porteurs de DRD4 que nous voulons et nous matchons le numéro de série de chaque échantillon avec la salope en chair et en os que nous listons ensuite sur le site.

— Génial.

— Nous le pensons.

— À ce propos, qui est ce « nous » ?

Hammond hésita, mais à peine une seconde.

— Euh, dit-il, j'ai un associé. Je m'occupe de l'ADN et lui du numérique. C'est lui qui gère le site. Je lui donne ce dont il a besoin et nous nous partageons le liquide qui nous arrive.

— Ça m'a tout l'air d'un partenariat modèle. Comment s'appelle-t-il ?
— C'est que… il ne veut pas que…
— Roger Vogel, c'est bien ça ?
— D'où connaissez-vous ce nom ?
— Je sais beaucoup de choses parce que j'ai passé toute ma nuit ici. Vos dossiers ne sont pas encryptés. Votre sécurité informatique est une plaisanterie.

Hammond garda le silence.

— Et donc, où est-ce que je peux trouver Roger Vogel pour lui demander de plus amples détails sur votre opération ?
— Je ne sais pas. Comme qui dirait qu'il va et vient. C'est un type très réservé et nous menons des vies séparées. Nous avons été colocs jadis. À l'université. Mais depuis, nous ne nous voyons plus trop. Je ne sais même pas où il habite.

L'Écorcheur acquiesça d'un signe de tête. Que Hammond refuse de trahir son coéquipier était admirable, mais pas vraiment un problème. Pendant la nuit, il avait lu beaucoup d'e-mails effacés toujours dans la mémoire de l'ordinateur de bureau. En se faisant passer pour Hammond, il avait même envoyé un message à Vogel pour organiser une rencontre avec lui plus tard dans la journée. Vogel avait répondu et accepté.

L'heure était maintenant venue de mettre fin à tout ça. L'Écorcheur se leva et se mit à marcher vers Hammond. Il vit les bras de son prisonnier se tendre et tirer sur les liens autour de ses poignets.

L'Écorcheur leva une main en l'air pour le calmer et continua de s'approcher.

— Détendez-vous, dit-il. Y a rien à craindre. Plus maintenant.

Il passa derrière Hammond et se demanda dans quelle mesure ce serait différent. Il n'avait jamais fait ça à un homme. Il se pencha vite en avant et prit la tête et le cou de Hammond dans ses bras puissants, sa main gauche se posant sur sa bouche pour qu'il n'y ait pas de bruit.

Les «Non!» étouffés de Hammond mourant dans sa main, vint alors le claquement profondément satisfaisant des os, du cartilage et des muscles qui se tordent jusqu'à la limite extrême. Le dernier souffle de Hammond fut chaud entre ses doigts.

# JACK

# CHAPITRE 25

Je me réveillai tôt, mais restai au lit pour regarder dormir Rachel et ne pas la déranger. Je sortis mon ordinateur portable de la table de nuit, consultai mes e-mails et ne trouvai que celui, des plus importants, d'Emily Atwater. Elle l'avait envoyé la veille au soir tard pour me demander où étaient les documents de Gorge profonde que j'avais promis de lui faire suivre après notre appel. Elle laissait ensuite entendre que c'était de manière intentionnelle que je les avais gardés par-devers moi.

Je lui écrivis vite une réponse pour m'excuser du retard et sortis les pièces à lui joindre. Je leur jetai un bref coup d'œil de façon que leur teneur me soit bien en mémoire lorsqu'Emily me rappellerait pour en parler. En parcourant les résultats du labo ADN du shérif du comté d'Orange, je vis un nom que je reconnus.

— Putain de Dieu! m'écriai-je.

Rachel remua et ouvrit les yeux. J'avais bondi du lit et rejoint mon sac à dos pour y récupérer le carnet de notes dont je m'étais servi la veille au soir lors de ma conversation téléphonique avec Emily. Je revins au lit avec et l'ouvris rapidement à la page où j'avais transcrit un nom. Il y avait correspondance.

## Marshall Hammond

— Qu'est-ce qu'il y a, Jack ? me demanda Rachel.

— J'ai Elvis dans la boîte.

— Quoi ?

— Vieille expression de journaleux. Ça désigne le truc, le détail, la photo que tout le monde veut[1]. Sauf que là, ce n'est pas une photo. C'est un nom.

— Tu n'es pas très clair.

— Regarde.

Je tournai l'écran de l'ordinateur vers elle.

— C'est le rapport d'analyse ADN du bureau du shérif qui a exonéré Orton dans son affaire de viol dans le comté d'Orange. Tu te rappelles que c'est Gorge profonde qui me l'a envoyé ? Eh bien regarde en bas, là où est indiqué le nom du technicien ADN qui a comparé l'échantillon d'Orton à celui prélevé sur la victime.

— OK. M. Hammond. Ça veut dire quoi ?

— Marshall Hammond travaille maintenant ici, au labo des homicides du LAPD, et habite à Glendale. Ma coéquipière a dressé la liste des labos de deuxième niveau qui ont acheté de l'ADN à celui d'Orton. Et ce type-là, ce Hammond, en fait partie. Et tiens-toi bien, il n'achète que de l'ADN féminin.

— Je ne suis pas très certaine de te suivre. Il me faut mon café.

— Non, écoute : c'est énorme. C'est ce Hammond qui a innocenté Orton en affirmant qu'il n'y avait pas correspondance avec son ADN. Et maintenant, quatre ans plus tard, il fait affaire avec lui ? Dans les papiers de la Federal Trade Commission, il déclare chercher des applications de médecine légale pour l'ADN, mais il n'achète que de l'ADN féminin à

---

1. Soit la photo (volée) d'Elvis dans son cercueil.

Orton. Pourquoi seulement féminin s'il cherche des applications en médecine légale ? Tu vois ? Emily et moi avions déjà ce mec dans le collimateur et maintenant je découvre que c'est lui qui a filé le billet de sortie à Orton ! C'est pas une coïncidence, ça.

Je me levai du lit à nouveau et commençai à m'habiller.

— Qu'est-ce que tu vas faire ? me demanda Rachel.

— Je vais voir sa maison et son prétendu labo et vérifier tout ça, répondis-je.

— Tu ne devrais pas faire ça tout seul, Jack.

— Tu as raison. Je vais appeler Emily.

— Non, tu vas m'emmener, moi. Je veux y aller.

Je la regardai.

— Euh…

— Je peux t'aider à déchiffrer ce type, s'il est là.

Je savais qu'elle en était capable. Mais l'impliquer directement dans l'histoire n'allait pas plaire à Emily. Ou à Myron Levin.

— Allez, quoi, Jack ! insista Rachel. On l'a déjà fait.

J'acquiesçai.

— Alors habille-toi. Attrapons ce mec avant qu'il parte au boulot. On pourra se prendre un café après.

# CHAPITRE 26

Quarante minutes plus tard, nous arrivions dans la rue que Hammond avait désignée comme adresse de son laboratoire. Voie résidentielle, comme Emily Atwater l'avait déterminé en consultant Google Maps.

— Commençons par passer devant, dis-je. Histoire de se faire une idée du tableau.

Nous longeâmes une maison d'un étage sans rien de particulier, avec son garage à deux places et sa BMW garée dans l'allée.

— Un peu bizarre que la BM ne soit pas dans le garage, fit remarquer Rachel.

— En tout cas, ça veut dire qu'il y a probablement quelqu'un.

— Attends, Jack, je crois que la porte d'entrée était ouverte.

— Il est peut-être sur le point de partir. Je fais demi-tour.

Je me servis de l'allée d'un voisin pour faire la manœuvre, puis je regagnai la maison de Hammond. Je me garai derrière la BM. Vieille astuce de journaliste. Ça ne faciliterait pas la tâche de Hammond s'il voulait sauter dans sa voiture et filer lorsque je lui assènerais les questions qui fâchent.

Nous descendîmes et je vis Rachel poser la main sur le capot de la BM en passant.

— Encore chaud, dit-elle.

Nous nous approchâmes de la porte qui avait été en partie cachée de la rue par des plantes en pot qui montaient la garde de chaque côté de l'entrée.

L'observation de Rachel fut vite confirmée. La porte était ouverte d'une trentaine de centimètres. Et la pièce de l'autre côté plongée dans l'obscurité.

Sur le montant se trouvait un bouton de sonnette lumineux. Je m'approchai, appuyai dessus, un seul et grand coup de gong se répandant en échos dans toute la maison. Nous attendîmes, mais personne ne se montra. Rachel tira sa manche par-dessus sa main et ouvrit doucement la porte d'une poussée. Puis elle passa derrière moi pour changer d'angle de vue sur l'intérieur de la maison. Il y avait un petit vestibule avec un mur juste en face de nous et des entrées de couloir en arche à droite et à gauche.

— Ohé ! lançai-je d'une voix forte. Monsieur Hammond ? Y a quelqu'un ?

— Quelque chose cloche, chuchota Rachel.

— Comment le sais-tu ?

— Je le sens.

Je sonnai à nouveau, cette fois à plusieurs reprises, mais seul le coup de gong retentit. Je me retournai vers Rachel.

— Qu'est-ce qu'on fait ?

— On entre, dit-elle. Quelque chose ne va pas. Le moteur de la voiture est chaud, la porte est ouverte et personne ne répond.

— Oui, mais on n'est pas flics. On devrait les appeler.

— Ça ne me gêne pas si c'est comme ça que tu veux jouer le coup. Mais tu peux dire adieu à ton papier si les flics bouclent la baraque.

J'acquiesçai. C'était bien vu. Je gagnai du temps en criant encore une fois fort dans la maison.

Personne ne répondit, personne ne vint.

— Quelque chose ne va pas, répéta Rachel. Il faut qu'on vérifie. Quelqu'un a peut-être besoin d'aide.

Cette dernière phrase était pour moi – on me donnait l'excuse dont je pourrais avoir besoin si ça tournait mal une fois à l'intérieur.

— D'accord. Je te suis.

Elle m'était passée devant avant même que j'aie fini de parler.

— Mets tes mains dans tes poches, m'ordonna-t-elle.

— Quoi ?

— Pas d'empreintes.

— Pigé.

Je la suivis dans le couloir de droite. Il conduisait à une salle de séjour meublée dans un style contemporain avec un tirage de la Volkswagen Beetle d'Andy Warhol au-dessus d'une cheminée protégée par un panneau de verre indépendant. Un gros livre intitulé *The Broad Collection* était posé sur une table entre un canapé bordeaux et deux fauteuils assortis. Aucun signe de bagarre ou de violences. On aurait dit une pièce dont on ne se sert pas.

— On est dans la bonne maison ? me demanda Rachel.

— Oui, j'ai vérifié l'adresse. Pourquoi ?

— Le LAPD doit payer ses techniciens ADN nettement mieux que ce que je pensais.

— Sans compter qu'acheter de l'ADN à l'Orange Nano ne doit pas être donné.

Nous passâmes ensuite dans une cuisine moderne avec un comptoir en îlot séparant la pièce d'un grand salon télé donnant sur une piscine. Rien ne semblait clocher. Tenue au frigo par un aimant, une photo en couleur imprimée sur du mauvais papier représentait une femme nue avec un bâillon dans la bouche.

— Jolie, la décoration du frigo, dis-je.

— Il faut aller vérifier à l'étage, dit Rachel.

Nous trouvâmes l'escalier en revenant sur nos pas et descendant l'autre couloir. Au premier se trouvaient trois chambres, mais une seule dont on paraissait se servir – le lit était défait et un tas de linge sale trônait à côté. Un rapide examen de ces pièces ne nous fit rencontrer personne ni découvrir d'indices inquiétants.

Nous redescendîmes au rez-de-chaussée. Deux portes fermaient le bout du couloir. Rachel les ouvrit avec sa main enveloppée dans sa manche. La première donnait sur une buanderie (rien là-dedans), la seconde sur le garage et c'est là que nous tombâmes sur le labo de Hammond.

Et le trouvâmes, lui, la tête dans un nœud coulant fabriqué avec du câble industriel orange.

— Merde ! m'exclamai-je.
— Ne touche à rien ! m'ordonna Rachel.
— Les mains dans les poches. J'ai compris.
— Parfait.

Mais j'en sortis une après avoir pris mon portable, sur l'écran duquel je composai le 911.

— Mais qu'est-ce que tu fais ? s'écria Rachel.
— J'appelle les flics.
— Non. Pas tout de suite.
— Comment ça ? Faut les appeler.
— Attends une minute. Voyons voir ce qu'on a.
— On a un macchabée accroché à une poutre.
— Je sais, je sais.

Elle n'ajouta rien d'autre tandis qu'elle s'approchait du corps. Un fauteuil en bois était renversé dessous, celui de Marshall Hammond, pensai-je.

Rachel s'approcha du cadavre, totalement immobile sous ses yeux.

— Enregistre, lança-t-elle.

Je passai de l'application téléphone à celle de la vidéo et commençai l'enregistrement.

— C'est parti, répondis-je. À toi de jouer.

Elle fit une fois le tour complet du corps avant de parler.

— Je pose que la voiture garée devant est à lui, dit-elle. Nous devons donc supposer qu'il est allé quelque part, est revenu chez lui et s'est contenté d'entrer dans cette pièce où il a fait passer la rallonge électrique par-dessus la poutre.

Le garage avait un plafond ouvert avec des traverses où ranger du matériel. C'était la poutre centrale qui avait servi de gibet.

Le corps était suspendu à une cinquantaine de centimètres du sol en béton du garage-laboratoire. Rachel continua de tourner autour sans le toucher.

— Aucune lésion des ongles, reprit-elle.

— Pourquoi y en aurait-il ?

— Changement d'idée. Cela se produit souvent à la dernière seconde et alors on laboure furieusement le nœud coulant avec ses ongles.

— Pigé. Je crois même que je le savais.

— Cela dit, il y a de légères abrasions autour des deux poignets. Pour moi, il était attaché soit au moment de la mort soit très peu de temps avant.

Elle regarda autour d'elle et vit un distributeur de gants en caoutchouc très probablement utilisés par Hammond dans son travail. Elle en enfila un et se servit de cette main-là pour redresser le fauteuil renversé lors de la pendaison. Elle monta dessus de façon à voir le nœud coulant et le cou du pendu de plus près. Elle les étudia longuement, puis me demanda de prendre des gants au distributeur.

— Euh… pourquoi ?

— Parce que je veux que tu me stabilises le fauteuil.

— Mais pourquoi ?

— Fais-le, Jack, c'est tout.

Je posai mon téléphone sur une table, puis j'enfilai les gants. Je revins au fauteuil et le tins fermement tandis que Rachel montait sur les accoudoirs de façon à avoir une vue plongeante de la corde et du nœud derrière le cou du mort.

— Ça ne marche pas, dit-elle.
— Tu veux que je te cherche une échelle ?
— Non, ce n'est pas de ça que je parle. Je pense qu'il a le cou brisé et ça ne colle vraiment pas.
— Comment ça : « Ça ne colle pas ? » Je croyais que c'était ce qui arrive quand on se pend.
— Non, c'est rare pour un suicide.

Elle posa sa main gantée sur le dessus de ma tête pour ne pas perdre l'équilibre en redescendant des accoudoirs du fauteuil. Puis, une fois par terre, elle renversa ce dernier à l'endroit même où il se trouvait lorsque nous étions entrés dans le garage.

— Il faut une chute violente pour que le cou se brise, reprit-elle. Dans les trois quarts des suicides par pendaison, le pendu meurt d'étranglement. C'est dans les exécutions d'autrefois que les cous se brisaient. Le condamné passait dans la trappe qui s'était ouverte sous lui, tombait de trois à cinq mètres de haut et l'impact lui brisait le cou et causait instantanément la mort. Tu n'as jamais entendu l'expression : « Que la corde soit longue » ? Je crois que c'est le titre d'un livre ou d'un film[1]. Le type qui a dit ça voulait en finir vite.

Je levai la main et lui montrai le mort.

— Bon d'accord, comment s'est-il cassé le cou ?
— Eh bien, c'est ça, le problème. Je pense qu'il était déjà mort quand on l'a pendu pour faire croire à un suicide.
— Et donc, quelqu'un lui aurait brisé le cou avant de le hisser...

---

1. *Build my Gallows High*, *La Griffe du passé*, 1948, film de Jacques Tourneur avec Robert Mitchum, Jane Greer et Kirk Douglas.

C'est alors que cela me vint : quelqu'un lui a brisé le cou comme les quatre victimes de DAO.

— Ah, mon Dieu ! Mais qu'est-ce qui se passe ici ?

— Je ne sais pas, mais il doit y avoir quelque chose dans ce labo qui l'explique. On regarde. Mais il faut faire vite.

Nous cherchâmes, mais ne trouvâmes rien. Il y avait un ordinateur fixe, mais protégé par une empreinte, et ni dossiers papier ni registres de laboratoire. Deux tableaux blancs accrochés à un mur avaient été effacés. Il devenait de plus en plus clair que l'individu qui avait pendu Hammond à une poutre – si c'était de Hammond qu'il s'agissait – s'était assuré que quoi qu'ait pu faire le technicien de laboratoire avec l'ADN féminin qu'il achetait à l'Orange Nano avait aussi été effacé.

Il y avait un réfrigérateur plein de râteliers de tubes à essai contenant vraisemblablement des échantillons d'ADN. Je sortis un tube de sa case et lus ce qui avait été porté sur l'adhésif collé sur le sceau en caoutchouc qui le fermait.

— Ce truc vient de la GT23, dis-je. C'est écrit ici même, sur le tube.

— Ça n'est pas surprenant, répondit Rachel.

— Il n'y a rien d'autre ici. Juste un type mort et c'est tout.

— On a tout le reste de la maison à examiner.

— On n'a pas le temps. Il faut sortir d'ici. L'individu qui a fait ça a probablement passé sa nuit à tout fouiller. Tout ce qu'il y avait d'important a disparu, et mon sujet avec, y a des chances.

— Ce n'est plus autour de ton sujet que ça tourne, Jack. C'est bien plus important que ça. Vérifie l'imprimante.

Elle la montra derrière moi. Je me retournai, elle était posée sur un meuble classeur poussé contre une des portes du garage. Le bac était vide.

— Y a rien, dis-je.

— On peut imprimer le dernier fichier.

Elle me rejoignit et examina la machine. Toujours de sa seule main gantée, elle appuya sur le bouton « Menu » de l'écran de contrôle.

— C'est assez peu connu, reprit-elle, mais presque tous les derniers modèles d'imprimantes travaillent d'après une mémoire. Tu leur envoies le boulot à faire de ton ordinateur, la commande atterrit dans une mémoire tampon et ça commence à imprimer. Ce qui veut dire que la dernière tâche à effectuer est toujours dans la mémoire jusqu'au moment où une nouvelle commande y arrive.

Elle appuya sur « Options » et choisit « Impression ». La machine se mit aussitôt à bourdonner et les pages commencèrent à sortir.

Nous restâmes tous les deux plantés là, à regarder. La dernière tâche était importante. Les pages n'arrêtaient pas de tomber dans le bac.

— Sauf que la question est de savoir qui a imprimé ça, repris-je. Le mec ou son assassin.

Enfin la machine s'arrêta. Il y avait au moins cinquante pages imprimées. Je ne fis pas le moindre geste pour m'en emparer.

— Qu'est-ce que tu as ? me lança Rachel. Prends-les.

— Non, je veux que ce soit toi.

— Mais qu'est-ce que tu racontes ?

— Je suis journaliste. Je ne peux tout simplement pas débarquer dans la baraque d'un mort et prendre ses sorties d'imprimante. Toi, si. Tu n'es pas obligée de respecter les mêmes règles éthiques que moi.

— Sauf qu'il y a un crime et que ça dépasse toutes tes considérations éthiques de journaliste.

— Peut-être, mais n'empêche : tu peux les prendre et me les passer en tant que source. Alors, volées ou pas, je pourrai m'en servir dans mon papier.

— Tu veux dire, comme on l'a déjà fait la fois où ça m'a coûté mon boulot ?

— Écoute, prends-les et on pourra parler de ça plus tard. Moi, je veux appeler les flics ou dégager d'ici au plus vite.

— D'accord, d'accord, mais c'est mon ticket d'entrée dans l'affaire.

— Ce n'est pas une « affaire », c'est un « sujet ».

— Je te l'ai déjà dit : c'est bien plus que ça, maintenant. Et je suis totalement dans le coup.

— Très bien. On se barre ou on appelle les flics ?

— Ta voiture est garée dehors depuis au moins une demi-heure. Elle a toutes les chances d'avoir été vue par un voisin et si ce n'est pas le cas, il y a probablement des caméras sur toutes les maisons. Trop risqué. On garde les documents et on appelle les flics.

— Et on leur dit tout ?

— Non, on ne sait rien. Ça va dépendre de la police de Burbank, pas de L.A., et elle ne reliera pas les pointillés jusqu'aux autres meurtres. Pas tout de suite. Je pense que tu peux parler de ton premier article sur la protection des données ADN et dire que les rebonds de ton enquête t'ont conduit à ce type et à son labo ici.

— Et toi ?

— Je suis ta petite copine et je faisais un tour avec toi.

— Non, vraiment ? Ma « petite copine » ?

— Ça aussi, on pourra en discuter après. Il faut trouver un endroit où planquer les sorties d'imprimante. Si ces flics ne sont pas nuls, ils fouilleront ta voiture.

— Tu plaisantes ?

— C'est ce que je ferais si c'était moi qui décidais.

— Oui, mais toi, t'es meilleure que tout le monde. J'ai tellement de dossiers et de cochonneries au fond de la Jeep qu'ils ne sauront jamais ce qu'ils ont sous les yeux.

— Comme tu voudras.

Elle me tendit le tas de documents.

— Voilà... de ta source, dit-elle. Je te donne très officiellement tout cela.

Je pris la pile.

— Merci, ma source, dis-je.

— Sauf que ça veut dire que ça m'appartient, et je veux que tu me les rendes.

# CHAPITRE 27

Après avoir camouflé les sorties d'imprimante dans le fouillis de papiers monopolisant la banquette arrière de ma Jeep, j'appelai le 911 avec mon portable et signalai la découverte du corps à la police de Burbank. Dix minutes plus tard, une voiture de patrouille arrivait, suivie par une ambulance. Je laissai Rachel dans la Jeep et en descendis. Après lui avoir montré mon permis de conduire et mon coupe-file de journaliste, j'assurai un officier du nom de Kenyon que l'ambulance et les infirmiers n'étaient pas nécessaires.

— Ils viennent chaque fois qu'il y a un mort, me répondit-il. Juste au cas où. Êtes-vous entré dans la maison ?

— Oui, et j'en ai informé le dispatcheur. La porte était ouverte et il me semblait que quelque chose n'allait pas. J'ai appelé et appuyé sur la sonnette et, personne ne me répondant, je suis entré, ai regardé autour de moi et continué d'appeler Hammond par son nom jusqu'à ce que je découvre le corps.

— Qui est Hammond ?

— Marshall Hammond. C'est lui qui habite ici. Enfin... habitait. Vous allez devoir identifier le corps, naturellement, mais je suis assez sûr que c'est lui.

— Et la femme dans la Jeep ? Elle est entrée ?

— Oui.
— Il va falloir qu'on parle avec elle.
— Je sais. Et elle aussi.
— On va laisser les inspecteurs s'en charger.
— Quels inspecteurs ?
— Eux aussi viennent chaque fois qu'il y a un mort.
— Combien de temps pensez-vous que je vais devoir attendre ?
— Ils devraient arriver d'une minute à l'autre. Commençons par votre histoire. Pourquoi étiez-vous ici ?

Je lui servis la version propre : je travaillais un article sur la sécurité des échantillons d'ADN soumis à des sociétés d'analyse génétique, et cela m'avait amené à vouloir parler à ce Marshall Hammond parce qu'il dirigeait un laboratoire, en plus d'avoir un pied dans les services chargés d'appliquer la loi. Ce n'était pas un mensonge. Ce n'était simplement pas toute l'explication. Kenyon avait pris des notes. Je me retournai tranquillement vers la Jeep pour voir si Rachel me voyait parler avec lui. Elle avait baissé la tête comme si elle lisait quelque chose.

Une voiture banalisée arriva sur la scène de crime et deux hommes en costume en descendirent. Les inspecteurs. Ils échangèrent brièvement quelques mots, puis le premier se dirigea vers la porte d'entrée tandis que le second venait vers moi. Le milieu de la quarantaine, blanc, allure militaire. Il se présenta sous le nom d'inspecteur Simpson, sans prénom. Puis il informa Kenyon qu'il prenait la suite et que celui-ci ferait mieux d'aller remplir son rapport sur cet appel avant la FDS – ce qui voulait très probablement dire la « fin du service ». Après quoi, il attendit que Kenyon s'en aille avant de m'adresser la parole.

— Jack McEvoy... Pourquoi est-ce que je connais ce nom ?
— Je n'en suis pas très sûr, lui répondis-je. Je n'ai pas encore fait grand-chose dans la région de Burbank.

— Ça me reviendra. Et si vous commenciez par me dire les raisons qui vous ont fait venir ici et découvrir le cadavre dans cette maison ?

— J'ai déjà dit tout ça à l'officier Kenyon.

— Je sais et maintenant, c'est à moi que vous devez le dire.

Je lui servis exactement la même histoire, mais il ne cessa de m'interrompre pour me poser des questions détaillées sur ce que je faisais et ce que j'avais vu. Je pensai m'en être bien débrouillé, mais il y avait une raison qui faisait qu'il était inspecteur, et Kenyon seulement officier de la patrouille. Il savait ce qu'il fallait demander et je me retrouvai vite en train de mentir à la police. Ce qui n'est pas bon pour un journaliste… ou quiconque, en fait.

— Avez-vous pris quoi que ce soit dans cette maison ? me demanda-t-il.

— Non, pourquoi ferais-je un truc pareil ?

— C'est à vous de me le dire. Ce sujet sur lequel vous me dites être en train de travailler… Cherchiez-vous quelque irrégularité impliquant ce Marshall Hammond ?

— Je ne pense pas avoir à vous révéler tous les détails de l'histoire, mais je veux coopérer avec vous. Je vous dirai donc que la réponse est non. Je savais très peu de choses sur lui, en dehors du fait que c'était un acheteur d'ADN de second niveau et que cela le rendait intéressant.

Je lui montrai la maison.

— Ce type faisait quand même fonctionner un laboratoire d'ADN dans son garage, ajoutai-je. Et ça me semblait plutôt curieux.

Simpson faisait ce que font tous les bons inspecteurs : il posait ses questions de façon non-linéaire, afin que la conversation devienne chaotique et semble partir dans tous les sens. En réalité, il essayait de m'empêcher de me détendre. Il voulait voir si j'allais déraper ou me contredire dans mes réponses.

— Et votre comparse ? lança-t-il.
— Mon « comparse » ?
— Oui, la femme dans votre voiture. Qu'est-ce qu'elle fait ici ?
— Elle est détective privée et me donne de temps en temps un coup de main dans mon travail. C'est aussi ma petite amie, en quelque sorte.
— « En quelque sorte » ?
— Eh bien, vous savez, je... je ne suis pas très sûr de certaines choses, mais cela n'a rien à voir avec...
— Qu'avez-vous pris dans cette maison ?
— Je vous l'ai déjà dit : rien. Nous avons trouvé le corps et j'ai appelé la police. Point final.
— « Nous » avons trouvé le corps ? Donc votre petite amie est entrée avec vous dans la maison dès le début ?
— Oui, et je vous l'ai dit.
— Non, vous m'avez indiqué que vous l'aviez appelée après avoir trouvé le corps.
— Si j'ai dit ça, je me suis trompé. Nous sommes entrés ensemble.
— D'accord, restez donc ici pendant que je vais lui parler.
— Parfait. Allez-y.
— Ça vous embête si je jette un coup d'œil dans votre véhicule ?
— Non, allez-y si c'est nécessaire.
— Vous me donnez donc la permission de fouiller votre voiture ?
— Vous avez dit « jeter un coup d'œil ». Ça, ça va. Mais si ça veut dire le saisir, non. J'en ai besoin pour me déplacer.
— Pourquoi voudrions-nous le saisir ?
— Je ne sais pas. Il n'y a rien dedans. Vous commencez à me faire regretter de vous avoir appelés, les gars. On fait ce qu'il faut et c'est à ça qu'on a droit ?

— Et ce « ça » serait quoi ?
— De se faire cuisiner comme ça. Je n'ai rien fait de mal. Vous n'êtes même pas encore entré dans cette maison et vous vous conduisez déjà comme si c'était le cas.
— Contentez-vous de rester ici pendant que je vais discuter avec votre « petite amie en quelque sorte ».
— Vous voyez, c'est de ça que je parle. Votre petit ton à la noix.
— Monsieur, dès que nous en aurons fini ici, je vous expliquerai comment vous pouvez porter plainte pour mon petit ton à la noix.
— Je n'ai aucune intention de porter plainte. Je veux juste en finir ici pour pouvoir retourner à mon travail.

Il me laissa en plan, je restai debout dans la rue à le regarder questionner Rachel qui était descendue de la Jeep. Ils étaient trop loin pour que je puisse entendre leurs échanges et confirmer qu'elle lui racontait la même histoire que moi. Mais mon pouls s'accéléra d'un cran lorsque je vis qu'elle tenait la pile de documents de Hammond dans sa main en lui parlant. À un moment donné, elle lui montra même la maison avec et je fus bien obligé de me demander si elle n'était pas en train de lui dire où elle les avait trouvés.

Mais la conversation entre Simpson et Rachel prit fin lorsque l'autre inspecteur ressortit de la maison par la porte d'entrée et fit signe à son coéquipier de le rejoindre pour un petit tête-à-tête. Simpson s'éloigna de Rachel et parla à son collègue à voix basse. Je la rejoignis comme si de rien n'était.

— Mais bon sang, Rachel ! Tu allais leur donner tout ce truc ?
— Non, mais je me doutais bien que toi, tu allais lui donner la permission de fouiller la voiture. Et comme j'ai, moi, certaines protections que je dois assurer à mes clients, j'étais prête à l'informer qu'il s'agissait de documents pour mon travail que

j'avais avec moi et qu'il n'était pas question que je me joigne à toute fouille qu'ils auraient pu vouloir mener. Heureusement, il ne me l'a jamais demandé.

Je ne fus pas convaincu que c'était la meilleure façon de protéger les papiers du labo.

— Faut qu'on dégage de là, dis-je.

— Nous allons savoir tout de suite si nous pouvons, répondit-elle.

Je me retournai et vis Simpson marcher vers nous. J'étais prêt à l'entendre m'informer qu'on était passé à une enquête pour meurtre, que ma voiture allait être saisie et que Rachel et moi allions être emmenés au commissariat pour y subir un interrogatoire plus poussé.

Mais il n'en fit rien.

— OK, les gars, nous lança-t-il, on apprécie votre coopération. On a vos coordonnées et on vous appellera si on a besoin d'autre chose.

— Donc on peut partir ? demandai-je.

— Vous pouvez, répondit-il.

— Et le corps ? demanda Rachel. C'est un suicide ?

— Ça y ressemble, oui. Mon collègue vient de le confirmer. Nous apprécions que vous nous ayez appelés.

— OK, d'accord, dis-je.

Je fis demi-tour pour rejoindre la Jeep. Rachel le fit aussi.

— Enfin, je me rappelle qui vous êtes ! me lança Simpson.

Je me retournai vers lui.

— Je vous demande pardon ?

— Oui, maintenant, je me rappelle qui vous êtes, répéta-t-il. J'ai lu l'histoire de l'Épouvantail il y a quelques années de ça. Ou alors, peut-être que c'était une de ces émissions de Dateline[1]. Sacrée histoire !

---

1. Magazine d'actualités de la chaîne NBC.

— Merci.

Rachel et moi montâmes dans la Jeep et nous éloignâmes.

— Ce type n'a pas cru un seul mot de ce que je lui racontais, dis-je.

— Bah, il pourrait y revenir.

— Ce qui veut dire ?

— Un, que son collègue est un crétin d'avoir déclaré qu'il s'agissait d'un suicide, mais que deux, le coroner va probablement les remettre dans le droit chemin et que ça pourrait devenir une enquête pour homicide. Et qu'alors ils reviendront vers nous.

Cela rajouta une couche d'inquiétude à l'instant. Je baissai les yeux et vis que Rachel avait posé les sorties d'imprimante sur ses genoux. Je me rappelai lui avoir jeté un coup d'œil dans la Jeep pendant que j'étais interrogé et l'avoir vue tête baissée. Elle était en train de lire.

— Quelque chose de bon dans tout ça ? lui demandai-je.

— Je crois, oui. J'ai l'impression que le tableau commence à s'éclaircir. Mais il faut que je continue à lire. Allons prendre ce café que tu m'as promis.

# CHAPITRE 28

Je m'installai dans la salle de conférences avec Myron Levin et Emily Atwater. Par la fenêtre donnant sur la rédaction, je vis Rachel assise à mon poste – elle attendait qu'on l'appelle. Elle avait demandé la permission d'utiliser mon ordinateur, je savais donc qu'elle continuait de creuser, alors même que j'essayais de la garder impliquée dans l'histoire. Je décidai qu'il valait mieux expliquer certaines choses à Myron et à Emily avant qu'elle se joigne à la réunion.

— Si vous avez lu mes livres ou savez quoi que ce soit sur moi, vous savez qui est Rachel, lançai-je. Elle m'a aidé dans les plus gros sujets de ma carrière. Elle s'est mise en danger et m'a protégé quand j'étais au Velvet Coffin, et ça lui a coûté son boulot d'agent du FBI.

— Je crois aussi savoir que c'est ça qui a coulé le Coffin, fit remarquer Myron.

— C'est un peu simpliste comme explication, mais oui, ça aussi, c'est arrivé, le repris-je. Et elle n'a rien eu à y voir.

— Et tu veux l'impliquer dans le sujet, dit Emily. Notre sujet.

— Attends de savoir ce qu'elle a, et tu verras qu'on n'a pas le choix. Et n'oublie pas que c'était mon sujet avant de devenir le nôtre.

— Ah waouh, il ne se passe pas un jour sans que tu me jettes ça à la figure, hein ?

— Emily, dit Myron en essayant de calmer les choses.

— Non, c'est vrai, quoi ! J'ai fait beaucoup avancer les choses, mais il veut me prendre ce que j'apporte et s'en aller avec.

— Non, je ne fais rien de tout ça, insistai-je. C'est toujours notre histoire. Comme je l'ai déjà dit, Rachel ne va rien écrire. Elle ne fait pas partie de nos correspondants. C'est une source, Emily. Et elle a des renseignements sur Marshall Hammond dont nous avons besoin.

— Pourquoi on ne pourrait pas les avoir directement de Marshall Hammond ? demanda-t-elle. J'avais quand même l'impression qu'en fait, nous étions journalistes, non ?

— On ne peut pas les avoir parce qu'il est mort, dis-je. Il a été tué ce matin... et c'est Rachel et moi qui avons découvert son corps.

— Tu te fous de moi, dis ?

— Quoi ?! s'exclama Myron.

— Si on était arrivés un peu plus tôt chez lui, il est probable qu'on serait tombés sur l'assassin.

— Y a pas mieux pour tuer l'intro, ajouta Myron. Pourquoi tu ne me l'as pas dit tout de suite ?

— Parce que c'est maintenant que je vous le dis, pour que vous compreniez pourquoi Rachel est si importante pour nous. Laissez-nous vous raconter ce qui est arrivé et après, elle vous expliquera ce qu'elle a trouvé et où nous en sommes.

— Va la chercher, lança Myron. Amène-la.

Je me levai, quittai la salle et gagnai mon box.

— OK, Rachel, dis-je, ils sont prêts. Allons leur expliquer ce qu'on a.

— C'était prévu.

Elle se leva et rassembla les papiers qu'elle avait étalés sur le bureau. Elle les glissa sous mon ordinateur ouvert, ce qui signifiait qu'elle avait quelque chose à nous montrer sur son écran.

— Tu as trouvé quelque chose ?

— J'en ai trouvé des tas. J'ai même l'impression que je devrais présenter tout cela à la police ou au FBI, et pas au patron d'un site Web.

— Je te l'ai déjà dit : pas tout de suite. Dès qu'on aura publié le papier, tu pourras donner tout ça à qui tu veux.

Je me retournai et la regardai en ouvrant la porte de la salle de conférences.

— Que la fête commence ! chuchotai-je.

Myron s'était assis dans un fauteuil à côté d'Emily. Rachel et moi prîmes place en face d'eux.

— Je vous présente Rachel Walling, lançai-je. Rachel, voici Myron Levin et Emily Atwater. Commençons donc par ce qui s'est passé ce matin.

Je me mis en devoir de leur raconter comment j'étais tombé sur le lien entre William Orton et Marshall Hammond et comment nous nous étions alors rendus chez ce dernier et l'avions trouvé pendu à une poutre de son garage-laboratoire.

— Et c'est un suicide ? demanda Myron.

— Eh bien, il est assez clair que c'est ce que pense la police, répondis-je. Mais Rachel est d'un autre avis.

— Il avait le cou brisé, dit-elle, mais j'ai vu qu'il n'était tombé que de trente centimètres et encore, et il n'était ni lourd ni corpulent. Je ne pense pas que ce genre de chute puisse briser le cou de quiconque et vu que c'est une constante dans les affaires que vous étudiez, je dirais que cette mort est au minimum très douteuse.

— En avez-vous fait part aux policiers quand ils vous ont parlé de suicide ? demanda Myron.

— Non, répondis-je. Ce que nous pensions ne les intéressait pas.

Je regardai Rachel. Je voulais qu'on passe à autre chose que les détails de cette mort. Message bien reçu.

— Ce cou brisé n'est pas la seule raison d'avoir des doutes, reprit-elle.

— Qu'y a-t-il d'autre ?

— Des documents récupérés au labo révèlent…

— « Récupérés » ? Qu'est-ce que cela signifie exactement ?

— Je pense que l'assassin a passé du temps dans le labo de Hammond avant ou après l'avoir tué. Il a piraté l'ordinateur de bureau renfermant les archives de tous les travaux du labo ou pas loin. Et il les a imprimées. Mais la mémoire de l'imprimante en avait conservé les cinquante-trois dernières pages. Je les ai imprimées et c'est ça que j'examine. Nous avons maintenant une bonne partie de la documentation de ce labo.

— Vous l'avez volée ?

— Non, je l'ai prise. S'il y avait eu vol, j'arguerais l'avoir volée à l'assassin. C'est lui qui l'a imprimée.

— D'accord, mais vous n'êtes pas certaine que ce soit ce qui s'est passé. Vous ne pouvez pas faire ça.

Je savais en assistant à cette réunion que ce serait à ce moment-là que les questions d'éthique entreraient en conflit avec ce qui risquait d'être la plus grosse et possiblement aussi la meilleure affaire de ma carrière.

— Myron, dis-je, il faut que tu saches ce que nous avons réussi à apprendre dans ces pages.

— Non, me renvoya-t-il. Je ne peux pas laisser mes journalistes voler des documents, quelle qu'en soit l'importance dans l'affaire.

— Ton journaliste ne les a pas volés. Je les ai reçus d'une source. Elle.

— Ça ne marche pas.

— Ça a bien marché pour le *New York Times* quand ils ont publié les « Pentagon Papers ». C'étaient des documents volés donnés au journal par une source.

— Ça, c'étaient les « Pentagon Papers ». Nous, nous parlons de tout autre chose.

— Non, si tu veux le savoir.

Je savais ma réplique un peu faible. Je réessayai autrement.

— Écoute, nous avons le devoir de signaler ce truc, repris-je. Ces documents révèlent qu'il y a un tueur qui se sert de leur ADN pour choisir et localiser ses victimes. À savoir des femmes qui croyaient leur ADN et leur identité protégés. On n'a encore jamais vu ça et le public a besoin de le savoir.

S'ensuivit un moment de silence jusqu'à ce qu'Emily me sorte d'affaire.

— Je suis d'accord, dit-elle. Ce transfert de documents est OK. Rachel Walling est une source et nous devons rendre public ce que nous savons... même si elle est entrée en possession de ces documents d'une manière... peu ragoûtante.

Je la regardai et acquiesçai d'un hochement de tête, même si ce « peu ragoûtante » n'était pas ce que j'aurais dit.

— Je n'ai pas encore parcouru tout ce qu'il y a dans ces papiers, reprit Rachel. C'est qu'il y a beaucoup de choses là-dedans. Et d'un, Hammond était un homme très en colère. En fait, c'était même un « incel ». Tout le monde sait-il ce que cela veut dire ?

— Oui, un « célibataire involontaire », répondit Emily. Ces gens-là haïssent les femmes. De vraies ordures.

Rachel acquiesça.

— Il faisait partie d'un réseau, et ce sont cette colère et cette haine qui l'ont poussé à créer ceci, dit-elle.

Elle tourna mon ordinateur portable vers Emily et Myron. Puis elle fit le tour de façon à pouvoir taper sur le clavier. Sur l'écran apparut une page de login en rouge portant l'inscription : *Dirty4*.

La page comprenait des champs où entrer un nom d'usager avec mot de passe.

— En me fondant sur ce que j'ai lu dans ces pages, j'ai réussi à retrouver les mots-clés de ce Hammond. Son pseudo en ligne est « Le Marteau »… ce qui a été facile à trouver… et pour son mot de passe, j'ai dû essayer des mots-clés d'un glossaire incel en ligne. Son mot de passe est Lubitz.

— *You bitch* ? demanda Emily.

— Non, Lubitz, répéta Rachel. C'est le nom d'un héros du mouvement incel. Un pilote de ligne allemand qui a volontairement crashé un avion plein de salopes et de slayers.

— De « slayers » ? répéta Myron.

— C'est comme ça que les incels appellent les hommes qui ont une vie sexuelle normale. Ils les haïssent presque autant que les femmes. Toujours est-il qu'il y a tout un vocabulaire, la plupart du temps misogyne, utilisé par ces incels dans des forums du type Dirty4.

Elle tapa le pseudo et le mot de passe de Hammond et entra dans le site.

— Nous sommes maintenant dans le *dark web*, enchaîna-t-elle. Et ceci est un site d'invitation en ligne qui identifie des femmes avec un profil génétique spécifique appelé DRD4, ou *dirty four*.

— Qu'est-ce que c'est ? demanda Myron. Qu'est-ce que ça détermine ?

— Il s'agit d'une séquence génétique généralement associée à des comportements à risques et addictifs, au sexe en particulier.

— Hammond n'achetait que de l'ADN féminin à l'Orange Nano, fit remarquer Emily. Il a donc dû identifier des femmes de type DRD4 dans son labo. Des femmes qui avaient envoyé leur ADN à la GT23 sans jamais se douter qu'il serait ensuite vendu à des individus comme lui.

— Exactement, dit Rachel.
— Mais... ce ne devait pas être anonyme ? demanda Myron.
— Ça devait, oui, répondit Rachel. Mais dès qu'un échantillon était identifié comme comprenant une séquence DRD4, il avait les moyens d'en briser l'anonymat. Il était capable d'identifier ces femmes et de poster leurs noms, détails et lieux de résidence sur le site Dirty4. Certains profils comportaient des numéros de portable, des adresses et des photos... Tout. Il vendait ça à ses clients qui pouvaient donc trouver des femmes selon leur lieu d'habitation. Si tu es un de ces fumiers à Dallas, tu cherches des femmes à Dallas.
— Et après ? demanda Myron. Ils vont chercher ces femmes ? Je ne...
— Exactement, répondis-je. Christine Portrero s'est plainte à son amie qu'elle avait rencontré un mec louche dans un bar et que ce type savait des trucs sur elle qu'il n'aurait jamais dû savoir. Elle s'est dit qu'elle était suivie en ligne.
— Le Dirty4 donnait un avantage à ses membres parce que les femmes identifiées par l'analyse d'ADN effectuée par Hammond avaient le profil génétique des accros au sexe, à l'alcool et autres conduites à risques.
— Des proies faciles donc, conclut Emily. Il disait à ses clients exactement qui elles étaient et où les trouver. Et l'un de ces clients est un tueur.
— Exactement, dit Rachel.
— Et nous pensons que c'est ce même client qui a tué Hammond, ajoutai-je.
— D'après ces documents, il semblerait que Hammond ait eu un associé dans cette affaire, reprit Rachel. Et que d'une manière ou d'une autre, ils aient pris conscience que les femmes listées sur le site Dirty4 mouraient... assassinées. Je pense qu'ils ont examiné leur base d'abonnés et se sont rendu compte qu'ils en avaient au moins un qui avait acheté et téléchargé les

informations précises sur toutes ces femmes mortes. Tout cela n'est qu'hypothèse pour l'instant, mais je pense qu'ils l'ont averti, ou lui ont dit d'arrêter.

— Et c'est pour ça que Hammond a été tué ? demanda Myron.

— C'est possible, répondit Rachel.

— Qui était ce client ?

— L'Écorcheur.

— Quoi ?

— C'est le *dark web*. Les gens se servent de pseudos, de fausses identités. Quand on s'apprête à télécharger des données sur un site de ce genre, on ne communique pas son vrai nom et on ne paie pas avec une carte de crédit. On a recours à un alias et on paie en monnaie cryptée. Le client qu'ils avaient identifié comme ayant téléchargé les noms des quatre femmes assassinées avait pour pseudo « L'Écorcheur ».

— Une idée de ce que ça pourrait vouloir dire ? demanda Myron.

— C'est un oiseau, une variété de pie-grièche, répondit Emily. Mon père était passionné d'oiseaux. Je me rappelle l'avoir entendu parler de ces écorcheurs.

Rachel acquiesça.

— J'ai effectué des recherches, dit-elle. Cet oiseau traque ses proies sans bruit, les attaque par-derrière, leur prend le cou dans le bec et le leur brise violemment. Il est considéré comme l'un des plus redoutables prédateurs de la nature.

— Et toutes ces femmes ont eu le cou brisé, dit Myron. Et aussi ce gars-là, ce Hammond.

— Et il y a autre chose, dit Rachel. Nous pensons qu'il aurait pu pirater l'ordinateur de Hammond ou avoir forcé ce dernier à l'ouvrir avant de l'assassiner. C'est là qu'il a commencé à imprimer. On a répété la dernière opération demandée à l'imprimante. C'était un dossier contenant l'identité de nombreuses femmes.

— Combien de noms ?
— Je n'ai pas compté. Mais je dirais une bonne centaine.
— Avez-vous vérifié si nos quatre victimes en font partie ?
— Oui, mais elles ne figurent pas dans la liste. Il se pourrait qu'elles en aient été ôtées lorsqu'il a été déterminé qu'elles étaient mortes.
— Bref, il tue Hammond et se barre avec quoi ? demanda Myron. Cent noms de victimes potentielles ?
Cela suscita une longue pause dans la discussion.
— Pourquoi imprimerait-il ces noms s'il était déjà client du site et pouvait donc y avoir accès ? reprit Myron.
— Pour moi, il doit s'attendre à ce que le site finisse par être fermé, répondit Rachel. Il est peut-être au courant pour Jack et Emily ou se dit que la police se rapproche.
— Ce qui enclenche le compte à rebours, dit Emily. On ne peut pas rester assis là à ne rien faire et mettre ces femmes en danger. Il faut publier.
— Sauf qu'on n'a pas encore toute l'histoire, fis-je remarquer.
— Aucune importance, me renvoya Rachel. Vous écrivez votre papier et moi, j'apporte tout ça au FBI.
— Non, répliquai-je. Je t'ai dit qu'il fallait que...
— Et j'ai accepté. Mais c'était avant que je découvre ce qu'il y avait dans ces pages. Il faut que je passe au FBI et que le FBI contacte la police. Ce tueur a tous les noms. Il faut que ces femmes soient protégées. On ne peut pas attendre.
— Elle a raison, dit Myron.
— Ça marchera quand même, Jack, dit Emily. On peut dire que le FBI est en train d'enquêter et du coup immédiatement crédibiliser notre papier. C'est le FBI qui nous a fait sauter la case départ.
Je me rendis compte qu'ils avaient tous les trois raison et que je ne m'étais pas montré sous mon plus beau jour en faisant

passer mon article avant la sécurité de dizaines de femmes. Je vis la déception dans les yeux d'Emily et de Rachel.

— Bon d'accord, dis-je. Mais deux choses. Nous faisons clairement comprendre au FBI, aux flics et à toute agence des forces de l'ordre impliquée qu'ils peuvent faire ce qu'ils croient nécessaire, mais qu'ils ne doivent donner aucune conférence de presse ni faire la moindre annonce avant qu'on ait publié.

— Ce qui demandera...? s'enquit Rachel.

— Quarante-huit heures, répondis-je.

Rachel réfléchit, puis acquiesça.

— Je peux essayer, dit-elle. Et soyons réalistes, il leur faudra au moins ce temps-là pour confirmer ce que nous leur aurons donné.

— Ça te va, Myron? demandai-je. Emily?

Ils firent tous les deux oui de la tête et je me tournai vers Rachel.

— C'est bon, lui lançai-je.

# L'ÉCORCHEUR

# CHAPITRE 29

Il attendit au niveau de l'aire de restauration, à une table près de la rambarde. Cela lui permettait d'avoir une vue plongeante sur les magasins du premier étage, du côté nord du centre commercial. Il y avait une banquette circulaire pour que les maris puissent s'asseoir en attendant que leurs épouses fassent leur shopping. Il ne savait pas à quoi ressemblait Vogel. L'associé de Hammond avait réussi à tenir ses photo et lieu de résidence en dehors du Web. Bravo, monsieur! Mais le hacker n'était pas n'importe qui. Le type qui se faisait appeler l'Écorcheur espérait bien arriver à l'identifier au milieu des clients d'un jour de semaine.

L'Écorcheur avait choisi cet endroit du centre commercial en prétextant que lui – lui se faisant passer pour Hammond – avait déjà prévu d'y être. Ce n'était pas ce qu'il y avait de mieux pour ce qu'il prévoyait de faire, mais il ne voulait pas que Vogel se doute de quoi que ce soit. La priorité des priorités était qu'il vienne.

Il avait un plein plateau de nourriture à emporter devant lui en guise de camouflage. Sur la chaise en face de lui était posé un sac à commissions contenant deux paquets cadeaux vides. Sa manœuvre présentant de grands risques, se fondre dans le paysage était essentiel.

Il ne touchait pas à la nourriture parce que juste après l'avoir commandée, il avait eu l'impression qu'elle sentait mauvais. Il pensait aussi que porter des gants pouvait attirer l'attention sur lui. Il tenait donc les mains sur ses genoux.

Il regarda en bas et vit qu'une femme s'était assise sur la banquette. Elle surveillait un des bambins dans l'aire de jeux voisine. Aucun signe d'un type qui aurait pu être Vogel.

— Je peux débarrasser ?

Il se retourna et vit un employé debout à côté de lui, prêt à nettoyer sa table.

— Non, merci, répondit-il. J'y travaille encore.

Il attendit que l'employé s'éloigne avant de regarder à nouveau en bas. La femme était partie et un homme l'avait remplacée. La petite trentaine, semblait-il. Jean et pull léger. Il donnait l'impression de surveiller les alentours de manière décontractée, mais déterminée. Dernier détail qui le trahit, il portait des lunettes de soleil à l'intérieur du centre commercial. C'était lui, Vogel. Il était un peu en avance, mais ce n'était pas plus mal. Cela voulait dire qu'il pourrait se lasser d'attendre plus tôt et partirait lorsqu'il comprendrait qu'il n'y aurait pas de rendez-vous.

C'est alors que l'Écorcheur le suivrait.

# JACK

# CHAPITRE 30

Dans tout sujet sur lequel travaille une équipe, il vient toujours un moment où il faut décider qui écrira le papier et qui fournira les faits au rédacteur. Écrire à deux ne marche jamais. Il est impossible de s'asseoir côte à côte devant un ordinateur. C'est généralement celui qui écrit l'article qui donne le ton et la façon dont les faits sont révélés, et d'habitude aussi celui qui a le droit de le signer. C'était mon sujet et à moi de décider, mais j'étais assez malin pour savoir qu'Emily écrivait mieux que moi et que je creusais et fouillais mieux qu'elle. Elle savait bien mieux s'y prendre avec les mots que moi. J'aurais été le premier à reconnaître que les deux ouvrages que j'avais publiés avaient été lourdement révisés, au point même d'avoir été entièrement remaniés et réécrits. Bravo à mes correcteurs, mais c'était à moi que revenaient les droits d'auteur.

De l'école « moins-vaut-mieux-que-plus », elle écrivait maigre. Ses phrases courtes donnaient de l'élan à ses papiers et cela ne m'échappait pas. Je savais aussi que mettre son nom en premier signataire ne rejaillirait pas négativement sur moi. Cela donnerait l'impression que nous étions tous les deux au même niveau d'écriture parce que nos noms suivraient l'ordre alphabétique : signé « Atwater et McEvoy ». Je l'informai donc qu'elle pouvait écrire l'article. Elle commença par en être complètement estomaquée, puis elle me remercia. Je vis tout de suite que pour elle, c'était la bonne décision. Elle était simplement surprise que j'aie réussi à la prendre. Je trouvai, moi, qu'avec ça, je rattrapais un peu mes derniers faux pas envers elle. Ce choix me libéra et me permit de recommencer à fouiller et de revoir tout ce que j'avais déjà découvert.

Il me donna aussi le temps de notifier tous ceux qui m'avaient aidé et que j'avais promis de tenir au courant, dont, tout en haut de la liste, la mère de Christina Portrero et le père de Jamie Flynn.

J'essayai de le faire par téléphone et ces appels furent bien plus éprouvants que ce à quoi je m'attendais. À Fort Worth, Walter Flynn fondit en larmes lorsque je l'informai que le FBI avait maintenant officiellement relié la mort de sa fille à un tueur en série toujours dans la nature.

Ces appels une fois derrière moi, je commençai à rassembler mes notes et à dresser la liste des gens à appeler pour la première fois ou à rappeler pour obtenir de nouveaux renseignements. Nous avions à peu près vingt-quatre heures, même si nous avions dit à Rachel Walling que nous avions besoin de deux fois plus de temps. Vieille astuce de journaliste que celle qui consiste à dire que le sujet prendra plus de temps à investiguer ou que l'article sera publié plus tard que dans la réalité. Dans ce cas, cela nous donnait l'avantage d'être sûrs que notre travail ne fuiterait pas ou qu'un concurrent ne nous piquerait pas le scoop. Je n'étais pas naïf. C'était à l'antenne de Los Angeles du FBI que Rachel allait apporter l'affaire. Comme s'il ne se trouvait dans ces bâtiments aucun agent avec un renvoi d'ascenseur à faire à un autre journaliste ! J'avais été brûlé plus d'une fois par le FBI et en portais encore les cicatrices.

Tout en haut de la liste des gens à trouver et à contacter se trouvait l'associé mystère de Hammond. Des e-mails éparpillés un peu partout dans les sorties d'imprimante indiquaient qu'il en avait un sur le site *Dirty4* et que celui-ci gérait l'aspect numérique de leur association alors que lui s'occupait des analyses en labo. Il n'y était identifié que sous le pseudo de RogueVogueDRD4, et avait un compte Gmail. Ce même alias était listé comme celui de l'administrateur du site *Dirty4* et, avant de partir, Rachel avait dit être assez sûre que le FBI pourrait le retrouver. Je n'en étais pas aussi certain et ne voulais pas attendre. J'envisageai de contacter RogueVogue à l'aide d'un message. Et c'est très exactement ce que je fis après en avoir discuté avec Emily.

> *Salut. Je m'appelle Jack et j'ai besoin de parler de Marshall Hammond avec vous. Ce n'est pas un suicide et vous pourriez être en danger. Il faut qu'on cause et je peux vous aider.*

J'appuyai sur la touche envoi et laissai s'envoler mon message. Ce n'était pas gagné, mais je ne pouvais pas ne pas le faire. Ensuite, je commençai à organiser tout ce que j'allais transférer à Emily pour son article. Elle ne s'était pas encore mise au travail et, dans son box, je l'entendais passer des appels à des agences de surveillance et à divers observateurs de l'industrie de l'analyse génétique pour qu'on lui dise ce que pareille violation des règles pouvait signifier. Tout article doit avoir une citation en guise d'entame : une phrase prononcée par une source crédible et qui résume l'outrage, la tragédie ou l'ironie propre au texte qui va suivre. Cela pour en souligner les implications. Et comme le nôtre allait inclure tous ces éléments, nous devions trouver une citation qui dise tout ça – à savoir que personne n'était à l'abri de ce genre d'horreurs et d'intrusions. Cela donnerait une résonance plus profonde à notre travail qu'une simple histoire de meurtres et le ferait reprendre par le câble et les chaînes télévisées. Myron serait alors en meilleure posture pour vendre l'article aux poids lourds des médias du genre *Washington Post* ou *New York Times*.

J'entendis Emily résumer brièvement ce que nous avions découvert et ce que nous nous apprêtions à sortir. Exactement comme dans sa façon d'écrire, elle avait une manière bien à elle de faire court et d'aller droit au but. Il n'empêche : l'écouter commençait à me rendre nerveux. Ma paranoïa me reprenait. Nous devions faire attention lorsque nous sollicitons ces commentaires, n'importe lequel de ces experts et observateurs de l'industrie pouvant très bien virer de bord et rencarder un journaliste avec lequel il avait des relations de source. L'astuce consistait à leur donner assez d'infos auxquelles réagir par une phrase utilisable, mais pas assez pour qu'ils s'en aillent les refiler à un autre journaliste.

J'essayai de ne pas l'entendre pour pouvoir travailler et revoir les premières étapes de mon enquête jusqu'au moment où j'avais compris sur quoi j'étais tombé. Je songeai à appeler les inspecteurs du LAPD pour leur demander si mon analyse d'ADN m'avait exonéré et s'ils avaient avancé dans leurs investigations, mais conclus que ce serait perdre mon temps dans la mesure où pour Mattson et Sakai, j'étais toujours persona non grata.

Je pensai ensuite au site causeofdeath.net et me rendis compte que je n'y étais pas retourné depuis l'avalanche de réponses qu'avait suscitées ma demande. Ç'avait été un point de départ génial qui m'avait permis de relier les affaires – je le croyais – à l'Écorcheur, j'allai voir s'il y avait plus.

Je retrouvai la suite de messages que j'avais reçus sur la dislocation atlanto-occipitale et découvris qu'on m'en avait posté trois nouveaux depuis la dernière fois que j'avais vérifié. Le premier était un suivi du premier post du Dr Adhira Larkspar, où le légiste en chef demandait à celui qui avait initié le premier post – à savoir moi – de s'identifier.

*Ceci pour vous rappeler que ce forum est ouvert aux légistes et enquêteurs du coroner, et à eux seuls.*

Cet avertissement n'avait pas empêché deux autres de ces personnes d'y poster des réponses. La veille, un légiste de Tucson, Arizona, disait avoir eu un cas de DAO, la victime, une femme, ayant eu un accident de moto. L'affaire remontait à six mois et il ne donnait aucun autre détail.

Je copiai le post et l'envoyai à Emily dans un e-mail pour l'avertir que nous avions peut-être une cinquième affaire à étudier. Sa réponse ne tarda pas :

*Ça pourra faire l'objet d'un suivi. Mais pour l'instant, faudra faire avec ce qui est confirmé pour sortir le papier.*

Je ne répondis pas. Le dernier message posté dans ce forum venait d'attirer toute mon attention. Il avait été posté à peine vingt minutes plus tôt.

*Waouh! Nous venons juste d'en avoir deux dans la même journée! Une pendaison à Burbank et une chute à Northridge. Coïncidence ? Je ne pense pas... GTO*

J'en restai stupéfait et relus le message plusieurs fois avant de respirer à nouveau. La pendaison de Burbank ne pouvait manifestement être que celle de Hammond et je remarquai que GTO ne parlait pas de suicide. Je n'avais aucun doute sur le fait que les conclusions de Rachel sur la mort de Hammond étaient absolument justes. Peut-être le bureau du coroner ne se trompait-il pas lui non plus.

Le deuxième décès était ce qui retenait toute mon attention : la chute fatale à Northridge. La qualifier de DAO n'excluait pas qu'il ait pu y avoir meurtre. Il fallait que j'aie d'autres détails.

Northridge était un quartier de la Valley. J'appelai le bureau du LAPD de cet endroit, m'identifiai comme journaliste et demandai qu'on me passe le lieutenant. On ne m'avait toujours pas connecté avec lui au bout de quasi cinq minutes, mais je refusai de raccrocher – j'étais bien meilleur au petit jeu de l'attente interminable que la plupart des gens qui ne voulaient pas me parler.

Enfin on me le passa.

— Lieutenant Harper, en quoi puis-je vous aider?

— Lieutenant, Jack McEvoy à l'appareil. Je travaille pour un site Web de défense des consommateurs appelé Fair Warning et...

— En quoi puis-je vous aider?

— OK, d'accord, je cherche des infos sur la chute fatale qui s'est produite aujourd'hui à Northridge. Comme je vous le disais, nous défendons les consommateurs et nous intéressons aux accidents du travail, et j'espérais que vous pourriez me dire ce qui s'est produit.

— Un type est tombé du toit d'un parking. C'est tout.

— Quel garage? Où?

— Il était au centre commercial et quand il est parti, il a rejoint sa voiture et a sauté ou est tombé du toit du parking. Nous ne savons toujours pas si c'est l'un ou l'autre.

— Avez-vous déjà identifié la victime?

— Oui, mais nous n'allons pas divulguer cette information. Nous n'avons pas encore localisé ses proches. Il vous faudra appeler le coroner pour avoir ce nom.

— Bon d'accord. Et pour l'âge?

— Il avait trente et un ans, à ce que m'ont dit mes gars.

Le même âge que Hammond – je le remarquai.

— Il y avait un mot? Quelque chose?

— Pas qu'on aurait trouvé. Il faut que je...

— Juste deux ou trois autres questions pour finir, lieutenant. Y avait-il des caméras qui auraient enregistré la chute et pourraient faire la lumière sur ce qui s'est passé ?

— On est effectivement en train d'en faire le tour, mais on n'a encore rien trouvé.

— Qui est l'enquêteur assigné ?

— Ça sera sans doute Leffers. C'est lui, le patron.

— Merci, lieute.

— Pas de problème.

Attente de cinq minutes pour moins d'une minute de renseignements. Je passai sur le site Web du bureau du légiste du comté et consultai la liste du personnel. J'essayais de savoir qui pouvait bien être ce GTO. Aucun légiste ne correspondait à ces initiales, mais en examinant les noms des enquêteurs du coroner, je tombai sur Gonzalo Ortiz. Son deuxième prénom devait commencer par un *T*.

Parfois, passer un coup de fil est la meilleure façon d'obtenir ce qu'on veut... comme lorsqu'on tente d'infiltrer le LAPD. Mais au bureau de ce coroner, je voulais faire ça en personne. Je voulais un face-à-face avec ce GTO parce que le message qu'il avait posté sur le forum de causeofdeath.net me laissait penser qu'il pourrait peut-être parler. C'était viser loin sans doute, mais je voulais essayer. J'éteignis mon ordinateur et gagnai le box d'Emily. Elle prenait des notes sur un de ses appels.

— Je pense avoir trouvé l'associé de Hammond, lançai-je.

Aussitôt, elle s'arrêta de taper sur son clavier et me regarda.

— Qui est-ce ?

— Je ne sais pas. Je n'ai pas encore son nom.

— Bon, mais où est-il ?

— À la morgue. Il est tombé du haut d'un parking il y a quelques heures de ça, et s'est brisé le cou. Je vais y descendre, histoire de voir si l'enquêteur pourrait parler.

— Tu veux dire qu'il s'est brisé le cou comme dans tout ce qu'on voit ici ?

Elle me montra son écran – c'était de toute l'affaire qu'elle parlait. J'acquiesçai.

— Le coroner a un enquêteur qui a fait le rapprochement. Il m'a posté un message il y a moins d'une heure et je veux aller voir s'il pourrait me rencarder. Le LAPD ne me dira jamais rien.

— Mais… il ne va pas s'attendre à voir un coroner étant donné la façon dont tu as posté tes questions ?

— Je ne sais pas. Le légiste en chef m'a, disons… démasqué, mais il a quand même posté.

— Bon, ne traîne pas. On a des tas de choses à faire.

— « Traîner » ? C'est pas mon style. Je t'appelle dès que j'arrive.

# CHAPITRE 31

C'était la première fois que j'entrais dans une morgue depuis au moins quatre ans. J'y avais fait des arrêts réguliers du temps où je couvrais les crimes pour le *Times* et, plus tard, le *Velvet Coffin*. À *Fair Warning*, la mort n'avait pas été mon lot jusqu'à maintenant.

Le « complexe mortuaire », ainsi que je l'appelais, se trouvait dans Mission Road, non loin du centre médical du County-USC de Boyle Heights. Ces deux centres médicaux – l'un pour les morts, l'autre pour les vivants – étaient reliés par un long tunnel qui avait jadis facilité le passage des corps d'un côté à l'autre. Le siège d'origine était proche de la rue, grande structure en brique d'aspect menaçant vieille de presque un siècle et maintenant utilisée comme magasin de souvenirs et suite de pièces où se réunir. Le commerce des étiquettes d'orteils, linceuls de cadavres et autres articles morbides vendus aux touristes était florissant.

Derrière les vieux bâtiments, les nouveaux avaient des lignes épurées et des beiges apaisants. L'entrée était munie d'une porte en verre que je franchis pour arriver à la réception, où je demandai après l'enquêteur Gonzalo Ortiz. La réceptionniste me demanda la raison de ma visite.

— Euh, la police vient de me dire de parler au bureau du coroner pour avoir des infos sur un décès, répondis-je. Ça s'est produit aujourd'hui dans la Valley.

Soigneusement formulée, ma réponse ne contenait aucun mensonge, mais ne disait pas non plus très exactement la vérité. J'espérais qu'en plus de mon air lugubre, mes paroles l'amèneraient à croire que j'étais proche de quelqu'un qui allait subir une autopsie. Je n'avais aucune envie qu'elle rappelle le service des enquêtes et annonce qu'elle avait un journaliste dans l'entrée. S'il refusait de me parler, je voulais que GTO me le signifie au minimum en face.

La réceptionniste me demanda mon nom et passa un appel. Parla brièvement à quelqu'un, puis me regarda.

— Comment s'appelle le défunt ? s'enquit-elle.

J'étais coincé. Mais j'avais une échappatoire. Burbank étant considéré comme faisant partie de la Valley, je pouvais quand même lui répondre sans mentir.

— Marshall Hammond, lâchai-je.

Elle répéta le nom, puis écouta et raccrocha sans un mot de plus.

— Il est en réunion, mais il viendra dès qu'elle sera finie, dit-elle. Il y a une salle pour les familles au bout du couloir à droite.

Elle me montra le chemin.

— OK, merci.

Je descendis le couloir en espérant qu'il n'y ait personne dans la salle « pour les familles », mais n'eus pas cette chance. C'était à Los Angeles qu'on était et plus de dix millions d'individus y vivent. Et meurent. Certains sans s'y attendre, d'autres par accident, d'autres encore par meurtre. Je savais que les services du coroner avaient toute une flotte de vans bleu pâle avec à l'arrière des châlits superposés où allonger les nombreux morts de leurs tournées. Il n'y avait donc aucune chance pour que cette salle réservée aux familles soit vide.

De fait, elle était presque pleine de petits groupes de personnes en deuil serrées les unes contre les autres en silence ou en pleurs, toutes à sans doute espérer qu'il y ait erreur et que ce ne soit pas leur être cher qu'on leur avait demandé de venir identifier, ou préparer pour un transfert avant enterrement.

Cela ne m'avait pas dérangé de contourner la vérité avec la réceptionniste mais là, j'eus l'impression d'être un intrus, un imposteur au milieu de tous ces gens éperdus de chagrin. J'avais été à leur place un jour pour mon frère jumeau, et avais frappé aux portes de foyers où des êtres aimés avaient été emportés par la violence, mais là, dans cette salle, il y avait quelque chose de sacré. Je me sentais très mal et songeais à faire demi-tour et aller attendre Gonzalo Ortiz dans le couloir de l'autre côté de la porte. Au lieu de cela, je m'assis sur le premier siège à l'entrée. La dernière chose dont j'avais envie était bien d'interagir avec quelqu'un dans les affres de sa propre douleur et espérant atténuer la mienne avec un sourire compréhensif. Ç'aurait été comme du vol.

Mon attente me fit l'effet de durer une heure tandis que j'entendais des suppliques murmurées, une femme se mettant même à gémir. Mais la vérité fut que pas plus de cinq minutes après mon arrivée, je fus délivré lorsqu'un Latino basané d'une cinquantaine d'années avec moustache poivre et sel me demanda si j'étais bien M. McEvoy. Je me levai et dégageai de mon siège en moins de temps qu'il n'en faut pour dire « oui ». Je le conduisis dans le couloir, puis hésitai en me rendant compte que c'était lui qui devait me précéder.

— Prenons un raccourci, dit-il.

Il me fit signe d'emprunter le couloir à l'opposé de la réception. Je le suivis.

— Vous êtes l'enquêteur Ortiz ? demandai-je.

— Oui, répondit-il. Et j'ai pu avoir une salle de réunion privée.

Je décidai d'attendre qu'on y arrive avant de lui expliquer qui j'étais et ce que je voulais. Il sortit une carte-clé à glisser dans la serrure d'une porte marquée « Réservé au personnel » et nous fûmes admis dans l'aile de pathologie du complexe. Je le sus à l'odeur qui me submergea aussitôt : un mélange de mort et de désinfectant de force industrielle, à la fois doux et aigre qui, je le savais, me resterait dans les narines bien après que j'aurais quitté les lieux. Cela me rappela la dernière fois que je m'étais trouvé dans cet endroit, soit quatre ans plus tôt, lorsque le légiste chef s'était plaint publiquement des problèmes de santé et de sécurité du complexe, tout cela étant lié à des restrictions budgétaires affectant le personnel et un service dégradé. Il avait évoqué des bouchons de cinquante autopsies et des examens de toxicologie prenant des mois plutôt que des semaines. L'idée était de convaincre les commissaires du comté de lui accorder le budget qu'il demandait, mais avait eu pour seul résultat son éviction du service.

Je doutais fort que beaucoup de choses aient changé depuis lors et songeais à en parler à Ortiz en guise d'ouverture des débats lorsque je l'informerais que j'étais journaliste. Je pourrais lui dire les articles que j'avais écrits sur ces manques pour le Velvet Coffin, l'espoir étant que cela le convainque de me parler de ses cas de dislocation atlanto-occipitale.

Mais il s'avéra que je n'eus même pas à lui dire que j'étais journaliste ou à m'inquiéter de la manière d'entrer dans le vif du sujet. Tout cela avait été déjà découvert. Il me conduisit jusqu'à une porte marquée « Salle de réunion B », y toqua une fois, l'ouvrit et tendit le bras pour me laisser entrer le premier. Je découvris alors une table rectangulaire avec six fauteuils au milieu de la pièce. Et, assis à l'autre bout de la table, les inspecteurs Mattson et Sakai.

Je révélai probablement ma surprise en marquant une légère hésitation, mais j'eus tôt fait de retrouver mon allant et entrai. Et fis de mon mieux pour m'en remettre en souriant à moitié.

— Tiens donc, m'écriai-je, notre belle police de Los Angeles !

— Asseyez-vous, Jack, me lança Mattson.

Il ne s'était même pas donné la peine de massacrer mon nom de famille. J'y vis le signe que, peut-être, il avait appris quelque chose après l'exploit qu'il avait accompli en m'arrêtant. Puis ma surprise se mua en confusion. Me suivaient-ils ? Comment savaient-ils que j'allais me rendre au bureau du coroner ?

Je m'installai directement en face de Mattson, Ortiz prenant le siège derrière moi tandis que je posais mon sac à dos par terre. S'ensuivit une légère pause pendant que nous nous dévisagions. Je décidai de jouer les incendiaires, histoire de voir ce que ça donnerait.

— Vous êtes encore venus m'arrêter ? lançai-je.

— Pas du tout, répondit Mattson. Mettons ça derrière nous. Et essayons de nous entraider.

— Non, vraiment ? Voilà qui est nouveau.

— Est-ce vous qui avez posté sur le site causeofdeath ? me demanda Ortiz.

J'acquiesçai.

— Oui, dis-je, c'est moi. Et vous devez donc être GTO.

— C'est exact.

— Jack, reprit Mattson, je dois reconnaître que vous avez tout pigé. C'est pour ça qu'à mon avis nous pourrions nous entr...

— La dernière fois que nous nous sommes parlé, j'étais soupçonné de meurtre, lui renvoyai-je. Et maintenant vous voudriez qu'on travaille ensemble ?

— Jack, vous êtes innocenté. Votre ADN était bon.

— Merci de me l'avoir fait savoir.

— Mais vous le saviez! s'exclama Mattson. Vous le saviez depuis le début. Je n'ai jamais pensé que vous attendiez ma réponse.

— Et avez-vous dit à l'amie de Christina Portrero que je n'étais pas le fumier que vous lui aviez dit que j'étais?

— C'est tout en haut de ma liste.

Je hochai la tête.

— Écoutez, McEvoy, reprit Sakai en prononçant mon nom à la perfection. On peut rester ici à nous balancer toutes les erreurs commises par le passé. Ou alors on peut travailler ensemble. Vous y gagnez votre sujet et nous, on coince le type qui tue tous ces gens.

Je le regardai. On lui avait de toute évidence assigné le rôle de conciliateur, celui qui, très au-dessus de toutes les escarmouches, n'a que la vérité dans son collimateur.

— Comme vous voudrez, dis-je. Mais vous allez vous faire écraser les pieds, et méchamment, par le FBI. Parce que vous allez devoir leur filer tout le dossier dès demain matin.

— Nom de Dieu! s'écria-t-il. Vous avez passé ça au FBI?

— Au nom de quoi ne l'aurais-je pas fait? répliquai-je. Je suis allé vous voir, vous, et vous m'avez foutu en prison!

— Écoutez, lança Ortiz en levant les mains en l'air en un geste d'apaisement, est-ce que je peux juste dire un truc? On a vraiment besoin...

— Non, l'interrompit Mattson. Qui avez-vous contacté chez eux?

— Je ne sais pas. C'est quelqu'un d'autre qui travaille sur cette histoire qui est allé les voir pendant que moi, je venais ici.

— Rappelez cette personne, dit Mattson. Ce n'est pas son affaire.

— Ni non plus la vôtre, dis-je. On a des assassinats jusqu'en Floride et à Santa Barbara en remontant la côte.

— Vous voyez ? Je vous l'avais bien dit que c'était lui qui avait relié tous les pointillés, reprit Ortiz en regardant Mattson.

— Et donc, pourquoi est-ce que je suis ici ? demandai-je.

Vous voulez savoir ce que je sais ? Alors va falloir que l'échange soit égal et l'exclusivité en béton, sinon je m'en vais. Et je tente ma chance avec le FBI.

Personne ne dit mot. Au bout de quelques secondes, je commençai à me lever.

— Eh bien, d'accord.

— Holà, une minute, dit Mattson. Asseyez-vous et calmons-nous. N'oublions pas qu'il y a un cinglé qui tue des gens.

— C'est ça, ne l'oublions pas, lui renvoyai-je.

Mattson se tourna légèrement de côté pour vérifier avec son coéquipier. Un message non verbal passa entre eux, puis il me regarda de nouveau.

— OK, dit-il, on échange. Info contre info, renseignement contre renseignement.

— D'accord, répondis-je. Vous commencez.

Mattson écarta les mains.

— Que voulez-vous savoir ?

— Pourquoi vous êtes venus ici ? Vous me suiviez ?

— Je les ai invités, dit Ortiz. J'ai vu votre post.

— Pure coïncidence, Jack, dit Mattson. On était ici en réunion avec Gonzo quand vous vous êtes pointé.

— Dites-moi pourquoi, insistai-je.

— C'est simple. Après votre post, Gonzo s'est mis à chercher et a relié les affaires, exactement comme vous. Il savait que Sakai et moi avions le dossier Portrero, ce qui fait que lorsque deux de ces DAO sont arrivées en un seul jour, il nous a appelés pour nous dire que tout ça était peut-être connecté. Et voilà.

Je me rendis compte que j'avais des années-lumière d'avance sur eux. Je pouvais très bien leur donner un peu de ce que j'avais, histoire de leur en foutre plein la vue... et me garder certains détails pour mon sujet. J'avais aussi les sorties d'imprimante de Hammond et ça, il fallait faire attention à ce que je voudrais en révéler.

— À votre tour, me pressa Mattson.
— Pas encore. Vous ne m'avez rien dit que je ne sache déjà.
— Et donc, qu'est-ce que vous voulez ?
— Le type qui est tombé du parking aujourd'hui, c'est qui ?
— Gonzo ?
— Il s'appelle Sanford Tolan, répondit Ortiz. Trente et un ans, habitait à North Hollywood et travaillait dans un magasin de vins et spiritueux.

Ce n'était pas ce à quoi je m'attendais.

— Un magasin de vins et spiritueux ? répétai-je. Où ça ?
— Là-haut à Sunland, en retrait de Sherman Way.
— Le rapport avec Hammond ?
— Pour ce qu'on en sait, aucun, répondit Mattson.
— Vous dites donc qu'il s'agirait d'une coïncidence ? Que ces deux morts n'auraient aucun lien ?
— Non, ce n'est pas ce que nous disons, me contra Mattson. Pas encore. On vient juste d'attaquer l'affaire.

Il regarda Ortiz comme s'il lui passait la balle.

— L'autopsie n'est pas encore programmée, reprit celui-ci. Mais les premières constatations disent qu'il était déjà mort quand il est tombé.
— Et comment peut-on dire ça ?
— On a des témoins. Le type n'a pas crié et n'a pas essayé de ne pas tomber… ce que nous aurions vu à ses blessures. En plus de quoi, des chutes comme ça ne provoquent pas des DAO. Un cou brisé, oui, c'est classique, mais pas une DAO. Il n'y a pas de torsion du cou dans ce genre de chutes.
— Vous dites qu'il travaillait dans un magasin de vins et spiritueux, repris-je. Comme… vendeur ?
— Voilà, répondit Ortiz.

— Que savez-vous d'autre ? le pressai-je.

— On sait qu'il avait un casier.

Ortiz jeta un coup d'œil à Mattson comme pour lui demander sa permission.

— Ça ne va pas marcher si vous me cachez des trucs, lançai-je.

Mattson acquiesça.

— C'était un pédophile, répondit Ortiz. Il avait fait quatre ans à Corcoran pour le viol de son beau-fils.

Encore une fois, l'info ne collait pas. Je m'attendais à un hacker, à une espèce d'expert gérant la partie *dark web* de Dirty4. À un incel haïssant les femmes. Un pédophile ne cadrait pas avec le profil qui se dessinait.

— OK, dit Mattson. Maintenant, c'est à vous de nous donner des trucs. Dites-nous des choses que nous ne savons pas déjà, Jack.

J'acquiesçai et, pour gagner du temps, je pris mon sac à dos, l'ouvris et en sortis le carnet de notes où j'avais consigné les faits. J'en feuilletai les pages pour que ça en jette, puis je regardai Mattson.

— Le type que vous cherchez se fait appeler l'Écorcheur, dis-je.

# CHAPITRE 32

Je me calai au volant de ma Jeep dans le parking des services du coroner et passai des coups de fil. Je ne voulais pas être en train de conduire pendant ces conversations. Je voulais aussi surveiller Mattson et Sakai. Ils étaient restés avec Ortiz après notre réunion et j'avais envie de voir combien de temps ils mettraient à partir. Je n'avais aucune idée de ce que j'en tirerais, mais je voulais quand même le savoir.

Mon premier appel fut pour qu'Emily me dise où elle en était.

— J'ai commencé à écrire, m'informa-t-elle. Pour l'instant, tout va bien. Nous avons des tas de choses et je cherche un équilibre. Ce qu'il faut dire au début, ce qu'il faut repousser à plus tard. Comme tu le sais, Myron n'aime pas les encarts. Ce sera donc obligatoirement un article, avec des suivis après. Et toi ?

— Je me suis trompé : ce n'était pas l'associé de Hammond. Ils pensent que l'Écorcheur pourrait avoir fait une erreur et tué le mauvais mec. Bref, faut continuer à le chercher.

— « Ils » ?

— Oui, les flics étaient là. Mattson et Sakai. Avec l'aide d'un enquêteur du coroner très futé, ils ont relié les affaires.

— Merde.

— Mais j'ai passé un marché avec eux. Échange d'infos contre exclusivité.

— On peut leur faire confiance ?
— Absolument pas. Je ne les crois pas et ne crois pas non plus que le FBI ne fera rien fuiter. J'ai donc gardé des trucs pour nous. Je leur ai donné Dirty4, mais ne leur ai rien dit sur la GT23, l'Orange Nano ou les liens qui connectent Hammond à l'affaire Orton. Pour moi, ils ont pas mal de rattrapage à faire avant qu'on ait à craindre qu'ils fuitent des trucs.

Je vis un homme et une femme quitter le bureau du coroner, serrés l'un contre l'autre, la tête basse. Je les reconnus de la salle des familles. L'homme avait des larmes sur le visage. La femme, non. Elle le soutenait plus qu'il ne la soutenait elle. Elle l'accompagna jusqu'à la portière passager avant de faire le tour de la voiture pour prendre le volant. Je vis aussi un homme les regarder à bord d'un autre véhicule.

— Jack ? T'es toujours là ?
— Oui.
— Pourquoi pensent-ils que l'Écorcheur n'aurait pas tué le bon mec ?
— Parce qu'il n'a pas le profil. Il travaillait dans un magasin de vins et spiritueux et c'était un pédophile déjà condamné. Ça ne correspond pas. Pure conjecture, mais ils pensent que l'Écorcheur a essayé d'attirer RogueVogue au centre commercial de Northridge et qu'il a, Dieu sait comment, cru que le type... qui s'appelle Sanford Tolan... c'était lui. Ce Tolan était tout seul, probablement à observer des enfants dans le centre commercial. L'Écorcheur l'a suivi jusqu'à sa voiture, lui a brisé le cou et l'a balancé par-dessus le garde-corps.

— Horrible. Penses-tu que l'Écorcheur se soit rendu compte de son erreur ?
— Tu veux dire... comme s'il avait compris que c'était pas le bon mec, mais qu'il l'aurait quand même tué ? Peut-être. Mais c'est difficile à dire. Toute cette idée d'avoir préparé une rencontre n'est qu'une hypothèse.

— Et le FBI ? Des nouvelles de Rachel ?
— Je l'appelle tout de suite. Mais je voulais commencer par voir avec toi.
— OK, d'accord. Je vais donc m'y remettre. Tiens-moi au courant.
— Ça marche.

Avant d'appeler Rachel, je consultai mes e-mails pour voir si j'avais du nouveau. Mon pouls s'accéléra d'un coup quand je vis que j'avais reçu une réponse de RogueVogue à mon message.

*Je ne comprends pas. Qui êtes-vous ? Pourquoi m'avez-vous envoyé ça ?*

Je vérifiai l'heure d'envoi et vis que l'e-mail m'avait été expédié bien après que le corps sans vie de Sanford Tolan avait dégringolé du troisième étage du parking. Cela prouvait encore plus clairement que l'Écorcheur s'était trompé de cible. Le message était court et simple, et surtout innocent. Aucun remerciement, on n'avoue rien, dis-m'en plus, c'est tout.

Je réfléchis à la meilleure façon de lui répondre sans le faire fuir : je peux garantir votre sécurité... je peux révéler votre histoire... je peux vous servir de relais...

Je décidai d'y aller franco et de lui dire la réalité de sa situation. En levant le nez toutes les deux ou trois secondes pour voir si les inspecteurs sortaient enfin, je rédigeai un e-mail qui, je l'espérai, amènerait RogueVogue à me faire confiance pour son histoire et sa sécurité.

*Je suis écrivain. J'écris des livres sur des tueurs comme le Poète et l'Épouvantail. Et maintenant, je travaille sur l'Écorcheur. Vous êtes en danger. Il a tué Hammond et un type qu'il a pris pour vous. Je peux vous aider. Je peux vous mettre en sécurité et je peux raconter votre histoire.*

*Je sais qu'Hammond et vous n'avez rien à voir avec l'Écorcheur. Vous n'avez jamais planifié ça. Je vous donne mon numéro. Appelez-moi, qu'on puisse s'entraider.*

Je le relus deux fois et inscrivis mon numéro de téléphone au bas du message avant de l'envoyer, mon espoir étant que RogueVogue le lise et réagisse aussitôt.

Je vérifiai encore une fois le parking et l'entrée des services du coroner, mais ne vis aucun signe des inspecteurs du LAPD. Je me rendis alors compte qu'ils avaient pu se garer au centre médical d'USC et prendre le tunnel pour rejoindre le bureau du coroner. Je pouvais les avoir loupés. Mais je décidai d'appeler Rachel en maintenant ma surveillance. Elle me répondit en chuchotant.

— Jack, ça va ?
— Oui, ça va. Je voulais juste vérifier. As-tu déjà vu quelqu'un ?
— Oui, on est en plein dedans. Je suis juste sortie pour prendre ton appel.
— Et… ?
— Eh bien, ils y travaillent. Ils cherchent d'autres affaires et tentent de retrouver l'associé de Hammond. Je devrais avoir quelque chose dans pas longtemps.
— Il se peut qu'il y ait une affaire à Tucson. Mais plus important pour le moment, il y a eu un autre assassinat ici, à L.A. Je croyais que c'était l'associé de Hammond, mais non. Il semblerait qu'il y ait eu erreur. Comme si l'Écorcheur avait cru que c'était l'associé de Hammond.
— Comment l'as-tu découvert ?

Je lui racontai comment le site causeofdeath m'avait conduit au bureau du coroner. Je l'informai aussi que le FBI avait maintenant de la concurrence en l'espèce d'un LAPD qui avait relié les mêmes affaires que l'équipe de Fair Warning. Et je lui suggérai qu'il vaudrait peut-être mieux que le FBI joigne ses forces à celles du LAPD plutôt que de voir ces deux agences se lancer dans des enquêtes parallèles.

— Je vais le leur suggérer, mais n'y compte pas trop, répondit-elle. Ça n'a jamais bien marché du temps où j'en étais et je doute que les comportements aient beaucoup changé.

— C'est que… ça ne sera pas génial quand on publiera et apprendra qu'ils mènent des enquêtes différentes.

— Il y a autre chose, Jack.

— Oui, quoi ?

— Ils ne veulent pas que tu publies tout de suite.

— Putain, je savais qu'on y viendrait. Tu peux leur dire qu'ils oublient. C'est notre sujet. Nous leur avons apporté l'affaire par pure courtoisie. On y va.

— Ils estiment… et je suis d'accord… qu'il vaudrait mieux que ce gars ne sache pas qu'ils arrivent. Tu publies, il y a des chances pour qu'il disparaisse et après, on ne le coincera plus jamais.

— « Nous » ? Tu t'es remise avec eux ?

— Tu sais très bien ce que je veux dire. Dès que ce type saura qu'on est sur sa piste, il disparaîtra et changera de style.

— Et si on ne publie pas et ne met donc pas le public en garde contre ce type, il continuera de tuer jusqu'au jour où peut-être on l'attrapera.

— Je sais que c'est la raison, mais…

— Il a tué deux personnes rien qu'aujourd'hui. Et ce n'était que pour effacer ses traces. Il doit déjà savoir qu'il se passe des choses, qu'il y a des gens qui le traquent.

— Mais pas le FBI, Jack.

— Écoute, je vais en parler avec Myron et Emily, mais moi, je vote pour la publication. Les gens ont besoin de savoir que ce type est dans la nature, ce qu'il fait et comment ses victimes sont identifiées, puis suivies.

— Et tu veux être sûr de ne pas te faire piquer ton scoop.

— Écoute, je ne le nie pas. Je suis journaliste et c'est mon sujet et oui, je veux être sûr de sortir ça le premier. Mais maintenant que le FBI et le LAPD en sont conscients, ce n'est plus qu'une question de temps avant qu'un petit con ne file le tuyau à un journaliste qu'il essaie de manœuvrer. Rien que ça me donne envie de publier, mais le plus important est de mettre le public en garde contre le truc des plus dangereux qui est en train de se passer.

— OK, Jack, je le leur dirai. Combien de temps est-ce que je peux leur donner avant que ça sorte ?

Je regardai par le pare-brise et vis Mattson et Sakai prendre le trottoir qui longeait le parking. Je mis mon portable sur haut-parleur afin de pouvoir les prendre en photo. Myron aimait beaucoup insérer des photos dans le corps des longs articles en guise de détente visuelle. Du moment qu'elles avaient un lien, même vague, avec l'histoire, c'était tout ce qui comptait.

Les inspecteurs passèrent des deux côtés d'une voiture banalisée et y montèrent.

— Une journée, répondis-je. Nous allons essayer de sortir ça demain soir.

— Tu ne pourrais pas repousser d'au moins vingt-quatre heures ? Ils ne pourront pas faire grand-chose avant.

— Et s'il tue quelqu'un d'autre pendant cette journée supplémentaire ? Tu veux avoir ça sur la conscience, Rachel ? Moi non.

J'entendis les vibrations d'un appel en attente et regardai l'écran de mon portable. Un correspondant masqué essayait de me joindre.

— J'ai un coup de fil que je dois prendre, dis-je vite. Ça pourrait être lui.

— Lui qui ?

— RogueVogue. Je te rappelle.

— Jack…

Je raccrochai et acceptai l'autre appel.

— Jack McEvoy à l'appareil, dis-je.

Rien. Rien qu'une tonalité. Je regardai Mattson et Sakai sortir du parking et tourner à droite dans Mission Road.

— Allô ? Jack à l'appareil.

— Vous m'avez envoyé un message…

La voix m'arrivait par l'intermédiaire d'un modulateur numérique qui la transformait en celle d'un robot.

— Oui… effectivement, dis-je. J'aimerais vous aider.

— Comment le pourriez-vous ?

J'ouvris tranquillement la fermeture Éclair de mon sac à dos et en sortis un carnet de notes et un stylo afin d'y retranscrire ses paroles.

— Et d'un, je peux faire connaître votre version de l'affaire. Et quand ça paraîtra, il y aura des victimes et des ordures. Et vous, vaudrait mieux que vous sortiez cette affaire avant que d'autres ne le fassent à votre place. D'autres qui ne vous connaissent pas.

— Qui êtes-vous ?

— Je vous l'ai déjà dit. Je suis écrivain. Je traque des assassins. Aujourd'hui, c'est l'Écorcheur.

— Comment êtes-vous au courant ?

— Il a tué une fille que je connaissais. Après avoir eu son nom et ses coordonnées par Dirty4.

Un long silence s'ensuivant, je crus l'avoir perdu et je voulais le convaincre de parler. Cela étant, je n'étais pas prêt à tourner autour de ce que lui et Hammond avaient déclenché avec leurs plans. En ce qui me concernait, RogueVogue était très clairement du côté « ordures » de l'affaire. S'il n'était pas aussi coupable que l'Écorcheur, il ne s'en fallait que de peu.

— Ce n'était pas censé se produire, reprit-il.

Je notai cette phrase verbatim avant de répondre. Je savais que ce serait un point important de l'article.

— Qu'est-ce qui l'était ? demandai-je.
— Nous... C'était juste censé rapporter de l'argent. On avait vu une niche.
— Qui était... ?
— Vous savez bien... aider les gars... Y en a qui ont du mal à rencontrer des filles. Ce n'était pas très différent de Tinder et de certains autres sites de rencontre.
— Sauf que les filles dont vous vendiez les profils ne le savaient pas, elles, non ?

J'avais dit ça sur un ton non accusateur, mais le silence s'installa. Je lui lançai une question tranquille pour ne pas le perdre.

— Comment vous et Marshall Hammond vous êtes-vous rencontrés ?

Il marqua une pause avant de répondre.

— On était colocs à la fac.
— Où ?
— À UC-Irvine.

Une petite pièce du puzzle venait de se remettre en place.

— C'est là que vous avez aussi rencontré William Orton ?
— Pas moi, Marshall.

Je lui servis une question plus lobée. Une possibilité venait de se faire jour dans ma tête.

— L'Écorcheur, c'est lui ?
— Non.
— Comment le savez-vous ?
— Je le sais parce que je le sais. Qu'est-il arrivé à Marshall ?
— L'Écorcheur lui a brisé le cou et a essayé de faire croire qu'il s'était pendu dans son labo. Comment savez-vous qu'Orton n'est pas l'Écorcheur ? Vous savez de qui il s'agit ?
— Je l'ai compris.

Je notai. Je sus que ce que j'allais lui dire risquait fort de constituer la partie la plus importante de la conversation.

— Bon, écoutez. Il vous reste une façon d'améliorer votre situation... si vous le voulez.
— Laquelle ?
— Vous me dites qui est l'Écorcheur. Il faut que le FBI l'arrête.
— Le FBI ?

Je compris tout de suite que j'avais commis une erreur. Ils ne savaient pas que l'affaire avait attiré l'attention des fédéraux. Je sentis que je devais le garder au bout du fil en partant dans une autre direction et lui lâchai une autre question :

— Comment pensez-vous que l'Écorcheur a trouvé Marshall ?

La pause fut longue, mais il finit par reprendre la parole.
— Il l'a contacté.
— Qui l'a contacté ? Marshall ?
— Oui. Nous savions pour celles qui étaient mortes. Des clients nous avaient dit que nous avions... que certains de nos profils étaient... défunts. Marshall a cherché. Il a vérifié les téléchargements et trouvé ce qui les reliait. C'était lui. Marshall l'a joint et lui a dit qu'il fallait qu'il arrête.

Ce fut tout ce qu'il me donna en guise d'explication, mais encore une fois cela m'aida à organiser d'autres éléments de l'histoire.

— Et c'est comme ça que l'Écorcheur l'a trouvé ? En remontant son contact ?
— D'une certaine façon, oui. Nous avions pris des précautions, mais, Dieu sait comment, il l'a retrouvé.
— « Nous » ?
— Nous étions tombés d'accord pour lui envoyer le message. Et c'est Marshall qui l'a fait.
— Revenons à Orton. Marshall lui avait arrangé son affaire, non ? L'ADN.
— Pas question de parler de ça.

— Donc Orton le tenait. C'est lui qui vous avait filé l'ADN.
— Je vous l'ai dit, je ne...
— OK, OK, on laisse tomber. Mais l'Écorcheur... Vous dites savoir qui c'est. Donnez-moi un nom. Vous le faites et vous ne serez plus un fumier dans cette histoire. Vous serez quelqu'un qui a essayé d'arrêter ça. Comme vous dites, ça n'était pas censé se produire.
— Et après, vous filez le nom au FBI ?
— Moi ou vous. Ça n'aura aucune importance du moment que c'est vous qui l'aurez fait.
— Je vais y réfléchir. C'est tout ce que j'ai.

Pour moi, il devait vouloir dire que l'identité de l'Écorcheur était tout ce qu'il avait à échanger contre une absence de poursuites.

— OK, mais ne réfléchissez pas trop longtemps, lui renvoyai-je. Si vous l'avez trouvé, le FBI, lui aussi, le trouvera et alors, vous, vous n'aurez plus rien à lui donner en échange.

Il ne répondit pas. Je me rendis soudain compte que je lui demandais le nom de l'Écorcheur alors que je n'avais même pas celui de ma source.

— Et vous ? repris-je. Pouvez-vous me donner votre nom de façon que je sache à qui je suis en train de parler ?
— Rogue.
— Non, votre vrai nom. Vous connaissez le mien... Pourquoi ne me dites-vous pas le vôtre ?

J'attendis. Puis j'entendis mourir la tonalité.
— Allô ?

Il avait disparu.
— Merde, dis-je.

L'entretien était terminé.

# L'ÉCORCHEUR

# CHAPITRE 33

Il regarda le journaliste de l'autre côté du parking. Celui-ci semblait passer d'un coup de fil à un autre. Et il avait pris en douce une photo des deux hommes qui quittaient le bureau du coroner. Des flics, manifestement... Des inspecteurs des Homicides étant donné que c'était là qu'on apportait les morts. Tout cela était bien curieux. Que savait le reporter de toute l'affaire ? Et que savait la police ?

Il l'avait suivi de son bureau après l'avoir identifié sur le site de Fair Warning. Le journaliste semblait alors très pressé : il avait grillé des feux orange et pris la file de covoiturage de l'autoroute alors qu'il était manifestement seul. Puis il avait ralenti et maintenant, il restait assis dans sa Jeep à passer des coups de fil. L'Écorcheur se demanda ce qu'il avait appris au bureau du coroner.

Il tapota la console centrale du bout des doigts. Il était inquiet. Des trucs avaient tourné de travers et échappaient à son contrôle. Il était toujours frustré et en colère contre Vogel. Dès qu'il avait commencé à poser des questions au type du centre commercial, il avait compris que ce n'était pas lui, mais pas question de ne pas finir ce qu'il avait commencé. Il se demanda qui avait averti Vogel et comment celui-ci avait compris que c'était un piège. Et si c'était lui, Vogel, qui l'avait piégé ?

Enfin, le journaliste quitta sa place de parking et se dirigea vers la sortie. L'Écorcheur s'était rangé par l'arrière de façon à, lui aussi, pouvoir sortir sans difficulté et ne pas perdre sa proie. Du bureau du coroner, il tourna à gauche dans Mission Road, puis encore à gauche dans Marengo Avenue. L'Écorcheur ne le lâcha pas lorsqu'il prit la 5, direction nord.

Les trente minutes suivantes le virent suivre le journaliste sur diverses autoroutes vers le nord, puis vers l'ouest et la San Fernando Valley. Enfin il comprit qu'il se dirigeait vers le centre commercial où il s'était, lui, l'Écorcheur, rendu le matin même.

Encore une fois, le journaliste semblait savoir des choses.

Celui-ci entra dans le parking et en prit les rampes jusqu'au dernier étage. Il se gara, gagna l'endroit et passa sans la moindre hésitation sous le ruban jaune que la police avait laissé en place. Puis il regarda en bas, par-dessus le garde-corps en béton. Et sortit son portable pour prendre des photos. Et recula pour en prendre d'autres.

L'Écorcheur comprit plusieurs choses. L'assassinat de l'inconnu avait déjà été identifié comme son œuvre. Le journaliste l'avait appris, ce qui signifiait qu'il avait des sources dans la police et au bureau des légistes. Les questions en suspens concernaient Vogel. Que savait-il et avec qui avait-il partagé ce qu'il savait ? Parlait-il aux flics ou au journaliste ?

Conclusion : éliminer le journaliste maintenant qu'il était peut-être le meilleur moyen d'atteindre Vogel aurait été une erreur.

L'Écorcheur modifia ses plans et décida de laisser le journaliste en vie.

Pour l'instant.

# JACK

# CHAPITRE 34

Je regagnai le bureau en fin d'après-midi et communiquai à Emily les quelques renseignements et citations que RogueVogue m'avait fournis. Elle avait déjà bâti un article de mille cinq cents mots, ce qui à Fair Warning était généralement considéré comme la limite avant épuisement du lecteur. Mais ces nouveaux éléments avaient une importance vitale. RogueVogue était un des deux hommes qui avaient créé Dirty4 et en tant que tels avaient lancé un tueur sur son chemin de mort et de destruction.

— Il va juste falloir que je resserre d'autres passages, dit-elle.

— On pourrait aussi garder certains trucs moins importants pour des articles de suivi, lui renvoyai-je. Je suis sûr qu'il y en aura beaucoup.

Nous nous étions installés dans son box.

— C'est vrai. Sauf que si nous avons quelque chose d'intéressant maintenant, il n'y a aucune raison de ne pas essayer de le mettre dedans.

— Tu crois que Myron va nous descendre parce que nous n'avons que le pseudo de ce type ?

— Probablement. Est-on même seulement sûrs à cent pour cent que c'est lui ?

Je réfléchis un instant et acquiesçai d'un signe de tête.

— Il a répondu au mail que j'avais envoyé à l'adresse manifeste du coéquipier de Hammond. Et il m'a paru connaître assez de choses sur le site et ce qui s'était passé pour que je puisse vérifier qui c'était. Bref, on n'a pas son nom, mais c'est lui. Assurément.

Emily ne hocha pas la tête en signe d'accord et ne prononça pas un mot. Cela me fit comprendre qu'elle hésitait encore à signer un article contenant des infos dont elle n'était pas totalement certaine.

— OK, dis-je. J'espérais ne pas avoir à le faire, mais je vais appeler Rachel pour voir si le FBI a un peu avancé dans l'identification du tueur.

— Pourquoi évites-tu de l'appeler ?

Je sentis que je venais de me mettre dans un mauvais pas. J'allais devoir lui révéler le fossé qui s'était ouvert entre Rachel et moi.

— Elle a pris le parti du Bureau sur un point.

— Lequel ? On a besoin d'elle, Jack. C'est notre entrée au FBI. Dès que l'article sortira, on en aura vraiment besoin.

— Le problème, c'est que le FBI ne veut pas que nous publiions parce que ça risque d'alerter le type et qu'ils ont peur qu'il disparaisse. Pour moi, ce n'est pas pour rien que notre journal s'appelle Fair Warning et nous devons donc mettre le public en garde contre cet individu. Il a assassiné deux personnes rien qu'aujourd'hui et il détient la liste des femmes identifiées par Dirty4.

Elle acquiesça.

— Je suis d'accord avec toi, dit-elle. Il faut y aller maintenant. On en parle avec Myron avant qu'il file ?

— Laisse-moi voir si je ne pourrais pas avoir Rachel avant. Après, on sera complètement à jour sur ce qu'on a.

— Et donc... qu'est-ce qui s'est passé entre vous deux il y a longtemps ?

— On a juste... J'ai merdé, et ce qui est arrivé, c'est que c'est elle qui a payé les pots cassés.

— Comment ça ?

J'allais devoir décider si j'avais envie d'aborder le sujet et me dis qu'en parler exorciserait peut-être l'affaire. Sauf que nous étions en train de suivre un sujet.

— Ça pourrait m'aider de savoir, insista-t-elle. Vu qu'elle fait maintenant partie du...

Je hochai la tête. J'avais compris.

— À l'époque, je travaillais pour le Velvet Coffin, commençai-je. Et Rachel et moi vivions ensemble. C'était un secret. On habitait dans des lieux séparés, mais c'était pour la frime. Et je travaillais sur l'histoire d'un flic du LAPD que le FBI surveillait pour corruption. J'avais une source qui me disait qu'un jury l'avait formellement accusé, mais rien ne se produisait. Tout avait été annulé parce que la cible savait des trucs compromettants sur l'attorney des États-Unis.

— Et tu avais demandé de l'aide à Rachel ?

— Oui. Elle m'avait fait parvenir les minutes de la mise en accusation et on a publié. L'attorney a lancé des poursuites qui ont mis le juge très en colère et je me suis retrouvé au tribunal. J'ai refusé de donner ma source et il m'a collé en prison pour outrage à la cour. Et pendant ce temps-là, voilà que le flic autour de qui tout tournait se flingue en laissant un mot où il dit être innocent et avoir été persécuté par les médias... à savoir moi. Cela ne m'a pas valu beaucoup de sympathie, et deux mois plus tard j'étais toujours en taule.

— Et Rachel est sortie de l'ombre.

— Oui. Elle a reconnu être la source. J'ai été libéré et elle a perdu son boulot. Fin de l'histoire et de notre couple.

— Waouh. Dur, ça.

— Avant, elle traquait des terroristes et des tueurs en série. Maintenant, elle effectue surtout des vérifications d'antécédents pour des entreprises. Et tout est ma faute.
— Ce n'est pas comme si tu l'avais forcée à faire ça.
— Aucune importance. Je savais ce qui pouvait arriver si je prenais ces transcriptions. Et je les ai quand même prises.
Emily garda le silence. Et moi aussi. Je me levai, poussai mon fauteuil jusqu'à mon box et appelai Rachel. Elle répondit tout de suite. Je compris qu'elle était dans une voiture en mouvement.
— Jack.
— Hé.
— Où es-tu ?
— Au bureau. Je travaille sur l'article. Tu as quitté tes collègues ?
— Oui. J'allais t'appeler.
— Tu rentres à la maison ?
— Non, pas encore. Du nouveau ?
— Je me demandais si toi et tes amis du FBI aviez avancé dans l'identification de Rogue.
— Euh, non, pas vraiment. Ils sont toujours dessus.
Tout d'un coup, j'eus un soupçon.
— Rachel, vous n'êtes pas en train de l'arrêter, si ?
— Non, pas du tout. Je t'aurais averti, Jack.
— Bon alors, qu'est-ce qui se passe ? J'ai pas eu de tes nouvelles de tout l'après-midi et maintenant tu t'en vas quelque part sans me dire où.
— Je te l'ai dit : j'allais t'appeler. La confiance règne, à ce que je vois.
— Je suis désolé, mais tu me connais. Je deviens soupçonneux quand je ne sais pas. Et tu allais m'appeler pour quoi ?
— Je t'ai déjà expliqué qu'ils essayaient de déterminer s'il y avait d'autres victimes, d'accord ? Tout ce que tu avais,

c'étaient des affaires mentionnées sur le site Web du coroner et le Bureau, lui, va nettement plus loin.

— OK, c'est bien, mais... Ils trouvent des trucs ?

— Oui. Il y a d'autres affaires, d'autres femmes à qui on a brisé le cou. Mais ils ne te diront rien si tu publies avant qu'ils soient prêts. Ils te contacteront demain pour essayer de faire un échange. Tu repousses la publication à demain, ils te donneront plus d'affaires.

— Merde ! De combien d'affaires parlons-nous ?

— D'au minimum trois autres victimes décédées... y compris celle de Tucson que tu as mentionnée hier.

Ce fut à moi de marquer une pause : qu'est-ce que ça voulait dire ?

— Es-tu en train de me dire qu'il y aurait des victimes... qui ont survécu ?

— Eh bien... il pourrait y en avoir une. C'est elle qu'on va voir : ils viennent de trouver une agression où une femme a eu le cou brisé de la même manière que les autres. Mais elle n'est pas morte. Elle est tétraplégique.

— Ah, mon Dieu ! Où est-elle ?

— À Pasadena. On vient de sortir son dossier et ça semble correspondre. On a un portrait-robot, et elle a rencontré le type dans un bar.

— Que s'est-il passé ? Comment l'ont-ils retrouvée ?

— Il a dû penser qu'elle était morte et l'a balancée dans un escalier dans les collines. As-tu déjà entendu parler des Secret Stairs de Pasadena ?

— Non.

— Il doit y avoir des escaliers qui montent et descendent dans tout ce quartier. Après lui avoir brisé le cou, il a amené son corps à l'un d'eux et l'a jeté en bas pour que ç'ait l'air d'un accident. Mais un type qui courait dans le coin à l'aube l'a découvert et son cœur battait encore.

— Ça voudrait dire qu'il connaît Pasadena ? Et que ce serait un gros indice ?

— C'est-à-dire qu'on les appelle Secret Stairs, mais qu'ils ne sont pas si secrets que ça. Il y a des trucs sur Yelp là-dessus et des photos partout sur le Net. L'Écorcheur n'aurait eu qu'à chercher Pasadena Stairs en ligne et il les aurait trouvés.

— Et côté ADN ? Des liens avec la GT23 ?

— Je ne sais pas. Ça ne faisait pas partie du dossier. C'est pour ça que je vais essayer de l'interroger.

— Seule ?

— Oui, seule. Les agents qui travaillent là-dessus ne s'en occuperont que demain. Ils ont trop de trucs à côté.

Je me rappelai avoir découvert dans mes premières recherches que la dislocation atlanto-occipitale n'était pas toujours fatale.

— Où est-ce ? demandai-je. Je t'y retrouve.

— Je ne sais pas si c'est ce qu'il y a de mieux, Jack. J'y vais en qualité d'enquêtrice. Elle pourrait ne pas avoir envie de parler à un journaliste... à condition qu'elle soit même seulement capable de parler.

— Je m'en fous. Tu peux lui parler et moi, je veux en être. Où est-ce ?

Une pause s'ensuivit et je sentis que tout dans les fragiles relations que j'avais avec elle était en jeu.

— À l'Altadena Rehab, répondit-elle enfin. Cherche l'adresse sur Google. Elle s'appelle Gwyneth Rice. Elle n'a que vingt-neuf ans.

— Je pars tout de suite. Attends-moi.

Je raccrochai et regagnai le box d'Emily pour l'informer qu'il y avait d'autres victimes et que j'allais en voir une qui était toujours en vie. Je lui dis les plans du FBI pour le marché à conclure : échange d'infos sur d'autres victimes contre publication repoussée.

— Qu'est-ce que tu en penses ? demanda-t-elle.

— Je ne sais pas. On a jusqu'à demain pour y réfléchir. Pourquoi tu ne demanderais pas à Myron pendant que moi, j'essaie d'avoir cette interview ?

— Ça me paraît bien.

— À propos... Ils ont un portrait-robot de l'Écorcheur.

— Et ça fait partie du deal ?

— On y veillera.

Sur quoi, je quittai le box, attrapai mes clés sur mon bureau et filai.

# CHAPITRE 35

Rachel m'attendait dans l'entrée de l'Altadena Rehab. Elle était en mode travail. Pas de câlin, pas de bonjour, juste un : « T'as pris ton temps ! »
Puis elle se retourna et se dirigea vers une batterie d'ascenseurs en m'obligeant à la rattraper.
— Son père a accepté de me rencontrer, reprit-elle en entrant dans une cabine et appuyant sur le bouton du deuxième. Il est avec elle. Prépare-toi...
— À quoi ?
— Ça ne va pas être beau à voir. C'est arrivé il y a quatre mois et la victime... Gwyneth... ne va pas bien. Ni physiquement ni moralement. Elle est sous ventilation assistée.
— D'accord.
— Et tu me laisses faire les présentations. Ils ne sont pas au courant pour toi. Ne sois pas trop direct.
— Sur quoi ?
— Sur le fait que tu es là pour un article. Il vaudrait peut-être mieux que ce soit moi qui prenne des notes.
— Je pourrais juste enregistrer.
— Il n'y a rien à enregistrer. Elle ne peut plus parler.
J'acquiesçai. La cabine montait lentement. Il n'y avait que trois étages.

— Je suis ici pour plus que l'article, dis-je pour que tout soit clair.

— Non, vraiment ? me renvoya-t-elle. Tout à l'heure quand on s'est parlé, j'ai eu l'impression qu'il n'y avait que ça qui t'intéressait.

Les portes s'ouvrirent, elle sortit de la cabine avant que je puisse me défendre.

Nous traversâmes un couloir et Rachel toqua doucement à la porte de la chambre 309. Nous attendîmes, un homme nous ouvrit et passa dans le couloir. Il semblait avoir dans les soixante ans et le visage empreint d'épuisement. Il referma la porte derrière lui.

— Monsieur Rice ? lui demanda Rachel.

— Oui, c'est moi. Et vous, c'est Rachel ?

— Oui, nous nous sommes parlé au téléphone. Merci de m'avoir autorisée à vous voir. Comme je vous l'ai dit, je suis en retraite du FBI, mais...

— Vous avez l'air trop jeune pour être à la retraite.

— Eh bien, je n'ai pas complètement décroché et de temps en temps je travaille encore avec le Bureau. Comme pour cette affaire. Et permettez que je vous présente Jack McEvoy. Il travaille pour Fair Warning et c'est le journaliste qui, le premier, a fait le lien entre toutes ces affaires et confié l'enquête au FBI.

Je tendis la main à M. Rice qui me la serra.

— Enchanté de vous connaître, Jack, dit-il. Si seulement quelqu'un comme vous avait été là quatre mois plus tôt pour mettre Gwynnie en garde contre ce type. Bon, bref, entrez donc. Je lui ai dit qu'elle allait avoir de la compagnie et qu'enfin on faisait quelque chose. Il faut que je vous avertisse : on ne va pas aller vite. Elle a un écran et un stylet de bouche qui lui permettent de communiquer.

— Aucun problème, dis-je.

— C'est assez impressionnant, reprit-il. Ça lui transforme les dents et le palais en clavier. Et tous les jours elle devient meilleure. Mais elle se fatigue et il y aura un moment où elle arrêtera. Voyons ce qu'on peut obtenir.

— Merci, dit Rachel.

— Encore une chose, ajouta Rice. Cette enfant revient de l'enfer et ça ne va pas être facile. Je lui ai dit qu'elle n'était pas obligée de le faire, mais elle le veut. Elle veut coincer ce sale type et elle espère que vous y arriverez. Mais en même temps, elle est fragile. Allez-y doucement, c'est ça que je veux dire, d'accord ?

— Nous comprenons, dit Rachel.

— Bien sûr, ajoutai-je.

Sur quoi, il ouvrit la porte et réintégra la pièce. Je regardai Rachel et lui fis signe d'y aller la première.

La salle était faiblement éclairée par un spot au-dessus d'un lit d'hôpital équipé de barrières de sécurité. Gwyneth Rice y était surélevée selon un angle de quarante-cinq degrés et flanquée d'instruments et de tubes qui la maintenaient en vie, respiraient à sa place, la nourrissaient et la débarrassaient de ses excréments. Sa tête était maintenue en place par un cadre qui avait tout de l'échafaudage et semblait lui avoir été vissé dans le crâne en au moins deux endroits. Le tout était si horrible à voir que mon premier instinct fut de regarder ailleurs. Mais je savais qu'elle pouvait interpréter ce réflexe pour ce qu'il était et refuser l'interview avant même qu'elle ne commence. Alors, je la regardai droit dans les yeux, souris et hochai la tête.

Un bras métallique attaché à la tête du lit lui passait devant la figure au niveau des yeux. Deux petits écrans plats y étaient fixés dos à dos afin qu'elle puisse en voir un et ses interlocuteurs l'autre.

La première chose que fit son père fut de prendre une serviette en papier sur une table de chevet et de lui tapoter la commissure des lèvres où de la salive s'était accumulée. Je vis alors un fil en glassine extrêmement fin qui lui partait du côté droit de la bouche, lui descendait le long du cou et se perdait dans le fouillis de fils et de tubes attachés à l'appareillage électronique.

M. Rice mit la serviette en papier de côté et nous présenta.

— Gwynnie, voici Rachel Walling, dont je t'ai parlé, dit-il. C'est elle qui travaille avec le FBI sur ton affaire et celles des autres filles. Et lui, c'est Jack, l'écrivain qui a découvert tout ce truc et appelé Rachel et le FBI. Ils ont quelques questions à te poser sur le type qui a fait ça et tu réponds ce que tu veux, OK ? Pas de pression.

Je vis Gwyneth faire travailler sa mâchoire et sa langue à l'intérieur de sa bouche, puis les lettres *O* et *K* apparurent sur l'écran qui nous faisait face.

C'était comme ça que ça allait se passer.

Rachel s'approcha du bord du lit et M. Rice lui apporta une chaise où s'asseoir.

— Gwyneth, je sais que ça risque d'être difficile pour vous et nous apprécions vraiment beaucoup que vous vouliez nous aider, commença-t-elle. Je pense qu'il vaudrait mieux que les questions viennent de moi et que vous, vous essayiez d'y répondre au mieux. Et si je vous pose une question à laquelle vous ne voulez pas répondre, il n'y a absolument aucun problème.

OK

Cela faisait de moi le spectateur de ma propre histoire, mais j'étais d'accord pour que ce soit Rachel qui commence. S'il me semblait qu'il y avait quelque chose à demander, je lui taperais sur l'épaule et nous sortirions de la salle pour en parler.

— Je tiens à vous dire tout de suite combien nous sommes désolés de ce que vous avez subi, reprit Rachel. L'homme qui a fait ça est mauvais et nous faisons tout notre possible pour le trouver et l'arrêter. Votre aide nous sera très précieuse. Quand ça s'est produit, la police de Pasadena a donné l'impression de n'y voir qu'un cas isolé. Nous pensons maintenant que cet homme s'en est pris à plusieurs femmes comme vous, et ce que je veux faire aujourd'hui, c'est me concentrer sur lui. Qui il est, comment il vous a choisie, des choses de ce genre. Cela nous aidera à en établir un profil pour l'identifier. Certaines de mes questions pourront donc vous paraître bizarres. Mais elles ont toutes un but. Cela vous convient-il, Gwyneth ?

OUI

Rachel hocha la tête et se tourna vers M. Rice et moi pour voir si nous avions quelque chose à ajouter. Ce n'était pas le cas, elle se retourna vers Gwyneth.
— Bien, alors allons-y, dit-elle. Il est essentiel que nous sachions comment ce criminel choisit ses victimes. Nous avons une hypothèse et c'est sur ça que je veux vous interroger. Avez-vous fait un test d'hérédité ou procédé à une analyse médicale de votre ADN ?
Je vis la mâchoire de Gwyneth se mettre à remuer. On aurait presque dit qu'elle mâchait quelque chose. Les lettres nous arrivaient toujours en majuscules et au fur et à mesure que l'interview avançait, la seule ponctuation paraissait être celle du vérificateur d'orthographe.

OUI

Je vis M. Rice lever la tête de surprise. Il ne savait pas que sa fille avait fait des recherches sur son ADN. Je me demandai si ce n'était pas un sujet délicat dans sa famille.
— À quelle société vous êtes-vous adressée ?

GT23

Cela me confirma à peu près sûrement qu'elle avait été victime de l'Écorcheur. Mais Dieu sait comment, elle avait survécu à son agression et nous en parlait, même si la vie qu'elle menait maintenant était entièrement circonscrite par ses blessures.

— Bien, passons à la soirée où cela s'est passé, reprit Rachel. Vous étiez toujours dans un état extrêmement critique quand la première enquête a été menée. Les inspecteurs essayaient de partir d'une vidéo d'extérieur pleine de grain. Dès que vous avez été capable de communiquer, un autre inspecteur a été mis sur l'affaire et il semblerait qu'il ne vous ait guère posé de questions sur l'individu…

IL AVAIT PEUR

— « Il avait peur » ? répéta Rachel en lisant ce qui s'affichait à l'écran. Qui avait peur ? Vous voulez dire… l'inspecteur ?

OUI IL NE VOULAIT PAS ÊTRE ICI POUR ME VOIR

— Eh bien nous, Gwyneth, nous n'avons pas peur. Ça, je peux vous l'assurer. Nous allons trouver le type qui vous a fait ça et il paiera pour ses crimes.

NE LE PRENEZ PAS VIVANT

Rachel marqua une pause lorsque ce message s'afficha à l'écran. Une lueur sombre s'était allumée dans les yeux marron de Gwyneth. L'instant me parut sacré.

— Je vais vous dire ceci, Gwyneth, reprit Rachel. Je comprends ce que vous éprouvez et vous devez savoir que nous allons trouver ce type et que la justice fera ce qu'elle a à faire. Je sais que tout ceci est fatigant pour vous et donc, revenons à nos questions. Des souvenirs vous sont-ils revenus de cette soirée ?

DES BOUTS COMME DES CAUCHEMARS

— Pouvez-vous nous en parler ? Que vous rappelez-vous ?

IL M'A PAYÉ UN VERRE JE L'AI TROUVÉ GENTIL

— Bien. Vous rappelez-vous quoi que ce soit de particulier sur la manière dont il parlait ?

NON

— Vous a-t-il parlé de lui ?

QUE DES MENSONGES NON ?

— Pas forcément. Il est plus difficile de tenir toute une conversation avec uniquement des mensonges que de rester plus proche de la vérité. Ça pourrait être un mélange des deux. Vous a-t-il dit, par exemple, comment il gagnait sa vie ?

DIT ÉCRIVAIT CODE

— OK. Ça cadre avec ce que nous savons déjà de lui. Et donc, ça pourrait être vrai et beaucoup nous aider, Gwyneth. Vous a-t-il dit où il travaillait ?

ME SOUVIENS PLUS

— Étiez-vous une habituée de ce bar ?

PAS LOIN

— L'y aviez-vous déjà vu ?

NON A DIT TOUT NOUVEAU EN VILLE
CHERCHAIT APPARTEMENT

J'admirai la façon dont Rachel menait l'interview. Elle avait une voix apaisante et établissait une vraie relation. Je le voyais dans les yeux de Gwyneth – elle voulait faire plaisir à Rachel en lui donnant des renseignements que celle-ci n'avait pas. Je n'éprouvai aucun besoin de m'interposer avec une question. J'étais sûr que Rachel arriverait à poser toutes celles qui comptaient – à condition que Gwyneth ne se fatigue pas.

Cela continua ainsi encore une quinzaine de minutes, Rachel réussissant à obtenir des petits détails sur la conduite et le caractère du type qui avait fait tant de mal à Gwyneth. Puis Rachel regarda son père par-dessus son épaule.

— Monsieur Rice, dit-elle, je vais poser des questions personnelles à votre fille et il vaudrait peut-être mieux que Jack et vous passiez dans le couloir quelques instants.

— Quel genre de questions ? demanda Rice. Je ne veux pas qu'elle soit bouleversée.

— Ne vous inquiétez pas. Je ne le permettrai pas. Je pense seulement qu'elle sera plus à l'aise pour répondre si cela se passe juste entre filles, si j'ose ainsi m'exprimer.

Rice baissa les yeux sur Gwyneth.

— Ça te va, ma chérie ? lui demanda-t-il.

ÇA VA PAPA TU PEUX Y ALLER

Puis :

Je n'aimais pas trop me faire virer moi aussi, mais je voyais bien la logique de l'affaire. Rachel obtiendrait plus de choses en étant seule avec elle. Je gagnai la porte, Rice sur les talons. Une fois dans le couloir, je lui demandai s'il y avait une cafète, mais il me répondit qu'il n'y avait qu'un distributeur dans un recoin plus loin dans le couloir.

Nous nous y rendîmes et je nous payai un horrible café. Nous restâmes là à faire baisser le niveau du breuvage dans nos gobelets respectifs. Je décidai de faire comme Rachel et de l'interroger en tête-à-tête.

— Ça doit être incroyablement dur de voir votre fille dans cet état, lui lançai-je.

— Je ne pourrais même pas vous dire. C'est un cauchemar, mais je suis là pour elle. Pour tout ce dont elle pourrait avoir besoin et tout ce qui pourra aider à coincer le fumier qui lui a fait ça.

J'acquiesçai d'un signe de tête.

— Vous travaillez ? lui demandai-je. Ou alors c'est...

— J'étais ingénieur chez Lockheed. J'ai pris ma retraite en avance pour être là pour elle. Pour moi, il n'y a qu'elle qui compte.

— Et sa mère est...

— Ma femme est morte il y a six ans. Nous avions adopté Gwyneth dans un orphelinat du Kentucky. Je pense que ce truc d'ADN était un moyen d'essayer de retrouver sa mère biologique et sa famille. Et si vous me dites que ç'a à voir avec ça, alors... nom de Dieu !

— C'est une hypothèse que nous étudions.

Je commençai à remonter le couloir. Nous ne nous parlâmes plus jusqu'au moment où nous arrivâmes devant la porte de la chambre 309.

— Y a-t-il des traitements qui pourraient améliorer la situation de votre fille ? demandai-je.

— Tous les matins, je vais sur le Net pour chercher, répondit-il. J'ai contacté des médecins, des chercheurs, le Miami Project to Cure Paralysis, et tout le reste. S'il y a quelque chose, nous le trouverons. Mais l'essentiel pour l'instant est de la sortir de ce respirateur et d'arriver à ce qu'elle parle toute seule. Et ce n'est pas aussi impossible qu'on pourrait croire. Cette gamine... Dieu sait comment... est restée en vie. Il a cru qu'elle était morte et s'est contenté de la balancer dans l'escalier. Mais elle était vivante et ce qui l'a maintenue en vie et l'a aidée à respirer est toujours là.

Je ne pus qu'acquiescer. J'étais complètement hors de mon élément dans ce domaine.

— Je suis ingénieur, reprit-il. J'ai toujours étudié les problèmes comme un ingénieur. Identifier, résoudre. Mais là, identifier ce...

La porte s'ouvrant, Rachel nous rejoignit dans le couloir. Elle regarda Rice.

— Elle commence à se fatiguer et nous avons presque fini, dit-elle. Mais j'aimerais lui montrer quelque chose que j'ai gardé pour la fin mais qui pourrait la déranger.

— De quoi s'agit-il ?

— D'un portrait-robot du suspect que nous avons établi avec des gens qui se trouvaient dans le bar et ont vu votre fille avec lui. J'ai besoin qu'elle me dise si ça correspond à son souvenir.

Rice marqua une pause en songeant à la réaction que pourrait avoir sa fille. Puis il acquiesça.

— Je serai là pour elle, dit-il. Montrons-le-lui.

Je me rendis compte que ce portrait-robot, je ne l'avais même pas vu moi-même. En entrant dans la pièce, je vis que Gwyneth avait les yeux fermés et crus qu'elle dormait. Mais en m'approchant, je me rendis compte qu'elle les avait fermés parce qu'elle pleurait.

— Oh, ma fille, ça va aller ! lui lança Rice. Tout ira bien.

Il reprit la serviette en papier et essuya les larmes sur les joues de sa fille. Le moment était déchirant. Je sentis comme un hurlement monter dans ma poitrine. Alors l'Écorcheur ne fut plus le personnage abstrait d'une histoire, mais un salaud en chair et en os que je voulais trouver. Dont je voulais briser le cou, mais tout en lui laissant vivre le calvaire que vivait cette femme à cause de lui.

— Gwyneth, reprit Rachel, j'ai besoin de vous poser une dernière question. Que vous regardiez une image… Un portrait-robot établi avec l'aide des gens qui se trouvaient dans le bar avec vous ce soir-là. Je voudrais que vous me disiez s'il ressemble à l'individu qui vous a fait ça.

Elle marqua une pause. Rien n'apparut sur l'écran.

— Cela vous convient-il, Gwyneth ?

Deuxième pause, puis :

MONTREZ-MOI

Rachel sortit son téléphone portable de sa poche revolver et y ouvrit l'application photos. Elle fit monter le portrait et tint l'appareil à une trentaine de centimètres du visage de Gwyneth. Son regard passa d'un point à un autre de l'image tandis qu'elle étudiait la photo. Puis sa mâchoire se mit à travailler.

OUI

LUI

— L'individu représenté sur ce portrait semble avoir dans les trente-cinq ans, dit Rachel. Est-ce ce dont vous vous souvenez ?

OUI

À nouveau, des larmes se mirent à couler sur le visage de Gwyneth. Son père s'approcha d'elle avec sa serviette en papier. Rachel se leva, s'écarta et remit son portable dans sa poche.

— C'est OK, Gwynnie. C'est fini, maintenant, dit Rice pour consoler sa fille. Tout va bien aller, mon bébé.

Rachel me regarda, puis se tourna vers le lit. À ce moment-là, je vis la détresse dans ses yeux et sus que pour elle non plus, ce n'était pas un interrogatoire comme les autres.

— Merci, Gwyneth, dit-elle. Vous nous avez été d'une aide absolument merveilleuse. Nous allons attraper ce type et je reviendrai vous le dire.

Rice s'étant écarté, Rachel reprit sa place près du lit et regarda Gwyneth. Elles s'étaient liées d'amitié. Rachel tendit la main et lui effleura le visage.

— Je te le promets, dit-elle. Nous l'aurons.

La mâchoire de Gwyneth se remit à travailler et ce fut le même message qu'au début de la conversation qu'elle nous fit passer :

NE LE PRENEZ PAS VIVANT

## CHAPITRE 36

Nous gardâmes le silence jusqu'au moment où, une fois sortis du bâtiment, nous nous mîmes à marcher vers le parking. Dehors, il faisait déjà noir.

J'avais repéré la BM bleue de Rachel en arrivant et m'étais garé à côté d'elle. Nous nous arrêtâmes derrière nos voitures.

— Plutôt intense, dit-elle.
— Ça!
— Et le père, comment l'as-tu trouvé?
— Arh... Je ne sais jamais trop quoi dire dans ce genre de situations.
— Il fallait que je le fasse, Jack. Qu'il sorte de la chambre. Je voulais qu'elle me parle librement parce qu'il est important qu'on ait les détails. On peut poser que ce qui lui est arrivé est aussi arrivé aux autres victimes et elles, elles ne peuvent plus parler. C'est Gwyneth qui nous a fourni le modèle.
— Et c'est quoi, ce modèle?
— Eh bien, que un, il n'y a pas eu viol. C'est elle qui l'a invité chez elle, pour lui montrer son appartement pour comparaison vu qu'il prétendait chercher un endroit où habiter. Les relations sexuelles ont été consensuelles... il s'est servi d'une capote... mais elles ne sont pas allées jusqu'au bout. Il s'est retiré et c'est là que le cauchemar a commencé. Il l'a obligée à

sortir du lit et à se tenir nue devant la glace de la salle de bains. Puis il l'a forcée à se regarder alors qu'il lui tordait le cou dans sa prise d'avant-bras.

— Ah, putain !

— Il était nu lui aussi et elle a senti son érection dans son dos alors qu'il croyait la tuer.

— Bander au moment de les tuer... Quel fumier !

— Tous les tueurs en série le font. Mais qu'il n'y ait pas eu viol est important. Cela explique pourquoi il cible des femmes avec le gène DRD4. Il pense que cela lui donne un avantage pour qu'elles couchent. Il semblerait donc qu'il y a du psychologique dans tout ça. Il ne veut pas qu'on le prenne pour un violeur car il n'aime pas ce que ça dirait de lui.

— Mais tuer des femmes, ça lui va s'il ne les viole pas avant.

— C'est bizarre, mais pas unique en son genre. As-tu entendu parler de Sam Little ?

— Oui, le plus grand tueur en série du FBI.

— Attrapé ici même, à L.A. et coupable de quasiment quatre-vingt-dix meurtres de femmes dans tout le pays. Il n'a commencé à les avouer que lorsque les enquêteurs ont cessé de le traiter de violeur... ce que lui, il était. Il n'avait pas de problème pour reconnaître avoir assassiné des femmes, mais les violer, non jamais, pas une seule fois.

— Vraiment étrange.

— Mais comme je te l'ai dit, pas unique. Et si ça fait partie de son profil, il pourrait être stratégiquement utile que tu glisses quelque chose dans ton article ou dans les communiqués de presse suivants pour le motiver.

— Tu veux dire... pour qu'il s'en prenne à moi, à Emily ou à Fair Warning ?

— Je pensais plus à ce qu'il entre en contact avec toi. Il y a des tas d'exemples de tueurs en série qui appellent les médias

pour, disons... corriger les faits. Cela dit, on prendrait quand même des précautions.
— C'est-à-dire que... Faudrait que j'y pense et que j'en parle à Emily et à Myron.
— Évidemment. Nous ne ferions rien sans que tout le monde soit d'accord. Pour l'instant, c'est juste une idée à creuser.
Je hochai la tête.
— Qu'est-ce que tu as tiré d'autre de cet entretien ? Quelque chose qui t'aurait frappée en tant que profileuse ?
— Eh bien, il est clair qu'il l'a rhabillée après, répondit-elle. En dehors de Portrero, toutes ses victimes étaient habillées. Toutes avant elle. Après, il s'en débarrassait, et parfois minutieusement, pour essayer de masquer son meurtre. Il faudrait que j'examine sérieusement les autres scènes de crime et où vivaient ces femmes, mais avec Portrero, on a peut-être un changement. Il ne l'a jamais sortie de son appartement.
— Peut-être qu'avec les autres, les relations sexuelles n'ont pas eu lieu chez elles, mais à l'hôtel où il descendait, dans sa voiture ou autre. Il fallait donc qu'il se distancie d'elles.
— Peut-être, Jack. Tu verras qu'on va faire de toi un profileur !
Elle sortit ses clés et déverrouilla sa voiture.
— Bon et maintenant ? demandai-je. Où vas-tu aller ? Tu retournes au Bureau ?
Elle sortit son téléphone portable pour regarder l'heure.
— Je vais appeler Metz... c'est l'agent qui dirige l'enquête... et lui dire que j'ai parlé à Gwyneth et qu'ils pourront attendre demain matin. Ça ne lui plaira probablement pas beaucoup que je lui aie coupé l'herbe sous le pied, mais ça permettra à ses collègues de s'occuper des autres trucs. Et après, j'en aurai fini pour la journée. Et toi ?

— Probablement aussi. Je vais vérifier avec Emily pour voir si elle écrit toujours.

J'hésitai avant de poser la question que je voulais vraiment lui poser.

— Tu viens chez moi ou tu rentres chez toi ? demandai-je enfin.

— Tu veux vraiment qu'on aille chez toi, Jack ? me renvoya-t-elle. Tu as l'air en colère contre moi.

— Pas du tout. C'est juste qu'il se passe des tas de choses. Je commence à voir que ce truc que j'ai mis en route est repris par des tas de gens et dans toutes sortes de directions. Et ça m'inquiète.

— Ton article, tu veux dire.

— Oui, et en plus il y a ce désaccord entre publier et attendre.

— Mais ce qu'il y a de bien, c'est qu'on n'aura pas à décider avant demain matin, n'est-ce pas ?

— Exact.

— Bref, je te rejoins chez toi.

— OK, génial. Vaudrait mieux que tu me suives pour pouvoir entrer dans le garage et prendre ma seconde place de parking.

— Tu me donnes ta seconde place de parking ? Tu es sûr d'être prêt à faire un pas aussi important ?

Elle sourit, et je lui souris en retour.

— Tiens, je vais même te donner une télécommande et une clé si tu veux, lui renvoyai-je.

La balle était dans son camp, elle fit oui de la tête.

— Je serai juste derrière toi, dit-elle.

Elle se dirigea vers sa portière en sortant son portable de sa poche revolver pour appeler l'agent Metz. Cela me rappela quelque chose.

— Hé mais, m'écriai-je, je n'ai pas pu voir le portrait-robot quand tu l'as montré à Gwyneth ! Fais voir.

Elle revint vers moi, ouvrit l'appli photo de son appareil et le tendit vers moi. Dessin en noir et blanc d'un Blanc avec des cheveux en bataille et des yeux foncés au regard perçant. La mâchoire était carrée, le nez plat et large et les oreilles assez collées au crâne, le haut de chacune disparaissant sous ses cheveux. Je me rendis compte qu'il me semblait familier.

— Attends une minute, dis-je.

Je tendis la main et saisis celle de Rachel pour qu'elle n'écarte pas son téléphone.

— Quoi ? demanda-t-elle.

— Je crois avoir déjà vu ce type. Oui, je pense l'avoir vu.

— Où ?

— Je ne sais pas. Mais ses cheveux... et le placement de sa mâchoire...

— Tu es sûr ?

— Non, c'est juste que...

Je repensai à ce que j'avais fait les jours derniers et me concentrai sur les heures que j'avais passées en prison. Avais-je déjà vu cet homme à Men's Central ? Cette nuit-là, tout n'avait été qu'émotions et peurs intenses. J'étais très clair sur ce que j'avais fait et qui j'avais vu, mais non, pas moyen de remettre le bonhomme du dessin.

Je lâchai la main de Rachel.

— Je ne sais pas. Je dois me tromper, dis-je. Allons-y.

Je pivotai et gagnai ma Jeep tandis que Rachel montait dans sa BM. Je démarrai et me tournai pour regarder par la fenêtre côté passager afin de faire signe à Rachel de reculer. C'est alors que je me rappelai où j'avais vu le type du portrait.

Je coupai le moteur et bondis hors de la Jeep. Rachel était déjà à moitié sortie de son emplacement en marche arrière. Elle pila et abaissa sa vitre.

— Qu'est-ce qu'il y a ?
— Je sais où je l'ai vu, répondis-je. Le type du portrait-robot, je veux dire. Il était assis dans une voiture devant le bureau du coroner, aujourd'hui.
— Tu es sûr ?
— Je sais que ça a l'air tiré par les cheveux, mais la forme de sa mâchoire et ses oreilles bien collées... J'en suis sûr, Rachel, enfin... je pense. Je me suis dit qu'il attendait quelqu'un à l'intérieur. Tu sais bien, un membre de sa famille ou autre, mais maintenant... Maintenant, je pense qu'il me suivait.

Cette conclusion fit que je me retournai brusquement et étudiai le parking autour de moi. Il ne s'y trouvait qu'une dizaine de voitures et l'éclairage était faible. Il m'aurait fallu une lampe torche pour déterminer si quelqu'un se tenait dans un véhicule et m'observait.

Rachel mit en position parking et descendit de sa BM.

— Quel genre de voiture était-ce, tu t'en souviens ?
— Euh non, faut que je réfléchisse. Couleur foncée et il s'était garé en marche arrière, comme moi. Encore un indice comme quoi il aurait pu me suivre.

Rachel acquiesça d'un signe de tête.

— Pour sortir vite, dit-elle. Grosse ou petite, cette voiture ?
— Petite, je crois.
— Berline ?
— Non, plutôt voiture de sport. Raffinée.
— À quelle distance de toi s'était-il garé ?
— Disons, de l'autre côté de l'allée centrale et deux ou trois espaces plus loin. Pas de problème pour me voir. Tesla... C'était une Tesla, noire.
— Bravo, Jack. Crois-tu qu'il y avait des caméras de surveillance dans ce parking ?

— Peut-être. Je ne sais pas. Mais si c'était vraiment lui, comment aurait-il su qu'il fallait me suivre ?

— Hammond. Peut-être étaient-ils au courant pour toi. Hammond a averti l'Écorcheur et l'Écorcheur a commencé à éliminer les menaces. Et tu en es une, Jack.

Je me détachai d'elle et commençai à descendre le parking à deux voies en cherchant une Tesla, ou toute autre voiture avec quelqu'un assis au volant, mais… personne.

Rachel me rattrapa.

— Il n'est pas ici, dis-je. Et peut-être que je me trompe entièrement. Non, parce que… ce n'est que d'un portrait-robot qu'on parle. Ça pourrait être n'importe qui.

— Oui, mais tu as vu la réaction de Gwyneth, dit-elle. En général, je ne me fie pas trop aux portraits-robots, mais pour elle, celui-là était parfait. Où es-tu allé après le coroner ?

— Je suis retourné au bureau pour filer tout ce que j'avais à Emily.

— Il sait donc où se trouve Fair Warning. De quoi ça a l'air vu de l'extérieur ? Pourrait-il y avoir un endroit d'où regarder à l'intérieur ?

— Euh, oui. C'est un ancien magasin. Un cabinet de chiropracteur ou autre.

— Donc avec une vitrine devant. On pourrait voir à l'intérieur ?

— Oui. Au moins une partie. Les box et…

— Pourrait-il t'y avoir vu travailler avec Emily ?

Je repensai aux instants où je m'étais levé pour rejoindre son box et conférer avec elle. Je sortis mon portable.

— Merde ! Il faut la mettre au courant.

Pas de réponse quand j'appelai son portable. J'appelai son fixe en me disant qu'il n'y avait guère de chances qu'elle soit encore au bureau.

— Pas de réponse sur aucun de ses téléphones, dis-je.

Mon inquiétude commençait à se muer en peur et je vis la même angoisse dans les yeux de Rachel. Tout cela étant amplifié par l'entretien qu'on avait eu avec Gwyneth Rice.

— Sais-tu où elle habite ? me demanda Rachel.

Je rappelai Emily sur son portable.

— Je sais que c'est à Highland Park, mais je n'ai pas l'adresse exacte.

— Il nous la faut.

Toujours pas de réponse. Je raccrochai et appelai le portable de Myron. Il décrocha tout de suite.

— Jack ?

— Myron, j'essaie de contacter Emily, mais elle ne répond pas. Est-ce que tu as son adresse perso ?

— Eh bien, oui, mais qu'est-ce qui se passe ?

Je lui fis part du soupçon que Rachel et moi partagions, à savoir que j'avais été suivi plus tôt dans la journée par l'assassin autour de qui tournait notre article. Mon inquiétude devenant aussitôt la sienne, il me mit en attente pendant qu'il cherchait l'adresse d'Emily.

Je me tournai vers Rachel.

— Il la cherche, dis-je. Commençons à rouler. C'est à Highland Park.

Je gagnai la portière passager de sa voiture tandis qu'elle se mettait au volant. Nous avions déjà quitté le parking lorsque Myron reprit la ligne et me lut l'adresse.

— Appelez-moi dès que vous avez du nouveau, dit-il.

— Bien sûr.

Soudain, je pensai à tous les moments où Emily et moi avions discuté avec lui au bureau.

— Tu es chez toi, Myron ? lui demandai-je.

— Oui.

— Verrouille tes portes.

— Oui, j'étais justement en train d'y penser.

# CHAPITRE 37

J'entrai l'adresse que m'avait donnée Myron dans mon GPS, le mis en sourdine et indiquai les routes à suivre à Rachel oralement, les ordres incessants de l'appareil étant toujours agaçants. D'après l'appli, nous étions à seize minutes de chez Emily. Nous y fûmes en douze. Elle habitait dans un vieil immeuble en brique et plâtre de Piedmont Avenue, en retrait de Figueroa Street. Il y avait une porte d'entrée en verre à gauche avec des boutons individuels pour les huit appartements. Mes pressions répétées sur l'interphone d'Emily ne recevant pas de réponse, j'appuyai sur tous les autres.

— Allez, allez, lançai-je d'un ton pressant. Y a sûrement quelqu'un qui attend une livraison de Postmates[1]. Répondez, quoi !

Rachel pivota et examina la rue derrière elle.

— Sais-tu quelle voiture elle a ?

— Une Jag, mais j'ai vu une allée de parking qui conduit derrière le bâtiment. C'est probablement là qu'elle a une place.

— Je devrais peut-être y al...

La serrure électronique s'ouvrant alors en claquant, nous entrâmes. Je ne regardai pas de quel appartement on m'avait

---

1. Entreprise spécialisée dans la livraison de nourriture.

enfin répondu et ouvert, mais compris que si j'avais pu entrer aussi facilement, l'Écorcheur pouvait lui aussi y être parvenu.

L'appartement 8 se trouvait au premier, au bout du couloir. Personne ne répondit lorsque j'y frappai fort en appelant Emily. J'essayai d'ouvrir la porte, mais elle était fermée à clé. Frustré, je fis un pas en arrière et la peur m'envahit.

— Qu'est-ce qu'on fait ? demandai-je.

— Rappelle-la, répondit Rachel. Peut-être qu'on entendra son portable de l'autre côté.

Je fis cinq mètres dans le couloir et la rappelai. Lorsque j'entendis mon appareil se mettre à vibrer, je fis signe à Rachel. Elle colla son oreille au montant de la porte, les yeux toujours tournés vers moi. Mon appel passant sur messagerie, je raccrochai. Rachel fit non de la tête. Elle n'avait rien entendu.

— On ne devrait pas appeler les flics ? Pour leur demander de vérifier si tout va bien ? Ou alors… le propriétaire ?

— On dirait que la gérance n'est pas dans l'immeuble, répondit Rachel. J'ai vu un numéro sur un panneau à vendre devant. Je vais aller vérifier et je l'appelle. Va voir si ça mène au parking de derrière et si sa voiture y est, dit-elle en me montrant une sortie de secours au fond du couloir.

— Ne te laisse pas enfermer dehors, lançai-je.

— T'inquiète.

Je la regardai partir, puis disparaître dans l'escalier. Je gagnai la porte et me demandai si une alarme se déclencherait. J'hésitai un instant, puis je poussai la barre transversale et le battant s'ouvrit. Pas d'alarme.

Je passai sur un palier extérieur et m'aperçus que l'escalier conduisait à un petit parking. Il y avait une serpillière dans un baquet sur le palier et une boîte de conserve pleine de mégots de cigarettes. Quelqu'un fumait, mais pas à l'intérieur. Je me penchai par-dessus la rambarde pour voir ce qu'il y avait sur le palier du bas. Rien que quelques pots de fleurs vides et des outils de jardinage.

Puis la porte se referma dans mon dos. Je me retournai à toute vitesse. Une poignée en acier ornant la partie extérieure de la porte, je m'en emparai et tentai de l'abaisser. J'étais enfermé dehors.

— Merde.

Je frappai, mais je savais qu'il était trop tôt pour que Rachel soit de retour à l'appartement n° 8. Je descendis les marches jusqu'au parking et cherchai la voiture d'Emily, un SUV Jaguar couleur argent. Je ne la vis pas et suivis l'allée jusqu'à l'avant de l'immeuble. En la descendant, je jetai un coup d'œil au premier pour voir s'il y avait de la lumière aux fenêtres que je pensai être celles d'Emily. Tout était éteint.

J'arrivai devant, il n'y avait plus trace de Rachel. Je sortis mon portable et l'appelai, mais du mouvement dans la rue attira mon attention. Je venais de voir une voiture passer derrière les automobiles garées le long de Piedmont Avenue. Mais je n'en avais aperçu qu'un bout tandis qu'elle longeait une place dans l'allée suivante.

— Jack ? Où es-tu ?

Rachel venait de répondre.

— Je suis devant et je viens de voir passer une voiture. Très silencieuse.

— Une Tesla ?

— Je ne sais pas. Peut-être.

— OK, je ne vais pas attendre ce mec.

— Quel mec ?

— Le propriétaire.

J'entendis un grand bruit, puis celui du bois qui se fend, puis encore un autre, plus sourd. Je compris qu'elle venait d'ouvrir la porte de l'appartement d'un coup de pied. Je gagnai celle de l'entrée, mais vis qu'elle était fermée.

— Rachel ? Rachel, je ne peux pas entrer. Je vais faire le tour et...

— Je peux t'ouvrir avec l'interphone. Va devant.

Je remontai les marches en courant jusqu'à l'entrée. La serrure vibrait déjà lorsque j'y arrivai, et je fus dans la place. Je montai l'escalier intérieur conduisant au premier, puis courus jusqu'à l'appartement n° 8. Rachel se tenait sur le seuil.

— Elle est... ?

— Elle n'est pas là.

Je remarquai qu'un bout du parement de la porte en bois était tombé sur le sol, mais ne vis aucun autre signe de désordre en entrant. Je ne m'étais encore jamais rendu chez Emily, mais vis tout de suite que tout y était propre et bien rangé. Aucun signe de lutte dans les lieux de vie. À droite, un petit couloir conduisait à la porte ouverte d'une salle de bains, une deuxième porte sur la gauche donnant sur ce que je supposai être la chambre d'Emily.

Je partis de ce côté-là en me sentant mal à l'aise d'envahir son intimité.

— Elle est vide, me dit Rachel.

Debout sur le seuil de la pièce, je me penchai en avant pour vérifier quand même. J'appuyai sur un interrupteur et deux lampes s'allumèrent de part et d'autre du lit double. Tout comme le reste de l'appartement, la chambre était impeccable, le lit fait et le couvre-lit, où l'on ne s'était même pas assis, bien tiré.

Je vérifiai aussi la salle de bains et repoussai d'une claque un rideau de douche en plastique, qui me révéla une baignoire vide.

— Jack, je t'ai dit qu'elle n'est pas là, répéta Rachel. Sors de là et dis-moi un peu pour la voiture.

Je repassai dans la salle de séjour.

— Elle remontait Piedmont Street, lui répondis-je. Si je ne l'avais pas vue, je l'aurais manquée. Elle était de couleur foncée et parfaitement silencieuse.
— Était-ce la Tesla que tu as vue au bureau du coroner ?
— Je ne sais pas. Je ne l'ai pas bien vue.
— Bon et maintenant, réfléchis. Peux-tu me dire si elle venait de déboîter du trottoir ou si elle ne faisait que passer ?

Je mis un moment à me repasser la scène dans la tête. La voiture descendait déjà la rue lorsqu'elle avait attiré mon attention.

— Pas moyen de savoir. Je ne l'ai vue que lorsqu'elle descendait déjà la rue.
— Bon d'accord. Moi, je ne suis jamais montée dans une Tesla. Il y a un coffre ?
— C'est comme les voitures à hayon, je crois.

Je me rendis compte qu'elle se demandait si Emily n'était pas dans le coffre de la voiture que j'avais vue passer.

— Merde... faut la rattraper !
— Il y a longtemps qu'elle a filé, Jack. On doit...
— Mais c'est quoi, ce bordel ?

Nous nous retournâmes tous les deux vers la porte de l'appartement.

Emily nous regardait.

Elle avait encore les vêtements qu'elle portait au bureau un peu plus tôt. Et son sac à dos avec le logo de Fair Warning dessus.

— Tu vas bien ! explosai-je.
— Et pourquoi je n'irais pas bien ? me renvoya-t-elle. Vous avez cassé ma porte ?
— On pensait que l'Écorcheur... était passé.
— Quoi ?!
— Pourquoi n'avez-vous pas répondu à mes appels ? lui demanda Rachel.

— Parce que mon portable est mort. Il a fonctionné toute la journée.

— Où étais-tu ? Je t'ai appelée au bureau.

— J'étais au *Greyhound*.

Je savais qu'elle détestait conduire parce qu'elle avait appris à rouler de l'autre côté de la route et appréhendait de faire la transition. Mais je fus perdu et dus en avoir l'air : pour moi, les cars Greyhound, c'était pour des voyages longue distance.

— C'est un pub dans Figueroa Street, précisa-t-elle. Mon abreuvoir. Mais qu'est-ce qui se passe, bon sang ?

— Je ne sais pas. Je crois avoir été suivi aujourd'hui et...

— Par l'Écorcheur ?

Tout d'un coup, je ne fus plus aussi sûr de rien.

— Je ne sais pas, répétai-je. Peut-être. Il y avait un type dans une Tesla devant le bureau du coroner et je...

— Comment aurait-il pu savoir qu'il fallait te suivre, toi ? Ou moi, d'ailleurs ?

— Probablement par Hammond. Ou bien c'est lui qui l'a mis au courant ou alors il l'a découvert dans l'ordinateur ou dans les documents pris au labo du Marteau.

Je vis la peur se marquer dans son regard.

— Qu'est-ce qu'on fait ? demanda-t-elle humblement.

— Écoutez, je crois qu'on devrait se calmer un peu, lança Rachel. Pas de parano. Nous ne savons toujours pas vraiment si Jack ou vous avez été suivis. Et si Jack l'a été, pourquoi serait-il donc passé de lui à vous ?

— Peut-être parce que je suis une femme ?

J'allais répondre. Rachel avait peut-être raison. Tout ça ne se produisait que parce que je croyais avoir vu une correspondance entre un portrait-robot et le visage d'un type que j'avais aperçu assis au volant d'une voiture garée à au moins vingt-cinq mètres de là. Ce qui faisait beaucoup.

— Bon, dis-je, et si on...

Je m'arrêtai net lorsqu'un type apparut dans le passage. Grande barbe, un jeu de clés à la main.

— Monsieur Williams ? demanda Rachel.

Il fixa des yeux le morceau de porte tombé par terre et la plaque où l'on frappe qui ne tenait plus à l'encadrement que par une seule vis à moitié détachée.

— Je croyais que vous deviez m'attendre, dit-il.

— Je suis désolée, lui répondit Rachel, mais nous avons cru qu'il y avait urgence et… Pourrez-vous sécuriser cette porte avant ce soir ?

Williams se retourna et s'aperçut qu'elle avait cogné contre le mur de l'entrée lorsque Rachel l'avait défoncée d'un coup de pied. Le bouton avait creusé un trou gros comme le poing dans la paroi.

— Je peux essayer, répondit-il.

— Moi, je ne reste pas ici si je ne peux pas fermer à clé, dit Emily. C'est hors de question. Pas s'il sait où j'habite.

— Sauf qu'on ne le sait pas vraiment, dis-je. On a bien vu passer une voiture, mais…

— Écoutez, et si on laissait M. Williams essayer de réparer la porte pendant que nous, on va parler de tout ça ailleurs ? reprit Rachel. J'ai eu d'autres infos du FBI et je pense que ça vous intéressera.

Je la regardai.

— Et tu avais l'intention de m'en parler quand ?

— On est partis sur autre chose en quittant Gwyneth Rice, me renvoya-t-elle en montrant la porte que Williams examinait toujours, comme si ça expliquait son retard.

— À propos, comment va Gwyneth Rice ? demanda Emily.

— Y a du bon… mais c'est sinistre, répondis-je. Il l'a bousillée à vie.

Je n'étais pas arrivé à la moitié de ma réponse lorsque la culpabilité du journaliste me saisit. Je savais que Gwyneth Rice serait le visage de mon sujet. Celui d'une victime qui ne s'en remettrait probablement jamais, dont le chemin de vie avait été violemment et de manière permanente altéré par l'Écorcheur. C'était d'elle qu'on se servirait pour attirer les lecteurs, et peu importait que ses blessures à fendre le cœur durent bien au-delà de la vie de mon article.

— Il va falloir que tu m'envoies tes notes, dit Emily.
— Dès que je peux.
— Et donc, qu'est-ce qu'on fait ? demanda Rachel.
— On pourrait retourner au *Greyhound*, dit Emily. C'était très calme quand j'en suis partie.
— Allons-y, dit Rachel.

Nous nous dirigeâmes vers la porte, Williams se tournant de côté pour nous laisser passer. Puis il me regarda.

— C'est vous qui l'avez défoncée ? demanda-t-il.
— Euh non, répondit Rachel, c'est moi.

Williams la regarda vite de haut en bas.

— Costaude, la dame, dit-il.
— Quand il le faut..., répondit-elle.

## CHAPITRE 38

Le *Greyhound* était à moins de deux minutes de là et Rachel nous y conduisit tous les trois. Assis à l'arrière, je regardai tout le temps par la fenêtre pour voir si on nous suivait. Si c'était ce que faisait l'Écorcheur, je n'en voyais aucun signe et en revins à la question de savoir si j'étais vigilant ou parano. Je n'arrêtais pas de penser au type dans la Tesla. Voulais-je tout simplement qu'il ressemble au portrait-robot ou bien y ressemblait-il vraiment ?

Je n'étais jamais allé en Angleterre, mais l'intérieur du *Greyhound* me fit l'effet d'un pub anglais et je compris pourquoi Emily en avait fait son abreuvoir. Tout y était boiseries foncées et boxes cosy. De l'avant jusqu'à l'arrière, un comptoir courait tout le long de l'établissement et on ne servait pas aux tables. Rachel et moi commandâmes des martinis Ketel, Emily demandant au barman de lui tirer une IPA Deschutes à la pression. J'attendis au bar pendant que les femmes prenaient un box dans le coin au fond.

Je fis deux voyages pour ne pas renverser les martinis, puis je m'installai dans le box en U avec Emily en face de moi et Rachel à ma droite. Je descendis une pleine goulée de mon verre avant de dire un mot. J'en avais besoin après les marées d'adrénaline montantes et descendantes de la journée.

— Alors, lançai-je à Rachel, qu'est-ce que tu as trouvé ?

Elle but, sans trembler, une bonne gorgée de son martini, reposa son verre, puis se reprit.

— J'ai passé les trois quarts de ma journée avec l'ASAC, à l'antenne locale de Westwood, dit-elle. Au début, ils m'ont traitée comme une lépreuse, mais dès qu'ils se sont mis à analyser les faits vérifiables de l'histoire, ils ont commencé à voir la lumière.

— L'ASAC ? répéta Emily en prononçant « A-sack » exactement comme Rachel.

— Oui, l'Assistant Special Agent in Charge pour l'antenne de Los Angeles, répondit Rachel.

— Et tu dis qu'il s'appelle Metz ? demandai-je.

— Matt Metz, précisa-t-elle. Mais de toute façon, je t'ai déjà dit qu'ils avaient relié trois autres affaires par la cause de la mort, avant celle de Gwyneth Rice qui, elle, est la seule à en avoir réchappé.

— Tu as réussi à avoir les nouveaux noms ?

— Non, c'est ça qu'ils gardent pour te faire repousser la sortie de l'article en échange. Non, je ne les ai pas eus.

— Sauf que ça, ça n'arrivera pas, insistai-je. Nous allons publier demain. Avertir les gens contre ce type est plus important que toute autre considération.

— Tu es sûr qu'il n'y a rien de plus important pour toi que ce scoop ? me renvoya-t-elle.

— Écoute, on en a déjà parlé. Ce n'est pas notre boulot d'aider le FBI à attraper ce type. Notre boulot, c'est d'informer le public.

— C'est que... tu pourrais changer d'idée quand tu sauras ce que j'ai eu d'autre.

— Alors dites-nous, lui lança Emily.

— OK, je travaillais avec ce Metz que je connaissais quand j'étais agent, dit-elle. Dès qu'ils ont authentifié ce que je leur ai apporté, ils ont monté une cellule de crise et ont attaqué le problème sous tous les angles. Ils ont trouvé les autres affaires et une équipe s'est mise à y travailler. Il y a aussi un cas à Santa Fe et ils vont procéder à une exhumation du corps dès demain parce qu'ils pensent qu'une DAO a peut-être été ratée à l'autopsie.

— Comment peut-on rater un cou brisé ?

— État du corps, dit-elle. Je n'ai pas eu les détails exacts, mais il était resté dehors dans la montagne et des bêtes s'y sont attaquées. Ils ont pu prendre cette DAO pour autre chose. Toujours est-il qu'une seconde équipe s'était mise à travailler sur Hammond et le Dirty4 pour essayer de relier tout ça.

Elle s'arrêta de parler pour boire une autre gorgée de son martini.

— Et… ? la pressa Emily.

— Et par le site, ils ont réussi à identifier l'associé de Hammond, dit Rachel. En tout cas, ils le pensent.

Je me penchai au-dessus de la table : ça commençait à devenir intéressant.

— Qui est-ce ? demandai-je.

— Il s'appelle Roger Vogel, répondit-elle. Vous pigez ? Roger Vogel qui devient RogueVogue dans l'univers numérique ?

— Pigé, dis-je. Comment l'ont-ils trouvé ?

— Par ses empreintes, je crois… numériques, s'entend. Elles sont partout sur le site. Ils ont fait venir une équipe du Chiffre et je ne pense pas qu'ils aient eu beaucoup de mal. Je n'ai pas eu tous les détails, mais ils ont réussi à remonter jusqu'à une adresse IP. C'était l'erreur. Il avait fait un peu d'entretien du site à partir d'un ordinateur non masqué. Coup de paresse, et maintenant ils savent qui c'est.

— Et donc… localisation ? demandai-je. Où est-il ?

— À Cedars Sinai, répondit-elle. On dirait qu'il bosse à l'administration. C'est là qu'ils ont localisé l'ordinateur dont il s'est servi.

Au début, un éclair de joie me parcourut à l'idée de confronter Vogel avant que le FBI ne s'en empare. Mais la réalité revint en force : le Cedars Sinai Medical Center était un énorme complexe de haute sécurité qui s'étendait sur cinq rues de Beverly Hills. L'atteindre risquait d'être impossible.

— Et ils vont le ramasser ? demandai-je.

— Pas tout de suite, répondit Rachel. Ils se disent que le laisser dans la nature pourrait être à leur avantage.

— Comme appât pour l'Écorcheur ? dit Emily.

— Exactement. Il est clair qu'il voulait liquider Vogel et a fait une erreur avec le type de Northridge. Ce qui fait qu'il pourrait essayer à nouveau.

— Et donc, dis-je en pensant tout haut, si le FBI le surveille, rien ne nous empêche, nous, d'entrer dans l'hôpital et de le confronter. L'ont-ils remonté jusque chez lui ou ailleurs ?

— Non. Grâce à toi qui as averti Vogel de la menace qu'il représentait, l'Écorcheur prend toutes les précautions. Ils le suivaient de loin et l'ont perdu quand il a fini sa journée.

— Pas bon, ça, dit Emily.

— Mais il y a autre chose, reprit Rachel. C'est un fumeur. Il prend ses précautions, mais il faut quand même qu'il sorte pour fumer. J'ai vu des photos de lui assis sur un banc de fumeurs devant le bâtiment... Photos prises par des caméras de surveillance. Et en arrière-plan, il y avait un panneau qui disait George Burns Road, et cette voie traverse tout le complexe.

Je regardai Emily de l'autre côté de la table. Nous savions tous les deux ce que nous allions faire.

— On y sera demain, dis-je. Et on le coincera quand il sortira fumer.

Emily se tourna vers Rachel.

— Le reconnaîtriez-vous des photos de surveillance que vous avez vues ? lui demanda-t-elle. Si vous le voyiez en train de fumer sur un banc, je veux dire.

— Je crois, répondit Rachel. Oui.

— OK, dis-je. Alors on aura besoin que toi aussi, tu sois là.

— Si je fais ça, je serai grillée au FBI. Je serai comme vous deux : quelqu'un qui regarde du dehors.

— OK, va falloir trouver un plan, dis-je.

J'empoignai mon verre et finis mon martini. Un plan, nous en avions l'ébauche, et j'étais prêt à foncer.

## CHAPITRE 39

Le Cedars Sinai Medical Center était un agrégat de grands bâtiments de verre et de parkings se serrant sur cinq rues, mais que le quadrillage de voies internes qui le traversait mettait à part. Au bureau ce matin-là, nous nous servîmes des vues aériennes de Google Maps pour localiser le coin fumeurs que Rachel avait repéré sur la photo de surveillance du FBI. Il se trouvait à l'intersection d'Alden Drive et de George Burns Road, ce croisement se trouvant lui-même quasiment pile au milieu du complexe. Il semblait bien qu'on l'ait installé là pour servir aussi bien aux visiteurs qu'aux patients et employés de tous les bâtiments. En fait, il comprenait deux bancs disposés en face-à-face, de part et d'autre d'une fontaine sise dans un bout de rue paysagée longeant un parking de huit étages. Des cendriers à pédale étaient installés à l'extrémité de chacun de ces bancs. Nous finalisâmes notre plan et quittâmes le bureau à huit heures... en espérant être sur place avant que Roger Vogel ne s'y pointe pour sa première pause cigarette.

Nous observâmes les bancs sous deux angles. Emily et moi depuis la salle d'attente des urgences toute proche et dont les fenêtres offraient une vue plongeante sur eux, mais pas sur le bâtiment de l'administration. Rachel, elle, se tenait au deuxième étage du parking, celui-ci permettant non seulement de les voir, mais encore de surveiller l'entrée de l'administration. Elle pourrait nous alerter dès que Vogel en sortirait pour aller fumer. Positionnée comme elle l'était, elle avait aussi l'avantage d'être à l'abri des regards du FBI. En analysant la photo de surveillance qu'elle avait vue la veille, elle avait repéré l'endroit où le FBI s'était installé pour observer les lieux depuis un bâtiment de soins juste en face de celui de l'administration de l'autre côté de la voie.

Emily Atwater était une fumeuse repentie, ce qui veut dire que, partie de un paquet par jour, elle flirtait maintenant avec un par semaine et se laissait essentiellement aller pendant ses heures de repos. Je me rappelai les cendriers devant la sortie du premier étage de son immeuble d'appartements.

À intervalles réguliers, elle gagna les bancs pour en griller une, dans l'espoir d'être en place lorsque Vogel céderait à sa propre habitude. Je ne fumais plus depuis mon arrivée en Californie, mais j'avais, moi aussi, un paquet de cigarettes dans la poche de ma chemise, mon intention étant de rejoindre le coin fumeurs et de m'en servir lorsqu'enfin Vogel s'y pointerait.

La matinée passa lentement sans que jamais Vogel n'apparaisse. En attendant, les bancs, eux, étaient un lieu plus que populaire pour les autres employés – et certains patients aussi : l'un d'entre eux y traîna même sa potence et sa poche d'intraveineuse pour en griller une. Par textos interposés, j'étais en relations constantes avec Rachel, et y incluais Emily lorsqu'elle allait s'asseoir sur un des bancs. C'était justement là qu'elle se trouvait à 10 h 45 lorsque j'envoyai un message à tout le monde pour laisser entendre que nous perdions notre temps. J'y suggérais que, probablement effrayé par la conversation que j'avais eue avec lui la veille, Vogel avait dû quitter la ville.

Je venais de l'envoyer quand mon attention fut attirée par un type qui venait d'entrer aux urgences le visage en sang et exigeait qu'on le soigne tout de suite. Il jeta par terre l'écritoire qu'on lui avait tendue et hurla que non, il n'avait pas d'assurance, mais besoin d'aide. Un agent de la sécurité se dirigeait vers lui lorsque j'entendis la sonnerie de ma messagerie et sortis mon portable de ma poche. Le texto émanait de Rachel.

*Vient de sortir de l'administration, cigarette à la main*

Le message avait été envoyé à Emily et à moi. Je regardai Emily par la vitre et vis qu'elle avait pris place sur l'un des deux bancs et consultait son portable. Elle avait reçu l'alerte. Je franchis les portes automatiques et gagnai le coin fumeurs.

En m'approchant, je vis un type debout à côté des bancs. Emily s'était installée sur un, le second étant occupé par une autre femme. Vogel, si c'était bien lui, semblait avoir peur de partager un banc avec l'une ou l'autre. D'où le problème. Je ne voulais pas qu'il soit debout lorsque nous nous identifierions comme journalistes. Il lui serait alors plus facile de s'éclipser. Je le vis allumer une cigarette avec un briquet à capot et commençai à sortir mon paquet de clopes de ma poche de chemise. Je vis qu'Emily, elle, faisait semblant de lire un texto, mais je savais qu'elle était en train d'ouvrir son appli dictaphone.

Juste au moment où j'arrivais, la fumeuse écrasa sa cigarette dans le cendrier et y laissa son mégot. Puis elle se leva et regagna les urgences. Je vis Vogel prendre sa place sur le banc vide. Notre plan allait marcher.

Pour ce que j'en savais, Vogel n'avait pas eu un regard pour Emily, ni même seulement remarqué sa présence. Lorsque j'arrivai au bon endroit, je glissai une cigarette entre mes lèvres, puis tapotai la poche de ma chemise comme si j'y cherchais des allumettes ou un briquet. Je n'en trouvai pas et regardai Vogel.

— Vous avez du feu ? lui demandai-je.

Il leva la tête, j'agitai ma cigarette toujours éteinte. Sans dire un mot, il glissa la main dans sa poche et me tendit son briquet. J'étudiai son visage et vis qu'il pensait m'avoir reconnu.

— Merci, dis-je vite. Vous êtes bien Vogel, non ?

Il regarda autour de lui, puis revint sur moi.

— Oui, répondit-il. Vous êtes de l'administration ?

Identité confirmée. On tenait le bon. Je jetai un bref coup d'œil à Emily et m'aperçus qu'elle avait posé son téléphone portable sur son banc et l'avait tourné vers Vogel. On enregistrait.

— Non, attendez une minute, reprit Vogel. Vous… vous êtes le journaliste.

Ce fut à mon tour d'être surpris. Comment savait-il ça ?

— Quoi ? lui lançai-je. Quel journaliste ?

— Je vous ai vu au tribunal. C'est vous. Nous nous sommes parlé hier. Comment, bordel de merde… Vous essayez de me faire tuer ?

Il jeta sa cigarette par terre, sauta du banc et reprit le chemin de l'administration. Je levai la main comme pour l'arrêter.

— Attendez ! Attendez une minute ! Je veux juste vous parler.

Il hésita.

— De quoi ?

— Vous avez dit savoir qui était l'Écorcheur. Il faut qu'on l'arrête. Vous…

Il passa devant moi et me poussa.

— Il faut que vous nous parliez ! lui lança Emily.

Il lui décocha un bref regard en se rendant compte qu'elle était avec moi et qu'une équipe venait de l'identifier.

— Aidez-nous à le coincer, insistai-je. Alors vous aussi, vous serez à l'abri.

— Nous sommes votre meilleure chance, reprit Emily. Parlez-nous. Nous pouvons vous aider.

Nous avions répété ce que nous dirions avant de prendre la voiture et, en l'état, notre texte n'allait pas beaucoup plus loin que ça. Vogel continua d'avancer en nous criant dessus au fur et à mesure qu'il s'éloignait.

— Je vous l'ai dit : rien de tout cela ne devait se produire. Je ne suis pas responsable de ce que fabrique cette espèce de cinglé. Reculez, bordel !

Il se mit en devoir de traverser George Burns Road.

— Vous vouliez seulement que les femmes se fassent baiser et pas tuer, c'est ça ? lui lança Emily. Très noble à vous, ça !

Elle s'était levée. Vogel pivota sur les talons et revint vers nous à grandes enjambées. Il se pencha légèrement pour qu'Emily l'ait en pleine figure. Je me rapprochai au cas où il serait allé plus loin.

— Ce que nous faisions n'était pas différent de ce qu'offre n'importe quel service de rencontres, dit-il. Nous mettions les gens en correspondance avec ce qu'ils cherchaient. L'offre et la demande, point final.

— Sauf que les femmes, elles, ne savaient pas qu'elles faisaient partie de l'équation, le pressa-t-elle. Non ?

— Ça n'avait pas d'importance, lui renvoya-t-il. C'est toutes des putes de toute façon et…

Il s'arrêta net en apercevant le portable qu'Emily tenait devant elle.

— Vous enregistrez ?! hurla-t-il.

Puis il se tourna vers moi.

— Je vous l'ai dit : je ne veux pas être mêlé à cette histoire. Je vous interdis de vous servir de mon nom.

— Sauf que l'histoire, c'est vous, lui renvoyai-je. Vous, Hammond, et ce dont vous êtes responsables.

— Non ! cria-t-il. Vos conneries vont me faire tuer !

De nouveau, il se tourna vers la rue pour rejoindre le passage clouté.

— Attendez ! Vous ne voulez pas de votre briquet ? lui lançai-je en le levant dans ma main.

Il se retourna vers moi, mais ne ralentit pas en passant sur la chaussée.

— Gardez...

Avant qu'il ne puisse prononcer le mot suivant, une voiture arriva et le percuta sur le passage pour piétons. Une Tesla noire avec des vitres tellement teintées que si elle n'avait pas eu de chauffeur, je n'aurais pas été capable de le dire.

La violence de la collision, au niveau de ses genoux, fut telle que Vogel fut projeté dans le croisement, et je vis son corps être avalé par la voiture qui l'écrasait sans faire de bruit. La Tesla bondit en lui passant dessus. Puis son corps fut traîné en dessous jusqu'au milieu de l'intersection avant d'en être libéré.

J'entendis Emily hurler dans mon dos, mais aucun son de la part de Vogel. Il était aussi silencieux que le véhicule qui l'avait renversé.

Une fois dégagée du corps, la Tesla prit le maximum de sa vitesse et traversa l'intersection tous pneus hurlants pour descendre George Burns Road et la Troisième Rue. Je la vis tourner à gauche en grillant un feu orange et disparaître.

Plusieurs personnes coururent jusqu'au corps déformé et plein de sang. On était, après tout, dans un centre médical. Deux hommes en blouse bleu ciel furent les premiers à atteindre Vogel et j'en vis un reculer tellement ce qu'il découvrait le dégoûtait. Il y avait des traînées de sang sur la chaussée.

Je regardai Emily. Debout à côté du banc qu'elle venait d'occuper, elle avait porté la main à sa gorge et, horrifiée, contemplait ce qui se passait dans l'intersection. Alors je me retournai et me joignis au rassemblement qui se formait autour du corps immobile de Roger Vogel. Je jetai un coup d'œil par-dessus l'épaule d'un des spectateurs et vis que la moitié du visage de la victime avait disparu. Elle s'était littéralement désintégrée lorsque Vogel avait été traîné face contre terre sous la voiture. Il avait la tête tellement déformée que je fus certain qu'il avait eu le crâne écrasé.

— Il est vivant ? demandai-je.

Personne ne répondit. Je vis qu'un des hommes avait porté son portable à l'oreille et passait un appel.

— Docteur Bernstein à l'appareil, dit-il calmement. J'ai besoin d'une ambulance juste devant les urgences. Au croisement d'Alden Drive et de George Burns Road. Quelqu'un vient de se faire renverser par une voiture. Traumatismes majeurs à la tête et au cou. On va avoir besoin d'une civière pour le déplacer. Tout de suite.

J'entendis des bruits de sirènes tout près, mais toujours à l'extérieur du centre médical. J'espérai que ce soient celles du FBI, et qu'ils fondent sur l'Écorcheur et le mettent à terre dans sa machine à tuer si silencieuse.

Mon portable vibra, c'était Rachel.

— Jack, il est mort ?

Je me retournai et levai les yeux vers le parking. Je la vis debout à la balustrade du deuxième étage, son portable à l'oreille.

— Ils disent qu'il est toujours vivant, lui répondis-je. Qu'est-ce qui s'est passé, bordel ?

— C'était une Tesla. C'était l'Écorcheur.

— Où sont les types du FBI ? Je croyais qu'ils le surveillaient !

— Je ne sais pas, mais oui, ils surveillaient.

— T'as eu la plaque ?

— Non, la voiture est passée trop vite et on ne s'y attendait pas. Je descends.

Elle raccrocha, je rangeai mon appareil et me penchai vers les hommes qui essayaient d'aider Vogel.

C'est alors que j'entendis le Dr Bernstein s'adresser à l'autre homme en blouse bleue.

— C'est fini. Je suis formel, dit-il. 10 h 58. Je renvoie l'ambulance. Il faut le laisser là pour les flics.
Il ressortit son portable. Et je vis Rachel se diriger vers moi. Elle parlait au téléphone. Elle raccrocha en arrivant devant moi.
— C'était Metz, dit-elle. L'Écorcheur s'est enfui.

# L'ÉCORCHEUR

## CHAPITRE 40

Il savait que c'était plus que probablement un piège du FBI, mais il savait aussi qu'ils ne seraient pas prêts pour ce coup. Ils s'en remettraient aux profils et aux programmes sur lesquels ils comptaient religieusement quand il fallait comprendre et attraper les types comme lui. Ils s'attendraient à ce qu'il fasse ce qu'il avait déjà fait avant : suivre sa proie et l'attaquer à la dérobée. Et ç'avait été leur erreur. Avec son portable, il avait observé les deux journalistes sur les caméras de surveillance de l'hôpital et compris qu'ils repéraient une espèce de lieu de rendez-vous. Quand il avait été certain qu'ils lui avaient identifié sa cible, il avait agi vite et avec audace. Et maintenant, il avait disparu dans le brouillard et était sûr et certain qu'ils couraient déjà comme des fous dans son sillage.

Mais trop tard.

Il était content de lui. Le dernier lien entre lui, le site et la liste était sûrement tranché, et l'heure était venue de s'envoler vers le sud pour l'hiver, peut-être de changer de plumage et se préparer.

Plus tard, il reviendrait finir tout ça quand on s'y attendrait le moins.

Il fit prendre la rampe du parking du Beverly Center à la Tesla et monta jusqu'au troisième. Il n'y avait pas beaucoup de voitures à cet endroit, il se dit qu'il devait y avoir plus de gens au centre commercial plus tard dans la journée. Il se gara au coin sud-ouest. À travers la grille décorative en acier qui fermait le bâtiment, il vit La Cienega Boulevard. Et des éclairs de lumière sur des voitures banalisées avançant dans la circulation. Il comprit que ces véhicules appartenaient aux fédéraux qu'il venait juste de feinter et mettre dans l'embarras. Qu'ils aillent se faire foutre. Ils cherchaient à l'aveuglette et ne le trouveraient jamais.

Bientôt, il entendit aussi un hélicoptère au-dessus de sa tête. Bonne chance, les gars. Et bonne chance aussi à tous les propriétaires de Tesla noires qui allaient se faire arrêter par des fédéraux tous flingues dehors et les yeux pleins de fureur.

Il se regarda dans le rétroviseur central. Il s'était rasé le crâne la veille au soir… au cas où ils auraient réussi à avoir son signalement. Son crâne était tout blanc quand il en avait eu fini et il avait dû y passer de la crème à bronzer de chez CVS. Cela avait taché son oreiller pendant son sommeil, mais ç'avait fait l'affaire. Il avait maintenant l'air d'avoir ce look depuis des années. Cela lui avait tellement plu qu'il s'était retrouvé à se regarder dans la glace toute la matinée durant.

Il baissa les vitres de deux ou trois centimètres pour laisser entrer l'air, puis il coupa le moteur et ouvrit la portière. Avant de descendre, il prit un sachet d'allumettes et un paquet de cigarettes. Il en alluma une et tira fort dessus en en regardant le bout rougir dans le rétro. Il toussa lorsque la fumée lui envahit les poumons. Comme toujours. Il plia le sachet d'allumettes autour de sa cigarette et posa cet allume-feu improvisé sur la console centrale. Il l'ajusta de façon que la cigarette pende légèrement vers le bas et continue de brûler en remontant vers les allumettes. Avec un peu de chance, celles-ci ne seraient même pas nécessaires et la cigarette ferait le boulot.

Il descendit de la voiture, ferma la portière côté conducteur et rejoignit vite l'avant du véhicule. Il vérifia le pare-chocs avant et la jupe en plastique en dessous pour voir s'il s'y trouvait du sang ou des débris. Il ne vit rien et se pencha pour regarder en dessous. Du sang dégoûtait sur le ciment comme l'huile d'une voiture à gaz.

Il sourit. Il trouvait ça ironique.

Il regagna le côté de la voiture et ouvrit la portière arrière. La cartouche de gaz naturel qu'il avait ôtée du barbecue de Hammond installé à côté de sa piscine était toujours sur la banquette arrière. Il avait sectionné l'attache du tuyau en caoutchouc à cinq centimètres du raccord et laissé s'échapper l'essentiel du gaz. Ce n'était pas une grosse explosion qu'il recherchait. Juste ce qu'il fallait pour faire le nécessaire.

Il ouvrit la valve et entendit le sifflement du reste de gaz qui se répandait dans la voiture. Il recula, ôta ses gants et les jeta à l'intérieur. La Tesla lui avait bien servi. Elle allait lui manquer.

Il referma la portière d'un coup de coude et gagna l'escalier mécanique qui l'amènerait au rez-de-chaussée.

Arrivé au deuxième escalator descendant, il entendit le boum reconnaissable entre tous de l'explosion à l'intérieur de la Tesla. Pas assez forte pour faire éclater les vitres, mais suffisante pour engouffrer tout l'habitacle et y brûler les moindres traces de son dernier utilisateur.

Il avait confiance : jamais ils ne sauraient qui il était. La voiture avait été volée à Miami et les plaques étaient celles d'une Tesla identique garée dans le parking longue durée de l'aéroport de Los Angeles. Ils avaient peut-être une photo de lui, mais jamais ils ne sauraient son nom. Il avait pris trop de précautions.

Il ouvrit l'appli Uber de son portable et demanda qu'on le prenne côté La Cienega du centre commercial. Dans la case destination il tapa :

## *LAX*

L'appli l'informa qu'Ahmet, son chauffeur, s'était mis en route et qu'il serait à l'aéroport dans cinquante-cinq minutes. Soit assez de temps pour décider où aller.

# LE PREMIER ARTICLE

*FBI : Le tueur à l'ADN dans la nature*
*par Emily Atwater et Jack McEvoy*

Le FBI et la police de Los Angeles viennent de se lancer de toute urgence sur les traces d'un individu soupçonné d'avoir tué au minimum dix personnes dans une débauche de meurtres à travers tout le pays, dont sept jeunes femmes auxquelles il a brisé le cou.

Le tueur, connu sous le pseudonyme de l'« Écorcheur » sur le Net, les a ciblées à partir des profils ADN spécifiques qu'elles avaient fournis à un site d'analyse génétique populaire. Ces profils ont alors été téléchargés par le suspect toujours non identifié à partir d'un site du dark web servant une clientèle d'hommes qui cherchent à profiter des femmes.

Le FBI a programmé une grande conférence de presse demain à Los Angeles afin d'y parler de son enquête.

Cette semaine, ceci selon les autorités, les deux opérateurs du site, que le FBI a fermé aujourd'hui même, ont été assassinés par le suspect. Marshall Hammond, 31 ans, a été retrouvé pendu à son domicile de Glendale, où il dirigeait un laboratoire d'analyse d'ADN. Roger Vogel, 31 ans, a, lui, été fauché en pleine rue lors d'un accident avec délit de fuite quelques secondes seulement après avoir été confondu par des journalistes de Fair Warning.

*Un troisième homme avait lui aussi été assassiné par le tueur un peu plus tôt lorsque, d'après les autorités, celui-ci l'aurait pris pour Vogel.*

*Avant l'assassinat de ces trois hommes, de Fort Lauderdale à Santa Barbara, sept femmes ont été sauvagement tuées, le suspect ayant pour signature de ses meurtres la manière bien particulière dont il leur brise le cou. Une huitième victime a survécu à une attaque similaire, mais est aujourd'hui tétraplégique suite à ses blessures. Originaire de Pasadena et âgée de 29 ans, cette femme, dont Fair Warning taira le nom, a beaucoup aidé les enquêteurs en leur fournissant des détails permettant de relier toutes ces affaires.*

*« C'est un des tueurs en série les plus vicieux auxquels nous ayons jamais eu affaire, a déclaré Matthew Metz, l'agent spécial adjoint de l'antenne du FBI de Los Angeles. Nous faisons tout notre possible pour l'identifier et le mettre hors d'état de nuire. Personne ne sera à l'abri tant que nous ne l'aurons pas arrêté. »*

*Le FBI vient de rendre public un portrait-robot du suspect ainsi que la vidéo d'un homme qui pourrait être lui et a été prise par une caméra de surveillance privée dans le quartier de Marshall Hammond peu après son assassinat.*

*Hier, le FBI a manqué une chance d'appréhender le suspect lorsque celui-ci a échappé à la surveillance exercée sur Roger Vogel qui travaillait dans les bâtiments de l'administration du Cedars Sinai Medical Center. Les journalistes de Fair Warning ont confronté Roger Vogel dans un coin fumeurs de l'hôpital, mais il a nié toute responsabilité dans ces morts.*

*« Rien de tout cela ne devait se produire, a-t-il déclaré. Je ne suis pas responsable de ce que fabrique cette espèce de cinglé. »*

*Vogel a alors pris le passage clouté au croisement d'Alden Drive et de George Burns Road et a été aussitôt écrasé par une voiture dont on pense qu'elle était conduite par le meurtrier. Il a été traîné sous ce véhicule sur plus de quinze mètres et a succombé à ses blessures. La voiture a été plus tard retrouvée par le FBI dans le* parking voisin du Beverly Center, où elle avait été incendiée afin de détruire tout indice permettant d'identifier l'assassin.

L'Écorcheur s'est fait connaître suite à l'assassinat, il y a une semaine, de Christina Portrero, 44 ans, retrouvée chez elle le cou brisé après avoir été vue pour la dernière fois en compagnie d'un homme dans un bar du Sunset Strip.

Fair Warning a lancé une enquête sur ce décès après avoir appris que Portrero avait fourni son ADN à la GT23, la très populaire société d'analyse génétique en ligne, aux fins de traçage d'hérédité. La victime s'était plainte à des amis d'avoir été suivie par un inconnu qui connaissait certains détails intimes la concernant. On ne pense pas que cet homme soit l'Écorcheur mais un autre client de ce même site du dark web où l'Écorcheur sélectionnait ses victimes selon leur profil ADN.

La GT23 déclare ouvertement que vendre de l'ADN anonyme à des laboratoires de deuxième niveau l'aide à maintenir le prix de ses analyses au plus bas pour le consommateur, celui-ci ne payant que vingt-trois dollars pour une analyse d'hérédité par ADN.

Au nombre des labos auxquels cette société vend de l'ADN, on trouve l'Orange Nano, un laboratoire de recherche d'Irvine dirigé par William Orton, un ancien professeur de chimie de l'université de Californie, campus d'Irvine. Selon les autorités du comté d'Orange, Orton aurait quitté son poste il y a trois ans afin de lancer l'Orange Nano lorsqu'il a été accusé d'avoir drogué, puis violé une étudiante.

Orton nie violemment toutes ces accusations. Licencié de UC-Irvine, Hammond avait été un de ses étudiants. Il a plus tard fondé un laboratoire de recherche privé qui recevait des centaines d'échantillons d'ADN féminin de l'Orange Nano après qu'ils étaient achetés à la GT23.

L'enquête de Fair Warning a permis de déterminer que Hammond et Vogel avaient ouvert un site du dark web intitulé « Dirty4 » il y a plus de deux ans. Les clients payaient quatre cents dollars par an pour y accéder et télécharger les identités et lieux de résidence de femmes dont l'ADN contenait une séquence chromosomique connue sous le vocable de DRD4 qui, selon certains chercheurs en génétique, indiquerait une propension aux conduites à risques, incluant l'addiction au sexe et à la drogue.

« Ils vendaient ces femmes au plus offrant, a déclaré une source proche de l'enquête. Ces types douteux achetaient des listes de femmes sur lesquelles ils avaient un avantage : celui de faire semblant de les rencontrer par hasard dans un bar ou ailleurs, mais où elles seraient des cibles faciles. C'est absolument dépravé et il n'y a pas à s'étonner qu'il y ait eu des tueurs dans le lot. »

D'après le FBI, les archives du site indiquent que Dirty4 aurait eu plusieurs centaines de membres payants, dont beaucoup étaient inscrits sur des forums « incels » – les « incels » étant des hommes qui se déclarent « célibataires involontaires » –, et autres individus de type misogyne.

« Horrible époque, a déclaré Andrea McKay, qui enseigne le droit à Harvard et dont l'expertise en matière d'éthique de la génétique est reconnue de tous. Nous en sommes maintenant arrivés au point où les prédateurs peuvent commander leurs victimes sur catalogue. »

L'ADN vendu par la GT23 était dépersonnalisé, mais les autorités pensent que Roger Vogel, un hacker très doué qui se faisait appeler « RogueVogue » en ligne, avait infiltré les ordinateurs de la société et pouvait donc récupérer les identités des femmes dont l'ADN était arrivé à Hammond par l'Orange Nano.

Un des utilisateurs de Dirty4 n'était autre que l'Écorcheur. Le FBI pense qu'il s'est servi de son accès aux profils répertoriés sur le site pour cibler les victimes de son orgie de meurtres. Le FBI en a identifié onze – la femme de Pasadena qui a survécu à son agression comprise – et pense qu'il pourrait y en avoir d'autres. Une exhumation est programmée aujourd'hui même à Santa Fe et pourrait conduire à l'identification d'une douzième.

Ce sont les blessures ou la cause de la mort qui relie toutes ces victimes. Chacune d'entre elles a subi une torsion du cou absolument dévastatrice conduisant à ce qu'on appelle une « dislocation atlanto-occipitale », les légistes parlant, eux, de « décapitation interne ». Cette séparation complète des os du cou et de la moelle épinière se produit lorsque la tête est violemment tournée plus de quatre-vingt-dix degrés au-delà des limites normales.

« Ce type est costaud, nous a dit l'agent Metz. Nous pensons qu'il leur casse littéralement le cou à mains nues ou à l'aide d'une clé d'avant-bras. La mort est horrible et extrêmement douloureuse. »

L'Écorcheur tire son surnom en ligne d'un oiseau connu pour être un des tueurs les plus sauvages du monde naturel. Souris des champs ou autres petits animaux, il traque ses proies sans faire de bruit, les attaque par-derrière, les immobilise avec son bec et leur brise le cou.

Ces meurtres et cette enquête vont sûrement affecter une industrie de l'analyse génétique qui vaut des milliards de dollars et se développe à vive allure. Une enquête de Fair Warning a en effet déterminé que, tombant sous le contrôle de la Food and Drug Administration, elle est virtuellement non réglementée dans la mesure où la FDA en est toujours à tenter de promulguer des règles et règlements la concernant. Montrer ainsi que les mesures destinées à protéger l'anonymat des échantillons d'ADN ont été compromises devrait faire fortement trembler cette industrie.

« Ça change tout, nous a confié Jennifer Schwartz, professeur de sciences de la vie à UCLA. Toute l'industrie repose sur le principe de l'anonymat. Et donc, qu'est-ce qu'on a s'il est compromis ? On a beaucoup de gens qui ont peur et toute une industrie qui pourrait commencer à chanceler. »

Le FBI a fermé le site Web Dirty4 et recherche activement les femmes dont les identités ont été révélées et vendues par Hammond et Vogel. D'après l'agent Metz, le suspect aurait en sa possession de multiples profils récupérés dans l'ordinateur du laboratoire de Hammond après avoir tué ce dernier. À l'entendre, la GT23 et l'Orange Nano coopèrent pleinement dans ce secteur de l'enquête.

« Pour l'instant, c'est la priorité, a-t-il précisé. Il faut qu'on retrouve ce type, évidemment, mais nous devons aussi joindre toutes ces femmes qui ne se doutent de rien afin de les mettre en garde et de les protéger. »

L'agent ajoute que si l'on ne sait pas clairement pourquoi Hammond et Vogel ont été assassinés, il est probable qu'ils avaient tous les deux la clé permettant d'identifier l'Écorcheur.

« Je pense que le tueur a eu vent de l'enquête et savait que c'étaient ces deux seuls individus qui pouvaient aider son identification. Il fallait donc qu'ils disparaissent et ils ont fini par être victimes de leur propre cuisine. Il n'y a guère de sympathie pour eux dans la région, ça, je peux vous le dire. »

On ne sait pas grand-chose des liens qui unissent Hammond et Vogel, mais il est clair qu'ils ont fait connaissance à UC-Irvine, où ils étaient colocataires. Des étudiants de l'époque déclarent qu'ils auraient pu se croiser dans un groupe informel impliqué dans des cyberharcèlements de jeunes femmes.

« C'était un des précurseurs des groupes d'incels que l'on voit aujourd'hui, a déclaré un officiel de la faculté qui souhaite garder l'anonymat. Ces types faisaient toutes sortes de choses aux étudiantes : ils pirataient leurs réseaux sociaux et répandaient rumeurs et mensonges sur elles. Certaines ont même quitté l'université à cause de ce qu'ils leur infligeaient. Mais ils effaçaient toujours leurs traces. On n'arrivait jamais à prouver quoi que ce soit contre eux. »

Les incels sont essentiellement des hommes qui se qualifient de « célibataires involontaires », accusent les femmes de leurs problèmes sexuels et les décrient sur les forums du Net. Ces dernières années ont vu une montée des crimes contre les femmes qu'on leur attribue. Pour le FBI, ces groupes sont de plus en plus inquiétants.

« Le site Dirty4 semblait alimenté par ce genre d'attitudes et de sentiments », dit encore l'agent Metz.

« Ces types haïssaient les femmes et portaient cette haine au maximum, ajoute-t-il. Et aujourd'hui, sept ou huit d'entre elles sont mortes et une autre ne pourra plus jamais marcher. C'est horrible. »

En attendant, les autorités craignent que cet assassinat de Vogel sous la forme d'un accident avec délit de fuite n'indique que l'Écorcheur est en train de changer de méthode, ce qui pourrait le rendre encore plus difficile à traquer.

« Il sait que nous l'avons dans le collimateur, et la meilleure façon qu'il a d'éviter que le filet ne se referme sur lui est soit d'arrêter de tuer soit de changer de routine, a conclu l'agent Metz. Malheureusement, ce type a pris goût au meurtre et je ne le vois pas arrêter. Nous faisons de notre mieux pour l'identifier et le mettre hors d'état de nuire. »

# JACK

CHAPITRE 41

Cent jours après la publication de notre article, l'Écorcheur n'avait toujours pas été identifié ou capturé. Pendant ce laps de temps, Emily Atwater et moi avions écrit trente et un papiers de plus en collant à l'enquête et restant bien en avance des médias qui nous avaient fondu dessus telles des sauterelles après notre première dépêche. Myron Levin avait négocié un partenariat d'exclusivité avec le *Los Angeles Times* et la plupart de nos articles y avaient été reproduits en première page, voire en manchette. Nous avions ainsi couvert l'enquête en pleine expansion et la confirmation de deux autres assassinats de femmes. Nous avions publié un portrait complet de William Orton et rapporté l'affaire de viol pour laquelle il n'avait pas été condamné. Nous avions aussi écrit un article sur Gwyneth Rice et plus tard, fait largement connaître la collecte de fonds organisée pour aider à couvrir ses frais médicaux. Nous avions même publié des papiers sur la véritable déification de l'Écorcheur entreprise par des groupes d'incels qui fêtaient en ligne tout ce qu'il avait fait à ses victimes.

Les craintes qu'avait alors Myron Levin de perdre la moitié de son équipe furent avérées, mais pour des raisons inattendues. L'Écorcheur étant toujours dans la nature, Emily avait fini par avoir trop peur que nous devenions ses prochaines cibles. L'affaire commençant à perdre de l'oxygène parce que rien ne se produisait plus, elle décida de quitter le journal. Nous avions reçu des propositions pour un livre avec podcast. Nous décidâmes que ce serait elle qui se chargerait du livre et moi qui enregistrerait le podcast. Elle repartit en Angleterre et y gagna un coin perdu dont je ne fus même pas tenu au courant. Pour elle, c'était mieux comme ça, ce secret m'interdisant de révéler à quiconque l'endroit où elle se trouvait. Nous communiquions tous les jours et c'était par e-mail que je lui fournissais la matière brute des articles qu'elle allait écrire et signer de nos deux noms.

Cette date des cent jours marqua aussi la fin de mon passage à Fair Warning. Je donnai mon préavis et décidai que quels que soient les développements de l'affaire, je pourrais les faire connaître par podcast. C'était là une nouvelle forme de journalisme et j'avais pris plaisir à entrer dans le studio d'enregistrement pour y raconter l'histoire au lieu de l'écrire.

Je l'intitulai : *La Ronde du meurtre.*

Myron ne fut pas trop en colère d'avoir à nous remplacer. Il avait maintenant un plein tiroir de CV de journalistes qui voulaient travailler pour lui. L'Écorcheur avait rendu Fair Warning énormément visible. Les journaux, les sites Web et les bulletins d'info de la télé avaient dû, et dans le monde entier, nous créditer d'avoir fait connaître cette histoire. J'avais fait des apparitions à CNN, Good Morning America, et The View, 60 minutes suivait nos reportages, le *Washington Post* ayant même fait un profil d'Emily et de moi où il était allé jusqu'à comparer notre partenariat parfois plutôt combatif à celui de l'équipe de reporters la plus célèbre de l'histoire du journalisme : celle de Woodward et Bernstein.

Le lectorat de Fair Warning s'élargissait et pas seulement les jours où nous sortions un papier sur l'Écorcheur. Cent jours plus tard, nous avions constaté une montée des dons. Myron n'était maintenant plus tout le temps au téléphone pour cajoler de potentiels donateurs. Tout allait bien à Fair Warning.

Le dernier papier qu'Emily et moi avions rédigé fut un des plus satisfaisants des trente-deux. Nous y dévoilâmes l'arrestation de William Orton pour agression sexuelle. Nos articles sur Marshall Hammond et Roger Vogel avaient poussé les autorités du comté d'Orange à rouvrir l'enquête sur les allégations selon lesquelles il aurait drogué, puis violé son étudiante d'un jour. Il fut déterminé que Hammond avait apporté l'échantillon d'ADN soumis par Orton au laboratoire du shérif et l'avait remplacé par un autre, celui-là inconnu, ce qui lui avait permis de conclure à l'absence de correspondance avec les frottis du kit de viol. Dans la nouvelle enquête, un autre échantillon avait alors été prélevé sur Orton et comparé à celui du kit. Il y avait eu correspondance, Orton étant aussitôt arrêté et inculpé.

Les trois quarts du temps, le journalisme n'est que simple suite de reportages sur des situations et des événements d'intérêt public. Il est rare que cela conduise au renversement d'un politicien corrompu, à une modification des lois ou à l'arrestation d'un violeur. Quand cela se produit, la satisfaction ressentie est sans mesure. Nos articles sur l'Écorcheur avaient averti le public et sans doute permis de sauver des vies. Ils eurent aussi pour résultat de mettre un violeur derrière les barreaux. J'étais fier de ce que nous avions accompli et de me dire journaliste à une époque où la profession était constamment attaquée.

Après avoir serré la main de Myron et quitté le bureau pour la dernière fois, je gagnai le bar du *Mistral* afin d'y retrouver Rachel et de fêter la fin d'un chapitre de ma vie et l'ouverture d'un autre. C'était le plan, mais tout ne marcha pas comme prévu. Cent jours durant j'avais gardé une question en moi et ne pouvais plus la retenir.

Rachel était déjà au comptoir, assise tout au bout à gauche, à l'endroit où il rejoignait le mur du fond et offrait deux places assises que nous tentions toujours d'occuper. Ce coin nous donnait de l'intimité et nous permettait de voir et le bar et le restaurant. Il y avait un couple au milieu et un type tout seul à l'autre bout, en face de Rachel. Comme la plupart du temps le soir, les affaires avaient démarré lentement avant de prendre de l'ampleur.

Ce soir-là, la « Française de contrefaçon » était de service. C'était comme ça que Rachel s'était mise à appeler Elle en privé. Je lui fis signe de venir, commandai un martini et me retrouvai vite à trinquer avec Rachel.

— À de nouvelles choses ! lança-t-elle.

— *Sláinte !* lui renvoyai-je.

— Oh, oh, et maintenant nous avons un poète irlandais pour accompagner la Française de contrefaçon ?

— Oui-da, un poète du dernier délai. Enfin... anciennement. Et aujourd'hui un poète du podcast.

Mon accent irlandais ne la faisant pas vraiment rire, j'arrêtai et bus la moitié de mon cocktail de courage liquide pour me préparer à la grosse question que je devais poser.

— Pour moi, il n'est pas impossible que Myron ait eu la larme à l'œil quand je lui ai dit au revoir tout à l'heure, commençai-je.

— Ah, il va me manquer.

— On le reverra, et il a accepté de participer au podcast pour y faire des mises à jour sur l'Écorcheur. Ça lui fera de la pub pour son site.

— C'est bien.

Je terminai mon martini, Elle m'en apporta vite un autre. Rachel et moi papotâmes de choses et d'autres pendant que j'en faisais descendre le niveau. Je remarquai qu'elle n'en avait pas repris un autre et était même allée jusqu'à demander un verre d'eau. Elle ne cessait pas de regarder le type assis tout seul à l'autre bout du comptoir.

J'avais posé les coudes sur le bar, je me frottai les mains et poussai mes doigts en arrière. Si mon alcoolémie montait, mon courage, lui, descendait. Je décidai de laisser tomber mes soupçons un soir de plus... comme les quatre-vingt-dix-neuf fois précédentes.

— Tu hésiterais ? me demanda-t-elle.

— Non, pas du tout, lui répondis-je. Pourquoi ?

— Simple observation : tu te tords les mains. Et tu as l'air... je ne sais pas. Pensif ? Préoccupé ?

— Eh bien... Il faut que je te demande quelque chose que j'ai envie de te demander depuis un moment et...

— Oui, et c'est quoi ?

— Le soir du *Greyhound*, quand tu jouais les sources, nous donnais à Emily et à moi tous ces trucs sur Vogel et nous décrivais la photo des caméras de surveillance que tu avais vue...

— Je ne « jouais » pas. Ta source, je l'étais, Jack. C'est quoi, ta question ?

— C'était un coup monté, non ? Toi et le FBI... ce... Metz... vous vouliez aiguiller l'Écorcheur sur Vogel. Vous nous avez donc dit...

— Mais de quoi tu parles, Jack ?

— Faut juste que je le dise. C'est ce que je pense, et tu me dis si c'est vrai. Je m'en débrouillerai. C'était sans doute par allégeance aux gens qui t'avaient virée. Est-ce que c'était une espèce de marché pour réintégrer le FBI ?

— La ferme avant qu'encore une fois tu finisses par bousiller quelque chose de bien !

— Non vraiment ? C'est moi qui le bousillerai ? C'est toi qui fais ce truc avec eux et maintenant, c'est moi qui bousille tout ? Ça me...

— Je n'ai pas envie de parler de ça pour l'instant. Et arrête de boire.

— Qu'est-ce que tu racontes ? Je peux boire, moi. Je peux rentrer à la maison à pied si j'ai trop bu, mais j'en suis encore à des kilomètres. Ce que je veux, c'est que tu me dises si c'était un coup monté entre toi et le FBI.

— Je t'ai déjà dit que non. Et écoute : là, on a un problème.

— Je sais. Tu aurais dû me le dire. J'aurais…

— Non, ce n'est pas de ça que je te parle. On a un problème ici même.

— Mais qu'est-ce que tu racontes ? répétai-je.

— Joue le jeu, c'est tout.

Elle se retourna et m'embrassa sur la joue, puis elle me passa un bras autour du cou et se serra contre moi. Pareil étalage d'affection était rare chez elle. Je compris qu'il se passait quelque chose. Ou bien elle allait jusqu'à de très bizarres extrémités pour éviter ma question ou bien quelque chose était en train de tourner vraiment mal.

— Le type à l'autre bout du bar, me souffla-t-elle à l'oreille. Tu n'as rien vu.

J'avançai la main pour prendre mon verre et jetai un bref coup d'œil au type assis tout seul à l'extrémité du comptoir. Rien en lui n'avait éveillé mes soupçons. Il avait un verre à cocktail devant lui et ce verre était à moitié plein de glaçons et d'un liquide clair. Et en plus, il y avait une rondelle de citron vert dedans.

Je tournai mon tabouret de façon à être en face de Rachel. Elle avait la main sur moi et moi la mienne sur elle.

— Qu'est-ce qu'il a ? demandai-je.

— Il est entré juste après moi et il est toujours à siroter son premier verre.

— Eh bien, peut-être qu'il se ménage. Tu en es toujours à ton premier, toi aussi.

— Seulement à cause de lui. C'est comme s'il nous regardait sans nous regarder. Sans me regarder, moi.

— Ce qui veut dire... ?

— Ce qui veut dire qu'il n'a pas une seule fois regardé par ici depuis qu'il est arrivé. Mais qu'il se sert des miroirs.

Il y en avait un grand qui courait derrière le bar, et un autre au plafond au-dessus. Je pouvais le voir dans les deux et cela voulait dire que lui aussi pouvait nous voir.

— Tu es sûre ? insistai-je.

— Oui. Et regarde ses épaules.

Je vérifiai : ses épaules étaient effectivement larges et il avait de gros biceps et le cou épais. Depuis que l'Écorcheur s'était fait connaître, le FBI voyait en lui un ancien taulard qui s'était fait des muscles et avait peut-être même perfectionné son geste de briseur de cous en prison. L'enquête s'était concentrée sur le meurtre non résolu d'un détenu du pénitencier de Starke, Floride, dont on avait retrouvé le corps derrière un lave-linge industriel de la blanchisserie. Il avait le cou si gravement endommagé que la cause de la mort avait été classée « décapitation interne ».

L'affaire n'avait jamais été résolue. Plusieurs prisonniers travaillaient ou avaient accès à la blanchisserie, mais, problème que le personnel pénitentiaire avait signalé de manière répétée et en vain, les caméras de surveillance étaient embuées par la vapeur montant des sécheuses.

Pendant plus d'un mois, le FBI avait analysé des vidéos des caméras de la cour et étudié les dossiers de tous les condamnés ayant travaillé à la blanchisserie ou y ayant eu accès le jour du meurtre. L'agent Metz m'avait confié que pour lui, c'était bien l'Écorcheur qui avait tué ce détenu. Le meurtre s'était produit quatre ans plus tôt, soit bien avant ses assassinats de femmes, mais il correspondait parfaitement au mode opératoire qu'il avait suivi depuis son séjour en Floride.

— OK, dis-je, mais... attends une minute.

Je sortis mon téléphone et ouvris mon appli photos. J'y avais toujours un cliché du portrait-robot. Je l'affichai et inclinai l'écran vers Rachel.

— Il ne lui ressemble pas vraiment, lui fis-je remarquer.
— Je ne crois pas beaucoup à ces portraits, dit-elle.
— Et Gwyneth qui disait que ça lui correspondait bien?
— L'émotion. Elle voulait que ça lui corresponde.
— Le portrait-robot d'Unabomber[1] était parfaitement juste.
— Du un sur un million. En plus de quoi, celui de l'Écorcheur est passé sur toutes les télés du pays. Il aurait changé de look. Chirurgie esthétique. C'est très en vogue chez les incels. Sans compter qu'il a le bon âge : milieu de la trentaine.

J'acquiesçai d'un signe de tête.

— Bon, qu'est-ce qu'on fait? demandai-je.
— On commence par faire comme si on ne savait pas qu'il est là. Et moi, je vois si je peux mettre Metz dans le coup.

Elle sortit son portable et ouvrit l'appli photos. Elle tint son téléphone devant elle comme si elle prenait un selfie. Nous nous rapprochâmes et sourîmes à l'appareil alors qu'elle prenait une photo du type assis à l'autre bout du bar.

Puis elle l'examina un instant.

— Une autre, dit-elle.

Nous sourîmes, elle prit un autre cliché, cette fois en zoomant plus serré sur son visage. Comme Elle s'était fort heureusement penchée en avant pour entamer une conversation avec le couple installé au milieu du comptoir, Rachel obtint une photo parfaitement dégagée.

Je me penchai pour la voir et simulai un grand rire comme si elle avait pris un horrible cliché.

— Efface-moi ça! m'écriai-je. J'ai une gueule à chier!

---

1. Terroriste écologiste condamné à perpétuité pour ses nombreux attentats à la bombe.

— Non, non, j'adore, moi !

Elle commença à travailler le cliché, l'élargit au maximum sans perte de clarté, puis le sauvegarda. Et quand elle eut fini, elle l'envoya par texto à Metz, accompagné de ce message :

> *Ce type nous observe. Je pense que c'est lui. On fait comment ?*

Nous fîmes semblant de bavarder en attendant sa réponse.

— Mais comment aurait-il pu te suivre jusqu'ici ? demandai-je.

— Facile, ça, répondit-elle. Je figure dans tes articles et dans ton podcast. Il aurait très bien pu me suivre du bureau. Je suis venue directement ici après avoir tout bouclé.

C'était plausible.

— Sauf que ça va à l'encontre de son profil, repris-je. Tous les profileurs du Bureau disent que ce n'est pas la vengeance qui le motive. Et l'article est déjà sorti. Pourquoi prendrait-il le risque de revenir nous faire quelque chose ? Jamais encore il n'a agi de cette façon.

— Je ne sais pas, Jack. Peut-être qu'il y a autre chose. Tu as lâché des tas de généralisations sur son compte dans le podcast. Peut-être que tu l'as mis en colère.

L'écran de son portable s'illumina sur un SMS de Metz :

> *Adresse du sujet ? J'envoie l'agent Amin par Lyft[1]. Vois s'il vous suit et on l'amène dans un fer à cheval.*

Rachel lui renvoya un texto avec l'adresse et demanda une heure d'arrivée probable du Lyft. Metz lui répondit quarante minutes.

---

1. Société de transport par conducteurs privés.

— OK, reprit-elle, va falloir qu'on se paye une autre tournée et qu'on fasse semblant de ne plus pouvoir conduire ni l'un ni l'autre. On fait semblant de commander un Lyft et on monte dans la voiture avec Amin.

— Un «fer à cheval»? demandai-je.

— Un piège à voitures. On roule, il nous suit, ils se collent derrière lui et il n'a plus d'endroit où aller.

— Tu l'as déjà fait?

— Moi? Non. Mais eux, je suis sûre que oui.

— Espérons que ça marche.

## CHAPITRE 42

Quarante minutes plus tard, nous étions à l'arrière du minivan Lyft du FBI avec l'agent Amin au volant. Il déboîta du trottoir du *Mistral* et prit vers l'ouest dans Ventura Boulevard.
— C'est quoi, le plan ? demanda Rachel.
— On a installé un fer à cheval. Faut juste qu'on voie si quelqu'un vous suit.
— Metz fait voler un oiseau ?
— Oui, mais on a dû attendre que l'hélico soit libre après une autre opération. Il arrive.
— Combien de voitures avons-nous ?
— Quatre, le Lyft compris.
— Ce n'est pas assez. Il pourrait remarquer la surveillance et filer.
— C'est tout ce qu'on a pu faire en si peu de temps.
— Où est le fer à cheval ?
— Dans Tyrone Avenue, côté nord de la 101. Ça se termine en impasse au fleuve et ce n'est qu'à cinq minutes d'ici.
Je vis Rachel acquiescer d'un signe de tête dans la pénombre de la voiture. Ça ne fit pas grand-chose pour contrebalancer l'angoisse qui lui sortait par tous les pores.

Arrivés à Van Nuys Boulevard, nous prîmes vers le nord. J'aperçus le pont routier au-dessus de la 101 à peine quelques rues plus loin.

Rachel sortit son portable et passa un appel. Je n'entendis que son côté de la conversation.

— Matt, c'est toi qui diriges ? (Je compris qu'elle appelait Metz.) Il a quitté le bar ?

Elle écouta, la question qu'elle posa ensuite semblant confirmer que l'homme nous avait bien suivis lorsque nous étions partis.

— Où est l'oiseau ?

Elle hocha la tête en écoutant. La réponse ne lui plaisait pas.

— Oui, j'espère, dit-elle.

Elle raccrocha, mais le ton de ces derniers mots indiquait que, pour elle, Metz ne s'y prenait pas comme il fallait – même si elle l'avait contacté moins d'une heure plus tôt.

Nous passâmes sous l'autoroute et tournâmes tout de suite vers l'est dans Riverside Drive. Quatre croisements plus loin, Amin mit son clignotant droit alors que nous nous rapprochions de Tyrone Avenue.

Il suivait les conversations radio avec un écouteur. Il reçut un ordre et nous le transmit.

— OK, dit-il, il est derrière nous. On descend au bout de l'impasse et on s'arrête. Vous deux, vous restez dans le van. Quoi qu'il arrive, vous n'en sortez pas. C'est compris ?

— Pigé, dis-je.

— Compris, dit-elle.

Nous prîmes le virage. La rue était bordée de voitures des deux côtés et à peine éclairée. Des maisons individuelles s'alignaient à droite et à gauche. Une rue plus loin, je vis le mur de six mètres de haut des voies aériennes. Les voitures et les camions dont on ne voyait que le toit se croisaient de gauche à droite – on quittait la ville en direction de l'ouest.

— C'est un quartier résidentiel, dit Rachel, et c'est trop sombre. Qui a choisi cette rue ?

— C'est ce qu'on pouvait faire de mieux en si peu de temps, dit Amin. Ça marchera.

Je me tournai pour regarder par la lunette arrière et vis des phares balayer la chaussée au moment où une voiture prenait lentement le virage pour nous suivre dans Tyrone Avenue.

— Le voilà, dis-je.

Rachel regarda derrière elle, puis devant : elle était manifestement bien mieux versée dans cette manœuvre que moi.

— Où est-ce que ça coupe ? demanda-t-elle.

— On y arrive.

Je regardai par toutes les fenêtres en me demandant ce que ça voulait dire. Pile au moment où nous passions devant un espace libre sur notre droite, je vis s'allumer puis s'éteindre les phares d'un véhicule garé dans une voie cochère. Et dans l'instant, ce véhicule bondit dans la rue derrière nous et s'arrêta net devant la voiture qui nous suivait, créant ainsi une barrière entre lui et nous. Tout cela, je le vis par la vitre arrière. Au même moment, un autre véhicule sortait d'une autre allée derrière la voiture qui nous suivait – et l'enfermait comme dans une boîte.

Je vis des agents bondir par les portières latérales de la première voiture et se mettre à couvert derrière le devant du véhicule, et me dis que la même chose devait se produire de l'autre côté de la boîte.

Amin, lui, continuait de conduire et de mettre de la distance entre nous et l'opération de capture.

— Arrêtez-vous ici ! cria Rachel. Stop !

Amin l'ignora et amena lentement le van à l'arrêt lorsque nous arrivâmes au bout de la rue, devant un portail fermant l'entrée de l'aqueduc en béton connu sous le nom de Los Angeles River. Rachel avait déjà la main sur la poignée de sa portière lorsqu'enfin il stoppa le véhicule.

— Restez dans le van, dit-il. Res-tez-dans-le-van !

— À d'autres ! lui renvoya-t-elle. Si c'est lui, je veux voir ça. Elle sauta par la portière.

— Putain de Dieu ! s'écria Amin.

Il bondit derrière elle et me montra du doigt par sa portière ouverte.

— Vous, vous restez ici !

Il se lança à la poursuite de Rachel. J'attendis un instant avant de décider que moi non plus, je n'allais pas rater ça.

— Au diable, oui !

Je sortis par la portière que Rachel avait laissée ouverte. Puis je regardai autour de moi et la vis près du piège. Amin était juste derrière elle. Je passai sur le trottoir de droite et remontai la rue en m'abritant derrière les voitures garées dans le virage.

Le fer à cheval était maintenant illuminé par les phares des véhicules et le projecteur de l'hélicoptère qui venait d'arriver au-dessus de l'autoroute. J'entendis des hommes qui criaient devant moi, le ton montant en urgence.

Puis j'entendis très clairement un mot répété par de nombreuses voix :

— Flingue !

S'ensuivit aussitôt une volée de coups de feu. Trop nombreux pour les distinguer et les compter. Tout cela en moins de cinq secondes, peut-être dix. Instinctivement, je me baissai derrière l'enfilade de voitures garées le long du trottoir, mais continuai de remonter la rue.

La fusillade cessant, je me relevai et me remis à marcher en cherchant Rachel des yeux afin de m'assurer qu'elle était en sécurité. Je ne la vis nulle part.

Après un silence inquiétant, les cris reprirent et j'entendis le signal de fin d'alerte.

Arrivé au piège, je coupai entre deux voitures et passai dans la lumière de l'hélico.

L'homme du comptoir était allongé sur le dos, à côté de la portière ouverte d'une vieille Toyota. Je vis des blessures par arme à feu sur sa main et son bras gauche, et encore sur sa poitrine et son cou. Il était mort et, les yeux ouverts, il fixait vaguement l'hélicoptère au-dessus de lui. Un agent du FBI équipé d'une veste d'assaut se tenait à deux mètres de lui, les pieds de part et d'autre d'un pistolet plaqué chrome tombé par terre.

En me retournant légèrement, je vis que c'était celui que j'avais rencontré après que Roger Vogel avait été écrasé par l'Écorcheur. Metz.

Qui me vit.

— Hé! McEvoy! cria-t-il. Reculez! Reculez, bordel!

J'écartai grand les mains en signe de paix. Metz m'indiqua à un autre agent non loin de là.

— Ramenez-le au van! lui ordonna-t-il.

L'agent avança vers moi. Il m'attrapa par le bras, mais je me dégageai d'un geste et regardai Metz.

— Metz, dites! Vous plaisantez? lui criai-je.

L'agent s'approcha pour s'emparer de moi de manière plus agressive. Metz abandonna son poste au-dessus de l'arme et se dirigea vers moi en levant la main pour arrêter son agent.

— Je m'en occupe, dit-il. Surveillez le flingue.

L'agent changea de direction et Metz se planta devant moi. Il ne me toucha pas, mais ouvrit grand les mains comme pour m'empêcher de voir l'homme allongé par terre derrière lui.

— Écoutez, Jack, vous ne pouvez pas être là, dit-il. C'est une scène de crime.

— Qu'est-ce qui s'est passé? demandai-je. Où est Rachel?

— Rachel, je ne sais pas. Mais vous, Jack, vous devez reculer. Laissez-nous faire notre boulot et après, on causera.

— Il a sorti une arme ?

— Jack...

— C'était bien lui ? L'Écorcheur ne se servait pas d'une arme à feu.

— Jack, écoutez-moi. Nous n'allons pas parler de ça maintenant. Laissez-nous travailler la scène de crime et après, on discutera. Remontez sur le trottoir ou nous allons avoir un problème. Vous êtes averti.

— Je fais partie des médias. J'ai le droit d'être ici.

— Oui, mais pas en plein milieu d'une scène de crime. Je commence à vraiment perdre patience...

— Jack !

Nous nous retournâmes tous les deux. Elle se tenait entre deux voitures garées derrière moi.

— Rachel, lui dit Metz, sortez-le d'ici ou vous devrez payer sa caution.

— Allons, Jack, dit-elle en me faisant signe de la rejoindre.

Je regardai le corps par terre, puis me tournai et marchai vers elle. Elle avança entre les deux voitures et monta sur le trottoir. Je l'y suivis.

— As-tu vu la fusillade ? lui demandai-je.

— Je l'ai juste vu tomber.

— Il avait un flingue. Ce n'est pas...

— Je sais. On aura nos réponses, mais là, il faut reculer et les laisser faire leur boulot.

— C'est insensé ! Y a vingt minutes de ça, ce type était assis au bar juste en face de nous. Et maintenant il est mort. Je viens de me rendre compte que... faut que j'appelle Myron. Faut que je lui dise qu'on a encore un article à écrire.

— Attendons un peu, Jack. Laisse-les bosser et après, on voit ce que Metz nous raconte.

— D'accord, d'accord, dis-je en levant les mains en signe de reddition.

Puis je parlai sans penser ni à ce que je disais ni aux conséquences.

— Ça aussi, je vais le lui demander, dis-je. À Metz, s'entend. On verra s'il nie que c'était un coup monté.

Rachel se tourna et me regarda. Elle commença par ne rien dire et se contenta de hocher lentement la tête.

— Espèce d'idiot, dit-elle. Tu viens de recommencer.

# LE DERNIER ARTICLE

*« Le FBI abat un homme armé*
*lors d'une descente sur l'Écorcheur »*
*Myron Levin*

Un homme originaire de l'Ohio qui suivait une enquêtrice dans l'affaire du tueur en série surnommé l'« Écorcheur » a été cisaillé par les tirs du FBI à Sherman Oaks hier soir lorsqu'il a sorti une arme à feu et l'a pointée sur les agents qui l'encerclaient, nous disent les autorités fédérales.

Robinson Felder, trente-cinq ans, habitant à Dayton, a été tué à 20 h 30 dans Tyrone Avenue, juste au nord de l'autoroute 101. D'après l'agent Matthew Metz, Felder suivait Rachel Walling, une détective privée qui avait joué un rôle central dans l'enquête en révélant il y a trois mois de cela la débauche de meurtres d'un suspect connu sous le surnom de l'« Écorcheur ».

Toujours d'après Metz, les éléments de preuve recueillis dans la voiture de Felder indiquent qu'il était membre d'un des groupes qui depuis ce jour-là idolâtrent cet Écorcheur sur le Net. Pour Metz, ces éléments de preuve – les trois quarts découverts dans un ordinateur portable et dans l'historique numérique de Felder – sont tels qu'il ne saurait être l'Écorcheur en personne.

Les agents du FBI ont bloqué Felder dans une impasse et lui ont ordonné de descendre de voiture. Selon Metz, Felder aurait commencé par obéir, mais, une fois hors de son véhicule, il aurait ensuite sorti une arme de poing de sa ceinture. Il l'aurait pointée sur des agents, ce qui aurait aussitôt déclenché les tirs de plusieurs d'entre eux. Mortellement blessé, Felder est décédé sur place.

En plus de l'arme récupérée sur la scène de crime, des agents ont découvert ce qu'ils appellent un « kit de kidnapping et torture » dans la voiture de Felder. Il comprendrait un sac de marin contenant des attaches en plastique, de l'adhésif en rouleau ainsi qu'une corde, un couteau, des pinces et un petit chalumeau à acétylène.

« Nous pensons qu'il avait l'intention d'enlever Mme Rachel Walling et de la tuer », a déclaré Metz.

L'agent fédéral nous a aussi dit que le mobile du crime était le rôle qu'avait tenu Walling dans l'affaire de l'Écorcheur. Ancienne profileuse du FBI, Walling était consultante auprès de Fair Warning dans son enquête sur la mort de plusieurs femmes tuées d'un bout à l'autre du pays par un assassin qui leur brisait violemment le cou. L'enquête menée par le journal a révélé que ces femmes étaient ciblées à cause d'une séquence d'ADN très particulière que toutes partageaient. Toutes avaient en effet soumis leur ADN à la GT23, un fournisseur d'analyses génétiques très populaire. Dépersonnalisé, leur ADN était ensuite vendu sur le deuxième marché à un laboratoire de recherche génétique, qui à son tour le fournissait aux opérateurs d'un site du dark web offrant ses services à des hommes voulant blesser et abuser de ces femmes.

Ce site Web a depuis lors été fermé, mais l'Écorcheur n'a toujours pas été capturé ou identifié. Dans les semaines qui ont suivi la découverte de sa débauche de meurtres par Fair Warning, il a été fêté dans des forums en ligne spécialisés dans la sous-culture « incel ». Ce mouvement dominé par des hommes – « incel » étant la contraction de « célibataire involontaire » – se caractérise par des posts en ligne de type misogyne, invoquant un « droit au sexe » et l'approbation des violences faites aux femmes. Plusieurs agressions contre elles dans tout le pays leur sont attribuées par les autorités.

Selon l'agent Metz, un examen des réseaux sociaux de Felder révèle que ces dernières semaines l'avaient vu poster plusieurs fois sur divers sites incel qui glorifient et vénèrent l'Écorcheur pour les violences qu'il a fait subir à des femmes. La plupart de ces posts se terminaient par #ellesleméritaient.

« Nous n'avons aucun doute sur le fait que ce type était venu ici pour enlever Mme Walling en guise d'hommage à l'Écorcheur, ajoute l'agent Metz. Nous avons de la chance qu'elle n'ait pas été blessée. »

Walling s'est refusée à tout commentaire. En fait, elle s'est sauvé la vie toute seule. C'est dans un bar de Sherman Oaks qu'elle avait remarqué Felder, celui-ci se conduisant de manière suspecte et ne cessant de la surveiller. Elle a alors contacté le FBI, un plan étant vite bâti pour déterminer si Felder était effectivement en train de la suivre. Sous la surveillance du FBI, Walling a alors quitté le restaurant et s'est rendue à un endroit prédéterminé de Tyrone Avenue.

L'agent Metz affirme que Felder les a aussitôt suivis dans sa voiture et s'est jeté dans le piège que lui tendait le FBI. Sommé de descendre de son véhicule en montrant clairement ses mains, il a obéi. Mais ensuite, pour des raisons inconnues, il en a glissé une dans sa ceinture et en a sorti un pistolet de calibre 45, l'a levé en position de tir et a été aussitôt mitraillé.

« Il ne nous a pas laissé le choix », déclare l'agent Metz qui était présent lors de la fusillade, mais n'a lui-même pas tiré.

Il y avait sept autres agents sur les lieux et quatre d'entre eux ont fait feu sur Felder. D'après l'agent Metz, la fusillade va être soumise à enquête par le Bureau of Professional Responsability[1] et celui de l'attorney des États-Unis.

---

1. Équivalent américain de notre Inspection générale des services pour le FBI.

*Agent spécial adjoint du FBI pour l'antenne de Los Angeles, l'agent Metz nous dit craindre que les actes de Felder puissent pousser d'autres membres de la communauté incel à se conduire de la même façon. Selon lui, des mesures seraient maintenant prises pour assurer la protection de Walling et d'autres personnes impliquées dans l'enquête sur l'Écorcheur.*

*« Nous ne pourrons pas respirer librement tant que ce type ne sera pas sous les verrous, nous a-t-il dit. Il faut absolument qu'on le trouve. »*

# JACK

# CHAPITRE 43

Nous nous réunîmes aux Sun Ray Studios de Cahuenga Boulevard afin d'enregistrer le dernier épisode du podcast consacré à l'Écorcheur. Le dernier... à moins qu'il n'y ait une avancée dans l'affaire digne d'un nouvel épisode. J'en avais déjà préparé dix-sept, avais pris cette histoire sous tous les angles concevables et interviewé tous les individus qui, ayant eu à voir avec elle, étaient prêts à en parler et être enregistrés. Y compris Gwyneth Rice dans sa chambre d'hôpital, sa voix n'étant maintenant plus qu'une sinistre création électronique qui monte de son ordinateur.

Objet d'une forte publicité, ce dernier épisode consistait en une discussion en direct entre autant de protagonistes de l'affaire que j'avais pu en rassembler. Le studio était équipé d'une table ronde dans la salle d'enregistrement. Étaient présents Rachel Walling, l'agent Metz (du FBI), l'inspecteur Ruiz de la police d'Anaheim, Myron Levin de Fair Warning et Hervé Gaspar, l'avocat qui avait représenté Jessica Kelley, la victime de William Orton. Je n'avais jamais réussi à déterminer si c'était Ruiz ou Gaspar qui m'avait servi de « Gorge profonde ». L'un comme l'autre, ils avaient nié être ma source. Cela étant, Gaspar avait accepté avec enthousiasme l'invitation que je lui avais faite d'être partie prenante du podcast alors que

Ruiz avait dû se faire prier. Cela avait fait pencher ma balance du côté de Gaspar : il goûtait beaucoup le rôle secret qu'il avait joué dans l'affaire.

Pour finir, nous avions eu Emily Atwater au téléphone. Elle nous avait appelés de son lieu inconnu en Angleterre et était, elle aussi, prête à répondre à nos questions.

Notre heure de passage n'avait même pas commencé que nous avions déjà des appels en attente. Cela ne me surprit pas : notre podcast avait vu croître régulièrement son audience. Plus d'un demi-million d'auditeurs avaient écouté l'épisode de la semaine précédente lorsque cet événement en direct avait été annoncé.

Nous nous assîmes autour de la table et Ray Stallings, l'ingénieur du son et propriétaire du studio, nous passa des écouteurs et régla nos micros.

Pour moi, le moment était délicat. Presque trois mois s'étaient écoulés depuis la tentative d'enlèvement de Rachel par Robinson Felder. Et pendant ce temps-là, je n'avais vu Rachel qu'une fois et ç'avait été lorsqu'elle était passée à mon appartement pour reprendre des vêtements qu'elle y avait laissés.

Nous ne nous voyions plus bien que je me sois excusé et sois revenu sur l'accusation que j'avais portée contre elle ce dernier soir. Comme elle m'en avait averti, j'avais tout bousillé. C'était fini entre nous. L'amener à être présente pour cet ultime podcast avait exigé que je me lance dans une campagne de lobbying par e-mail où je n'avais cessé de mendier et me mettre à plat ventre numérique. J'aurais très facilement pu me passer d'elle pour cet épisode, mais j'espérais qu'arriver à l'avoir dans la même pièce que moi déclenche quelque chose, à tout le moins me donne la possibilité d'encore une fois avouer mes péchés et demander pardon et compréhension.

La communication entre nous n'était pas complètement rompue dans la mesure où l'un et l'autre, nous étions inextricablement liés par l'Écorcheur. Elle était ma source, avait accès à Metz et aux enquêtes du FBI et moi, j'avais accès à elle. Que nous ne communiquions que par e-mails n'empêchait pas qu'il y ait communication et plus d'une fois j'avais essayé de l'embarquer dans une discussion tout à fait hors des relations entre le journaliste et sa source. Mais elle avait toujours réduit ces efforts à rien en me priant de rester strictement professionnel.

Je la regardai lorsque Ray positionna le micro devant ses lèvres et lui demanda de dire plusieurs fois son nom pour qu'il puisse vérifier le niveau sonore. Elle évita tout contact visuel avec moi. À y repenser, j'étais aussi mystifié par cet événement imprévu que par tout ce qui s'était passé dans cette affaire. J'étais incapable de comprendre ce que j'avais ou n'avais pas en moi pour arriver à douter de ce qui était certain et à chercher des fissures dans ses fondations.

Dès que nous fûmes en direct, je me lançai dans l'introduction dont je m'étais servi au début de chaque épisode du podcast :

« La mort, c'est ma spécialité. Grâce à elle, je gagne ma vie et je forge ma réputation professionnelle. Je m'appelle Jack McEvoy et vous écoutez *La Ronde du meurtre*, le podcast du crime vrai qui, bien au-delà des grosses manchettes, vous lance à la poursuite d'un tueur avec tous ceux qui enquêtent sur l'affaire.

« Pour ce dernier épisode de notre première saison, nous aurons une discussion en direct entre les enquêteurs, les avocats et les journalistes qui tous jouèrent un rôle dans le dévoilement et la traque du tueur en série connu sous le nom de l'Écorcheur... »

Et il en fut ainsi. Je présentai les intervenants et commençai à prendre des questions d'auditeurs, la plupart sans difficulté et de pure routine. En ma qualité de modérateur, je décidais de celui ou celle à qui serait posée la question. Tout le monde avait été formé à ne donner que des réponses courtes et précises. Plus courte était la réponse, plus nous pourrions répondre à d'autres questions. J'en donnai plus que sa part à Rachel en me disant que Dieu sait comment, ce serait l'engager dans une conversation. Mais au bout d'un moment, ma manœuvre eut l'air creuse et embarrassante.

L'appel le plus étonnant nous arriva d'une femme qui s'identifia sous le prénom de Charisse et ne nous posa pas une question sur l'affaire. Au lieu de cela, elle nous informa que onze ans plus tôt, sa sœur Kylie avait été enlevée et assassinée, et son cadavre laissé dans le sable sous la jetée de Venice. Elle ajouta que la police n'avait jamais arrêté quiconque et qu'il n'y avait toujours pas d'enquête dont elle aurait eu connaissance.

— Ma question est la suivante : seriez-vous prêt à enquêter sur cette affaire ?

La demande arrivait tellement de nulle part que j'eus du mal à y répondre.

— Eh bien, dis-je, je pourrais sans doute y jeter un coup d'œil et savoir ce qu'a fait la police, mais je ne suis pas inspecteur.

— Et l'Écorcheur ? me renvoya-t-elle. Vous avez bien enquêté sur lui, non ?

— Les circonstances étaient un peu différentes. Je travaillais sur un sujet et c'est devenu une affaire de tueur en série. Je...

Je fus interrompu par une tonalité : Charisse avait raccroché.

Je ramenai la discussion sur ses rails, mais l'épisode n'en tirait pas moins en longueur. Les soixante minutes prévues se firent quatre-vingt-dix, le seul moment où nous nous éloignâmes des questions posées par les auditeurs étant celui où je dus lire des publicités de nos sponsors, en gros pour d'autres podcasts sur de vrais crimes.

Les gens qui nous appelaient étaient pleins d'enthousiasme pour *La Ronde du meurtre* et beaucoup d'entre eux nous demandèrent autour de quoi tournerait la deuxième saison et quand elle commencerait. C'étaient là des questions auxquelles je n'avais pas encore de réponse officielle. Mais cela nous fit du bien de constater qu'il semblait y avoir un public prêt à nous attendre. Cela me remonta un moral qui sombrait.

Je dois reconnaître qu'en secret, j'espérais avoir des nouvelles de lui. L'Écorcheur. J'avais espéré qu'il fasse partie de nos auditeurs et qu'il se sente obligé de nous appeler pour nous narguer ou menacer les journalistes ou les enquêteurs. C'est pour cette raison que je laissais la séance s'éterniser. Je voulais répondre à tous les intervenants juste au cas où il aurait attendu de nous parler.

Mais rien de tel ne se produisit et lorsque nous eûmes répondu à la dernière question et mis fin au direct, je regardai Metz en face de moi. Nous avions évoqué la possibilité que le « sujinc » – terme du FBI pour désigner un sujet inconnu – nous téléphone. Il me fit signe que non de la tête et je haussai les épaules. Je jetai un coup d'œil à Rachel, assise à côté de lui. Elle était déjà en train d'ôter ses écouteurs. Puis je la vis lui toucher le bras et se pencher vers lui pour lui murmurer quelque chose, son geste me paraissant bien intime. Mon moral sombra encore plus.

J'arrêtai le podcast en remerciant comme à mon habitude tous ceux qui s'y étaient impliqués : les participants, les sponsors, le studio et l'ingénieur du son. Je promis à nos auditeurs de les retrouver avec un nouveau chapitre dans l'affaire de l'Écorcheur dès qu'il se produirait quelque chose et nous nous quittâmes sur « By the Grave[1] », un air de la saxophoniste Grace Kelly.

---

1. À côté de la tombe.

Et tout fut dit. J'ôtai mes écouteurs et les enroulai sur le pied de mon micro, les autres faisant pareil.

— Merci à vous tous, lançai-je. C'était bien. J'espérais que l'Écorcheur nous appelle, mais il devait être occupé à faire sa lessive.

Ma tentative de plaisanterie était nulle et indélicate. Personne ne se donna même seulement la peine de sourire.

— Il faut que j'aille aux toilettes, dit Rachel. Je vais donc vous quitter. Ç'a été chouette de voir tout le monde.

Elle me sourit en se levant, mais il me fut impossible d'y accrocher le moindre espoir. Je la regardai sortir du studio d'enregistrement.

Gaspar et Ruiz furent les suivants à partir, l'un comme l'autre ayant à refaire toute la route jusqu'au comté d'Orange. Je demandai à Ray si Emily était toujours en ligne, il m'informa qu'elle avait raccroché. Myron s'éclipsa à son tour, puis Metz. Je me retrouvai seul avec Ray, qui me demanda si je voulais réduire la séance à une heure ou la poster en entier en guise de conclusion de la saison un. Je lui dis de tout mettre en ligne. Ceux qui n'avaient pas entendu le direct pourraient tout télécharger et, beaucoup ou peu, en écouter ce qu'ils voudraient

Je pris l'ascenseur pour descendre au sous-sol du bâtiment. Le parking était toujours plein, ce qui exigeait la présence d'un vigile du nom de Rodrigo qui ne cessait de déplacer les véhicules rangés en double file afin qu'on puisse entrer et sortir. La porte de la cabine s'ouvrant, je vis que Rachel et Metz attendaient leurs voitures. Je restai un instant en arrière, sans trop savoir pourquoi. Je me disais que si c'était Metz qui récupérait le premier son véhicule, j'aurais une chance de parler avec Rachel, voire de lui demander un rendez-vous pour éclaircir ce qui se passait entre nous. Le mois précédent m'avait vu me servir des revenus publicitaires du podcast pour prendre une voiture en leasing et louer un appartement plus grand. Au bout de dix ans de mon tas de ferraille, je m'étais acheté une voiture neuve : un SUV Range Rover, soit l'image même de la maturité et de la sécurité. Qui sait si nous ne pourrions pas laisser la voiture de Rachel au parking et remonter la rue jusqu'au restaurant *Miceli* d'Hollywood pour y boire un verre de vin dans l'après-midi.

Mais je me trompais. Rodrigo leur amena une voiture en laquelle je reconnus tout de suite un véhicule du FBI que tous les deux rejoignirent, Rachel ouvrant ensuite la portière passager. Cela m'en dit bien plus long que ce que je voulais savoir. Gêné, j'attendis qu'ils s'éloignent avant de rejoindre le parking.

Mais j'avais mal calculé. Juste au moment où j'y entrais, Rachel se retourna sur son siège pour attraper sa ceinture de sécurité par-dessus son épaule. Nos regards se croisèrent, elle me sourit tandis qu'elle s'éloignait dans le véhicule des fédéraux. J'y vis un sourire d'excuse. Et un air d'adieu.

Rodrigo arriva dans mon dos.

— Monsieur Jack, me dit-il. C'est prêt. Première rangée, les clés sont sur le pneu avant.

— Merci, Rodrigo, lui renvoyai-je sans cesser de regarder la voiture de Metz qui quittait le parking pour passer dans Cahuenga Boulevard.

Dès qu'elle eut disparu à ma vue, je regagnai ma voiture, seul.

# CHAPITRE 44

Je décidai que je n'avais plus qu'une chose à faire : rentrer chez moi. Je pris Cahuenga Boulevard en direction du nord, le suivis dans la grande boucle vers l'ouest qui l'amène à Ventura Boulevard et me retrouvai à Studio City. Mon nouvel appartement était un deux-pièces dans Vineland Avenue. Je songeai à ce que je venais de découvrir dans le parking et à ce que je devais y voir. Je ne faisais pas attention à la route et ne me rendis pas compte que les stops du véhicule qui me précédait s'étaient allumés.

Le système anticollision de mon SUV se déclencha et un puissant signal d'alarme monta du tableau de bord. Je sortis de ma rêverie et écrasai la pédale de frein des deux pieds. Le Range Rover dérapa, puis s'immobilisa à moins de cinquante centimètres de la Prius arrêtée devant moi, et je sentis le coup sourd d'un impact derrière moi.

— Merde !

Je me calmai, vérifiai le rétroviseur et descendis du véhicule pour inspecter les dégâts. Je gagnai l'arrière et vis que la voiture qui me suivait était près de deux mètres plus loin. L'arrière de mon SUV ne présentait aucun signe de dommage. Je regardai l'autre conducteur. Il avait baissé sa vitre.

— Vous m'avez touché ? lui demandai-je.

— Mais non ! Je ne vous ai pas touché ! me renvoya-t-il, indigné.

Je revérifiai l'arrière de ma voiture. J'avais toujours une immatriculation temporaire.

— Hé, mec, reprit le conducteur, et si tu remontais dans ta jolie voiture neuve pour avancer, hein ? Tu bloques la circulation avec tes conneries !

Je l'écartai, lui et sa grossièreté, d'un geste et me rassis au volant, un peu troublé par l'affaire. J'avais indéniablement senti un fort impact en écrasant le frein. Je me demandai si quelque chose était cassé ou ébranlé dans ma voiture neuve, puis je pensai à Ikea. Mon nouvel appartement faisait presque deux fois la taille de l'ancien et m'avait obligé à acheter plus de meubles. J'avais donc effectué plusieurs voyages au magasin Ikea de Burbank depuis que j'étais propriétaire de mon SUV et avais fait bon usage de son coffre. Mais j'étais certain de ne rien y avoir laissé. Le coffre était vide. Ou aurait dû l'être.

Enfin cela me vint. Je jetai un coup d'œil dans le rétro, mais cette fois m'intéressai plus à ce qui se trouvait de mon côté de la vitre arrière plutôt que derrière ma voiture. La tablette du coffre était en place et rien ne semblait de travers.

Je sortis mon portable et appelai Rachel en numérotation rapide. La sonnerie hurla dans les haut-parleurs son stéréo ambiophonie de la voiture. J'avais oublié la connexion bluetooth que le vendeur m'avait installée lorsque j'avais pris possession de ma Rover.

J'appuyai vite sur le bouton du tableau de bord pour arrêter ça et le signal d'appel revint à mon portable et à mon oreille.

Mais Rachel ne répondit pas. Elle était sans doute toujours avec Metz et devait croire que je la rappelais pour engager une espèce de conversation larmoyante du genre « remettons-nous-ensemble ». Mon appel passant sur sa messagerie, je raccrochai.

Je rappelai et, en attendant, tendis la main vers mon ordinateur portable posé sur le siège à côté de moi, puis l'ouvris. Je savais avoir le numéro de portable de Metz quelque part dans un fichier.

Mais cette fois, Rachel décrocha.

— Jack, ce n'est pas le bon moment.

Je refermai mon ordinateur d'un coup sec et lui parlai à voix basse.

— Tu es avec Metz ?

— Jack, je n'ai aucune intention de te dire avec qui je...

— Ce n'est pas du tout ça. Es-tu toujours dans la voiture avec Metz ?

Je jetai encore une fois un coup d'œil dans mon rétroviseur et compris que je devais cesser de parler fort.

— Oui, répondit-elle. Il me ramène au bureau.

— Regarde tes messages.

Je raccrochai.

La circulation ralentit à nouveau au moment où j'arrivais au croisement de Vineland Avenue. J'en profitai pour envoyer un texto à Rachel.

*Je suis dans ma voiture. L'Écorceur caché dans le coffre*

Juste après l'avoir envoyé, je me rendis compte que le correcteur d'orthographe avait transformé Écorcheur en Écorceur, mais me dis qu'elle comprendrait.

C'était le cas et je reçus une réponse quasi immédiate.

*Tu es sûr ? Où es-tu ?*

J'arrivais à mon appartement, mais continuai de rouler et écrivis :

## Vineland Ave

Mon téléphone sonna et le prénom de Rachel s'inscrivit à l'écran. Je décrochai, mais ne la saluai pas.

— Jack ?

Je toussai en espérant qu'elle comprenne que je ne voulais pas révéler que j'étais au téléphone à l'individu caché à l'arrière.

— D'accord, je comprends, dit-elle. Tu ne peux pas parler. Alors écoute : tu as deux possibilités. Un, tu te rends dans un lieu où il y a du monde, tu entres dans un parking où il y a des gens et tu descends tout simplement de voiture et t'en éloignes. Tu me dis où c'est et nous essayons d'y envoyer les flics en espérant l'attraper.

Elle attendit un instant que je lui réponde quelque chose avant de passer à la deux. Elle avait dû se rendre compte qu'en continuant de me taire, je lui montrais que l'autre plan m'intéressait.

— D'accord, l'autre truc, c'est qu'on fait tout pour le coincer. Tu te rends quelque part et nous, on te prépare un fer à cheval comme on l'a fait avant et on l'arrête. C'est plus risqué pour toi, bien sûr, mais je pense que si tu continues de rouler, il ne fera rien. Il voudra attendre.

Je gardai le silence.

— OK, Jack, dit-elle. Fais ça : tu tousses une fois si tu préfères la un. Ne tousse pas et ne fais rien si tu préfères la deux.

Je me rendis compte que si je prenais trop de temps pour réfléchir, mon silence voudrait dire que je choisissais la solution plus risquée. Mais ça m'allait. Une vision venait de me revenir : celle de Gwyneth Rice entourée d'un dédale de tuyaux et de machines dans son lit d'hôpital et sa supplique électronique de ne pas prendre l'Écorcheur vivant.

Je voulais la deuxième solution.

— OK, Jack, option deux, dit-elle. Tousse tout de suite si je me suis trompée.

Je gardai le silence et Rachel accepta ma confirmation.

— Il faut que tu prennes la 101 sud, dit-elle. On vient de la quitter et il n'y a personne. Tu vas pouvoir rejoindre Hollywood et à ce moment-là, on aura un plan. Nous faisons demi-tour et on y sera.

J'arrivais à une entrée sud de la 170. Je savais qu'elle rejoignait la 101 moins de quinze cents mètres plus bas.

— Je vais rester en ligne pendant que Matt organise le truc, reprit-elle. Il parle au LAPD en ce moment même. Ils pourront se mobiliser plus rapidement. Il faut juste que tu restes en mouvement. Il ne tentera rien tant que tu roules.

J'acquiesçai d'un hochement de tête même si elle ne pouvait pas me voir.

— Mais s'il arrive quelque chose et que tu dois t'arrêter, descends de voiture et dégage. Fais attention, Jack... J'ai besoin que tu... sois en sécurité.

Je remarquai le ton plus calme et intime qu'elle avait pris, mourus d'envie de lui répondre et espérai que mon silence lui communique quelque chose. Mais tout aussi vite, le doute s'empara de nouveau de mon esprit. Avais-je laissé quelque chose dans le coffre ? Le choc que j'avais senti était-il dû à un nid-de-poule sur la route ? Étais-je en train de mobiliser le FBI et le LAPD pour quelque chose qui se résumait à une intuition ? Je commençai à regretter de ne pas avoir toussé une fois et pointé ma voiture dans la direction de la North Hollywood Police Division.

— D'accord, Jack, enchaîna Rachel en retrouvant son ton de commandement. Je te reprends quand tout est prêt.

J'avais de la chance : devant moi, je vis que j'avais le feu vert pour prendre la rampe d'entrée.

Doute écarté, je pris le virage. La rampe d'accès décrivant une boucle, je me retrouvai à rouler plein sud sur la 170. Je pris une des files permettant de passer sur la 101 et montai à cent kilomètres-heure. Rachel avait raison : l'autoroute était relativement encombrée, mais la circulation fluide. On arrivait à l'heure de pointe et les trois quarts des voitures quittaient le centre-ville pour remonter vers le nord et les banlieues de la Valley et au-delà.

Dès que je fus sur la 101, je gagnai la voie rapide et suivis le mouvement à quatre-vingts kilomètres-heure. Je vérifiais mon rétro toutes les deux ou trois secondes et gardais mon portable à l'oreille gauche. J'entendais la voix de Metz qui parlait avec Rachel avec un autre portable. Le son étant assourdi, je n'arrivais pas à comprendre tout ce qu'il disait, mais j'entendais très clairement l'urgence dans sa voix.

Bientôt, je fus au col de Cahuenga et aperçus les bâtiments de Capitol Records devant moi. Je mettais les choses en place dans ma tête en attendant que Rachel me reprenne sur la ligne et me donne le plan. Je compris alors qu'après tout, l'Écorcheur avait écouté le podcast et que je lui avais fourni tout ce dont il avait besoin. À la fin de chaque épisode, j'avais fait la promotion du studio d'enregistrement en remerciant Ray Stallings. J'avais aussi, et chaque fois, annoncé l'heure et la date de la table ronde en direct qui tiendrait lieu de dernier épisode.

L'Écorcheur n'avait donc plus eu qu'à surveiller l'immeuble des Sun Ray Studios pour comprendre comment il pourrait se servir du parking en sous-sol à son avantage. Le gardien posait les clés des voitures qu'il déplaçait sur le pneu avant droit du véhicule. L'Écorcheur pouvait s'être introduit dans le parking pendant que Rodrigo effectuait ses manœuvres, s'être servi de la clé pour ouvrir mon Range Rover et se dissimuler dans le coffre.

Brusquement, je compris qu'il y avait une autre possibilité. J'avais annoncé l'heure et le lieu du podcast à tout le monde.

Il se pouvait que s'il y avait bien un individu caché dans le coffre, ce ne soit pas l'Écorcheur. Ce pouvait être un autre cinglé d'incel comme Robinson Felder. J'éloignais mon portable de mon oreille pour texter cette éventualité à Rachel lorsque j'entendis à nouveau sa voix.

— Jack ?

J'attendis.

— On a un plan. On veut que tu rejoignes Sunset Boulevard et que tu prennes la sortie. Cela t'amènera au croisement de Van Ness Avenue et de Harold Way. Prends tout de suite à droite dans Harold Way et nous serons prêts pour toi. Le LAPD y a déjà deux bagnoles et d'autres arrivent. Matt et moi ne sommes plus qu'à deux minutes. Éclaircis-toi la gorge si tu as compris et on sera bons.

J'attendis un instant, puis je me raclai violemment la gorge. J'étais prêt à y aller.

— OK, Jack, reprit-elle, et maintenant je veux que tu essaies de me texter le signalement de ton véhicule. Tu as mentionné dans un récent e-mail que tu avais une nouvelle voiture. Donne-moi la marque, le modèle et la couleur. La couleur est importante, Jack. Nous voulons savoir ce qui va arriver vers nous. Dis-moi aussi la dernière sortie que tu as dépassée pour qu'on ait une idée du chronométrage. Vas-y, mais fais attention. Ne te fous pas en l'air en textant.

J'écartai mon portable et lui envoyai les renseignements qu'elle voulait sans cesser de concentrer mon attention tantôt sur mon téléphone et tantôt sur mon rétro et la route.

Je venais de lui envoyer mon texto et de lui signaler que j'allais passer devant la sortie de Highland Avenue lorsque, mon regard revenant sur la route, je vis s'allumer les feux de stop dans toutes les voies devant moi.

La circulation s'arrêtait.

## CHAPITRE 45

Il y avait un accident. Mon SUV me permettant de voir par-dessus le toit de plusieurs voitures devant moi, j'aperçus de la fumée et un véhicule qui s'était renversé sur le côté et bloquait la voie rapide et l'accotement de gauche.
Je me rendis compte que je devais absolument me rabattre sur la droite avant de m'arrêter dans le bouchon qui se formait. Je mis mon clignotant et, quasiment à l'aveugle, commençai à traverser les quatre voies où ça ralentissait.
Ma manœuvre déclencha un concert de Klaxons de la part de conducteurs qui essayaient de faire exactement la même chose. On n'avançait plus qu'en se traînant et les espaces entre les véhicules se rétrécissaient, mais personne n'était dans l'urgence où je me trouvais. Je me moquais complètement de leurs frustration et coups de Klaxon.
— Jack? reprit Rachel. J'entends des Klaxons, qu'est-ce qui...? Je sais que tu ne peux pas parler. Essaie de texter. On a les infos que tu nous as envoyées. Essaie de me dire ce qui se passe.
Je fis ce que font les trois quarts des conducteurs de L.A. quand ils sont seuls dans leur voiture : je maudis la circulation.
— Putain de Dieu! Mais pourquoi on s'arrête?!
Il me restait une voie à franchir et je pensai que ce serait la façon la plus rapide d'éviter le bouchon dû à l'accident. Je ne

me fiais plus à mes rétroviseurs et me tournais à moitié sur mon siège pour observer mes concurrents par ma vitre sans cesser de garder mon portable à l'oreille.

— OK, Jack, j'ai compris, dit Rachel. Roule sur la bande d'arrêt d'urgence, fais tout ce qu'il faut pour arriver ici.

Je toussai une fois, sans plus trop savoir si cela voulait dire oui ou non. Tout ce que je savais, c'était qu'il fallait que j'évite le bouchon. Dès que j'aurais dépassé l'accident, l'autoroute serait grande ouverte et je filerais.

Je dépassai lentement la sortie de Highland Avenue et vis que l'accident s'était produit deux ou trois cents mètres plus loin, avant la sortie de Vine Street. C'est là que la circulation s'arrêta complètement.

Bientôt, je vis des gens sortir de leur véhicule et se tenir debout au milieu de l'autoroute. Des voitures avançaient de centimètre en centimètre pour dépasser l'épave fumante. J'entendis une sirène derrière moi et sus qu'avec l'arrivée des premiers secours, tout s'arrêterait encore plus et pour beaucoup plus longtemps. Je savais aussi que je pouvais les rejoindre avec le chargement mortel que je pensais transporter. Mais comprendraient-ils ce que j'avais ? Le captureraient-ils ?

Je réfléchissais à ces questions et pensais aux derniers quinze cents mètres que je devais parcourir pour arriver à Sunset Boulevard lorsqu'un grand clac se fit entendre à l'arrière de ma voiture.

Je me retournai entièrement et vis que le loquet de la paroi du coffre avait été activé et que celle-ci s'était rabattue comme un volet.

Une silhouette apparut dans cet espace. Celle d'un homme. Il regarda autour de lui comme pour s'orienter, puis il jeta un coup d'œil par les vitres arrière et dut comprendre que la sirène qu'il avait entendue était celle d'une ambulance rejoignant le lieu de l'accident.

Alors il se retourna et me regarda droit dans les yeux.
— Salut, Jack ! me lança-t-il. Où est-ce qu'on va ?
— Qui t'es, toi, bordel ? lui renvoyai-je. Qu'est-ce que tu veux ?
— Je pense que tu sais très bien qui je suis, dit-il. Et ce que je veux.

Et il commença à enjamber les sièges arrière. Je lâchai mon portable et écrasai l'accélérateur. La voiture bondit en avant, je braquai violemment à droite et j'accrochai l'arrière droit de la voiture devant moi lorsque mon SUV passa sur la bande d'arrêt d'urgence. Les roues patinèrent sur les gravillons et les détritus avant de retrouver prise sur le sol. Dans le rétro, je vis que l'intrus avait été rejeté dans l'espace où il s'était caché.

Mais il en ressortit rapidement et recommença à enjamber les sièges.
— Mollo, mollo, Jack ! me lança-t-il. Pourquoi t'es pressé ?

Je ne répondis pas. Mon esprit s'emballa tandis que je cherchais un moyen de m'échapper.

La sortie de Vine Street se trouvait juste après l'accident, mais qu'est-ce que j'y gagnerais ? Dans cet instant où tout était adrénaline, le choix était simple : fuir ou se battre. Continuer d'avancer ou arrêter la voiture, sauter et courir.

Mais tout au fond, je savais une chose : me sauver voudrait dire qu'une fois de plus l'Écorcheur s'en sortirait.

Je gardai le pied sur l'accélérateur.

Je n'avais plus qu'une centaine de mètres à parcourir avant de pouvoir me dégager du bouchon et lâcher l'accotement, lorsqu'une camionnette complètement déglinguée et pleine d'outils de jardin s'engagea brusquement devant moi sur la bande d'arrêt... à bien moins grande vitesse.

Encore une fois, je braquai violemment à droite et tentai de le dépasser sans ralentir. Mon SUV racla contre le mur antibruit en béton qui bordait l'autoroute, puis rebondit dans la camionnette et la poussa contre les voitures sur sa gauche. Un plein concert de Klaxons et de métal qui pliait s'ensuivit, mais mon SUV continua d'avancer. Je redressai et jetai un coup d'œil dans le rétro. L'homme derrière moi avait été projeté sur le sol du siège arrière.

Deux secondes plus tard, je laissai le bouchon derrière moi et me retrouvai avec cinq voies d'autoroute complètement dégagées.

Mais j'étais toujours à huit cents mètres de la sortie de Sunset Boulevard et savais que je ne pourrais pas retenir l'Écorcheur aussi longtemps. Mon portable avait filé quelque part dans la voiture et Rachel devait toujours écouter. Je lui passai ce que je pris pour mon dernier appel.

— Rachel! hurlai-je. Je…

Un bras se glissa autour de mon cou et étouffa ma voix. Ma tête fut repoussée violemment en arrière sur l'appuie-tête. D'une main, j'essayai d'écarter le bras, mais l'Écorcheur l'avait refermé en une clé et resserrait son étreinte.

— Arrête la voiture, me dit-il à l'oreille.

Je poussai sur mes pieds et me renfonçai dans mon siège en essayant de créer de l'espace contre son bras. La voiture prit de la vitesse.

— Arrête la voiture, répéta-t-il.

Je compris une chose : j'avais mis ma ceinture de sécurité et pas lui. Je me rappelai le vendeur me faisant de longs discours sur la sécurité et la conception de ma voiture. Quelque chose sur une protection anti-tonneaux. Mais cela ne m'avait pas intéressé. Je voulais seulement signer les papiers et prendre le volant, pas écouter des trucs qui n'auraient jamais aucune importance pour moi.

Sauf que maintenant, ils en avaient.

Je sentis la voiture se mettre automatiquement en profil grande vitesse lorsque le compteur numérique enregistra plus de cent quarante kilomètres-heure. Je lâchai le bras de mon agresseur, posai les deux mains sur le volant et braquai très serré à gauche.

La voiture vira violemment, puis les lois de la physique prirent le relais. Pendant un centième de seconde, elle resta collée au sol, puis la roue avant gauche quitta le macadam et la roue arrière gauche suivit. Je pense que mon Range Rover fut aéroporté sur au moins un bon mètre avant de se retourner sur le côté, de retomber et de continuer à se retourner et retourner encore sur l'autoroute.

Tout paraissait se dérouler au ralenti, mon corps partant dans toutes les directions avec chaque impact. Je sentis le bras que j'avais autour du cou me lâcher. J'entendis les hurlements du métal qui se déchire et les explosions du verre qui se brise. Des débris volèrent dans tout l'habitacle et filèrent par les fenêtres sans vitres. Mon ordinateur portable m'atterrit dans les côtes et, à un moment donné, je perdis connaissance.

Lorsque je revins à moi, j'étais la tête en bas sur mon siège. Je baissai les yeux sur le plafond de la voiture et m'aperçus que je perdais du sang. Je portai la main à ma figure et en trouvai l'origine : une longue plaie ouverte sur le haut de mon crâne.

Je me demandai ce qui s'était passé. Quelqu'un m'avait-il frappé ? Avais-je frappé quelqu'un ?

Puis je me rappelai.

L'Écorcheur.

Je regardai autour de moi du mieux que je pus. Je ne le vis pas. Les sièges arrière s'étaient détachés dans l'accident et, maintenant penchés sur le plafond, m'empêchaient de voir.

— Merde, dis-je.

Je sentis du sang dans ma bouche.

Puis je pris conscience d'une vive douleur au côté et me rappelai mon ordinateur portable. Il m'avait frappé dans le flanc.

Je posai ma main gauche sur le plafond pour prendre appui et détachai ma ceinture de sécurité avec l'autre. Mon bras manquait de force et je m'écrasai sur le toit, mes jambes toujours coincées par la colonne de direction. Lentement, je m'abaissai jusqu'en bas. Ce faisant, je pris conscience qu'une voix minuscule m'appelait.

Je regardai autour de moi et découvris mon portable sur l'asphalte, à environ un mètre vingt de la fenêtre avant. L'écran s'était étoilé, mais je parvins à y voir « Rachel ». L'appel n'avait pas été coupé.

Mes jambes une fois dégagées, je passai par ce qui avait été le pare-brise et récupérai mon téléphone.

— Rachel ?
— Jack, ça va ? Qu'est-ce qui s'est passé ?
— Euh... on a eu un accident. Je saigne.
— On arrive. Où est le sujinc ?
— Le... quoi ?
— L'Écorcheur, Jack. Tu le vois ?

Alors, je me rappelai le bras autour de mon cou. L'Écorcheur. Il allait me tuer.

Je sortis complètement de l'épave en rampant et me relevai tant bien que mal à l'avant de mon Range Rover à l'envers. Je vis des gens courir vers moi sur l'accotement. Une voiture avec des gyrophares bleus le descendait elle aussi.

Je fis quelques pas difficiles et sentis qu'un de mes pieds n'allait pas comme il faut. Chaque pas que je faisais m'expédiait une douleur de la cheville gauche à la hanche. Je n'en continuai pas moins de faire le tour de l'épave et de regarder derrière par les fenêtres.

Aucun signe de quiconque. Mais le SUV penchait inégalement sur le sol. Des gens arrivant à la voiture, j'entendis des cris de panique.

— Faut déplacer ça. Il est dessous !

Je gagnai leur côté en boitant et vis ce qu'ils voyaient. La voiture reposait en déséquilibre sur la chaussée parce que l'Écorcheur était sous elle. Je vis sa main qui sortait du bord du toit. Je me baissai doucement sur le macadam et regardai sous l'épave.

L'Écorcheur était écrasé sous ma voiture. Il avait le visage tourné vers moi et les yeux ouverts, l'un sans vie, l'autre sortant d'une orbite brisée.

— Aidez-moi à repousser ça de son corps! cria quelqu'un aux autres qui arrivaient en courant.

Je commençai à me relever et lui lançai :

— Ne vous donnez pas cette peine! C'est trop tard.

FIN

CHAPITRE 46

Pour l'heure, nous n'avons toujours pas réussi à identifier l'homme écrasé sous ma voiture. Pas moyen de lui donner un nom. Il n'y avait aucune pièce d'identité dans le sweat-shirt gris qu'il portait ou dans les poches de son pantalon. Ses empreintes digitales et son ADN ont été envoyés pour comparaison à toutes les bases de données du monde par le FBI et aucune correspondance n'en est sortie. Une enquête de voisinage approfondie et portant sur plus d'un *mile* carré autour des Sun Ray Studios n'a révélé la présence d'aucun véhicule abandonné, seule la caméra de surveillance d'une station-service ayant capturé l'image floue d'un type en sweat à capuche gris passant d'est en ouest au-dessus de la 101 par le pont autoroutier de Barham Boulevard. Il se dirigeait vers le studio une heure avant le début du podcast en direct. Mais un nouveau quadrillage du côté est de la 101 n'a fait apparaître aucune voiture suspecte, ni non plus le moindre retour de véhicule dans un service de location.

L'examen du corps pendant l'autopsie a révélé une opération chirurgicale antérieure pour réparer un radius brisé. Il semblerait qu'il s'agisse d'une blessure subie pendant l'enfance, ce qui indiquerait des mauvais traitements. Il y avait aussi de petits travaux dentaires. Ces derniers paraîtraient de facture nettement américaine, mais pas suffisamment pour qu'on retrouve un patient ou un dentiste précis à partir de ces radios.

Pour l'heure, l'Écorcheur reste un mystère jusque dans sa mort.

Il est vraisemblable qu'il en sera à jamais ainsi. Dans le jargon journalistique, il a disparu des manchettes. La sinistre fascination du public qu'il a suscitée s'est dissipée comme une volute de fumée de cigarette lorsque l'attention des médias s'est portée sur autre chose. L'Écorcheur avait réussi à rester sous le radar pendant l'essentiel de son existence. Et il y est retourné dès après la fin de son heure de gloire.

L'Écorcheur ne représentant plus une menace, Emily Atwater est revenue du Royaume-Uni après avoir découvert que Los Angeles lui manquait. Et avec la fin de mon sujet sur la 101, elle a pu terminer son livre. Elle a alors repris du service à Fair Warning en qualité de rédactrice en chef, et je sais que Myron en est des plus heureux.

Il n'empêche : me hantait toujours la question de savoir qui était l'Écorcheur et ce qui avait fait de lui un tueur de femmes. Pour moi, cela ne signait pas la fin de l'histoire. C'était une question qui me resterait à jamais à l'esprit.

Tout cela m'avait transformé. Je me demandais souvent ce qui aurait pu se passer si le hasard n'avait pas voulu que j'aie un rendez-vous avec Christina Portrero. Si, mon nom n'apparaissant pas dans l'enquête du LAPD, Mattson et Sakai ne m'avaient pas suivi jusque dans mon parking ce soir-là. L'Écorcheur serait-il toujours dans la nature et encore sous le radar ? Hammond et Vogel seraient-ils toujours à fournir les services de Dirty4 sur le *dark web* ? Et William Orton serait-il toujours en train de vendre l'ADN de femmes qui ne se doutaient de rien ?

Aussi inquiétantes qu'elles soient, ces pensées m'inspirèrent. Elles me firent réfléchir à toutes ces affaires non résolues. À tous les échecs de la justice et à toutes les mères, à tous les pères, à toutes les familles qui avaient perdu des êtres aimés. Je repensai à Charisse qui m'avait appelé pendant le podcast et regrettai de ne pas avoir trouvé le moyen de l'aider.

Alors je sus que je ne pouvais plus être qu'un simple observateur, qu'un journaliste qui écrit sur ces choses ou en parle dans des podcasts. Je sus que je ne pouvais plus être un reporter au bord du terrain de jeu. Je devais entrer dans la partie.

Le premier jour ouvré de la nouvelle année, je gagnai le centre-ville dans mon Range Rover de remplacement, trouvai à me garer, entrai dans l'immeuble de la Mercantile Bank et me rendis dans les bureaux de la RAW Data. Je demandai à parler à Rachel et fus vite conduit au sien. Nous ne nous étions plus parlé depuis le jour où l'Écorcheur avait été tué. Je ne me donnai pas la peine de m'asseoir. Je m'attendais à ce que ce soit bref.

— Quoi de neuf ? me demanda-t-elle en hésitant.

— J'ai une idée et je voudrais que tu m'entendes jusqu'au bout.

— J'écoute.

— Je ne veux plus me contenter de raconter des histoires de meurtres par podcast. Ces meurtres, je veux les résoudre.

— Que veux-tu dire ?

— Ce que je viens de te dire. Ces meurtres, je veux les travailler en podcast. On nous amène une affaire, une affaire non résolue, on la travaille et on la résout. Et je veux que tu en sois. Tu profiles ces affaires et nous nous mettons au travail.

— Jack, tu n'es pas...

— Que je ne sois pas de la police n'a aucune importance. C'est à l'époque du numérique que nous vivons. Les flics en sont toujours à l'analogique. On peut comprendre les faits. Tu te rappelles la femme qui a appelé pendant le podcast ? Charisse ? Elle nous a dit que personne ne travaillait sur son affaire. Nous, on pourrait.

— Tu me parles d'être des privés amateurs.

— Tu n'as rien d'une amatrice, et je sais que quand on travaillait sur l'Écorcheur, tu adorais ça. Tu avais recommencé à faire ce que tu étais censée faire. C'est moi qui te l'ai enlevé, mais maintenant je te le rends.

— C'est pas la même chose, Jack.

— Non, c'est mieux. Parce que nous n'avons pas de règles à respecter.

Elle garda le silence.

— Faire des vérifications d'antécédents, n'importe qui peut le faire. Mais toi, tu as un don et je l'ai vu avec l'Écorcheur.

— Et tu dis que ça serait un podcast?

— On se réunit, on parle de l'affaire, on enregistre et on le poste. C'est la pub qui nous financera les enquêtes.

— Ça semble un peu fou.

— Il y a même un podcast sur une femme au foyer qui a amené un tueur en série à avouer. Il n'y a rien de fou. Ça pourrait marcher.

— Et ces affaires nous arriveraient d'où?

— De n'importe où, de partout. Par Google. Je vais chercher l'affaire pour laquelle Charisse nous a appelés. Celle de sa sœur.

Rachel garda longtemps le silence avant de répondre.

— Jack, ça ne serait pas...

— Non, ça n'est pas une manœuvre boiteuse pour qu'on se remette ensemble. Ça, je sais que je l'ai bousillé. Et je l'accepte. C'est tout simplement très exactement ce que j'ai dit que c'était. Un podcast. On se lance à la poursuite de ceux qui croient s'en être sortis sans encombre.

Elle commença par ne pas réagir, mais j'avais cru la voir acquiescer d'un signe de tête quand je parlais.

— Je vais y réfléchir, finit-elle par dire.

— D'accord, c'est tout ce que je te demande. Mais ne réfléchis pas trop longtemps.

J'avais fait mon pitch, je pivotai sur mes talons et quittai son bureau sans un mot de plus. Je sortis du vieux bâtiment plein d'élégance et passai dans Main Street. Il y avait un rien de glacial dans l'air de janvier, mais le soleil brillait et l'année allait être bonne. Je descendis la rue pour rejoindre ma voiture. Mon portable vibra avant que j'y arrive.

C'était Rachel.

## NOTE DE L'AUTEUR

*Ce livre est une œuvre de fiction, mais Fair Warning est un vrai site d'information qui offre des enquêtes exhaustives pour défendre le consommateur. À but non lucratif, il a été fondé et est dirigé par Myron Levin. L'auteur est membre du conseil d'administration. Fair Warning et le nom de Myron Levin ont reçu l'autorisation d'être utilisés. Allez sur FairWarning.org pour de plus amples renseignements et songez à faire un don pour soutenir son travail important.*

*Les recherches génétiques explorées dans ce roman se fondent sur des faits et la compréhension actuelle du génome humain. Les enquêtes ayant trait au manque de surveillance de l'industrie de l'analyse génétique respectent elles aussi les standards actuels. Toute erreur ou omission sont strictement la faute de l'auteur.*

# REMERCIEMENTS

*L'auteur reconnaît avec gratitude l'aide de tous ceux qui ont participé aux recherches, écriture et édition de ce livre. À leur nombre se trouvent Asya Muchnick, Emad Akhtar, Bill Massey, Heather Rizzo, Jane Davis, Linda Connelly, Paul Connelly, Justin Hysler, David Vasil, Terrill Lee Lankford, Denis Wojciechowski, Shannon Byrne, Henrik Bastin, John Houghton, Pamela Marshall et Allan Fallow.*

*L'auteur reconnaît aussi sa dette envers le livre* Our Genes, Our Choices: How Genotype and Gene Interactions Affect Human Behavior *du Dr David Goldman, fondateur du laboratoire de neurogénétique des National Institutes of Health.*

# Du même auteur

*Les Égouts de Los Angeles*
Prix Calibre 38, 1993
1<sup>re</sup> publication, 1993
Calmann-Lévy, l'intégrale MC, 2012
Le Livre de Poche, 2014

*La Glace noire*
1<sup>re</sup> publication, 1995
Calmann-Lévy, l'intégrale MC, 2015

*La Blonde en béton*
Prix Calibre 38, 1996
1<sup>re</sup> publication, 1996
Calmann-Lévy, l'intégrale MC, 2014

*Le Poète*
Prix Mystère, 1998
1<sup>re</sup> publication, 1997
Calmann-Lévy, l'intégrale MC, 2015

*Le Cadavre dans la Rolls*
1<sup>re</sup> publication, 1998
Calmann-Lévy, l'intégrale MC, 2017

*Créance de sang*
Grand Prix de littérature policière, 1999
1<sup>re</sup> publication, 1999
Calmann-Lévy, l'intégrale MC, 2017

*Le Dernier Coyote*
1<sup>re</sup> publication, 1999
Calmann-Lévy, l'intégrale MC, 2017

*La lune était noire*
1<sup>re</sup> publication, 2000
Calmann-Lévy, l'intégrale MC, 2012
Le Livre de Poche, 2012

*L'Envol des anges*
1re publication, 2000
Calmann-Lévy, l'intégrale MC, 2012
Le Livre de Poche, 2012

*L'Oiseau des ténèbres*
1re publication, 2001
Calmann-Lévy, l'intégrale MC, 2012
Le Livre de Poche, 2011

*Wonderland Avenue*
1re publication, 2002
Calmann-Lévy, l'intégrale MC, 2013

*Darling Lilly*
1re publication, 2003
Calmann-Lévy, l'intégrale MC, 2014

*Lumière morte*
1re publication, 2003
Calmann-Lévy, l'intégrale MC, 2014

*Los Angeles River*
1re publication, 2004
Calmann-Lévy, l'intégrale MC, 2015

*Deuil interdit*
Seuil, 2005
points, n° P1476

*Chroniques du crime*
Seuil, 2006
points, n° P1761

*Echo Park*
Seuil, 2007
points, n° P1935

*À genoux*
1re publication, 2008
Calmann-Lévy, l'intégrale MC, 2019

*Le Verdict du plomb*
1re publication, 2009
Calmann-Lévy, l'intégrale MC, 2020

*L'Épouvantail*
Seuil, 2010
points, n° P2623

*Les Neuf Dragons*
Seuil, 2011
Points n° P2798 ; Point Deux

*Volte-Face*
Calmann-Lévy, 2012
Le Livre de Poche, 2013

*Angle d'attaque*
Ouvrage numérique
Calmann-Lévy, 2013

*Le Cinquième Témoin*
Calmann-Lévy, 2013
Le Livre de Poche, 2014

*Intervention suicide*
Ouvrage numérique
Calmann-Lévy, 2014

*Ceux qui tombent*
Calmann-Lévy, 2014
Le Livre de Poche, 2015

*Le Coffre oublié*
Ouvrage numérique
Calmann-Lévy, 2015

*Dans la ville en feu*
Calmann-Lévy, 2015
Le Livre de Poche, 2016

*Mulholland, vue plongeante*
Ouvrage numérique
Calmann-Lévy, 2015

*Les Dieux du verdict*
Calmann-Lévy, 2015

*Billy Ratliff, dix-neuf ans*
Ouvrage numérique
Calmann-Lévy, 2016

*Mariachi Plaza*
Calmann-Lévy, 2016
Le Livre de Poche, 2017

*Jusqu'à l'impensable*
Calmann-Lévy, 2017
Le Livre de Poche, 2018

*Sur un mauvais adieu*
Calmann-Lévy, 2018
Le Livre de Poche, 2019

*En attendant le jour*
Calmann-Lévy, 2019
Le Livre de Poche, 2020

*Une vérité à deux visages*
Calmann-Lévy, 2019
Le Livre de Poche, 2020

*Nuit sombre et sacrée*
Calmann-Lévy, 2020
Le Livre de Poche, 2021

*Incendie nocturne*
Calmann-Lévy, 2020

Dans la collection
Robert Pépin présente…

Kent ANDERSON
*Un soleil sans espoir*

Pavel ASTAKHOV
*Un maire en sursis*

Federico AXAT
*L'Opossum rose*

Alex BERENSON
*Un homme de silence*
*Départ de feu*

Lawrence BLOCK
*Entre deux verres*
*Le Pouce de l'assassin*
*Le Coup du hasard*
*Et de deux…*
*La Musique et la nuit*

C. J. BOX
*Below Zero*
*Fin de course*
*Vent froid*
*Force majeure*
*Poussé à bout*

Stéphanie BUELENS
*La femme qui gênait*

CHI Wei-jan
*Rue du Dragon-Couché*

Lee CHILD
*Elle savait*
*61 heures*
*La cause était belle*
*Mission confidentielle*
*Coup de chaud sur la ville*

(ouvrage numérique)
*Jack Reacher : Never go back*
*(Retour interdit)*
*La cible était française*
*Bienvenue à Mother's Rest*
*Formation d'élite*
*Simples déductions*

James CHURCH
*L'Homme au regard balte*

Michael CONNELLY
*La lune était noire*
*Les Égouts de Los Angeles*
*L'Envol des anges*
*L'Oiseau des ténèbres*
*Angle d'attaque*
(ouvrage numérique)
*Volte-Face*
*Le Cinquième Témoin*
*Wonderland Avenue*
*Intervention suicide*
(ouvrage numérique)
*Darling Lilly*
*La Blonde en béton*
*Ceux qui tombent*
*Lumière morte*
*Le Coffre oublié*
(ouvrage numérique)
*Dans la ville en feu*
*Le Poète*
*Los Angeles River*
*La Glace noire*
*Mulholland, vue plongeante*
(ouvrage numérique)
*Les Dieux du verdict*
*Billy Ratliff, 19 ans*
(ouvrage numérique)

*Mariachi Plaza*
*Deuil interdit*
*Le Cadavre dans la Rolls*
*Jusqu'à l'impensable*
*Le Dernier Coyote*
*Créance de sang*
*Sur un mauvais adieu*
*La Défense Lincoln*
*Chronique du crime*
*Echo Park*
*En attendant le jour*
*Une vérité à deux visages*
*À genoux*
*Nuit sombre et sacrée*
*Incendie nocturne*
*Le Verdict du plomb*

Miles CORWIN
*Kind of Blue*
*Midnight Alley*
*L.A. Nocturne*

Martin CRUZ SMITH
*Moscou, cour des Miracles*
*La Suicidée*
*Le Pêcheur de nuées*

Matt GOLDMAN
*Retour à la poussière*
*Et la glace se fissure*

Steve HAMILTON
*La Deuxième Vie de Nick Mason*

Chuck HOGAN
*Tueurs en exil*

Melodie JOHNSON HOWE
*Miroirs et faux-semblants*

Fabienne JOSAPHAT
*À l'ombre du Baron*

Andrew KLAVAN
*Un tout autre homme*

Michael KORYTA
*La Rivière perdue*
*Mortels Regards*
*Le témoin ne répond plus*

Stuart MACBRIDE
*Surtout, ne pas savoir*

Russel D. McLEAN
*Ed est mort*

Robert McCLURE
*Ballade mortelle*

Alexandra MARININA
*Quand les dieux se moquent*

T. Jefferson PARKER
*Signé : Allison Murrieta*
*Les Chiens du désert*
*La Rivière d'acier*

P. J. PARRISH
*Une si petite mort*
*De glace et de sang*
*La tombe était vide*
*La Note du loup*

George PELECANOS
*Une balade dans la nuit*
*Le Double Portrait*
*Red Fury*
*La Dernière Prise*
*À peine libéré*

Henry PORTER
*Lumière de fin*

James RAYBURN
*La Vérité même*
*L'Otage introuvable*

Sam REAVES
*Homicide 69*

Craig RUSSELL
*Lennox*
*Le Baiser de Glasgow*
*Un long et noir sommeil*

Thom SATTERLEE
*Le double était parfait*

Roger SMITH
*Mélanges de sangs*
*Blondie et la mort*
*Le sable était brûlant*
*Le Piège de Vernon*
*Pièges et Sacrifices*
*Un homme à terre*
*Au milieu de nulle part*

p.g. sturges
*L'Expéditif*
*Les Tribulations de l'Expéditif*
*L'Expéditif à Hollywood*
*De facto grosso*

Peter SWANSON
*La Fille au cœur mécanique*
*Parce qu'ils le méritaient*
*Chacune de ses peurs*

David SWINSON
*La Fille de Kenyon Street*
*Le Chant du crime*

Joseph WAMBAUGH
*Bienvenue à Hollywood*
*San Pedro, la nuit*

Photocomposition Belle Page

Achevé d'imprimer en février 2021
par CPI BRODARD & TAUPIN (72200 La Flèche)
pour le compte des Éditions Calmann-Lévy
21, rue du Montparnasse, 75006 Paris

CALMANN-LÉVY s'engage pour l'environnement en réduisant l'empreinte carbone de ses livres. Celle de cet exemplaire est de : 650 g éq. $CO_2$
Rendez-vous sur www.calmann-levy-durable.fr

PAPIER À BASE DE FIBRES CERTIFIÉES

N° d'éditeur : 1374927/01
N° d'imprimeur : 3042050
Dépôt légal : mars 2021
*Imprimé en France.*